Guido Dieckmann

DIE MAGISTRA

Roman

Aufbau Taschenbuch Verlag

ISBN 3-7466-2095-3

1. Auflage 2004
Aufbau Taschenbuch Verlag GmbH, Berlin

Umschlaggestaltung Mediabureau Di Stefano unter Verwendung
des Gemäldes »Salome mit dem Haupt Johannes des Täufers«,
um 1515, von Tiziano Vecelli, akg-images
Druck Clausen & Bosse, Leck
Printed in Germany

www.aufbau-taschenbuch.de

PROLOG

St. Johannisnacht, Anno Domini 1535

Unter peitschenden Regenböen drängten sich die Menschen in den Gassen jenseits des Stadttores aneinander, als die feindlichen Landsknechte in drei Kolonnen auf den Domplatz zuhielten.

»Gott sei uns gnädig«, erklangen angsterfüllte Rufe. »Errette uns vor dem Widersacher!« Ein paar Frauen ließen sich mit gefalteten Händen vor ihren Häusern in den Schlamm sinken. Sie dachten an ein Opfer, ein letztes Opfer, das die Stadt darbringen mußte, um sie vor der Gewalt des Feindes zu schützen.

Vier oder fünf junge Burschen schoben sich an den Betenden vorbei. Sie waren mit Schwertern, Knüppeln und Hellebarden bewaffnet und stolperten hastig die rutschigen Stufen zu den Wehrtürmen hinauf. Im nächsten Moment heulten von allen Wällen der Stadt Hörner auf. Ihr Ton hörte sich schrill und furchteinflößend an, als riefe man die letzten Verteidiger zum Jüngsten Gericht. Im selben Moment hoben die ersten Kirchenglocken zum Sturmgeläut an.

Doch es war zu spät.

Die Soldaten des Fürstbischofs waren durch eine schlecht bewachte Pforte in die Stadt eingedrungen. Ihre Wut auf die Verteidiger war gewaltig. Zu lange waren die Männer vergeblich gegen die starken Wälle angerannt, die man für uneinnehmbar gehalten hatte.

Ein paar Soldaten der städtischen Freiwache bogen im

Laufschritt in die Gasse ein. Ihnen folgte ein geschlossener Kastenwagen, dessen eisenbeschlagene Räder geräuschvoll über das Kopfsteinpflaster ratterten. Der Wagenlenker brüllte den Wachsoldaten Befehle zu, die eher verängstigt als entschlossen klangen. Offensichtlich war den Männern nicht einmal Zeit geblieben, ihre Rüstungen anzulegen, denn sie trugen lediglich lederne Arm- und Beinschienen, aber keine Helme, nicht einmal Schilde zur Verteidigung. Statt dessen schleppten sie Kisten auf den Schultern oder zogen Handkarren hinter sich her.

Leise murmelnd wich die Menge vor den Wachen zurück. Ihre Hoffnung, daß die Männer dem Spuk ein Ende machen und die Angreifer noch einmal zurückschlagen würden, zerrann jedoch wie das Wasser, welches unter ihren Füßen im Morast versiegte.

»Schließt euch uns an!« rief ein junger Wachsoldat, der sich ein in schmutzige Hirschfelle geschlagenes Bündel unter den Arm geklemmt hatte. Er blieb stehen. Seine rauhe Stimme überschlug sich vor Aufregung. »Die Bischöflichen töten jeden, der ihnen in die Hände fällt. Sie haben die Brücken gekappt und fast alle Tore verriegelt.«

»Wo ist unser Meister?« rief eine Frau voller Verzweiflung. »Warum zeigt er sich nicht auf den Zinnen, um uns Trost zu spenden? Wo sind seine Prediger? Ist es etwa das, was sie uns versprochen haben? Folter, Plünderung und Tod?«

Der junge Soldat schnitt der Frau mit einer wütenden Handbewegung das Wort ab. »Runter von der Gasse! Die Landsknechte können jede Sekunde euer Viertel stürmen! Wenn ihr nicht fliehen wollt, so verrammelt wenigstens Türen und Fenster!«

»Weißt du einen Fluchtweg aus der Stadt?« Aus dem Zwielicht löste sich die Silhouette eines Mannes, der mit gestrafften Schultern auf den Wachsoldaten zutrat und beinahe gebieterisch die Hand nach ihm ausstreckte. Keiner hatte den Mann kommen sehen, er war buchstäblich aus dem Nichts aufgetaucht, aber die Menschen wichen ehrfurchtsvoll vor ihm zurück. Eine junge Frau nahm ihr Kleinkind auf den Arm und verbarg dessen Köpfchen in ihrem steifen Schleier, als fürchte sie sich vor der Berührung des Mannes. Tatsächlich sah der Unbekannte wenig vertrauenerweckend aus. Sein Kopf steckte unter einem schweren Pilgerhut, dessen mit Muscheln besetzte Krempe durch die Wucht des Sturmwindes tief in die Stirn gerutscht war. Der kräftige Körper wurde von einem schmucklosen grauen Kapuzenmantel fast vollständig eingehüllt. An den Füßen trug er feste Stiefel aus Rindsleder.

Verwirrt drehte der Wachsoldat sich nach seinen Kameraden um, die den Sturmwagen eskortiert hatten, doch die Männer waren bereits weitergeeilt.

Aus den Vierteln, die das größte Tor umgaben, drangen plötzlich Schreie durch den prasselnden Regen. Schreie, die so nahe klangen, als würden sie an der nächsten Straßenecke ausgestoßen.

»Hast du etwa die Sprache verloren, Kerl?« Die Stimme des Mannes nahm einen scharfen, beinahe bedrohlichen Unterton an. Er schien daran gewöhnt zu sein, Befehle auszusprechen. Voller Ungeduld packte er den jungen Burschen am Ärmelausschnitt seines Wamses und schüttelte ihn grob.

Der Junge stieß einen halb überraschten, halb ärgerlichen Laut aus und ließ dabei das Bündel fallen, das er unter dem Arm getragen hatte. Mit einem dumpfen Geräusch schlug es auf den Stein. Ein goldener, mit funkelnden Rubinen besetzter Kelch, der einst für den Wein in der heiligen Messe bestimmt gewesen war, kam unter den schmutzigfeuchten Fellstücken zum Vorschein.

Wortlos raffte der ältere Mann seinen Umhang über die Schulter und hob den Kelch auf. »Du hast einen guten Geschmack, mein Freund. Bestimmt weißt du, was mit dir geschieht, wenn die Söldner des Fürstbischofs gestohlenes Kirchengerät bei dir finden!« Rasch verbarg er das kostbare Stück vor den Blicken der alten Männer und Frauen, die noch immer unschlüssig auf der Gasse verharrten.

»Verratet mich nicht, gnädiger Herr. Ich bin erst vor zwei Monaten zu Euch übergelaufen. Aber Ihr ...« Er errötete und geriet ins Stottern. »Ihr seid doch ... ich meine, Ihr habt in St. Mauritius gepredigt. Wo ist Eure junge Gemahlin? Habt Ihr sie im Getümmel verloren?«

Mißbilligend hob der Mann eine Augenbraue. Er ließ das Wams des Burschen los und klopfte ihm leicht gegen die Schulter. Dann lächelte er ihn kalt an und drängte die Umstehenden zur Seite. Der Junge war nicht dumm. Zweifellos hatte er ihn erkannt. Aber das spielte keine Rolle mehr, denn er konnte ihn unmöglich verraten, ohne sich selber ans Messer zu liefern. Auf Kirchenplünderung stand der Tod auf dem Scheiterhaufen.

Manchmal staunte der Mann darüber, wie leicht es war, Ängste zu schüren und somit Macht über die Seelen der Menschen zu gewinnen. Dabei verspürte er nicht den leisesten Hauch von Schuld. Schuldig waren allein jene Narren, die sich vom Gefühl ihrer Fehlbarkeit verzehren ließen. Sie waren es aber auch, die ihn brauchten, um ihren Wünschen, Hoffnungen und Sehnsüchten einen Namen zu geben. Sie wollten nicht nur glauben, sondern auch sehen und fühlen, was er ihnen predigte.

»Du hast an den Schanzanlagen gedient, nicht wahr?« bemerkte der Mann nun. »Gewiß kennst du den geheimen Tunnel, der durch das Torhaus aus der Stadt führt!«

»Ja, Herr, ich kenne ihn, aber ich mußte schwören, daß ...«

»Bring mich hinaus.« Sein Blick wurde durchdringend. »Ich darf dem Fürstbischof nicht in die Hände fallen. Unser Meister hat mich mit einem Auftrag auf den Weg geschickt, und diesen werde ich erfüllen, koste es, was es wolle!«

»Ihr habt den Auftrag, uns Rettung zu bringen«, brachte der Soldat schüchtern vor. »Wollt Ihr denn zu unseren Brüdern nach Straßburg?«

Er erhielt keine Antwort. Mit eisernem Griff schob ihn der Ältere an der Menschenmenge vorbei. Gemeinsam eilten sie durch die engen, verwinkelten Gassen, stiegen über zerschlagene Truhen, Holzbänke und die Scherben von Bleiglasfenstern. An einem Brunnen blieben sie kurz stehen, um Atem zu holen. Der ältere Mann war erschöpft. In seinem Brustkorb klopfte es hart, aber er spürte das anregende Brennen nicht mehr, das ihn in der Vergangenheit gestärkt und ihm die Bürden seines Amtes erträglicher gemacht hatte. Gleichgültig! Solange er lebte, trug er eine Flamme in sich, die nicht verlöschen würde. Eine Flamme, die einen Brand entfachen konnte. Er mußte wohlüberlegt vorgehen, um sie zu nähren. Bis zu dem Tag, an dem er Rache an den Männern nehmen durfte, die ihn verraten hatten.

»Seid vorsichtig, gnädiger Herr!« Im nächsten Moment schob ihn der Wachsoldat unter das herausragende Vordach einer Seilerei und drückte ihn gegen die Wand. Er bemerkte, wie eine Schar Ritter auf Pferden an ihnen vorübersprengte. In ihren Harnischen spiegelte sich der Mond so kalt wie Eis. Ihre Waffenknechte trugen Pechfackeln, mit denen sie die Mauernischen nach Flüchtlingen auszuleuchten versuchten. Zwei der Bewaffneten spähten argwöhnisch in den dunklen Winkel des Vordachs. Doch sie liefen weiter.

Augenblicke später begann die blutige Jagd.

Die Männer und Frauen, die eben noch auf den Gassen miteinander gebetet hatten, plagten sich auf und stürzten in wilder Hast ihren Häusern entgegen. Ein Schwarm von Landsknechten folgte ihnen auf dem Fuße. Unter dem dröhnenden Geläut der Glocken stachen sie mit Hellebarden und Lanzen auf die Flüchtenden ein. Panik griff um sich. Soldaten des Fürstbischofs schlugen auf der Suche nach Beute die Türen der hohen Giebelhäuser ein; sie zerrten Frauen und Kinder auf die Straße. Andere wurden aus den höhergelegenen Fenstern hinunter auf den Platz gestoßen. Zur selben Zeit verteilten sich Bogenschützen auf den Zinnen der Wehranlagen. Sie hieben die Handvoll Verteidiger nieder und richteten ihre Armbrüste dann gegen die Pforten in der Mauer, an denen die schreienden Menschen rüttelten. Ein Hagel von Pfeilen zerschnitt surrend Luft und Regen.

Sie ließen keinen der Fliehenden entkommen.

Der Regen hatte nachgelassen, vereinzelte Tropfen spülten das dunkelrote Blut vom Pflaster des Platzes. Die beiden Männer konnten in ihrem Versteck kaum glauben, daß sie dem Massaker entronnen waren. Die plötzliche Stille tat ihnen in den Ohren weh. Selbst das Glockengeläut hatte aufgehört.

»Wir müssen fort, Herr!« Der Junge hatte eine nur halb heruntergebrannte Kerze auf einem der Balken des Vordachs entdeckt und streckte die Hand danach aus. Sie zitterte leicht, als er das Wachs vom Balken brach. »Wenn wir hierbleiben, erwischen sie uns doch noch!«

Der Ältere nickte abwesend und setzte sich in Bewegung. Auf dem Weg zum Tor mußte er über Dutzende von Leichen hinwegsteigen, die sich, durch Schwerthiebe niedergestreckt oder von Pfeilen durchbohrt, an beiden Seiten der Gasse türmten. Der süßliche Geruch von Blut stieg ihm zu Kopf wie schwerer Wein. Im Nu färbte sich der Saum seines wallenden Kapuzenmantels rot. Der Herr im Himmel wird dieses Opfer annehmen, überlegte er. Er wird die Gottlosen mit Feuer und Schwert von der Erde fegen! Lange konnte es nicht mehr dauern. Zuerst würde der Verräter in Wittenberg fallen, danach die römische Hure. Die Zeichen standen günstig.

In der Nähe des Fallgatters fiel der Blick des Mannes plötzlich auf den von Mauersteinen zerschmetterten Körper einer Frau, zwischen deren Fingern ein Dolch hervorlugte. Er nahm das Messer an sich und steckte es in eine Schlaufe seines Wamses. Es war eine bescheidene Waffe, die Klinge maß kaum mehr als acht Zentimeter, und doch fühlte er sich plötzlich nicht mehr ganz so wehrlos.

Vorsichtig schlugen sich die beiden Männer durch einen verwilderten Garten, der zum Besitz eines verlassenen Klosters gehörte. Vor ihnen tat sich ein unübersichtlicher schwarzer Schlund auf. Ein ekelerregender Geruch nach Fäulnis und Tod wehte ihnen daraus entgegen.

»Was zum Teufel …« Der junge Wachsoldat stieß einen Schrei aus. Grauen schüttelte ihn, als er über den Rand der Aushebung blickte.

Die Grube war nicht weniger als fünf Meter tief und nur halb mit Erde bedeckt. Unter der vom Regen aufgeschwemmten Erdschicht lagen Hunderte von leblosen menschlichen Körpern, in schmutzige Stoffstreifen gewickelt und zu einem bizarren Turm aufgeschichtet. Jünglinge, die mit ihren grauen, spitzen Gesichtern wie Greise wirkten, Frauen und Kinder, verschlungen zu einem obszönen Totentanz. Zwischen den abgewinkelten Armen, Beinen und Schädeln der Toten stachen zudem Knochen und Schädel verendeter Pferde und Ziegen hervor. Wie in grauer, heidnischer Vorzeit hatten Mensch und Tier an diesem Ort eine gemeinsame letzte Ruhestätte gefunden.

»Nimm dich zusammen, Junge!« Die Stimme des Älteren klang tonlos, bar jeden Gefühls. »Sie sind während der Belagerung gestorben und ruhen nun auf himmlischen Thronen. Hätten unsere Brüder sie nach heiligem Brauch bestatten sollen, während die verfluchten Bischöflichen mit ihren Sturmleitern unsere Mauern emporsteigen? Die Kirchhöfe sind seit Monaten überfüllt. Die Kadaver verpesten die Luft. Komm endlich weiter!«

»Nein, Herr!«

Der junge Stadtwächter biß sich trotzig auf die Unterlippe. Offensichtlich hatte er einen Entschluß gefaßt. »Weiter gehe ich nicht mit Euch. Ich verstecke mich hier im Klostergarten bis der Tag anbricht und der Blutrausch der Landsknechte abgeklungen ist. Einer meiner Vettern kämpft im Lager des Fürstbischofs. Wenn ich ihn finde, wird er mir beistehen. Wir alle haben gesündigt, als wir den Schoß der Kirche verließen, aber ohne *Euch* habe ich wenigstens eine Chance zu überleben.« Er deutete auf den schattenhaften Umriß der alten Abtei. Das Gebäude lag in völliger Finsternis vor ihnen. »Seht Ihr die Seitenpforte zum Klosterhof? Im Gebäude zur rechten Hand findet Ihr eine Falltür, die Euch durch einen Tunnel zu den Schanzgräben führt. Wenn Ihr wirklich im Auftrag des Herrn unterwegs seid, sind sie vielleicht unbewacht. Dann könnt Ihr durch den Wassergraben schwimmen und jenseits der Mauer über die Dornenhecken verschwinden!«

»Zweifelst du nur an mir oder auch an der Macht unseres Herrn?« Der Mann nahm seinen Hut mit der breiten Krempe vom Kopf und wischte sich mit dem Handrücken den Schweiß von der Stirn. Mit einer beinahe väterlichen Geste strich er dem Jungen über die Wange. Dann nickte er nachdenklich. »Wahrscheinlich tust du gut daran, dich von mir zu lösen. Ich habe einen weiten, schwierigen Weg bis nach Wittenberg vor mir.«

»Wittenberg? Die Stadt Martin Luthers?« Verständnislos zuckte der Junge die Achseln, doch er kam nicht mehr dazu, sich über das Ziel seines Gegenübers Gedanken zu machen. Fassungslos öffnete er den Mund. Die Gefahr hatte er wohl gespürt, denn er machte einen Schritt zur Seite, aber den Dolch sah er erst im letzten Moment aufblitzen, und wären das warme Blut und der scharfe Schmerz an seiner Kehle nicht gewesen, so hätte er den

Stahl der Schneide mit einem der silbrig glänzenden Sterne am Nachthimmel verwechselt.

Das Gesicht des älteren Mannes zeigte nicht die geringste Regung, als er seinen Dolch neben dem leblosen Körper des Jungen in einer Wasserpfütze reinigte und danach wieder in der Schlaufe seines Wamses verbarg. Sein Weg, davon war er überzeugt, war in den Büchern des Himmels vorgezeichnet.

Und er beabsichtigte, ihn ohne Zeugen zu gehen.

1. KAPITEL
Lippendorf in Sachsen, zwei Jahre später

Philippa von Bora beugte sich versonnen wie eine Schlafwandlerin über die Brüstung ihres Erkers und starrte über die Dächer des Gutshauses hinweg auf die Nebelschwaden, die wie ein Meer aus eisigen Flammen über die gefrorene Wiese unterhalb ihres Fensters rauschten.

Die Kälte des Wintermorgens hinterließ eine milchige Blässe auf dem Gesicht der schlanken jungen Frau, die lediglich mit einem knöchellangen Nachtgewand aus gefärbter Wolle bekleidet war. Philippa empfand die Kälte indes nicht als unangenehm. Vor geraumer Zeit hatte sie es sich zur Gewohnheit gemacht, früh aufzustehen, um die Morgenröte sowie die Frische des erwachenden Tages zu genießen. Nur so gelang es ihr, sich eine Weile ungestört ihren Gedanken hingeben zu können, bevor die Pflichten des Tages sie einholten.

Plötzlich zuckte Philippa zusammen. In ihrem Rücken klapperten schwere Holzschuhe über die Dielenbretter. Roswitha, dachte sie, ohne sich umzudrehen. Ich habe der Alten hundertmal gesagt, daß ich es nicht mag, wenn sie meine Kammer betritt, ohne anzuklopfen. Trotzig beugte sie sich tiefer über die Brüstung. Ihr langes Haar flatterte im Wind.

»Ihr werdet Euch noch den Tod holen«, drang die Stimme der alten Frau, die Philippa jeden Morgen beim Ankleiden half, an ihr Ohr. »Entweder Ihr stürzt in den Hof und brecht Euch den Hals, oder Ihr bekommt Fieber.

Die Entscheidung liegt bei Euch!« Die rauhe Stimme der Amme klang weniger aufgebracht als vielmehr traurig und gleichmütig, als hätte Roswitha sich schon lange damit abgefunden, daß ihre Ratschläge in den Wind geschlagen wurden.

Auf einmal bereute Philippa ihr schlechtes Benehmen. Freiheit bedeutete nicht, anderen Menschen Kummer zuzufügen. Irgendwo hatte sie dieses Zitat gelesen, doch ihr fiel nicht ein, wo. Mit einem tiefen Seufzer griff sie nach ihrem Mieder und dem Rock, der, von Roswitha ordentlich gefaltet, auf einer Truhe lag, und zog sich an. Ihre Amme half ihr nicht dabei. Sie schien etwas zu suchen. Leise murmelnd stand sie in der Mitte der Kammer und maß mit prüfendem Blick die hohen Wandschränke, hinter deren Türen Philippa ihre Kostbarkeiten aufbewahrte. Verdrossen klappte sie den Deckel der Truhe auf, scheuchte Philippa zur Seite und begann zwischen Leibtüchern, Spitzen, Schleiern und anderen Dingen zu wühlen. In der Hauptsache fand sie jedoch Bücher.

»Beim Kelch des heiligen Cosmas, ich kann nicht verstehen, warum Ihr diese Unmengen von Büchern und Papierbögen ausgerechnet in Eurer Kammer aufbewahren müßt. Gut Lippendorf ist doch kein Nonnenkloster!« Mit einer hilflosen Gebärde richtete die Alte sich auf, trottete zu den Schränken hinüber und schlug den schweren Vorhang zurück, hinter dem sich die wuchtigen, doch mit allerlei kunstvollen Schnitzarbeiten versehenen Regale, Kisten und Borde ihrer Herrin verbargen. Ein erstickter Schrei entwich ihrer Kehle, und sie hob abwehrend die Hände. Der Bücherturm schwankte bereits gefährlich über ihrem Kopf, bereit, den vorwitzigen Eindringling jeden Moment unter seiner zentnerschweren Last zu begraben.

»Hättet Ihr vielleicht die Güte mir zu verraten, wofür Ihr all das verwirrende Zeug in Eurem Kasten braucht?« fragte die Alte weiter. »Oder macht es Euch Spaß, mich in diesem Gewirr aus unnützer Gelehrsamkeit nach Euren Festgewändern suchen zu lassen? Wo habt Ihr den goldenen Brokat Eurer Tante gelassen? Und das Mieder mit den aufgestickten Glockenblumen? Tretet doch endlich vom Fenster zurück!«

Roswitha stützte beide Arme in die Hüften. Trotz der winterlichen Kälte, die mit beißender Gewalt durch das Mauerwerk in die Stube ihrer Herrin drang, glitzerten dicke Schweißtropfen auf ihrer zerfurchten Stirn. Verstimmt starrte sie ihr Ziehkind an, das, inzwischen vollständig bekleidet, am Bogen des kleinen Erkers lehnte und durch die geöffneten Bleiglasfenster gedankenverloren über die Felder blickte. Die Amme atmete scharf aus und strich sich mit wachsendem Unmut über ihr Doppelkinn. Hatte das verträumte Ding ihr überhaupt zugehört? Sie konnte doch nicht vergessen haben, welche Bedeutung der heutige Tag für die Lippendorfer hatte. In wenigen Stunden sollte der hohe Gast des jungen Herrn Sebastian auf dem Hof eintreffen. Philippa mußte die Pflichten der verstorbenen Hausherrin übernehmen. Roswitha schloß die Augen und sandte ein stummes Gebet zum Himmel, als sie an die Unordnung dachte, die im Gemach ihrer jungen Herrin herrschte. In der kleinen Kammer stapelten sich Bücher, Rollen, Schreibfedern, scharfe Elfenbeinstilette zum Anspitzen sowie bauchige Krüge, die bis zum Rand mit schwarzer Galltinte gefüllt waren. Doch wo um alles in der Welt bewahrte die Tochter des Gutsherrn ihre Roben für feierliche Anlässe und die guten Schleier auf? Wo das gerollte Leinen, um die Gemächer der Gäste herzurichten? Hoffnungsvoll öffnete die alte Frau eine der drei bunt bemalten hölzernen Wandtüren gleich neben dem Alkoven. Aus dem Dunkel des Schrankes kamen immerhin ein vergilbter Kopfputz, mehrere Decken aus schwerem Brokat und zwei samtene Kleider mit Stickereien und Goldborten zum Vorschein. Jammernd klaubte Roswitha ihren zerknitterten Fund von den Holzdielen auf und machte sich daran, die nur noch schwach glänzenden Fäden und Borten zu entwirren.

Ich kann dem Mädchen seine Mutter nicht ersetzen, ging es der Amme durch den Kopf, während sie sich abmühte, eine hoffnungslos zerknitterte Seidenhaube mit der flachen Hand zu glätten. Es war töricht gewesen, es überhaupt jemals zu versuchen, und der alte Herr war sein Leben lang zu nachsichtig gewesen. Man durfte dem Kind keinen Vorwurf machen, daß es nicht so anmutig war und weniger weibliche Tugenden entwickelt hatte als die übrigen Frauen der Familie. Doch was hilft es, sie in Schutz zu nehmen? überlegte Roswitha. Sie macht es ihren Mitmenschen nicht gerade einfach. Keine Gastmahle mit den adligen Söhnen und Töchtern der Nachbargüter, keinen Besuch der Kirchweih. Niemals Jagdgesellschaften, es sei denn allein in Gesellschaft ihres Vaters. Wenn ihre Verwandten am Maifeiertag auf die Straßen und Plätze zogen, um zu tanzen und sich zu vergnügen, blieb Philippa in ihrer düsteren Kammer am Schreibtisch zurück und las. Immer nur Bücher, dachte die Amme, während sie die wenigen brauchbaren Kleider ihres Schützlings zurück in die Truhe legte. Als ob die Welt aus Papier und Druckerschwärze bestünde. Aber lag es in ihrer, Roswithas, Macht, dem Kind den Kopf zurechtzurücken? Sie war nicht mehr als eine Dienstmagd auf dem Rittergut der Herren von Bora.

»Philippa, mein Herz«, begann die Alte schließlich ihrem Zögling zu schmeicheln, »ich werde Eurem Vater nicht verraten, wie nachlässig Ihr mit der Aussteuer Eurer seligen Frau Mutter umgeht. Aber erklärt mir um Himmels willen, was Ihr nun für den Empfang der Jungfer Abekke zu tragen gedenkt. Sie ist immerhin ...«

»Ja, ich weiß, sie ist Sebastians Braut, die Erbin von Medewitz und – wenn es nach ihrem Willen ginge – gewiß auch bald unser aller gnädige Gebieterin.«

Philippa von Bora trennte sich nur widerstrebend von ihrem Lieblingsplatz. Langsam ging sie zum Alkoven hinüber. Aus den tiefer gelegenen Räumen drangen Geräusche an ihr Ohr, wie sie zu einem langsam erwachenden Haus gehörten. Mägde klapperten mit Geschirr. Eine Stimme beschwerte sich darüber, daß der schwere Kupferkessel nicht gesäubert worden und die Tür zur Räucherstube über Nacht offengeblieben war. Im nächsten Augenblick wurde ein Karren über das Kopfsteinpflaster in Richtung der Ställe gezogen.

»Es gehört sich nicht, in einem derartigen Ton über seine zukünftige Schwägerin zu reden, teure Philippa«, tadelte Roswitha und schnürte mit geschickten Bewegungen das Band unter ihrem Doppelkinn straffer. Ihrer Stimme war indessen anzumerken, daß die Ermahnung ihr nur halbherzig über die Lippen gekommen war. Die Verlobung des jungen Sebastian von Bora mit der Medewitzerin war nicht nur Philippa, sondern halb Lippendorf empfindlich auf den Magen geschlagen.

Die Fehde zwischen Lippendorf und seinem westlichen Nachbarn war bereits so alt, daß nicht einmal Roswitha sich erinnern konnte, wann genau sie ihren unheilvollen Anfang genommen hatte. War der Streit zu Beginn der Auseinandersetzungen nur um einige verschobene Grenzsteine ausgetragen worden, so hatte der Leichtsinn von Philippas Großvater letzten Endes zu einer Schuldverschreibung geführt. Die Familie von Bora hatte das Fron- und Mühlenrecht über Lippendorf an das Erbgut von Medewitz verloren. Seitdem pflegten die Medewitzer Ritter und deren Landsknechte unbekümmert über Nikolaus von Boras Felder zu galoppieren. Sie zerstörten den Weizen, beleidigten die Bauern, die sich selbstverständlich nicht zur Wehr setzen durften, und schreckten nicht einmal davor zurück, Schmähungen gegen das nachbarliche Gut auszustoßen. Einige der Dienstmannen trieben es besonders schlimm, indem sie sowohl Feldarbeiter als auch reisende Händler mit ihrem Mutwillen schikanierten. Sie trieben Vieh auseinander und stellten jungen Mägden nach. Im Herbst hatte die Weidmüllerin ein Kind zur Welt gebracht, das sie nun allein, auf Almosen angewiesen, durchbringen mußte. Beschwerden verhallten ungehört.

Philippa nahm ein Buch mit einem kostbaren dunkelbraunen Ledereinband von ihrem Tisch. Zärtlich strich sie über den sorgfältig eingestanzten und mit Gold aufgefüllten Schriftzug. Auf diese Ausgabe der *De Coniuratione Catilinae* war sie besonders stolz. Erst vor kurzem hatte sie damit begonnen, das bekannte Werk des römischen Schriftstellers Sallust in die deutsche Sprache der höfischen Kanzlei zu übertragen.

Die junge Adelige liebte das Studium der alten Sprachen, seit sie als kleines Mädchen den Unterricht ihres älteren Bruders belauscht und dessen Magister, einen armen wandernden Studenten, so lange geplagt hatte, bis er es nicht mehr ablehnen konnte, sie mit der wunderlichen Welt des klassischen Altertums bekannt zu machen. Mit leuchtenden Augen hatte sie aufgenommen, was der Magister sie lehrte, und nach einer Weile hatte sie sogar begonnen, von Göttern und Tempeln unter blauem Himmel und heißer Sonne zu träumen. Gemeinsam mit Julius Cäsar stand sie vor dem Senat oder begleitete ihn hoch zu Roß auf seinen Kriegszügen gegen die Gallier und Briten. Fühlte sie sich krank oder einsam, so diskutierte sie im Geiste mit Cicero, und längst hatte sie sich angewöhnt, seine berühmten sechs Fragen auch auf ihre kleinen, alltäglichen Probleme anzuwenden.

quis? quid? quomodo? ubi? quando? cur?

Eines Tages merkte ihr Vater jedoch, daß nicht nur Sebastian über mathematischen Formeln und griechischen Vokabeln brütete, und entließ den wandernden Magister aus seinen Diensten. Als der Unglückliche es wagte, dem

Hausherrn von Philippas Begabung und Sebastians nur mäßigem Fortschritt zu berichten, ließ Nikolaus von Bora ihn von einem seiner Knechte mit den Hunden bis hinter die Mühlen von Kaunitz jagen. Der flüchtende Vagant hatte nicht einmal Zeit gehabt, seine Bücher und Kleider zu packen, ein Umstand, der zumindest Philippa zum Nutzen gereichte, denn sie nahm alles, was der Magister hinterlassen hatte, an sich und verbarg es heimlich im Heuschober.

Nikolaus von Bora war mit seiner Tochter hart ins Gericht gegangen und hatte sie wochenlang in ihrer Kammer eingesperrt, um ihren unheilvollen Stolz zu brechen. Was sollte man auch mit einem Mädchen aus adeligem Haus anfangen, das kaum sticken und nähen konnte, sich dafür aber den Kopf mit unnützem Firlefanz vollstopfte, der es von ihren eigentlichen Aufgaben ablenkte? Genügte es nicht, wenn Sebastian als zukünftiger Herr über Lippendorf das Lesen und Rechnen erlernte, um sein Rittergut zu verwalten? Von dem endlosen Geschwätz der Humanisten über die Früchte des klassischen Altertums oder den Fabeln über die Neue Welt, die ein paar Spanier entdeckt haben wollten, wuchs der Weizen auf den Lippendorfer Feldern schließlich auch nicht schneller. Und in Zeiten drohender Hungersnöte war Weizen nichts weniger als das wahre Gold des Landes.

»Roswitha, hör endlich auf, in meinen Kleidern zu wühlen«, rief Philippa, die fand, daß ihre Amme sich lange genug in ihrer Kammer aufgehalten hatte.

»Wenn Ihr dies wünscht …« Gekränkt richtete sich die Alte auf und ließ den Deckel der schweren Eichentruhe geräuschvoll ins Schloß fallen. »Ich wasche meine Hände in Unschuld. Kann ich sonst noch etwas für Euch tun, ehe das Geleit der Herrin Abekke eintrifft?«

Philippa zögerte einen Augenblick, beschloß dann aber, sich Roswitha mit einem Auftrag vom Halse zu schaffen.

»Lauf doch bitte hinunter und erkundige dich auf dem Hof, ob der Karren des Händlers Bartholomäus bereits in Lippendorf gesehen wurde. Er soll mich unverzüglich aufsuchen. Am besten, ohne Sebastian oder meinem Vater über den Weg zu laufen.«

»*Bartholomäus?*« Die alte Frau spie den Namen aus wie ein Stück verdorbenes Fleisch. Ihr Kinnband hatte sich schon wieder gelöst und tanzte wie ein Lätzchen über ihren gewaltigen Busen. Der Buchhändler war nicht sonderlich beliebt im Ort, wie ihr Zögling genau wußte; Krämer, Salz- und Pelzhändler, Haubenmacher – die waren wichtig für das Gut, weil sie doch Waren feilboten, welche die Bauern, ob frei oder hörig, brauchten, um den Winter zu überstehen.

»Euer Bruder hat dem verlausten alten Gauner verboten, sich noch einmal mit seinem wurmstichigen Karren auf dem Gut sehen zu lassen«, murrte Roswitha. »Glaubt mir, mein Herz, dieser Mensch setzt Euch nur Flausen in den Kopf. Lateinische Bücher und griechische ... nun, Unfug eben!« Die Alte hatte sich in Rage geredet. Erhitzt ließ sie sich auf Philippas Schemel neben der Tür sinken und schnappte nach Luft. Warum mußte sie dieses widerspenstige Kind, das nur Schwierigkeiten machte, so gern haben? Sie hätte das Gut längst verlassen können, vor Jahren schon, gleich nach dem Unglück der seligen Herrin, aber sie hatte es nicht übers Herz gebracht, weil sie geahnt hatte, daß ein Mädchen wie Philippa von Bora Ärger anzog wie ein Honigtopf den Bären. Das Kind war mit seinen langen, dünnen Armen und den hohen, slawischen Wangenknochen, dem unverkennbaren Erbe der von Boras, gewiß keine betörende Schönheit, die für den Dienst am Hof der Kurfürstin in Betracht kam. Das einzige, was die Männer an ihr reizvoll fanden, waren ihre seidig glänzenden dunklen Haare, die ihr wie ein Nonnenschleier über die Schultern fielen und die vor Temperament sprühenden schwarzen Augen der Südländer. Der alte Herr von Bora bekam zuweilen einen melancholischen Gesichtsausdruck, wenn er seiner Tochter in die Augen sah. Sie erinnerten ihn an seine tote Gemahlin. Und diese Erinnerung war süß und bitter zugleich.

»Ich habe bei Bartholomäus eine hebräische Grammatik aus Leipzig bestellt«, erklärte Philippa ungerührt und trat wieder in den Erker zum Hof. Sie öffnete eines der schmalen Spitzbogenfenster mit den kleinen, in Blei gefaßten Butzenscheiben. Über die von Frost glitzernden Felder hüpften ein paar Raben und stocherten mit ihren scharfen Schnäbeln in der gefrorenen Erde nach Würmern. Ihr ärgerliches Gekrächze durchdrang die trübe Stille der Morgendämmerung.

Der Winter hatte sich für lange Zeit eingerichtet. Zu lange für die Bauern, die wegen des anhaltenden Frostes keine Gelegenheit mehr gefunden hatten, sich um ihre eigenen Äcker zu kümmern. Seit zwei Tagen war die Verpfändung des Dorfes und der beiden Mühlen am Schafgarten rechtsgültig. Ein Ausrufer, dessen blutrotes Wams das Wappen der Medewitzer trug, war auf den Dorfplatz geritten, um in Anwesenheit von Philippas Vater und Sebastian seinen Hut auf einer Stange in die Erde zu bohren und danach die Pfandurkunde an die alte Linde zu nageln. Philippa hatte von ihrem Fenster aus beobachtet, daß der Bote nicht einmal abgestiegen war. Sein höhnisches Grinsen und die laute Stimme hatten deutlich gemacht, daß die schlechten Zeiten für Philippas Familie noch längst nicht überstanden waren. Philippa wurde unbehaglich zumute, als sie sich in Erinnerung rief, wie klein und bleich ihr Vater am Pfandtag in seinem schwarzen Lederrock und mit der schweren Silberkette ausgesehen hatte. Die Medewitzer hatten indessen keine Zeit vergeudet und ihre neuen Hörigen gleich für den nächsten Tag zum Hand- und Spanndienst auf die Burg befohlen. Das einzige Privileg, das sie den von Boras beließen, bestand in der Eintreibung der Zehnten und Gülten und in der bevorstehenden Verbindung zwischen Sebastian und Abekke von Medewitz.

»Hebräische Grammatik!« Roswitha nahm ein kleines Kissen vom Boden auf und klopfte es energisch aus. »Ihr solltet Euch wirklich schämen, Herrin! Überlaßt doch diesen Unsinn den ungläubigen Juden. Hat nicht Euer Oheim zu Wittenberg die Heilige Schrift übersetzt, daß jeder Christenmensch sie in einer christlichen Sprache lesen kann?«

Nicht jeder Christenmensch, teure Amme, dachte Philippa, während ein feines Lächeln ihre Mundwinkel umspielte. Du nicht und vermutlich nicht einmal meine zukünftige Schwägerin, die edle und wunderschöne Abekke von Medewitz.

2. KAPITEL

Da sich Roswitha mit Händen und Füßen dagegen wehrte, den Auftrag ihrer jungen Herrin auszuführen, beschloß Philippa, das Gut nach der Morgenmahlzeit selbst zu verlassen, um den Buchhändler mit seinem Karren auf der Dorfstraße abzufangen. Sie mußte sich lediglich vergewissern, daß Sebastian mit seinen Tieren oder im Weinkeller beschäftigt war. Nach einem erbitterten, aber kurzen Wortgefecht ließ sich die Amme schließlich dazu überreden, Sebastian in ein Gespräch über die Speisenfolge des Festmahls zu verwickeln.

Als Philippa die breite Treppe zu den unteren Kammern und dem großen Saal hinuntereilte, mußte sie an ihren Bruder denken. Als Kinder waren die beiden Geschwister ein Herz und eine Seele gewesen, doch obwohl Sebastian ein kluger Bursche war, hatte er den gemeinsamen Stunden in der Studierstube nur wenig abgewonnen und sich davongestohlen, wann immer sich ihm eine Gelegenheit bot, die Wachstafel gegen eine Armbrust einzutauschen.

Philippa hatte Sebastians Ablehnung für alles, woran ihr Herz hing, mit Fassung getragen, denn immerhin hatte der Bruder ihr das Reiten beigebracht und sie hin und wieder an seinen tollkühnen Jagdausflügen quer durch die Sümpfe teilhaben lassen. Wenn man es recht bedachte, war ihr geschwisterliches Verhältnis erst mit dem Auftreten Abekkes und ihres unvermeidbaren Anhangs gestört worden, ein Umstand, den Philippa der Medewitzer Nachbarin niemals verziehen hatte.

Bemerkt er nicht, wie sie hinter seinem Rücken über ihn und den Vater lacht, wie sie ihn und unsere Knechte mit ihren albernen Launen traktiert? dachte Philippa, während sie den rutschigen Steg aus Holzbohlen überquerte, der das Sumpfland zwischen der verfallenen Schmiede und dem westlichen Dorfeingang miteinander verband. Wenn Abekke direkt von der Burg kommt, bleibt ihr keine andere Wahl, als sich mit ihrer Sänfte über den Steg tragen zu lassen, fiel Philippa voller Genugtuung ein. Sie konnte das spitze Gesicht ihrer zukünftigen Schwägerin, ihre gerümpfte Nase und die vorwurfsvollen Blicke aus deren wasserblauen Augen deutlich vor sich sehen und kicherte leise. Gutgelaunt lief sie um die Zehntscheune herum. Sie wußte, wo sie Bartholomäus suchen mußte. Der Buchhändler zog seinen Karren seit Jahren immer an dieselbe Stelle: unter das vorspringende Ziegeldach des Waaghäuschens, gleich hinter der alten Katharinenkapelle. Hier schlugen auch die Krämer mit Vorliebe ihre Buden auf, weil die vielen Winkel des ausladenden Gebäudes, eines der wenigen im Dorf, das nicht aus Holz oder Lehm gebaut war, vor Wind und Regen schützte.

Als Philippa in die Dorfstraße einbog, fiel ihr die ungewohnte Stille des sonst so belebten Ortes auf. Das vertraute Geräusch der Webstühle, das sonst aus den Werkstätten der Leinweber auf die Gasse hinausdrang, blieb heute ebenso aus wie das Dudeln der Sackpfeife oder das fröhliche Gelächter der Dorfkinder. Sogar der Schemel des stummen Hafners war leer geblieben, obschon er selbst im Winter bei offenen Türen in seiner Stube saß. Die Männer waren in aller Frühe zum Handdienst nach Burg Medewitz aufgebrochen und würden gewiß nicht vor Einbruch der Dunkelheit ins Dorf zurückkehren.

Ein jäher Windstoß fuhr durch Philippas Haar. Fröstelnd zog sie ihren wollenen Umhang fester über die schmalen Schultern und verfluchte ihren hastigen Aufbruch. Nicht einmal an ein paar Spangen oder eine Schnürhaube hatte sie gedacht. Schräg gegenüber leerten zwei Bäuerinnen ihre Eimer voll Unrat in den Dorfgraben aus. Als sie die Tochter ihres Grundherrn erkannten, steckten sie die Köpfe zusammen und streiften sie mit eisigen Blicken. Eine der Frauen balancierte auf einem Küchenschemel und befestigte ein Bündel getrockneter Kräuter über ihrem Türsturz. Die unerwartete Feindseligkeit traf Philippa unvorbereitet und härter als der Wind, der hartnäckig an den morschen Läden der Hütten rüttelte. Etwas Sonderbares lag in der Luft, soviel stand fest. Aber es war doch nicht Philippas Schuld, daß die Medewitzer ihr Fronrecht geltend machten! Eigentlich konnten die Lippendorfer zufrieden sein: Im Unterschied zu den von Boras blieb ihrem Ort wenigstens Abekke erspart, sie mußten auch keine höheren Sühneabgaben leisten, wie sie nach den Bauernkriegen von anno 1525 so vielen Dörfern und Weilern auferlegt worden waren. Die Frauen verschwanden grußlos in ihren Hütten und schlugen geräuschvoll die Türen hinter sich zu.

Philippa sah den Bücherkarren erst, als sie die Gasse fast hinter sich gelassen hatte. Er stand ein wenig abseits der hohen Mauer, welche die Katharinenkapelle zum Dorf hin umgab. Bartholomäus erwartete sie ungeduldig. Er war ein großer, gedrungen wirkender Mann. Sein rundliches Gesicht mit den stechenden Augen wurde von einem gewaltigen braunen Bart eingerahmt, der ihm bis auf den Brustkorb reichte. Seine Kleidung, die aus einem angegrauten Leinenkittel, einem blaukarierten Wams mit Lederstreifen und weiten Beinlingen bestand, wirkte schäbig und zu dünn für eine Reise übers Land zu dieser Jahreszeit. Nur seine mit braunem Ziegenfell gepolsterten Schaftstiefel schienen der harten Witterung zu trotzen.

Voller Unbehagen bemerkte Philippa, wie der fahrende Händler sie von Kopf bis Fuß musterte. Ein paarmal hustete er geräuschvoll und spuckte hinter sich auf den gefrorenen Dorfboden.

»Lippendorf war auch schon einmal gastlicher, Jungfer von Bora!« Der Händler begrüßte sie mit einem eiligen Kopfnicken.

»Nun, wenn Euch mein Auftrag ungelegen kam ...«

»Bewahre, nein!« Bartholomäus riß die Augen auf. »Ihr wißt, wie gerne ich Euch beliefere, Jungfer. Aber damals, als Euer Vater noch der heiligen Bruderschaft vorstand, wurden Reisende nicht wie Aussätzige in einen dunklen Winkel verbannt. Das Rittergut darf unsereiner ja schon seit langem nicht mehr betreten! Euer Bruder Sebastian mag nichts vom Druckerhandwerk halten, aber er pflegt eine ... nun, sagen wir eindrucksvolle Handschrift.« Vorwurfsvoll schüttelte der Buchhändler seine Hand, als wolle er einen Brotlaib in dünne Scheiben schneiden. Am Himmel zogen sich dunkle Wolken zusammen. Der Wind fuhr durch das dürre Strauchwerk, das der Dorfschlachter statt eines festen Holzzaunes um sein Grundstück gezogen hatte.

Philippa ahnte, worauf Bartholomäus hinauswollte. Verlegen blickte sie auf ihre Schuhspitzen. Die Bruderschaft der heiligen Katharina hatte in früheren Zeiten Reisende unter ihren Schutz gestellt und sie in der Schenke mit Brot, einem gehörigen Schluck Schwarzbier und einem Schlafplatz versorgt. Sie war zudem für den Schmuck des Altars in der kleinen Kapelle und die kostbare Skulptur der verehrten Heiligen verantwortlich gewesen. Nikolaus von Bora und seine Gemahlin hatten die Bruderschaft Jahr für Jahr mit großzügigen Schenkungen bedacht. Doch die Zeiten hatten sich geändert. Die mit Blumen und gewundenen Kränzen geschmückten Altäre, die Prozessionen und Heiligenfiguren waren aus Lippendorf verschwunden, als hätte ein heftiger Wirbelwind sie davongetragen. In der Kapelle wurde trotz des Verbots Herzog Georgs des Bärtigen heimlich lutherisch gepredigt, und die Aufgaben der Bruderschaft nahmen im Dorf nunmehr ein fremder Prädikant, dessen neuer Gehilfe und ein Schulmeister aus Grimma wahr.

»War es Euch möglich, in Leipzig die Grammatik zu besorgen, Meister Bartholomäus?« Philippa wies auffordernd zum Karren des Händlers hinüber. Die meisten seiner Bücher, die unter einer von Wasserflecken verunzierten Lederplane hervorschauten, sahen alt, abgegriffen und zerfleddert aus. Vielen fehlte der Einband. Aber dennoch waren es Bücher und somit für Philippa Schätze, die einst von gelehrten Männern geschrieben und von kundigen Meistern gedruckt worden waren.

Leise fluchend stakste Bartholomäus durch den Morast zu seinem Karren und schob die Plane zurück. Vom Turm der Kapelle drangen die hohen Töne einer Glocke herüber. Philippa wandte sich verwundert zu dem steinernen Portal mit dem eingelassenen Relief einer hohen, schmalen Frauengestalt um, die ihre Augen demütig geschlossen hatte. Es war zu früh für das Mittagsläuten. Und sonst erklang das Glöckchen nur, wenn im Dorf oder auf dem Rittergut jemand gestorben war.

»Hier ist Euer Buch, Herrin!« Bartholomäus hielt ihr einige in abgewetztes Leder gepreßte Seiten entgegen. »Sieht unscheinbar aus, doch was Ihr hier in Händen haltet, ist eine seltene Erstausgabe der *De rudimentis hebraicis.* Der gelehrte Magister Johannes Reuchlin aus Pforzheim hat die Grammatik verfaßt, nachdem er die Sprache Abrahams beim Juden Loans, dem Leibarzt seiner Majestät, Kaiser Friedrich III., gelernt hat. Gewiß ist Euch bekannt ...«

Das Schlagen der Totenglocke wurde immer lauter und durchdrang auf unangenehme Weise den monotonen Redeschwall, mit dem der fahrende Händler das stark beschädigte Buch anpries. Philippa rümpfte irritiert die Nase. Der modrige Geruch, der von den vergilbten Seiten aufstieg, drehte ihr beinahe den Magen um. Trotzdem: Sie mußte diese Grammatik besitzen; schon so lange wartete sie auf diese seltene Kostbarkeit.

Fünf harte Silbergroschen. Ein stolzer Preis für ein abgegriffenes altes Buch. Philippa verzog in einem kurzen Anflug von schlechtem Gewissen das Gesicht, knüpfte dann aber ihr grünes Ledertäschchen vom Gürtel. Ihr Vater durfte niemals erfahren, daß sie für ein Buch die Hälfte ihres monatlichen Wirtschaftsgeldes ausgab. Eigentlich hätte sie den Garnhändler bezahlen müssen. Der breite Wandteppich in der Halle mußte dringend ausgebessert werden, denn er trug das Wappen der Familie von Bora, auf das ihr Vater so stolz war. Zwar besaßen die wenigsten Männer ein Auge für Stickereien, aber Roswitha hatte die Löcher und Risse bereits vor Wochen bemerkt, und Abekke von Medewitz würde ohne Zweifel keine drei Minuten dafür brauchen.

Eilig zählte Philippa fünf kleine Münzen in die offene Hand des Buchhändlers. Ein zufriedenes Lächeln legte sich auf sein bärtiges Gesicht.

»Habt Ihr vor, Euch noch länger in Lippendorf aufzuhalten, Meister?« fragte Philippa, nachdem sie das Buch des berühmten Humanisten Johannes Reuchlin sorgfältig unter den Falten ihres Umhanges verborgen hatte. Das aufdringliche Schlagen der Glocke hatte aufgehört.

Bartholomäus zog die Stricke über der Plane wieder fester. »Ihr beliebt zu scherzen, junge Herrin. Könnt Ihr Euch nicht denken, was das hohe Läuten der Glocke zu bedeuten hat? Seit ich Leipzig kurz nach der Messe verließ, hörte ich sie in bald jedem dritten sächsischen Dorf, durch das ich zog.«

Verwirrt blickte Philippa zum Turm der Kapelle hinüber. Er stand ein wenig abseits, gleich neben der von verdorrten Weinreben überwucherten Grubenmauer. Einige Raben hatten sich auf seiner Spitze niedergelassen, hackten mit ihren scharfen Schnäbeln ins Gebälk oder plusterten behäbig ihr glänzendes, schwarzes Gefieder.

»Jawohl, Jungfer von Bora. Seht sie Euch nur an, die Geschöpfe der Nacht!« Die Stimme des bärtigen Händlers war nur noch ein beschwörendes Flüstern, seine Lippen berührten beinahe Philippas Ohr. »Sie sind Boten des Schattens, Jungfer. Todesboten.«

»Wollt Ihr … damit sagen …« Ihre Stimme versagte.

Bartholomäus nickte düster. »Ganz recht. Eine feine Morgengabe, die Euch die Medewitzer entrichten. Aber es gibt keinen Zweifel: *Ihr habt die Pest im Dorf!*«

Sebastian von Bora bestand darauf, seine Familie mitsamt dem Gesinde im Hof zu versammeln, um der Ankunft seiner Braut und deren Begleiter beizuwohnen. In freudiger Erwartung wies er die Diener an, den Stemmbalken vom breiten Tor zu nehmen, um den Gästen nicht die Seitenpforte zuzumuten, die sonst jeder benutzte, um auf den Hof und zu dem moosgrünen Fachwerkhaus mit seinen verspielten Giebeln und Erkern zu gelangen. Mit energischen Gesten scheuchte der junge von Bora die Männer und Frauen über das mit frischem Stroh bedeckte Pflaster.

Philippa hatte sich zu ihrem Vater und dessen Leibdiener Golfried gesellt und beobachtete das aufgeregte Treiben ihres Bruders mit unverhohlenem Zorn.

»Sebastian hat kein Recht, die Mägde derartig anzuschreien, Vater«, bemerkte sie und legte sanft eine Hand auf die Schulter des schmächtigen Mannes neben ihr. Nikolaus von Bora schrak zusammen. Seit dem Pfandtag schien er häufig müde und zerfahren. Unter seinen Augen lagen dunkle Ringe, und sein ehedem gepflegter Schnurrbart wies beängstigend viele graue Stellen auf. »Warum will er, daß die Butterfässer vom Hof verschwinden. Lippendorf ist nicht die kurfürstliche Residenz, und Abekke wird in ihrem Leben schon einmal eine Magd beim Butterstampfen gesehen haben!«

»Euer Vater fühlt sich seit dem Mittagsmahl nicht wohl«, antwortete Golfried in näselndem Tonfall und musterte

Philippa mit einem gequälten Blick. Er schien selbst Schmerzen zu haben. Die kreuzförmige Narbe an seiner rechten Hand, die er seit einem Unfall mit einem siedenden Ölkessel trug, leuchtete blutrot. »Und Herr Sebastian«, preßte er zwischen den Zähnen hervor, »wird schon wissen, was er tut. Schließlich ist es für Lippendorf nicht ganz unerheblich, ob die Medewitzer zufrieden sind.«

Philippa wollte protestieren, doch ihr Vater hob nur warnend den Zeigefinger und machte sie auf den Torbogen aufmerksam. Im nächsten Augenblick heulte eine blecherne Fanfare auf. Der schrille Ton jagte Philippa einen Schauer über den Rücken. Mühsam reckte sie den Hals und erkannte zwischen den Köpfen der Diener eine zierliche Sänfte an zwei langen, blitzenden Messingstangen, die von vier schwitzenden Burschen auf den Hof geschleppt wurde. Die Sänfte war aus einfachem Holz gezimmert, besaß aber etliche Schnitzereien und Verzierungen. Unterhalb des gewölbten Daches prangte das Medewitzer Wappen, ein waagerechter goldener Schild mit zwei sich berührenden Morgensternen. Das Innere der Sänfte war mit kostbaren Pelzen sowie einer Decke aus grünem Samt und Goldrändern ausgeschlagen. Eine bunt gewürfelte Schar von Landsknechten folgte den Trägern zu Pferde. Die Männer trugen Helme, Harnische und Beinschienen über den bunten Hosen und schienen bestens gerüstet, ihre Herrin im Haus der ehemaligen Erzfeinde auf Tod und Leben zu verteidigen.

Eilig lief Sebastian von Bora die wenigen Treppenstufen vom Portal des Hauses hinunter, um seine Braut willkommen zu heißen. Auf der untersten Stufe besann er sich und blieb einige Momente abwartend stehen. Als Angehöriger des Ritterstandes erschien es ihm angebracht, seine Aufregung vor der Dienerschaft nicht zu offen zur Schau zu tragen. Ein wenig störend empfand er die düsteren Blicke der drei Bewaffneten. Warum hatten sie ihre Spieße nicht am Tor abgelegt? Unsicher geworden versuchte er, seinen Vater in der Menge auszumachen. Vielleicht war es doch ein Fehler gewesen, sämtliche Diener aufmarschieren zu lassen. Aber nun war es zu spät. Vor Verlegenheit schoß dem jungen Mann das Blut in den Kopf, und er hörte sein Herz wild durch die Rippen schlagen.

»Willst du deiner Braut nicht wenigstens aus der Sänfte helfen, Sebastian?« hörte er plötzlich die Stimme seiner Schwester. Er drehte sich um und nickte ihr dankbar zu. Dann sprang er die letzten Stufen hinunter und lief zur Sänfte hinüber, welche die Träger mittlerweile neben dem prächtigen runden Hofbrunnen niedergesetzt hatten.

Abekke von Medewitz lächelte, als Sebastian ihre Hand ergriff und sie galant zum Portal begleitete. Sie war tatsächlich von auffallender Schönheit, das mußte selbst Philippa zugeben. Ein wenig neidisch betrachtete sie ihren schlanken Körper und ihr Gesicht mit den regelmäßigen Zügen. Abekke trug eine kostbare Robe aus weichem, veilchenblauem Damast; ihr hellblondes Haar steckte bis zum Ansatz unter einem mit Rubinen und Perlen bestickten Kopfputz aus schimmernder Seide. Als einziges Schmuckstück hatte sie das goldene Medaillon mit dem Taubenkopf gewählt, das Sebastian ihr vor wenigen Wochen erst anläßlich eines Jagdausflugs um den Hals gelegt hatte. Als der junge Mann den zierlichen Schmuck bemerkte, begannen seine Augen zu leuchten. In freudiger Erwartung fuhr er sich mit der Hand durch das kurzgeschnittene dunkle Haar.

Nikolaus von Bora beobachtete seinen Sohn, ohne eine Regung zu zeigen. Als er keine Anstalten machte, den Platz neben Golfried zu verlassen, traf ihn Sebastians vorwurfsvoller Blick.

»Oh, ich bitte dich, Sebastian«, erwiderte Abekke auf seine Beschwerde und entblößte ihre makellosen weißen Zähne zu einem Lächeln, das noch bezaubernder war als jenes, mit dem sie ihren Bräutigam empfangen hatte. »Die

Anstrengungen des jüngsten Pfandtages waren gewiß ein wenig zuviel für deinen Vater. Der arme Herr von Bora wirkt erschöpft, und es ist nur recht und billig, wenn ich mich zu *ihm* begebe und nicht umgekehrt.«

Graziös machte sich Abekke von Sebastians Hand los, erklomm die Stufen zum Portal und versank vor ihrem zukünftigen Schwiegervater in einer demütigen Verbeugung. »Ich hoffe, Ihr nehmt mich in Euer Haus als Tochter auf, Euch zu dienen, und nicht als die Fremde, die ich eigentlich bin, Herr.«

»Seid ... nun, seid in meinem Haus willkommen, Abekke, meine Tochter«, stammelte Nikolaus von Bora, der auf alles gefaßt gewesen war, nur nicht darauf, daß die hochmütige Medewitzerin den uralten Brauch der sächsischen Hausnahme kannte und achtete. Auf seiner Stirn stand kalter Schweiß, dennoch rang er sich ein freundliches Lächeln ab, streckte seine Arme aus und half der jungen Frau wieder auf die Beine. »Wenn die Verbindung zwischen Euch und meinem Sohn das Werk des Himmels ist, um unsere Familien einander wieder näher zu bringen, werde ich der letzte sein, der ihr seinen Segen vorenthält.«

Nikolaus von Bora nickte seinem Sohn vorsichtig zu und blickte sich dann nach Philippa um.

Im nächsten Moment wurde Philippa auch schon von Roswitha auf den Treppenabsatz geschoben. Erleichtert atmete Nikolaus von Bora auf. Wenigstens war die Tochter pünktlich und trug ein anständiges Kleid und nicht die scheußliche Kutte des Magisters, in der sie für gewöhnlich über ihren humanistischen Schriften brütete wie ein Stadtschreiber über seinem Aktuar. Benommen blickte Nikolaus auf die Schar der Umherstehenden. Es war kaum zu glauben, wie sehr seine beiden Kinder einander äußerlich ähnelten. Beide hatten das dichte italienische Haar ihrer Mutter und deren sonnengebräunte Haut geerbt. Doch während Philippas Augen Entschlossenheit und Tatendrang verrieten, trug Sebastian, ungeachtet seiner kräftigen Statur, eher weiche, schwermütige Züge. Er neigte zu Verständnis und Nachgiebigkeit, war allerdings zuweilen auch trotzig wie ein kleiner Knabe, der nicht bekam, was er sich in den Kopf gesetzt hatte.

»Willkommen in Lippendorf, Fräulein Abekke«, sagte Philippa kühl und deutete eine Verbeugung an. »Ihr werdet unserem Haus gewiß den Glanz verleihen, den mein Bruder sich wünscht.«

Einen Herzschlag lang gefror das Lächeln auf Abekkes Gesicht. Philippa erinnerten ihre Züge an die tönernen Masken von Gauklern, die zuweilen auf den Marktplätzen der Städte griechische Dramen aufführten und danach mit Kohl und Eiern beworfen wurden, weil kein Mensch ihre Rezitationen verstand. Doch ein guter Schausteller ließ sich nicht aus der Fassung bringen. Er wußte, daß die Menge um jeden Preis unterhalten sein wollte, und wenn ihm dies gelang, so erntete er nach dem Markttag nicht selten noch einige Kupfergroschen neben dem unerwünschten Kohl.

Abekke trat einen Schritt vor, breitete beide Arme aus und drückte Philippa herzlich an sich. Das süße Parfüm der Medewitzerin raubte Philippa beinahe den Atem, aber sie wagte es nicht, sich aus der Umklammerung ihrer zukünftigen Schwägerin zu befreien, denn das Klatschen und Rufen auf dem Hof deutete darauf hin, daß Abekke soeben die Herzen sämtlicher Männer des Gutes erobert hatte. Direkt hinter ihr stand Sebastian und erteilte Golfried mit strahlender Miene die Anweisung, Abekkes bewaffneten Begleitern geräumige Kammern im Haupthaus zuzuweisen. Allem Anschein nach hatten die Medewitzer nicht vor, sofort zur Burg zurückzureiten, sondern wollten die Zeit bis zur Vermählung ihrer jungen Herrin auf dem Gut der von Boras verbringen.

Eine halbe Ewigkeit verging, ehe Abekke Philippa jäh

aus ihrem Griff entließ. Angewidert stolperte sie zurück. Nun würde ihr einziges Festgewand bis zum Jüngsten Tag nach dem schrecklichen Parfüm der Medewitzerin riechen. Mürrisch verfolgte sie, wie die blonde junge Frau Sebastians Hand ergriff, um sich von ihm ins Haus geleiten zu lassen. Hatte sie vielleicht Angst, auf der Treppe über eine Ziege zu stolpern?

Am Portal drehte sich Abekke noch einmal nach ihr um. »Ich nehme an, wir sehen uns später noch beim Festmahl, liebste Philippa? Und vielen Dank, daß Ihr mich so freundlich empfangen habt. Ich fürchtete schon, Eure Geschäfte mit dem alten Mann im Dorf würden es Euch nicht erlauben, uns Gesellschaft zu leisten.« Sie schlug die Augen nieder und blickte unschuldig auf ein Büschel Gras, welches zwischen den Ritzen des Treppenabsatzes wucherte.

»Geschäfte ... im Dorf?« Sebastian funkelte seine Schwester wütend an. »Was, in drei Teufels Namen, hattest du heute morgen in Lippendorf verloren? Solltest du nicht die Dienerinnen im Saal beaufsichtigen?«

Philippa errötete vor Ärger. Verliebtheit hin oder her, wie konnte ihr Bruder es wagen, sie in Anwesenheit dieser intriganten Fremden zu maßregeln. Hilfesuchend schaute sie sich nach ihrem Vater um, aber Nikolaus von Bora flüsterte mit Golfried und dachte gar nicht daran, seiner Tochter beizustehen. Philippa sah, wie sich Roswitha aus dem Schatten des Portals bewegte und kummervoll ihr Gesicht verzog. Wahrscheinlich bereut sie nun, daß sie heute morgen nicht selbst ins Dorf gegangen ist.

»Sebastian, sei doch nicht so wütend auf deine kleine Schwester«, säuselte Abekke auf einmal liebenswürdig. »Meine Knechte haben Philippa gesehen, als sie sich gerade von dem fahrenden Buchhändler Bartholomäus verabschiedete. Gewiß wird ihr erstandenes Werk die Zierde der von Boraschen Hausbibliothek werden.«

Philippa begann vor Wut zu zittern. Wenn Abekkes

Knechte sie in der Nähe der alten Kapelle beobachtet hatten, war dies keineswegs ein Zufall. Womöglich spionierten die Kerle ihre Familie und das Dorf seit Tagen aus. Warum war ausgerechnet Sebastian, der doch schließlich das Waffenhandwerk erlernt hatte, so blind und begriff nicht, daß er sich mit der Medewitzerin ein Trojanisches Pferd ins Haus geholt hatte? Was den von Boras bevorstand, war keine Vermählung, sondern ein Beutezug, ein hinterhältiger Plan des Herrn von Medewitz mit dem Ziel, nach dem Dorf und den Wassermühlen auch noch das Rittergut in seine Hände zu bekommen.

»Falls die Landsknechte deiner Braut mich tatsächlich im Dorf gesehen haben, so dürfte ihnen wohl auch nicht entgangen sein, daß es heute einen Pestfall gegeben hat«, stieß sie schließlich hervor. »Bartholomäus weigerte sich, mir Näheres dazu zu sagen, und der Prädikant aus Wittenberg war nicht aufzutreiben. Dennoch sollten wir vorbereitet sein …«

»Ich verbiete dir, noch einmal ins Dorf zu gehen, Philippa«, ließ sich plötzlich Nikolaus von Boras schwache Stimme vernehmen. Auf Golfried gestützt, stolperte er seiner Tochter entgegen. »Du weißt genau, daß ich es nicht möchte, wenn du zur Katharinenkapelle gehst. Und sollte in Lippendorf tatsächlich die Pest ausgebrochen sein …« Er sprach nicht weiter. Erschöpft bedeutete er seinem Diener, ihm in seine Kammer hinaufzuhelfen.

»Wir sollten alle ein wenig ruhen, Liebster«, sagte Abekke. Sie ignorierte Philippas finsteren Blick und strich ihrem Verlobten scheinbar zärtlich über die Wange. »Eure Lippendorfer Männer sind hinter den Mauern unserer Burg in Sicherheit, und wir sind es hier auf dem Hof auch. Warum sollten wir uns also Sorgen machen?«

Ja, warum wohl, dachte Philippa düster und lief, ohne auf Roswithas stummen Protest zu achten, an ihrem Bruder und der Medewitzerin vorbei, die Treppe zum Hof hinunter.

3. KAPITEL

Golfried stellte sich leise stöhnend auf die Zehenspitzen, um mit seinem Brennspan die sieben dicken Wachskerzen über der Tafel zu erreichen. Der Leuchter, auf dem die Kerzen steckten, bestand aus einem massiven Wagenrad, das an einer Messingkette von der Decke des Saales herabhing. Sein Schein vermochte auch noch die entfernteste Ecke der Halle auszuleuchten; allerdings wurde er recht selten benutzt, weil Nikolaus von Bora auf Sparsamkeit bedacht war. Er konnte es nicht leiden, wenn teures Bienenwachs vergeudet wurde. Die Schadensliste und das Inventar, das der Verwalter auf Golfrieds Rat hin noch vor Sankt Michaelis erstellt hatte, zeugten ohnehin seit langem von zu knappen Mitteln.

Als die Familie sich am Abend nach Abekkes Empfang im Saal versammelte, um zu ihren Ehren ein Festmahl abzuhalten, brannten auf dem mit Wachstropfen überzogenen Holzrad alle sieben Kerzen. Die Bierkrüge und Weinkannen, die Platten mit Wildbret, Schinken und gekochtem Fisch sowie die zierlichen Silberschalen mit den kleinen Kuchen aus Weißmehl ruhten in einem zarten, beinahe seidigen Glanz.

Abekke saß aufrecht wie eine Fürstin zwischen ihrem Bräutigam und dessen Vater. Ungezwungen plaudernd schob sie sich mit ihrer venezianischen Gabel, die nur aus zwei zierlichen Zinken aus getriebenem Silber bestand, ein Stück gesottenen Hering in den Mund und verzog kurz darauf unmerklich das Gesicht. Philippa lächelte verstohlen. Ihr Besuch in der Küche des Gutshauses hatte sich bezahlt gemacht; die Köchin würde die zusätzliche Portion Pfeffer, die sie in Abekkes Soße gerührt hatte, gewiß nicht vermissen.

»Gefällt Euch die Tapisserie, Herr?« wandte sich Abekke mit säuerlicher Miene an Nikolaus von Bora, der teilnahmslos an seiner Rehkeule herumsäbelte. »Mein Vater hat sie vor etwa zehn Jahren von einer Reise durch Burgund mit nach Hause gebracht. Damals war die Auseinandersetzung zwischen dem französischen König und Kaiser Karl wohl noch nicht so heftig wie in diesen Tagen.«

»In der Tat«, stimmte Sebastian zu, ohne auf die politische Anspielung seiner Verlobten einzugehen. Seine Blicke glitten bewundernd über den kostbaren Wandteppich, den Abekke dem Hausherrn als Geschenk für die große Halle überreicht hatte. Noch vor dem Mahl hatte er Golfried und zwei weitere Diener angewiesen, den alten, zerrissenen Teppich von der Wand zu nehmen und statt dessen das Gastgeschenk seiner Braut anzubringen. Die kunstvolle, in grünen, roten und braunen Tönen gehaltene Stickerei stellte eine höfische Jagdszene dar: eine Gruppe von Edelleuten mit Jagdhörnern und einer Hundemeute, die mit drei prunkvoll gekleideten Damen aus einem Wald auf eine Lichtung galoppierten, um einen Hirsch zu verfolgen. Sebastian war begeistert, weil Abekke seine Leidenschaft für die Jagd nicht vergessen hatte. Selbst Nikolaus von Bora fand artige Dankesworte. Erst als er auf der unteren Hälfte der Tapisserie das geschwungene Wappen der Medewitzer entdeckte, schwieg er bestürzt und schlug seinen Becher hart auf die blanke Tischplatte.

Philippa sog scharf die Luft ein. Sie sah, wie ihr Vater erbleichte und Golfried sich ängstlich der Tafel näherte. Der Abend versprach spannend zu werden.

»Ich fürchte, Sebastian hat das gute Stück ein wenig

voreilig aufhängen lassen!« Abekke erhob sich und lief mit gemessenen Schritten um die Tafel herum. Sie ergriff eine Kerze aus einer der Fensternischen und leuchtete einige Stellen des stattlichen Behanges ab. »Hier! Genau an dieser Stelle werden meine Näherinnen das Wappen Eures Hauses anbringen, Schwiegervater. Seht Ihr die Zweige des Baumes, hinter welchem das Dammwild verschwindet? Ich dachte mir, er soll für Sebastian und mich eine Art Stammbaum werden, um künftigen Generationen Eurer Familie zu zeigen, aus welch edlen Häusern sich das Geschlecht der von Boras zusammensetzt.«

Einen Herzschlag lang herrschte gespanntes Schweigen in der Halle. Nur das Feuerholz im Kamin knirschte vor sich hin. Dann stand Nikolaus von Bora auf, maß die Braut seines Sohnes mit einem durchdringenden Blick und neigte sein ergrautes Haupt in ihre Richtung. Ein Jubel erscholl an der Tafel. Sebastian sprang auf, lief auf Abekke zu und umarmte sie stürmisch. Golfried kicherte aufgeregt, klapperte mit seinen Schlüsseln und beglückwünschte seinen Herrn.

Philippa hatte sich ebenfalls erhoben. Fassungslos verfolgte sie, wie Sebastian Abekke zur Tafel zurückgeleitete und ihr, ohne zu zögern, den Platz ihrer verstorbenen Mutter am Kopfende anbot. Wütend ballte sie die Fäuste unter der Tischplatte. Der hohe Lehnstuhl mit dem Pelzkissen war seit dem Tod von Francesca von Bora leer geblieben. Niemand hatte es jemals gewagt, ihn auch nur hervorzuziehen. Philippa und Roswitha waren die einzigen, die hin und wieder vorsichtig das kühle, braune Holz polierten, um dessen Glanz zu bewahren. Als Kind hatte Philippa sich manchmal vorgestellt, sie könnte die Mutter auf deren Stuhl zurückwünschen, wenn sie ihre Augen schloß, die Hände wie in der Messe faltete und ganz fest an ihr Erscheinen glaubte.

Wie eine Königin nahm Abekke von Medewitz auf dem

hohen Stuhl Platz. Graziös lächelte sie in das versteinerte Gesicht des Gutsherrn, der allem Anschein nach noch nicht begriff, was die höfliche Geste seines Sohnes zu bedeuten hatte. Philippa verstand indessen sofort: Der Medewitzerin war es einmal mehr gelungen, eine drohende Niederlage in einen Triumph zu verwandeln, und sie würde es sich nicht nehmen lassen, diesen Triumph in vollen Zügen auszukosten.

Während die Familie speiste, vermied es Philippa geflissentlich, ihre zukünftige Schwägerin anzublicken. Statt dessen rückte sie ihren Schemel näher an die Seite ihres Vaters. Das Gesicht des Gutsherrn war gerötet und schien vor Fieber zu glühen. Besorgt tastete sie nach seinen zitternden Händen. Blau geschwollen traten die Adern unter der Haut hervor. War die Kälte daran schuld? Die Anstrengung des Tages? Die Aufregung über Abekkes Reden? Golfried drängte sich neben sie und seinen Herrn und schenkte Nikolaus aus einem Zinnkrug Branntwein in seinen Becher.

»Vater, du solltest Golfried nach dem Medicus schikken«, sagte Philippa leise, jedoch nicht leise genug.

»Ihr werdet Euch doch nicht dem Medicus von Borna anvertrauen«, rief Abekke mit lauter Stimme über die Tafel. »Er ist ein Scharlatan, der letzten Winter beinahe aufs Rad geflochten worden wäre! Ich wundere mich, daß er noch nicht aus der Stadt gejagt wurde.«

»Warum sollte man ihn aus der Stadt jagen?« wollte Sebastian wissen

»Er hat einer Kindsmörderin die Arznei gereicht, mit deren Hilfe sie dann ihr Balg vom Leben zum Tode beförderte. Darüber redet ganz Medewitz.«

»Die meisten Arzneien sind gefährlicher Natur, Jungfer Abekke«, wandte Philippa ein. »Der Grieche Aristoteles lehrt, daß jedes Kraut zwei Gesichter hat. Der Medicus ist verantwortlich dafür, die heilenden Kräfte von den zerstörerischen zu scheiden. Aber er ist kein Allwissender und kann auch der Täuschung unterliegen. Wenn die Frau sich das Mittel des Arztes erschlich und dann ihrem Neugeborenen verabreichte, kann jener wohl kaum dafür zur Rechenschaft gezogen werden.«

»Einer Täuschung scheint in diesen Tagen so mancher Gutgläubige zum Opfer zu fallen, meine Liebe! Vielleicht ist dies auch der Grund, warum heute, an einem Freitag, im Hause von Bora Fleisch auf den Tisch kommt!«

Ein plötzlicher Hustenanfall des Gutsherrn unterbrach die Anspielung der Medewitzerin. Besorgt beugte sich Philippa über ihn, ohne Abekkes gerümpfte Nase oder Golfrieds finstere Miene weiter zu beachten, und bemühte sich, die stramm gezogenen Schnüre zu lockern, welche das Leinenhemd ihres Vaters über der Brust zusammenzogen.

Unvermittelt bäumte sich der hagere Mann auf und stieß Philippa versehentlich so heftig gegen die Schulter, daß sie taumelte und mit der Hüfte gegen die Tischkante fiel. Das Mädchen stöhnte vor Schmerz, verlor aber nicht das Gleichgewicht. Fassungslos beobachtete Philippa, wie Golfrieds Fingern die Kanne mit dem Branntwein entglitt und hart auf den Holzdielen aufschlug.

»Golfried ...«

Bebend trat der grauhaarige Diener von seinem Herrn zurück. Golfrieds Augen weiteten sich in unaussprechlichem Entsetzen, sein Gesicht wurde so weiß wie die Hand eines Bäckers im Mehltrog. Im gleichen Augenblick drang ein spitzer Schrei vom anderen Ende der Tafel an Philippas Ohr. Verstört drehte sie den Kopf und sah wie durch einen alles verzerrenden Nebel, daß Abekke beide Hände vor ihren Mund preßte. Nur Sebastian war sitzen geblieben. Ungläubig schüttelte er den Kopf.

»Schau doch hin, du Narr«, schrie Abekke auf. Ihre Blicke richtete sich auf die Tür zur Halle, neben der sich ihre Landsknechte mit einigen Kannen Wein zum Würfelspiel niedergelassen hatten. Die bärtigen Männer waren von ihren Bänken aufgesprungen, die Hände am Griff ihrer Schwerter. Doch keiner von ihnen wagte es, näher zu kommen. So verharrten sie neben dem Eingang und starrten nur abwechselnd von ihrer Herrin zum Stuhl des alten von Bora hinüber.

Philippas Augen schwammen in Tränen, als sie sich neben ihren Vater kniete. Ihr Mund war trocken vor Angst. Sie spürte, wie sich eine warme, schwere Hand auf ihre Schulter legte. Es war Roswitha. Die alte Frau half ihrer jungen Herrin behutsam auf die Füße, aber Philippa entwand sich unwirsch ihrem Griff.

»Laß mich! Ich muß sehen, was ihm fehlt!«

»Das dürft ihr nicht, mein Herz!« Roswithas sonst so hohe Stimme klang plötzlich ungewohnt hart und tönern. Derb krallten sich ihre Finger in Philippas wollene Robe. »Ihr habt doch auch die schwarzen Beulen unter seinem Kragen gesehen. Wenn Ihr so alt wärt wie ich und so viele Menschen hättet sterben sehen, wüßtet Ihr wovon ich spreche. Es sind ... *Pestbeulen*!«

»Teufelsküsse«, rief Abekke aufgebracht und warf mit einer ungelenken Bewegung den hohen Lehnstuhl von Philippas und Sebastians Mutter um.

»Haltet Euren Mund!« herrschte Philippa die Medewitzerin an. »Ich verbiete Euch, dieses Wort noch einmal in unserem Haus auszusprechen!«

Erschrocken hielt Abekke inne. Ihre Nasenflügel zitterten. Philippa wandte sich verächtlich von der jungen Frau ab und machte einige Schritte auf ihren Vater zu. Sie verbot sich selbst zu weinen. Nein, auf keinen Fall durfte er bemerken, daß seine Tochter Angst hatte. Es gelang ihr sogar, ein wenig die Mundwinkel zu heben, als sie sein Handgelenk ergriff und den flatternden, unregelmäßigen Pulsschlag zwischen ihren kalten Fingerspitzen fühlte. Die

Augen des Gutsherrn glänzten wie dünnes Glas, und sein knochiger Körper wurde von Krämpfen hin und her geworfen. Er öffnete den Mund, um etwas zu sagen, aber kein Laut entwich seinen blutleeren Lippen. Dann sank er in seinem Sessel zusammen und verlor die Besinnung.

Philippa glaubte sich in einen Alptraum versetzt. In ihren Ohren rauschte das Blut wie eine Sturmflut. Mit fahrigen Bewegungen dirigierte sie Golfried und Roswitha, die eine Trage herbeigeholt hatten, um ihren Herrn in dessen Kammer im Obergeschoß zu schleppen. Durch das Rauschen und Klopfen, das immer stärker wurde, hörte sie, wie sie den kleinen Jan, den jüngsten Sohn der Köchin, nach dem Medicus in Borna schickte. Sie sah Sebastians Entsetzen und Abekkes Abscheu, aber nichts davon ging ihr wirklich nahe. Als sie die Tür ihrer Kammer hinter sich ins Schloß fallen hörte, ahnte sie, daß ihr Vater die Nacht nicht überleben würde.

Bedrückt öffnete Philippa die ledernen Schnüre ihres Mieders und streifte sich die unbequeme Robe von den Schultern. Roswitha wußte, daß sie den kratzigen Wollstoff nicht mochte, auch wenn die Amme ihn mit frischen Kräutern in ein freundliches Blau getaucht hatte. Sie ging um ihr Schreibpult herum in den schmalen Erker und öffnete das Fenster. Der Färberwald wuchs direkt unter ihrer Kammer. Doch Philippa konnte seine Blätter nicht sehen, weil sie unter einer dicken Schicht gefrorenem Lehm begraben lagen. Die Dunkelheit schien das Rittergut in schwarze Farbe getaucht zu haben. Nicht einmal der Turm der Katharinenkapelle, die Philippa seit ihrer Kindheit nicht mehr betreten durfte, war zu sehen. Erst als das Mädchen sich weit aus dem Fenster über den Hof beugte, erkannte sie die zwei schwarzen Krähen, die stumm und reglos auf dem hohen Dachfirst kauerten.

4. KAPITEL

Der Medicus aus Borna war ein älterer Mann, der seine geringe Körpergröße mit einem riesigen Federhut auszugleichen versuchte. Als er die Halle der von Boras betreten hatte, hatte er hochmütig und sogar ein wenig gelangweilt gewirkt. Nun aber, da die Diagnose keinen Zweifel offenließ, war er kleinlaut, schnitt nervöse Grimassen und konnte gar nicht schnell genug aus der Krankenstube kommen.

Unter Sebastians und Philippas Fragen wand sich der Arzt und suchte Ausflüchte. Was sollte er den beiden jungen Menschen auch sagen? Ihr Vater lag im Sterben, da half auch seine ärztliche Kunst nicht mehr. Der Gutsherr hatte Blut gespien, was bedeutete, daß der tödliche Hauch seine Lungen bereits erreicht hatte. Seine Säfte waren im Ungleichgewicht. Zu viel gelbe Galle. Das Fieber würde in den nächsten Stunden steigen und dann …

»Ich habe die Beulen unter der Armbeuge aufgestochen und das üble Sekret ausfließen lassen«, erklärte der Medicus. »Danach flößte ich ihm Mandelbrühe mit Beifuß ein und ließ von seinem Leibdiener die Kammer mit Wacholder ausräuchern. Das solltet Ihr im übrigen auch mit Eurer Halle tun. Verbrennt alle Kleider, die Euer Vater getragen hat und …« Der Arzt zögerte, weil Philippas grimmiges Schnauben ihn verunsicherte.

»Warum hast du den Schrank hierher rücken lassen, Sebastian? Willst du damit etwa Vaters Tür verbarrikadieren?«

»Jungfer, ich muß darauf bestehen, daß niemand die Kammer des Kranken betritt«, mischte sich der Medicus ein. Die Federn seines Hutes wippten zur Bestätigung, was auf Philippa einen beinahe lächerlichen Eindruck machte. Außerdem lispelte er beim Sprechen durch eine Zahnlücke, die er entweder einem zu harten Kanten Brot oder einem unzufriedenen Patienten verdankte.

»Ich habe Eurem Bruder bereits erklärt, daß jede Berührung eines Siechen den Todessamen auf die Gesunden übertragen kann. Sollte der Erkrankte in zwei Tagen noch am Leben sein, werde ich ihn zur Ader lassen!«

Sebastian griff sich mit zitternder Hand an die Kehle. Er hatte verstanden, was der Arzt meinte. Hier ging es nicht mehr allein um das Schicksal seines Vaters. Das Leben aller Hausbewohner hing an einem seidenen Faden. Verwirrt schaute er zu seiner Schwester hinüber, die eine flache Schale mit einem Talglicht vom Regal nahm und es mit einem Brennspan entzündete. Doch dann schlug er mit der Faust gegen das dunkle Holz des hohen Waffenschrankes und warf dem Arzt einen vielsagenden Blick zu.

»Packt mit an, Medicus! Der Schrank kommt vor die Tür. Niemand betritt mehr die Stube. Später werde ich Golfried anweisen, ein Loch ins Holz zu stemmen, damit wir Vater frisches Wasser und Nahrung durchreichen können.«

Philippa warf den noch glimmenden Brennspan voller Zorn auf die Holzdielen.

»Paß gefälligst auf, Schwester!« herrschte Sebastian sie an. »Es fehlt mir gerade noch, daß du uns den roten Hahn aufs Dach setzt.«

»Ich gehe hinein, Sebastian. Wenigstens bis unter den Türsturz. Ich muß Vater noch einmal sehen. Ein letztes Mal mit ihm sprechen.«

»Das werde ich nicht zulassen, Philippa!« Sebastian packte seine Schwester am Arm und schüttelte sie grob.

»Du hast doch gehört, was der Medicus gesagt hat. Aber vielleicht hast du ihn nicht verstanden, weil er mit mir Einfaltspinsel in der Sprache des gemeinen Volkes geredet hat. Vielleicht möchtest du sein Urteil noch einmal auf Latein oder Griechisch hören?«

»Nimm sofort deine Hände von mir!« Philippa riß sich von ihrem Bruder los.

Sebastian war kräftig, seine Arme durch die ritterliche Ausbildung, die er am Hof Herzog Georgs des Bärtigen genossen hatte, hart wie ein Amboß. Mit einer einzigen Bewegung zwang er Philippa in die Knie und drückte gleichzeitig ihren Kopf in den Nacken. Dann schlug er ihr mit der flachen Hand ins Gesicht. Erschrocken trat der Medicus einen Schritt zurück und räusperte sich. Mehr Hilfe durfte das widerspenstige Frauenzimmer von ihm nicht erwarten. Aber Sebastian schien die Anwesenheit des Arztes ohnehin gar nicht mehr wahrzunehmen.

»Du tust mir ... weh«, preßte Philippa hervor und biß sich auf die Lippen, um nicht vor Schmerzen loszuschreien. Als Sebastian sie losließ, stürzte sie unsanft auf die Dielenbretter. Ihr Gesicht brannte wie Feuer. Mühsam versuchte sie, wieder auf die Beine zu kommen, was nicht einfach war, da der Saum ihres schwarzen Magistergewandes sich wie ein Fallstrick um ihre Knöchel gewunden hatte. Weder Sebastian noch der Arzt hielten es indes für nötig, ihr die Hand zu reichen, und erst als das Pochen in ihren Schläfen nachgelassen hatte, wurde ihr bewußt, daß die beiden Männer längst über die Stiege verschwunden waren. Man hatte sie allein vor der Tür ihres sterbenden Vaters zurückgelassen.

Vorsichtig plagte sie sich auf und lauschte, ob nicht doch von irgendwoher Stiefeltritte zu hören waren. Dann eilte sie, so rasch sie ihre wackeligen Beine zu tragen vermochten, den Gang entlang zur Leinenkammer. Dort zog sie ein Stück festen Stoff aus einem der Ballen, die auf Regalen oder in Truhen aufbewahrt wurden, und wickelte es sich wie eine Sarazenin um den Kopf. Wenn der Schwachkopf von Medicus es gewagt hatte, die Kammer ihres Vaters zu betreten und ihn zu untersuchen, so würde sie sich gewiß nicht scheuen, es ihm gleichzutun.

Als Philippa ihre Hand auf die Klinke legte, hämmerte ihr Herz so stark gegen die Rippen, daß sie fürchtete, es müsse an ihnen zerbersten. Noch einmal drehte sie sich um. Aus der Halle drang undeutliches Gemurmel an ihr Ohr. Vermutlich machte Sebastian den Dienern die Anweisungen des Medicus klar. Ihr blieben nur wenige Augenblicke, die letzten, die sie vermutlich mit ihrem Vater auf Erden würde teilen können. Entschlossen zwängte sie sich durch den Türspalt.

In der kleinen Kammer, die ihre Eltern einst gemeinsam bewohnt hatten, empfing sie Zwielicht und ein betäubender Geruch nach verbranntem Wacholder. Aber da war noch etwas anderes: ein Geruch, der stärker war als der herbe Kräuterduft. Philippa zwang sich, ihn zu ignorieren, und preßte sich das Stück Stoff vor den Mund. Nikolaus von Bora lag vollständig bekleidet auf dem Kastenbett und hatte die Augen geschlossen. Nicht einmal seine schweren Stiefel hatte man ihm ausgezogen. Der blaue Samtvorhang mit der zierlichen Goldbordüre, die ihre Mutter gleich nach der Hochzeit hatte anbringen lassen, war zurückgezogen und baumelte wie das Segel eines dem Untergang geweihten Schiffes zwischen den hohen Pfosten. Philippa fragte sich, ob sie den Vater wecken sollte oder ob es nicht barmherziger war, ihn seinen Träumen zu überlassen. Immerhin atmete er regelmäßig, wenn auch schwach.

Auf Zehenspitzen ging sie zu einem der beiden kleinen Buntglasfenster hinüber und öffnete es, um den drückenden Geruch aus der Kammer zu vertreiben. Dann drehte sie sich wieder um. Ihr Blick fiel auf den wie ein Eichenblatt geformten Leseständer, auf welchem die aufgeschlagene

Bibel ihres Vaters lag. Aus ihr hatte er fast jeden Abend vorgelesen. Behutsam fuhr Philippa die geschwungenen Initialen mit ihrem Finger nach. Die Bibel stammte aus einer Druckerwerkstatt in Wittenberg, und ihr Onkel, Tante Katharinas Gemahl, hatte sie aus dem griechischen Urtext in die deutsche Sprache übersetzt. Philippa erinnerte sich nicht mehr, wann genau diese Schrift nach Lippendorf gelangt war, aber sie vermutete, daß ihre Tante sie zum Trost für ihren Bruder und dessen Kinder mitgebracht hatte, als sie nach Lippendorf gereist war, um ihnen ihr Beileid zum Tod der Mutter auszusprechen. Danach hatte Philippa nie wieder etwas von den Luthers gehört, und das Bild der schwarzgekleideten Edeldame, die sie traurig lächelnd auf dem Arm über die Wiese zum Erbbegräbnis der von Boras getragen hatte, war in ihrer Erinnerung zu einem undeutlichen Schemen verblaßt.

»Was, in Gottes Namen, machst du nur hier?« drang die schwache Stimme ihres Vaters an ihr Ohr. Sie klang zerbrechlich wie springendes Glas. »Du darfst … nicht hier sein, dummes Mädchen!«

Er kann nicht wirklich streng sein, dachte Philippa voller Zuneigung, und ein wehmütiges Lächeln spielte um ihre Lippen. Langsam näherte sie sich dem hohen Kastenbett.

»Ich hätte sie niemals schlagen dürfen, Abekke. Sie ist immerhin meine Schwester und seit dem Tod meiner Mutter die Herrin von Lippendorf!«

Sebastian von Bora trat aus dem strohgedeckten Wirtschaftsgebäude neben der stillgelegten Schmiede und beobachtete mit düsterer Miene, wie zwei Knechte Heringsfässer von einem Karren abluden und einzeln, an der dampfenden Dunggrube vorüber, in einen Kellerschacht rollten. Abekke verzog angewidert das Gesicht. Ihre Schultern bebten vor Kälte, trotz des dicken Umhangs mit

Pelzkragen, den ihr Sebastian aus der Kleiderkammer hatte bringen lassen. Sehnsuchtsvoll blickte sie in Richtung des Tores. Irgendwo hinter den gefrorenen Äckern mußte sich der mächtige Bergfried von Burg Medewitz erheben. Als sie bemerkte, daß Sebastians Hand die ihre suchte, machte sie einen Schritt zur Seite und tat so, als habe sie seine zärtliche Geste nicht bemerkt.

»Sie hat dich vor dem Medicus bloßgestellt. Was glaubst du, warum sie in die Kammer gehen wollte? Doch nur aus dem Grund, deinen Vater zu beschwatzen. Diese Hexe ist durchtriebener, als du dir vorstellen kannst.«

»Wovon redest du, Abekke?« Nervös befeuchtete Sebastian seine trockenen Lippen mit der Zunge.

Abekke schüttelte nachsichtig den Kopf und begann, ihre kalten Finger zu massieren. Sebastian war viel zu aufgebracht, um zu bemerken, daß sie ihren Verlobungsreif nicht trug. Nach ein paar Augenblicken des Schweigens zog Abekke einige zusammengerollte Blätter Pergament unter ihrem Umhang hervor und hielt sie Sebastian unter die Nase. Ungläubig nahm der junge Mann die Papiere entgegen und las mit zusammengekniffenen Augen die ersten Zeilen.

»*Inventarium Gentis Borae.* Ein neues Vermögensverzeichnis über sämtliche Ländereien von Lippendorf. Mein Vater muß es unmittelbar nach dem Verpfändungstag diktiert haben. Ich erkenne Golfrieds Schrift. Wie bist du an die Aufzeichnungen meines Vaters gekommen?«

»Was spielt das denn für eine Rolle? Viel wichtiger ist die Frage, wovon du künftig leben willst. Sieh dir das Schadensregister Anno 1535 an und vergleiche es mit dem vom letzten Jahr!« Abekkes Stimme nahm einen scharfen Unterton an. Die beiden Knechte ließen ihre Fässer sinken und starrten zu ihrem Herrn hinüber. Auch eine Magd war aufmerksam geworden. Neugierig steckte sie ihr rotes, verheultes Gesicht aus einem der Fenster zum Innenhof.

Ein drohender Blick Abekkes genügte indes, um sie zum Rückzug zu bewegen. Geräuschvoll schlugen die Fensterläden zu, während im Inneren des Küchenflügels zankende Stimmen und Geräusche erklangen, die sich wie Schläge mit einem nassen Lumpen anhörten.

»Der Bestand an Kühen, Kälbern und Schweinen ist seit dem Herbst um mehr als die Hälfte gesunken«, fuhr Abekke fort. »Von elf Pferden haben nur sieben den Winter überlebt. Fohlen wurden gar keine geboren.«

Entgeistert starrte Sebastian von der Liste zu seiner Verlobten. Warum quälte sie ihn ausgerechnet jetzt damit? Konnte sie nicht endlich ruhig sein und ihn trösten, so wie es ihr als seiner zukünftigen Frau zukam? Abekke ließ sich jedoch nicht beirren.

»Eure Weizenernte im Sommer war wegen der anhaltenden Nässe miserabel. Aber da sämtliche Mühlen jetzt zu Medewitz gehören, brauchst du dir um das Korn ohnehin keine Sorgen zu machen. Summa summarum beläuft sich eure Schuld auf nahezu sechshundert Gulden. Die Pfandabzahlung von Medewitz bringt dagegen nur zweihundert Gulden ein. Wenn du nun auch noch deine Schwester unterhalten willst, bist du ruiniert und mußt den Herzog anflehen, daß er dich wieder in seine Dienste nimmt. Für einen Hungerlohn, versteht sich!«

Sebastian zerknüllte das Inventar in seiner Faust und schleuderte es mit einem zornigen Laut in Richtung Dunggrube. Danach stapfte er zur nahen Räucherkammer hinüber und stieß das Tor auf. Er zitterte am ganzen Leib und hätte doch trotz des kalten Windes den Kopf nur zu gerne in ein Wasserfaß gesteckt. Warum hatte er nicht früher bemerkt, wie schlecht es um das Gut stand? Sein Vater hatte es ihn nicht wissen lassen. Im Gegenteil, er hatte ihn auf die Jagd geschickt, während er selber mit Golfried über den Schadenslisten gesessen und sich das Hirn zermartert hatte, wie er seine Schulden begleichen konnte. Die Demütigung vor den Medewitzern war letztendlich umsonst gewesen. Ein Tropfen auf dem heißen Stein. Und ihm, Sebastian, kam es nun zu, das Gut aufzuteilen wie die Henkersknechte zu Golgatha, die um das Gewand des Herrn würfelten.

»Was hast du jetzt vor, Sebastian?« Abekke stand direkt hinter ihm. Er fuhr herum und ergriff ihre Hände. Die stickige Luft ließ ihn kaum atmen. »Ich werde alles überprüfen ... noch heute«, stammelte er schließlich. »Jede Speckseite werde ich zählen, jedem Heller nachgehen. Mein Vater ließ schließlich auch nichts unversucht, um Lippendorf zu halten.«

»Gewiß, Liebster«, erwiderte Abekke und hauchte ihm einen Kuß auf die Lippen. »Aber du weißt selbst, daß dies nur gelingen kann, wenn wir Lippendorf und Medewitz vereinigen. Unsere Güter gehören nun einmal zusammen.«

»Ja, doch ... was soll dann aus Philippa werden?« Sebastian verzog den Mund zu einem gequälten Lächeln. Ein Gefühl der Ohnmacht drohte ihn zu überwältigen. »Ich meine ... sie wird nicht gerade begeistert sein, ihren Erbsitz auf Gut Lippendorf einzubüßen.«

»Laß das nur meine Sorge sein, Sebastian. Um deine kleine Schwester werde ich mich kümmern!« Mit sanftem Zwang löste Abekke Sebastians breiten Ledergürtel und zog ihn langsam, aber fordernd an den Hüften in den Schatten des Rauchfangs.

»Komm mir nicht zu nahe Philippa, ich warne dich!« Nikolaus von Bora wehrte seine Tochter schwach mit beiden Händen ab. »Stell den Krug auf die Truhe, ich werde ihn schon erreichen, wenn ich durstig bin.«

Philippa zögerte einen Augenblick und staunte über sich selbst. Ihre Angst vor der Seuche war wie weggeblasen. Ihr Kopf war klar, und der Schmerz im Gesicht, wo Sebastians

Hand sie getroffen hatte, klang allmählich ab. Sie tat, was ihr Vater sie geheißen hatte, und setzte den Zinnkrug mit Wein, der gegen Nikolaus' Schmerzen mit einigen Heilkräutern versetzt war, auf der italienischen Eichentruhe ab. Danach rückte sie das schwere Möbelstück näher an das Krankenlager.

»Ich danke dem Herrn, daß ich dich noch einmal sehen durfte, Tochter. Irgendwie spürte ich es in meiner Brust, daß du wieder ungehorsam sein und dich den Anordnungen deines Bruders widersetzen würdest. Nur ...« Ein pfeifender Husten unterbrach den alten Mann. Seine hohe Stirn über den leicht schräg stehenden Augen glänzte vor Schweiß. Philippa schlug entsetzt die Hände vor die Brust und überlegte, ob sie nicht das Holzkreuz von der Wand nehmen sollte, um es ihrem Vater zu reichen. Nikolaus von Bora war stets ein frommer Mann gewesen. Er hatte der heiligen Kirche hohe Schenkungen zukommen lassen, doch nun, in der Stunde seines Todes, war er ohne jeden geistlichen Beistand. Nicht einmal den neuen Prediger hatte Sebastian verständigt.

»Heute danke ich dir für ... für deinen Ungehorsam, Tochter«, preßte Nikolaus hervor, während sich seine hageren Finger vor Qual in das zerknitterte Laken gruben. Philippa sprang zur Truhe, füllte einen Becher mit Wein und half dem Kranken, ihn zu leeren. Nach wenigen Zügen legte sich der Hustenreiz. Zurück blieb nur eine Spur feiner Blutstropfen, die das Kissen sprenkelte.

»Abekke von Medewitz ...«

»Du willst Abekke sehen, Vater?« Mit ungläubigem Blick stellte Philippa den Becher zurück auf die Eichentruhe. Sie schluckte, als ihr klar wurde, daß sie ihren Vater zum ersten Mal in ihrem Leben geduzt hatte. Reumütig schlug sie die Augen nieder, doch Nikolaus von Bora machte keine Anstalten sie zu tadeln. Und mit Abekke sprechen wollte er erst recht nicht. Nikolaus berichtete, er habe beobachtet, wie Abekke noch vor der Ankunft des Medicus seine Sachen durchsucht und verschiedene Papiere an sich genommen hatte.

»Mein zweites Testament hat sie nicht gefunden, Philippa. Golfried bewahrt es in seiner Schreibstube auf dem Regal mit den Wachssiegeln auf, um noch ein paar Noten nachzutragen. Du mußt ... dich beeilen, ehe Abekke und ihre verdammte Sippe meinen Letzten Willen in die Finger bekommen. Auch wenn Sebastian das Gut übernimmt, wirst du immer das Haus- und Hofrecht in Lippendorf haben. Viel mehr kann ich dir nicht hinterlassen, nur noch eines ...« Er verstummte, um Luft zu holen.

»Du darfst nicht so viel reden, Vater.« Philippa erhob sich, um das Fenster zu schließen. Ihr Verstand versank in einem Meer widerstreitender Gefühle. Was geschah, wenn Sebastian den Letzten Willen ihres Vaters nicht anerkannte? Im Grunde hatten sie einander immer geliebt und geachtet, wie es unter Geschwistern sein sollte. Ihre Studien der humanistischen Schriften, der lateinischen und griechischen Sprache sowie der heidnischen Philosophen waren Sebastian zwar auf die Nerven gegangen, doch bevor Abekke in sein Leben getreten war, hatte er sich über den Eifer seiner Schwester bestenfalls lustig gemacht. Was aber sollte aus ihr werden, falls Sebastian und Abekke sie tatsächlich des Gutes verwiesen?

Obwohl Philippa ihrem Vater den Rücken zuwandte, spürte sie deutlich, daß er jede ihrer Bewegungen verfolgte. Sein fiebriger Blick schien selbst in ihre Gedanken einzudringen, denn unvermittelt sagte er: »Ich möchte dich um etwas bitten, Tochter, und du sollst mir auf deinen Eid versprechen, daß du mir diese Bitte nicht abschlägst.«

»Ich verspreche es«, antwortete Philippa und zuckte müde mit den Schultern. »Was es auch sein mag.«

»Falls du ... Lippendorf jemals verlassen mußt, geh zu meiner Schwester, deiner Tante Katharina, nach Wittenberg. Vor langer Zeit hat auch sie mir ein Versprechen gegeben. Gleich nachdem meine arme Francesca …«

»Ins Haus der Lutherin?« flüsterte Philippa erstaunt. »Du unterstellst mich dem Schutz einer entlaufenen Nonne, die einen … einen Rebellen gegen Kaiser und Papst geheiratet hat?« Mühsam unterdrückte sie den Wunsch, über diesem unseligen Ansinnen ein Kreuz zu schlagen. Auch wenn ihr Vater sich und sein Gut den 1530 auf dem Reichstag zu Augsburg verteidigten Lehren seines Schwagers unterworfen und die Meßfeiern, Sakramente und Prozessionen in Lippendorf abgeschafft hatte, fühlte sie selber sich insgeheim noch immer ihrem alten Glauben verbunden. Vielleicht, weil dieser Glaube zu den wenigen Dingen gehörte, an die sie sich aus der Zeit vor dem Tod ihrer Mutter erinnern konnte. Ihr Interesse an der versunkenen Welt der gelehrsamen Griechen und der tapferen Römer entsprang letztendlich dem verzweifelten Wunsch eines einsamen Kindes, sich einen Schein jener farbenfrohen Welt zurückzuholen, in welcher das Bild ihrer Mutter, der schönen und heiteren Francesca, noch nicht verblaßt war.

»Es ist schon recht so, wie alles gekommen ist, Philippa«, flüsterte Nikolaus milde. »Glaub mir.« Es gelang ihm aus eigner Kraft, sich ein wenig aufzurichten und den Kopf an das vorstehende Holz des Bettkastens zu lehnen. »Die Zeit war reif, um die unheilvolle Macht des Papstes und seiner feisten Bischöfe zu brechen. Wir müssen zu einem einfachen Evangelium zurückkehren, einer Lehre, die von jedermann verstanden wird. Selbst von Bauern und Fischern, wie der heilige Petrus einer war. *Sola gratia et sola fide*, verstehst du? Allein der Glaube. Oder hältst du es für richtig, mit welchem Gehabe die Mönche durch unser Land gezogen sind und Handel mit dem Seelenheil der Menschen getrieben haben? Eines Tages wird auch Herzog Georg einsehen, daß Goldmünzen im Fegefeuer nicht heilbleiben. Dann kann er uns das Abendmahl in beiderlei Gestalt nicht länger verweigern. Was aber deine Tante betrifft, so kenne ich kaum eine Frau, die geduldiger und gerechter wäre. Sie hat deine Mutter sehr gemocht und wird dich gewiß gerne in ihrem Haus aufnehmen.«

»Warum hast du niemals mit mir und Sebastian über unsere Mutter gesprochen?« entgegnete Philippa traurig. »Ich weiß so wenig über sie. Nur, daß sie aus Italien stammte und früh gestorben ist.«

»Es gibt gewisse Dinge, die läßt man besser ruhen, Philippa«, antwortete Nikolaus, ohne seine Tochter anzusehen.

»Mutters Tod hat aber mit der neuen Lehre zu tun, nicht wahr? Seit dem ersten Auftreten des streitbaren Mönches hast du jedem von uns verboten, die Kapelle im Dorf auch nur zu betreten. Kannst du mir nicht einmal jetzt sagen, was damals wirklich geschah?«

Philippa stockte plötzlich, weil sie ein Gefühl des Unbehagens überfiel. Auf dem Korridor waren Schritte zu hören, Stiefelschritte und das schleifende Geräusch von Kettenhemden. Wenn nun Sebastian zurückkehrte und den schweren Waffenschrank vor die Tür rückte, war sie verloren. Angsterfüllt starrte sie auf den Riegel, den sie nicht zurückgeschoben hatte. Sie saß in der Falle.

Doch die Schritte entfernten sich, ohne vor der Kammer des Gutsherrn innezuhalten. Philippa atmete tief durch. Zwischen ihren Augenbrauen standen Schweißperlen.

»Du mußt mich verlassen, Tochter«, sagte Nikolaus schwach. »Aber zuvor will ich dir noch etwas anvertrauen. In der Truhe deiner Mutter findest du ... eine Figur ...«

Philippa kniete sich noch einmal vor die blanke Truhe und stemmte den Deckel mit seinen wunderschönen Beschlägen in die Höhe. Sie mußte nicht lange suchen. Unter einem wahren Berg verstaubter Roben aus Damast lag, eingewickelt in ein fettiges Tuch, eine etwa zwei Fuß hohe Heiligenfigur aus fein geschnitztem und bemaltem

Kirschbaumholz. Philippas Augen füllten sich mit Tränen. Sie erinnerte sich an die Figur. Es war die heilige Katharina, wie an dem Rad in ihrer Hand unschwer zu erkennen war. Das weite Gewand fiel in sanften, bläulich schimmernden Wellen über die schmalen hölzernen Hüften. Jede Falte war zu erkennen. Und dann erst der Kopf der Figur! Der unbekannte Künstler hatte sich viel Mühe gegeben, um dem Gesicht der Heiligen eine Aura des Geheimnisvollen zu verleihen. Ihre Augen leuchteten bald melancholisch, bald spöttisch. Je nachdem, aus welchem Winkel das Licht auf ihr stummes Antlitz fiel, schienen die Augen einen neuen Ausdruck anzunehmen. Umrahmt wurden sie von einer wahren Flut sorgfältig gedrehter Locken, welche der unbekannte Meister in zarte Goldtöne getaucht hatte. Ein Jammer, daß die Farbe bereits an mehreren Stellen abblätterte. Zudem war das kleine Podest, auf dem die Heilige auf ihren nackten Füßen stand, schwarz und brüchig, als ob es irgendwann einmal im Feuer gelegen hätte.

Ratlos blickte Philippa von der Heiligenfigur zu ihrem Vater. Nikolaus von Bora war lautlos auf sein Kissen zurückgeglitten. »Francesca wollte immer, daß du die Figur einmal bekommst. Ich hätte dir ihre Geschichte erzählen sollen, aber nun ist es ... zu spät für mich. Ich kann nur darum beten, daß sie mir meinen Verrat vergeben hat. Rede mit deiner Tante Katharina, sobald du nach Wittenberg kommst ... und dann ... der Schlüssel zum Glück ...«

Nikolaus von Bora murmelte noch etwas, das Philippa aber nicht verstehen konnte. Vermutlich waren es Fieberphantasien, oder er träumte von seiner Gattin, der wunderschönen Francesca von Bora. Momente später fiel er in einen tiefen Schlaf.

Philippa wickelte die Figur wieder in das Tuch und verbarg sie vorsichtig unter einem Damenschal, der so zerfetzt war, daß Abekke ihn nicht einmal mehr mit dem

Schürhaken angefaßt hätte. Sie würde sie später an sich nehmen. Doch zuerst mußte sie unbemerkt in Golfrieds Schreibstube gelangen, um nach dem Testament des Vaters zu suchen. Auf keinen Fall würde sie Abekke erlauben, sie vom Hof zu vertreiben.

Sie schlich zurück zur Tür, öffnete sie und steckte vorsichtig den Kopf hinaus. Der Korridor lag in schläfriger Dämmerung, niemand war zu sehen. Selbst der Waffenschrank stand noch so schräg da, wie Sebastian ihn hingerückt hatte. Philippa ließ die Tür hinter sich ins Schloß fallen und hastete den finsteren Gang hinunter. Wo, zum Teufel, steckten die Dienerinnen? Offensichtlich hatte keine von ihnen daran gedacht, die Kerzen in den Wandhalterungen anzuzünden. In den steinernen Nischen prangten Schilde, Kurzschwerter und ein paar Lanzen: der traurige Rest der Waffensammlung, die Philippas Großvater einst dort angebracht hatte. Die prächtigsten Stücke hingen seit dem Pfandtag in der Waffenkammer von Burg Medewitz.

Philippa gab acht, um sich nicht an einer der Truhen zu stoßen oder über ein zerbrochenes Dielenstück zu stolpern. Die schwere Dunkelheit, die sich wie ein schauriger Schlund vor ihr auftat, verwandelte das Haus ihrer Kindheit, in dem sie doch jeden Holzbalken kennen sollte, in etwas Fremdes, Bedrohliches, das nur darauf wartete, sie zu Fall zu bringen. Ihr Herz raste, als endlich die grün angestrichene Tür von Golfrieds Kammer am Ende des Ganges auftauchte.

Sie hielt inne. Ein sonderbarer Geruch von feuchtem Leder und Laub stieg ihr in die Nase. Philippa horchte beklommen in die Stille des schmalen Korridors hinaus. Ein stechendes Gefühl in der Magengegend mahnte sie, daß es ein Fehler war, zu Golfrieds Kammer zu gehen. Sie drehte sich auf dem Absatz um, doch ihr Rückzug kam zu spät. Gleich hinter der schmalen Stiege, die vom oberen

Stockwerk zu den Räumen der Hausknechte führte, schälten sich zwei massige Körper aus der Finsternis. Philippa wurde übel vor Angst, als sie die beiden Männer erkannte. Es waren Abekkes Landsknechte, die ihr breitbeinig den Weg verstellten.

»Was sucht ihr hier?« Philippa verwünschte ihre ängstliche Stimme. »Schert euch davon und gebt mir den Weg frei!«

»Schau an«, erwiderte der größere von beiden höhnisch. »Dieses Vögelchen kann ja reden. Und ich glaubte schon, wir hätten eine der schwarzen Pestkrähen erwischt, die draußen auf dem Dach hocken.«

Der Mann trug einen struppigen roten Kinnbart, und seine Augen glänzten in einem derart wäßrigen Blau, daß Philippa sich fragte, ob er nicht vielleicht ein Bastard des alten Medewitz war. Langsam, mit kleinen Schritten wich sie zurück an die Wand, bis sich der feuchte, rauhe Stein in ihren Rücken bohrte. Über ihr blitzten zwei eiserne Schilde, die vor langer Zeit im Turnierkampf benutzt worden waren, und eine Hellebarde. Blitzschnell streckte Philippa ihre Hand nach der Waffe aus, aber der Landsknecht war schneller. Brutal packte er ihr Handgelenk und riß es mit einer Leichtigkeit von der Wand, als habe er tatsächlich einen Vogel vor sich. Philippa schrie vor Schmerz auf.

»Rühr sie bloß nicht an, Armin«, hörte sie die Stimme des zweiten Mannes. Ärgerlich zerrte er an dem geschlitzten Wams seines Kameraden. »Du hast doch gehört, was die Herrin gesagt hat. Das Weib hat sich von ihrem Alten die Pest an den Hals geholt. Laß uns nicht noch mehr Zeit vergeuden und sie endlich fortschaffen!«

»Was ... habt ihr mit mir vor?« stammelte Philippa. Vermutlich hatten die beiden Knechte sie beim Verlassen der Krankenstube beobachtet. Warum half ihr nur keiner? Die Dienerschaft mußte doch ihre Schreie gehört haben. Wo waren Sebastian und Roswitha? Gewiß kam ihr Bruder jeden Moment die Treppe herauf und machte dem Spuk ein Ende.

Die Landsknechte gaben ihr keine Antwort. Derb zerrten die beiden sie die Stiege hinunter und fluchten, als sich ihr Gewand an einem Knauf verfing. Sie handelten auf Abekkes Befehl, soviel hatte Philippa mitbekommen, und Sebastian schien zu wissen, was man ihr antat, aber er half ihr nicht.

Sie führten sie in den Keller hinab. Nicht in die hellen, trockenen Kammern, wo Öl und Bohnen lagerten, sondern in den abgelegenen Gewölbeteil, der so dunkel und kalt war, daß man glauben mochte, der eigene Atem würde im nächsten Moment zu Eis erstarren. Ein ekliger Gestank von verschüttetem Schwarzbier und verfaultem Stroh verband sich mit dem Modergeruch des Kellers. Plötzlich zog der Rotbart einen Schlüsselbund aus seinem Wams. Philippa stöhnte laut auf. Es waren Golfrieds Schlüssel. Nikolaus von Boras Verwalter hatte sie stets stolz an seinem Gürtel getragen und sich nicht einmal im Schlaf von ihnen getrennt. Der Rotbart gab seinem Kameraden einen Wink, worauf dieser Philippa zu einer schmalen Pforte im westlichen Anhang des Gewölbes führte. Allem Anschein nach betraten Abekkes Männer den Keller zum ersten Mal und kannten sich daher nicht aus. Sebastian muß ihnen den Weg beschrieben haben, überlegte Philippa. Oder sie hatten Golfried gezwungen, ihnen zu helfen, was auch erklärte, daß sie seine Schlüssel benutzten.

»Hier werdet Ihr die nächste Zeit wohnen, Jungfer von Bora. Ich hoffe, Ihr findet alles zu Eurer Bequemlichkeit. Euer Bruder, dieser Narr, bestand sogar darauf, saubere Decken und frisches Stroh in die Kammer schaffen zu lassen. Auf Kerzen und Tranlampen müßt Ihr also leider verzichten!« Ein humorloses Lachen dröhnte durch das Gewölbe. Unvermittelt öffnete der Landsknecht die Pforte und schob Philippa in einen düsteren Verschlag. Philippa wehrte sich aus Leibeskräften, aber der Rotbart lachte nur über sie. Er machte sich nicht einmal die Mühe, ihren Schlägen und Tritten auszuweichen. Zum Schluß versetzte er ihr einen kräftigen Stoß, so daß sie taumelte und bäuchlings auf einem Ballen Stroh landete.

»In ein paar Tagen werden wir wissen, ob Ihr Euch auch die Pest an den Hals geholt habt, wie die Herrin Abekke vermutet«, dröhnte die Stimme des Rotbarts. »Eure Amme wird Euch einmal am Tag durch ein Loch in der Tür untersuchen!«

»Die Pest wünsche ich *dir* an den Hals«, schrie Philippa in verzweifeltem Zorn. Das Lachen der Medewitzer Landsknechte schallte gespenstisch von den kahlen Mauern wider. Doch irgendwann erstarb es ebenso wie das Geräusch ihrer Stulpenstiefel auf dem steinernen Boden.

Philippa versuchte aufzustehen, bemerkte jedoch rasch, daß es ihr nur Schmerzen bereitete. Ihr ganzer Körper fühlte sich geschwollen an. Vielleicht hatten die beiden Rohlinge ja recht, und sie hatte sich trotz der Tücher und des Schleiers angesteckt. War ihre Stirn nicht wirklich heiß und schlug das Blut nicht wie mit Fäusten gegen ihre Schläfen? Wozu also noch aufstehen?

Irgendwann – es mochten Stunden oder auch nur Minuten vergangen sein – kämpfte sie sich doch auf die Füße. Erleichtert überprüfte sie ihre pochenden Gelenke. Das rechte Handgelenk wies eine bläuliche Schwellung auf, aber alles andere schien in Ordnung zu sein. Zögerlich blickte sie sich in der kleinen Kammer um. Einige Schritte links von ihr warf ein schwacher Lichtschein den Schatten von drei Stäben auf den gestampften Lehmboden. Ein Fenster. Philippa lief zu ihm hinüber und stellte fest, daß es nur eine kleine Luke war. Die Stäbe saßen fest, dennoch zog sie sich mit beiden Händen an ihnen empor und rüttelte so lange, bis der Schmerz in ihrem Handgelenk ihr beinahe den Atem nahm. Resigniert ließ sie von dem

Gitter ab. Wenn sie sich auf die Zehenspitzen stellte, erkannte sie weit im Westen ein Stück grauschwarzen Himmel. Er sah zerklüftet aus, scharf und kantig wie eine Scherbe, die aus einem tönernen Krug herausgebrochen war. Ein hysterisches Lachen stieg in Philippas Kehle auf. Alles zerbrach um sie herum, sogar der Himmel, und während ihr Vater seine letzten Atemzüge tat, ließen Abekke und Sebastian sie als vermeintliche Pestkranke in diesem Loch verschwinden.

Verzweifelt ließ Philippa sich neben einer Ansammlung leerer Fässer auf das Strohlager niedersinken. Die Fässer glänzten feucht und stanken erbärmlich. Vermutlich waren sie erst vor kurzem ausgewaschen und danach in das Gewölbe gerollt worden.

Philippa war zu müde, um noch einen einzigen klaren Gedanken zu fassen. Erschöpft knüllte sie eine der Decken zusammen und lehnte sich gegen das kalte, schmierige Holz eines Fasses.

5. KAPITEL

Im Morgengrauen holte ein lautes Schaben an der Tür Philippa aus ihrem unruhigen Dämmerschlaf. Benommen schlug sie die Augen auf. Ihr Hals war steif und tat höllisch weh. In ihrem Kopf drehte sich alles. Zudem verspürte sie quälenden Durst; ihre Zunge fühlte sich an wie ein Stück vertrocknetes Ziegenleder.

Verwirrt schaute sie sich um. Wo zum Teufel steckte sie nur, und woher kam der Höllenlärm, der sie geweckt hatte? Philippa versuchte sich mühsam zu sammeln. Sie war mit ihrer Mutter an einem Meeresstrand gewesen. Mit bloßen Füßen liefen sie über den heißen, körnigen Sand. Francesca hielt ihr lachend eine Muschel ans Ohr und fragte sie, ob sie die Stimme des Ozeans hören konnte. Danach waren sie gemeinsam, Hand in Hand, einen mit Zypressen bewachsenen Hügel hinaufgestiegen, der zu einem prächtigen Haus aus weißem, glänzendem Marmor führte. Francesca deutete auf eine schattige Laube, an deren Spaliere sich Anemonen und wilder Wein emporrankten. Inmitten der Laube posierte auf einem Sockel eine etwa zehn Fuß hohe Statue, die nicht minder weiß leuchtete als der Palast mit dem flachen roten Dach. Philippa versank förmlich in den kühlen, jedoch so sanften Augen aus Marmor, und plötzlich fühlte sie, wie rhythmische Wellen von Wärme durch ihren Körper glitten und sie völlig einhüllten. Francesca legte ihr eine Hand auf die Schulter und bedeutete ihr, auf die weiße Gestalt zuzugehen und dann ... Dämmerlicht, Kälte, Stroh und leere Fässer.

Tränen traten Philippa in die Augen. Es war nur ein Traum gewesen. Das sonnendurchflutete Marmorhaus existierte ebensowenig wie Francesca und der heiße Sandstrand.

Auch als die letzten Reste ihres Traumes von ihr geflohen waren wie Beutelschneider vor grimmigen Bütteln, hielten die Geräusche an der Tür unvermindert an. Verstört bemerkte sie, wie sich die Schneide einer Axt durch das Holz fraß und einen schmalen Spalt, nicht größer als eine Durchreiche in die Tür stemmte. Kein Wort drang aus dem Gewölbe in ihre Kammer; gewiß hatte man den Knechten verboten, mit der Gefangenen zu reden. Möglicherweise wurden die Arbeiter sogar von Abekkes Landsknechten bewacht. Philippa seufzte und rieb sich das Handgelenk. Es war rot und geschwollen. Sie brauchte dringend kaltes Wasser und eine von Roswithas Kräutersalben, um die Entzündung zu behandeln. Wütend blickte sie auf die Tür. Die Öffnung war mittlerweile so groß, daß sie im Hintergrund eine der Säulen aus Sandstein erkennen konnte. Eine Säule und ... Philippas Herz hüpfte vor Freude.

»Philippa, mein Goldstück, wo seid Ihr? Geht es Euch wirklich gut?« Die tiefe Frauenstimme drang fremd und sonderbar hohl durch die Bresche, aber sie gehörte ohne Zweifel Roswitha. »Wenn diese gemeinen Rohlinge Euch auch nur ein Haar gekrümmt haben, werde ich sofort Euren Bruder aufsuchen und dem Flegel gehörig den Kopf waschen!« schnaubte die Amme gegen die drei Zoll starke Tür, die sie von ihrem Ziehkind trennte.

Und dann wird Sebastian sich auf sein Pferd schwingen, Abekke vom Hof jagen und alles wird wieder sein wie früher, dachte Philippa sarkastisch. Roswitha reichte ihr ein Körbchen durch das Loch. »Es ist nur ein wenig kaltes

Brathuhn, Milch und ein paar Äpfel.« Mißtrauisch runzelte sie die Stirn. »Habt Ihr denn Appetit, Kind?«

Hungrig fiel Philippa über die Speisen und die frische Milch her und verzehrte alles in wenigen Augenblicken, ohne sich jedoch von dem Spundloch zu entfernen. Die Knechte, die das Loch in die Tür gestemmt hatten, gingen schließlich wieder an ihr Tagwerk zurück, nur Roswitha blieb zurück. »Seid Ihr fertig, Philippa? Dann reicht mir den Korb zurück.«

Philippa nickte und drückte sich dabei so fest gegen das Holz, wie sie nur konnte. »Roswitha, du mußt mich hier herauslassen. Einer von Abekkes Landsknechten, der widerliche grobe Kerl mit dem roten Kinnbart, hat Golfried die Schlüssel des Hauses abgenommen. Du mußt unbedingt herausfinden ...« Sie hielt fragend inne. »Roswitha, hörst du mir eigentlich zu?«

»Ihr wißt doch, daß ich mich für Euch begraben lassen würde, aber ich werde nicht viel für Euch tun können. Abekkes Männer drohen jedem, der sich Euch oder dem Herrn Nikolaus nähert, ihn mit ihren Pferden auf dem Hof zu Tode zu treten.«

»Wie geht es meinem Vater? Sebastian muß doch nach ihm sehen lassen. Er kann doch nicht ...«

»Gott schenke Euch Kraft, Philippa«, antwortete die Alte voller Ernst. »Herr Nikolaus wird diese Nacht schwerlich überstehen.« Sie schwieg einen Moment, weil sie befürchtete, Philippa könnte ohnmächtig geworden sein.

»Er ... war mein einziger Halt«, murmelte sie leise. »Auch wenn er Sebastian in vielen Dingen vorzog, habe ich ihn geliebt. Und nun läßt er mich allein zurück.«

»Aber Ihr lebt, mein Kind. Ich weiß gewiß, daß Ihr Euch nicht angesteckt habt, weil ich den heiligen Pankratius um Fürbitte angefleht habe, auch wenn der Herr uns dies streng verboten hat. Und die Weiber im Dorf haben einen Kessel genommen, Fenchel und Beinkraut erhitzt und …«

Ungeduldig pochte Philippa gegen das Holz der Tür, um Roswithas Redeeifer zu dämpfen. Die Pestkuren der Dorfweiber halfen ihr nicht aus dem feuchten Kellerloch. Sie mußte unbedingt Golfried sprechen, ihn bitten, das Testament ihres Vaters an einen sicheren Platz zu bringen, am besten nach Zölsdorf, wo der Bruder ihres Vaters lebte. Ja, Zölsdorf war weit genug von Medewitz entfernt. Vom Gut ihres Verwandten aus konnte sie Advokaten bestellen, vielleicht sogar Herzog Georg um Vermittlung bitten. Schließlich waren er und Philippas Vater Jugendfreunde gewesen.

Roswitha zerstörte Philippas Hoffnung mit einem einzigen Satz: Golfried war spurlos verschwunden, und seine für gewöhnlich so penibel aufgeräumte Schreibstube glich einem Schlachtfeld.

Die Amme kam von nun an jeden Morgen, gleich nach Sonnenaufgang, um Philippa Essen und eine übelriechende Wundsalbe zu bringen. Dies war die einzige Gelegenheit, ein paar Worte mit ihr zu wechseln, denn abends erschien ein Knecht – jedesmal ein anderer –, der schweigend einen Korb auf den Lehmboden herabließ und widerwillig den Eimer mit Philippas Notdurft entgegennahm.

Am dritten Abend ihrer Gefangenschaft erschien der Knecht in Roswithas Begleitung; allerdings sprach die Amme kein einziges Wort. Schweigend reichte sie der Tochter ihres Herrn ein zusammengeschnürtes Bündel durch das Spundloch. Es enthielt ein Kleid, schmucklos, einfach geschnitten und aus schwarzem Tuch. Philippa nahm es und grub ihr Gesicht so tief in die Schwärze des Stoffes, daß sie nicht mehr atmen konnte. Schließlich legte sie das Trauergewand an und schnürte den Gürtel so fest sie nur konnte um die schmale Taille. Danach wartete sie, ohne selbst zu wissen worauf.

Einige Tage später hörte Philippa, wie die Tür aufgesperrt wurde. Ein kühler Luftzug streifte ihre Wangen.

»Du hast die Wahrheit gesagt, Roswitha«, hörte sie einen Mann sagen, »sie sieht wirklich nicht aus, als habe sie die Pest. Weder Pusteln am Hals noch Schwellungen, abgesehen von ihrer rechten Hand.« Der Mann beugte sich über Philippa. Erst als er ihr mit einem kräftigen Zug seiner Hand auf die Beine half und sie gegen seine Schulter lehnte, erkannte sie ihren Bruder. Er war unrasiert, und sein Wams stank nach billigem Wein und getrocknetem Schweiß.

Neben der Tür standen Abekke und der Rotbart, der Philippa frech ins Gesicht grinste. Roswitha griff ihr unter die Arme, da ihre Füße ständig einknickten. Mit vereinten Kräften schoben sie Philippa die Wendeltreppe hinauf.

»Ich danke Gott, daß die Seuche wenigstens Euch verschont hat, Philippa«, begrüßte Abekke sie im Hof mit einem entwaffnenden Lächeln auf den Lippen. Sie trug ein Kleid aus fließender nachtblauer Seide, darüber einen weiten Mantel mit langen, enganliegenden Ärmeln. Ihr Haar war straff nach hinten gebürstet und wurde von zwei Perlmuttkämmen nur notdürftig gebändigt.

Das Tageslicht stach Philippa in die Augen, und das Geblöke und Geschnatter des Viehs dröhnte schmerzhaft in ihren Ohren. Aber wenigstens wußte sie nun, daß sie noch am Leben und nicht lebendig begraben war.

»Ihr habt Vater bereits beigesetzt, nicht wahr?« fragte sie Sebastian kalt. »Ich kann nicht glauben, daß du mich daran gehindert hast, Abschied zu nehmen.«

»Glaub mir, Schwester, ich hatte keine andere Wahl. Nach dem Gesetz müssen an der Pest Gestorbene noch am selben Tag begraben werden. Wir wußten nicht, ob du … ich meine, ob du nicht auch …«

Philippa wandte sich zornig ab. Am liebsten hätte sie Abekke ihr hinterhältiges Lächeln aus dem Gesicht geschlagen. Ihr Blick fiel auf den alten Reisewagen ihres Vaters. Er stand direkt hinter dem Tor, wo es zur stillgelegten Schmiede ging; zwei Mägde und ein Knecht schleppten Truhen und Bündel aus dem Haus, die sie dann mit vereinten Kräften auf das Gefährt hievten. Philippa warf ihrem Bruder und dessen Braut einen eisigen Blick zu.

»Was soll das bedeuten?« fragte Philippa mit einer leisen Vorahnung. »Wollt Ihr etwa verreisen, Abekke?«

Ohne zu zögern, stellte sich Sebastian von Bora neben seine Braut. »Der Wagen ist für dich bestimmt, Philippa. Unter den gegeben Umständen halten wir es für besser, wenn du nicht in Lippendorf bleibst, sondern erst einmal an einem anderen Ort zur Ruhe kommst. Ich habe einen Boten zu unserem Onkel Hans nach Zölsdorf geschickt. Er ist einverstanden, dich in seinem Haus aufzunehmen. Vielleicht kannst du später seine Töchter im Lesen und Schreiben unterrichten, und wer weiß, eines Tages ...«

»Das habt ihr euch ja fein ausgedacht«, rief Philippa. »Wo steckt Golfried? Er hat Vaters echtes Testament, in dem steht, daß ich in Lippendorf bleiben darf, solange ich will!«

»Euer Verwalter ist nicht mehr auf dem Gut, Teuerste«, mischte sich Abekke in die Auseinandersetzung ein. »Der treulose Kerl hat sich einfach aus dem Staub gemacht, als es mit seinem Herrn zu Ende ging. Vermutlich fürchtete er, Sebastian würde ihn wegen seiner jahrelangen Mißwirtschaft zur Rechenschaft ziehen. Mein Vater pflegte betrügerische Verwalter in Ketten zu legen.«

Sebastian räusperte sich und starrte betreten auf die junge Frau an seiner Seite, die er um Haupteslänge überragte. Philippa sah ihm an, daß Abekkes Einmischung ihm nicht gefiel. Und doch schien es zwischen beiden eine unwiderrufliche Übereinkunft zu geben. Zumindest was Philippas Zukunft betraf.

»Golfried ist nach Magdeburg geritten. Soviel ich weiß,

hat er in der Stadt Verwandte. Doch bevor er aufbrach, hat er mir Vaters Testament übergeben!« erklärte Sebastian mit fester Stimme. »Vater hat mich als seinen legitimen Sohn zum Erben des Guts gemacht, wie es dem Brauch der sächsischen Ritterschaft entspricht. Gewiß bin ich verpflichtet, dir eine Aussteuer zu stellen, aber wenn diese nicht allzu hoch ausfällt, liegt das auch an dir und deinen Geschäften.«

»Du glaubst allen Ernstes, meine Bücher hätten unser Gut ruiniert?«

»Es wird spät, Liebster«, bemerkte Abekke mit drängender Stimme. »Vergiß nicht, daß deine Schwester noch einen weiten Weg vor sich hat.«

Philippa klopfte den Staub vom Saum ihres Kleides und ging zu dem Wagen hinüber, ohne auf Abekkes Äußerung einzugehen. Einer der Knechte befestigte eine Plane aus Ziegenleder über dem Gestell, das sie und ihre Begleiter vor Regen schützen sollte. Zölsdorf, dachte sie unglücklich. Ohne Golfried und dessen Dokumente saß sie auf dem abgeschiedenen Hof ihres Onkels wie Odysseus am Gestade der Circe. Ohne Hoffnung, jemals frei und ungebunden zu sein und das tun zu können, was sie als ihre Berufung ansah: zu studieren und zu lehren. Gab es wirklich keinen Ausweg aus ihrer Misere?

Unvermittelt wandte sie sich um und blinzelte ins Licht der Sonne, die hinter den Wipfeln der Bäume im Sumpf verschwand. In der Ferne ragte der Turm der Katharinenkapelle vor ihr in den bedeckten Himmel auf. Plötzlich wußte sie, was sie zu tun hatte.

»Wenn du soweit bist, lasse ich das Tor öffnen.« Sebastian trat unruhig von einem Fuß auf den anderen und trieb die Knechte zur Eile an. Irgendwie wirkte er neben Abekke verloren und unsicher. Einen Herzschlag lang glaubte Philippa, er müsse jeden Augenblick erwachen und sich des

Unrechts bewußt werden, das er an ihr, seiner einzigen Schwester, beging. Doch Sebastians Miene blieb ausdruckslos. Statt dessen sagte er: »Abekke war so freundlich, dir Junker Armin als Geleitschutz zur Verfügung zu stellen.«

Philippa raffte das Wolltuch, das ihr Roswitha gebracht hatte, enger um die Schultern und schaute sich frierend um. Junker Armin? Ach, den Rotbart meinte er. Warum warf Abekke sie nicht gleich in eine Grube mit giftigen Schlangen oder ließ sie auf dem Hof von den Pferden ihrer Landsknechte zu Tode trampeln?

»Du wirst mich nicht dazu bringen, mit den Landsknechten deiner Braut zu reiten, Sebastian«, erwiderte sie frostig und bedachte den frechen Kerl mit dem spitzen Kinnbart mit einem vernichtenden Blick. »Lieber falle ich auf der Landstraße *fremdem* Diebsgesindel zum Opfer, als auch nur eine Sekunde in Gesellschaft eures Junkers zu verbringen!«

Sebastian zuckte ratlos die Achseln. Dann befahl er einen der Knechte am Tor, das Gatter wieder zu schließen.

In der heftigen Auseinandersetzung um die Eskorte des Reisewagens fand schließlich die alte Roswitha eine Lösung. Zaghaft schlug sie vor, man könne doch den jungen Prediger aus Wittenberg um Beistand bitten, den Gehilfen des Ortsgeistlichen. Sebastian war sofort einverstanden und schickte einen Boten ins Dorf. Der neue Prädikant redete nicht viel. Aus seiner Herkunft und Vergangenheit machte er ein großes Geheimnis, aber er schuldete dem Gut noch einen Gefallen, und nun war die Zeit gekommen, diese Schuld einzufordern. Philippa beobachtete ihre zukünftige Schwägerin aus den Augenwinkeln. Abekke wirkte enttäuscht und überaus wütend.

Ein letztes Mal ging Philippa durch das Haus ihrer Kindheit. In der Halle machte sich ein Diener daran, ein Feuer im Kamin zu entzünden. Als er Philippa bemerkte, deutete er eine halbherzige Verbeugung an und entfernte sich. Vermutlich hatte die Dienerschaft Anweisung erhalten, nicht mehr mit der verstoßenen Tochter des alten Gutsherrn zu reden. Vor dem hohen Lehnstuhl ihres Vaters blieb Philippa stehen. Liebevoll strich sie über den Rand seines Zinnbechers mit dem fein ziselierten Henkel. Die Eichentafel war mit Brotkrümeln und den Resten eines gekochten Rebhuhns übersät.

Bevor Philippa die Stiege zum oberen Stockwerk hinauflief, blickte sie sich nach allen Seiten um. Der Rotbart war offensichtlich bei seiner Herrin im Hof zurückgeblieben, aber das hieß nicht allzuviel. Schließlich hatte Abekke noch zwei weitere Landsknechte mit ins Haus gebracht, die sich seit Tagen an den kargen Vorräten der von Boras gütlich taten. Wo zum Teufel steckten diese beiden?

Philippa durchquerte den Korridor; dieses Mal jedoch verspürte sie keinerlei Furcht. Abekke und Sebastian hatten erreicht, was sie wollten. Sie würden sie gewiß nicht noch ein weiteres Mal überfallen lassen. Ein kurzer Schauder rann über Philippas Rücken, als sie die Sterbekammer ihres Vaters betrat. Die Bettstatt fehlte, vermutlich hatte Sebastian sie zerschlagen und verbrennen lassen. Noch immer wehte ein schwacher Geruch nach Wacholderrauch und Heilkräutern durch den Raum. Keine Medizin hatte den Tod aufhalten können, nachdem er mit dürren Klauen an die Tür der Stube geklopft hatte. Philippa hielt einen Moment inne, um gegen das Gefühl einer Ohnmacht anzukämpfen. Sie atmete tief durch. Ihr Vater war tot, nichts konnte ihn wieder zurückbringen, aber sie hatte ihm ein Versprechen gegeben, und dieses Versprechen würde sie halten. Ihm, dem wahren Herrn von Bora, zum Gedenken. Sie öffnete die schwere Eichentruhe und durchsuchte sie, bis sie auf das in Öl getränkte Bündel stieß: die Statue der Heiligen. Das Vermächtnis der schönen Francesca von Bora. Vorsichtig steckte sie das Bündel unter ihren weiten

Umhang und verließ die Kammer, ohne sich noch einmal umzusehen.

Als Philippa wieder in den Hof trat, hockte Roswitha schon auf dem Bock des Reisewagens und stritt sich mit einer der Küchenmägde, einem frechen jungen Geschöpf, das gleichmütig die Hand ausstreckte und behauptete, die Amme schulde ihr noch einen Weißpfennig. Neben dem Wagen wartete ein hochaufgeschossener, hagerer Mann. Seine dunklen Haare fielen ihm in wilden Locken über die knochigen Schultern. Obschon ihr der Mann den Rücken zuwandte, erkannte Philippa sogleich, daß es sich um Felix Bernardi, den Prediger aus Wittenberg handelte, den ihr Onkel, Doktor Martin Luther persönlich, erst im vergangenen Herbst nach Lippendorf entsandt hatte, um die Verwandten seiner Gemahlin heimlich in der neuen Lehre zu unterweisen. Mißtrauisch beäugte Philippa den Prediger. Bernardi war schon recht alt, fand sie; er zählte mindestens dreißig Jahre. Und er war so bleich, als ließe er sich vom Barbier anstatt Rasierschaum Kalk auftragen. Bekleidet war der Prediger mit einem langen, gürtellosen Mantel, der vor langer Zeit einmal blau gemustert gewesen sein mußte. An seinem Hals schimmerte eine silberne Kette mit einem ovalen Medaillon. Als er bemerkte, daß Philippa es betrachtete, ließ er den Anhänger mit einem hastigen Griff unter seinen Leinenkittel gleiten. Die glitzernden schwarzen Augen unter den buschigen Brauen signalisierten unverhohlen Mißtrauen.

Nach einigen unverbindlichen Worten der Begrüßung half der junge Mann Philippa auf den Wagen, schwang sich dann selbst behende auf den Kutschbock und ergriff die Zügel. Ein fetter Knecht, den Philippa nur vom Sehen kannte, stakste wie auf glühenden Kohlen zum Tor und schlug eilig den Riegel zur Seite.

»Ich werde dir schreiben, Philippa«, rief Sebastian, während sich die Räder in Bewegung setzten. »Geh mit Gott!«

Philippa wich dem Blick ihres Bruders aus. Wenn sie sich eingestand, daß sie Sebastian trotz allem liebte und von Herzen bedauerte, würde es sie innerlich zerreißen, davon war sie überzeugt. Im übrigen durfte sie Abekke, die ihrer Vertreibung mit sittsam gefalteten Händen beiwohnte, nicht zeigen, wie weh ihr der Abschied vom Haus ihrer Kindheit tat. Wenigstens war Roswitha, ihre alte Amme, an ihrer Seite und würde ihr beistehen.

»Ich werde Golfried finden«, sagte Philippa leise vor sich hin und ließ sich von Roswitha in ein streng riechendes Lammfell hüllen. Das moosgrüne Gutshaus mit seinem Fachwerk und den spitzen Giebeln verschwand in ihrem Rücken, doch noch immer marschierten Sebastian und Abekke, gefolgt von deren bärtigem Junker, neben dem Reisewagen her. Wollten sie sich davon überzeugen, daß Philippa Lippendorf auch wirklich verließ? Erst als das Gefährt unter dem Torbogen hindurchrumpelte und auf den Sumpfsteg zuhielt, blieb die kleine Gruppe zurück.

»Gewiß wirst du Golfried finden, teure Schwägerin«, rief Abekke ihr nach und warf dem Landsknecht einen vielsagenden Blick zu. Sie mußten Philippas leise gesprochenen Worte verstanden haben. Sebastian hob erstaunt die Augenbrauen, doch er ersparte sich die Frage, was seine Braut wohl mit ihrer Äußerung gemeint haben mochte. Hastig und so, als hätte er sich endlich einer leidlichen Pflicht entledigt, kehrte er auf seinen Hof zurück.

6. KAPITEL

Kurz vor der Weggabelung nach Zölsdorf griff Philippa dem Prediger in die Zügel und brachte damit den Reisewagen jäh zum Stehen.

Es regnete bereits seit Stunden, am Himmel türmten sich die Wolken zu bedrohlichen, grauen Riesen auf, und der schmale Waldweg, den Philippas Begleiter trotz seiner Furcht vor Wegelagerern gewählt hatte, um schneller vorwärts zu kommen, wurde zunehmend rutschiger.

»Was soll das, Jungfer?« stöhnte der Prediger auf. »Braucht Ihr etwa schon wieder eine Rast? Die letzte am Kieritzer Fischbach liegt nicht einmal eine halbe Stunde zurück! Was tut Euch diesmal weh, die Füße oder der Rücken?« Ärgerlich schlug er mit der Hand gegen die Unterseite der Ziegenhaut, die sich beängstigend rasch mit Regenwasser gefüllt hatte und jeden Augenblick einzureißen drohte. Bernardi fror, und er wünschte sich, niemals diese ungemütliche Reise mit diesem eigensinnigen Frauenzimmer unternommen zu haben.

»Ich habe Euch schon mehrmals zu erklären versucht, daß ich in Zölsdorf nichts verloren habe«, rief Philippa. »Und wenn mein Bruder sich auf den Kopf stellt, ich habe meine eigenen Pläne!« Sie bedachte den Prediger mit einem feindseligen Blick.

Bernardi schüttelte resigniert den Kopf. Er hatte sich den Auftrag, ein adeliges Landfräulein zum Gut ihres Verwandten zu begleiten, weniger schwierig vorgestellt. Aus dem hinteren Teil des Wagens war ein lautes Schnarchen zu hören. Vielleicht sollte er die Amme der jungen Frau wecken, damit die Alte ihr den Kopf zurechtrückte. Aber mit der Amme war offenbar noch weniger gut Kirschen essen; er hatte bereits bemerkt, wie sehr sie ihre Herrin vergötterte. Das Mädchen selbst sah mitgenommen aus. Nicht kränklich, aber erschöpft und angespannt. Und blaß, als ob kein Tropfen Blut unter der Haut pulsierte. Seit Lippendorf hatten die beiden Frauen nur das Nötigste mit ihm gesprochen, und über den Grund ihrer Reise hatte man ihn auch im unklaren gelassen. Er vermutete nur, daß sich die Schwester des jungen Gutsherrn nach dem schrecklichen Tod ihres Vaters bei Verwandten erholen sollte.

»Wißt Ihr nicht, wie gefährlich es ist, von der Landstraße abzuweichen?« versuchte Felix Bernardi das Mädchen umzustimmen. »An jeder Biegung können Wegelagerer lauern, vertriebene Bauern, die seit ihrer Ächtung im Wald hausen, und sogar verarmte Ritter, die ihr Lehen versoffen haben und nun in den Wäldern als Strauchdiebe ihr Unwesen treiben. Erst vor wenigen Wochen mußte Kurfürst Joachim von Brandenburg einen seiner eigenen Ritter dem Henker überantworten. Der Kerl war offensichtlich verschuldet und überfiel mit seinen Burgleuten einen Wagenzug aus dem Fränkischen. Den Kaufmann und dessen Tochter versenkte er mitsamt ihren Handelsknechten in einem Sumpf und sah zu, wie sie …«

»Ich habe nicht die Absicht, einen Schleichweg durch die Sümpfe einzuschlagen, Prediger«, unterbrach Philippa ihn kühl, während sie sich ihr Haar mit einer Schnur im Nacken zusammenband. »Wir werden die Richtung beibehalten, Gut Zölsdorf jedoch weiträumig umfahren. Ich habe beschlossen, statt dessen nach Wittenberg zu reisen und mich unter den Schutz meines Onkels, Doktor Martin Luther, zu stellen. Dies müßte *Euch* eigentlich mit besonderer Genugtuung erfüllen, schließlich kennt Ihr meine Verwandten im Schwarzen Kloster doch persönlich.«

»Nun, Herrin, Euer Ziel in allen Ehren, aber Euer Bruder bat mich …«

»Mein Bruder hat mich aus Lippendorf verjagt! Nicht einmal an das Grab unseres Vaters hat er mich treten lassen. Damit dürfte Sebastians Verantwortung für mich ein für allemal der Vergangenheit angehören. Werdet Ihr nun mich und meine Amme nach Wittenberg begleiten, oder soll ich selbst die Zügel nehmen? Bei Gott, ich tu's, wenn Ihr Euch weigert!«

Bernardi blickte Philippa mürrisch an. In seinem Innern kämpften Bewunderung und Empörung miteinander. Einem Mädchen wie dieser jungen von Bora war er nie zuvor begegnet. Entschlossen ergriff er die Zügel und setzte den Karren wieder in Bewegung. Er hatte sich geschworen, nie wieder nach Wittenberg zurückzukehren, aber was galt ein Schwur in diesen Zeiten, da althergebrachte Bräuche und Lehren über Nacht verschwanden oder eine neue Bedeutung erfuhren? Die Welt veränderte sich, und auch er hatte einst geglaubt, an diesen Veränderungen teilzuhaben. Aber dies war lange her, und am Ende hatte man ihm klargemacht, daß sich für Menschen wie ihn niemals etwas ändern würde.

Rasch schüttelte er den Kopf, als könne er so seine schlechte Laune vertreiben. Was sollte ihm in der Stadt Luthers und Melanchthons schon widerfahren? Es gab nur wenige, die sich an ihn erinnerten und um sein Geheimnis wußten. Und diese alten Bekannten würden ihn wohl kaum verraten. Nicht einmal der Pfarrer von Lippendorf hatte Grund, seinem Gehilfen unangenehme Fragen zu stellen. Bernardi würde ihm neue Bücher und Katechismen aus der Stadt mitbringen. Schließlich zählten die Wittenberger Buchdrucker seit Veröffentlichung der ganzen Heiligen Schrift im Reich zu den besten ihrer Zunft.

Was das Schicksal der jungen Herrin von Bora betraf, so würde das Mädchen im Schwarzen Kloster zu spüren bekommen, daß es sich für ein Weib nicht schickte, starrsinnig zu sein und Männern seinen Willen aufzuzwingen. Um so mehr, wenn das Weib nicht übermäßig mit dem Liebreiz seines Geschlechts gesegnet war. *Mulier taceat in ecclesia*, hieß es schließlich in der Schrift, die den Protestanten im Kreise Luthers heilig war. Das Weib schweige in der Gemeinde. Mit einer hastigen Bewegung rückte der junge Mann sein blaues Barett über den widerspenstigen Locken zurecht und bog in den Waldweg ein.

»Ihr habt Euch recht entschieden, Prediger«, sagte Philippa lächelnd und zog das wärmende Lammfell enger um ihre Schultern. »Und nun, mein gelehrter Herr, dürft Ihr mir erzählen, wie mein Onkel und seine Anhänger über die Verehrung von Heiligen denken. Speziell über die Verehrung einer ganz bestimmten Heiligen.«

Sie erreichten Wittenberg erst in den frühen Abendstunden des folgenden Tages.

Philippa hatte sich während der anstrengenden Fahrt über das trostlose, flache Land redlich bemüht, ihren Weggefährten von der Wichtigkeit ihres Vorhabens zu überzeugen, doch je näher sie der Stadt gekommen waren, desto übellauniger war Bernardi geworden. Zum Schluß hatte sie es aufgegeben, ihn in ein Gespräch zu verwickeln. Vielleicht hält er mich für eine verkappte Papistin, die nur darauf lauert, seinem Herrn und Meister den Scheiterhaufen zu entzünden, dachte sie amüsiert. Der Prediger hatte nur wenige Monate in Lippendorf gewohnt, demnach konnte er die Fehde der Häuser von Bora und Medewitz einzig aus den Erzählungen der Dorfbewohner kennen. Ein paarmal war er Philippa und Roswitha auf der Dorfstraße oder bei der Kapelle über den Weg gelaufen, doch bei diesen zufälligen Begegnungen hatte er lediglich kurz gegrüßt und dann das Weite gesucht.

Den Rest der Wegstrecke hüllte sich Philippa in Schweigen und ließ die Silhouette der näherkommenden Stadt auf sich wirken, die sich am Horizont mit ihren Türmen und Zinnen wie ein Märchenschloß im Abendlicht vor ihr auftat.

Im Westen Wittenbergs erkannte sie das Schloß des sächsischen Kurfürsten, ein breites Gebäude, das ein wenig düster wirkte und sich an eine Kirche mit einem gewaltigen Rundturm schmiegte. Dicke, weiß gekalkte Befestigungsanlagen kündeten von Macht und Unantastbarkeit. Am Fuße der Mauer wies das Geräusch monotonen Plätscherns auf einen von einem Bach oder der Elbe selbst gespeisten Wassergraben hin.

Bernardi schnalzte ungeduldig mit der Zunge. »Das hätte ich mir eigentlich denken können. Die Wachsoldaten am Schloßtor sind stets die ersten, für die es finster wird. Haben ja auch ein hartes Los, eine Residenz zu bewachen, die nicht öfter als dreimal im Jahr genutzt wird. Hier finden wir keinen Einlaß mehr. Alles verrammelt. Es ist zum ...«

»Und wenn wir die Türmer herunterrufen?« Philippa deutete auf einen der runden Wachttürme, von dessen hölzerner Brustwehr ein Mann einen Eimer mit Unrat ausleerte. Das erwartete Aufklatschen im Wassergraben blieb aus. Statt dessen brüllte irgend jemand wütend auf. Vom Wehrgang des Turms erscholl schadenfrohes Gelächter.

»Ich rate Euch, es bleiben zu lassen, Jungfer von Bora!« erwiderte Bernardi. »Wittenberg ist eine friedliche Stadt, aber für die Hakenbüchse eines betrunkenen Torwächters lege ich meine Hand nicht ins Feuer.«

Im hinteren Wagenteil machte sich Roswitha durch ein lautes Schnauben bemerkbar. Sie mußte sich während der Fahrt erkältet haben. Besorgt drehte sich Philippa nach ihrer Amme um. »Wie geht es deinem Kopf?«

»Wie soll's ihm schon gehen?« krächzte die alte Frau schlecht gelaunt. »Er schmerzt und würde lieber auf einem

Zölsdorfer Dinkelkissen liegen als auf dieser harten Pritsche.« Offensichtlich nahm die Amme es Philippa noch immer übel, daß ihr Ziehkind sie nicht früher in ihre Pläne eingeweiht hatte.

»Wie konntet Ihr die Hilfsbereitschaft des Herrn Magister für Eure finsteren Pläne mißbrauchen, Philippa?« fuhr sie dann zeternd fort. »Wenn Euer Bruder von Gut Zölsdorf die Nachricht erhält, daß wir niemals dort eingetroffen sind, wird er sich beim Dechanten beschweren. Vielleicht läßt er uns sogar suchen!«

Bernardi hielt die Zügel stramm. Er sagte kein Wort, doch ein Lächeln huschte über sein mageres Gesicht und ließ seine schwarzen Augen für einen Moment heiter aufleuchten. Ihm gefällt unser kleiner Streit, dachte Philippa, und ihm gefällt auch, daß wir nach Wittenberg gefahren sind, auch wenn er es nicht zugeben mag.

Wenig später hatten sie den Wachtturm weiträumig umfahren. Das südlich gelegene Elbtor war tatsächlich noch nicht verschlossen. Die Umgebung allerdings wirkte düster und alles andere als einladend. Mauer und Pforte wiesen zahlreiche schadhafte Stellen auf. Aus großen, in den bröckeligen Stein gestemmten Breschen wucherten Grasbüschel, durch die der kalte Abendwind pfiff. Das Holz des Tores bestand aus nachlässig verarbeiteten Balken, deren Bolzen nur noch locker in den rostigen Scharnieren steckten. Irgendwann mußte das Tor eine Farbe gehabt haben, stellte Philippa fest. Zumindest wiesen einige abblätternde rote Splitter darauf hin. Doch vermutlich erinnerten sich nicht einmal mehr die Älteren daran, welche es genau gewesen war. Das Wappen der Askanier, das Philippa im Rundbogen des Schloßtores sogleich ins Auge gestochen hatte, war jedenfalls nirgendwo auszumachen.

Ein gelangweilter Wächter winkte den fremden Wagen mit seiner stumpfen Hellebarde unter dem schmalen Torbogen hindurch. Daß bei ihnen wenig zu holen war, schien offensichtlich, dennoch zog es Philippa vor, ihren Schleier ein Stück tiefer zu ziehen. Das grobe Gesicht des Stadtwächters war aufgeschwemmt, und seine Augen blinzelten glasig in das Licht der Laterne, die ein etwa zehnjähriger humpelnder Knabe, dem Aussehen nach sein Sohn, gerade an einer Haltestange befestigte. Zu seinen Füßen lag eine Branntweinflasche, aus der die letzten Tropfen in den Lehmboden rannen.

»Welch ein Glück, daß wir bei Euch noch Einlaß finden!« rief Bernardi dem Torwächter zu, während er sich abmühte, seinen Wagen um eine Jauchegrube zu lenken. «Werdet Ihr nicht bald abgelöst, Ihr wirkt nicht gerade wohlauf?«

Philippa hielt angewidert den Atem an. Die kümmerlichen, mit Stroh gedeckten Lehmkaten und Bretterbuden, aus denen derbe Flüche und Geschrei auf die Gasse drangen, paßten zwar zu dem verlausten Kerl am Tor, Vertrauen flößten sie indessen nicht gerade ein. Fürwahr, sie hatte sich die Stadt ihres Onkels Martinus Luther anders vorgestellt.

»Wie soll ein armer Torwächter mit fünf kreischenden Bälgern am Hals denn auch bei Kräften bleiben, Herr«, antwortete der Mann und stützte sich auf seine Hellebarde. «Schaut Euch um: alles Gesindel im Elbviertel. Beutelschneider und Schinder, die sich morgens zum Markt- oder Kirchplatz schleppen oder vor St. Marien um ein Almosen betteln. Dabei steht in Doktor Luthers Kirche der Gemeine Kasten, aus dem das Bettelpack großzügig unterstützt wird. Abends kriechen sie dann in ihre Rattenlöcher am Tor zurück, wo wir uns mit ihnen herumplagen müssen. Das Tor hat bis zur neunten Stunde offen zu stehen, so will's der Brauch.« Der Wächter redete sich zusehends in Rage. »Wenn es nach mir ginge ...«

»Wir müssen weiter«, unterbrach ihn Bernardi unbeeindruckt. Er ließ den Torwächter stehen und zwängte den

Wagen unter einem zweiten Bogen hindurch auf die Marktstraße. Ein schriller Schrei in ihrem Rücken überzeugte Philippa, daß der Torwächter seinen hinkenden Sohn als Opfer seines Unmuts entdeckt hatte.

Kaum daß der Wagen den Kirchplatz erreicht hatte, veränderte sich auch die Umgebung. Das Pflaster der Straße wurde besser. Hier und da erhoben sich hohe Sandsteinhäuser mit kleinen Türmen oder Stufengiebeln sowie herrschaftliche Höfe mit Zisternen und Pferdeställen.

»Ein widerlicher Kerl, dieser Torwächter«, beschwerte sich Roswitha und warf einen Blick über die Schulter. »Zweifellos versäuft er seinen Lohn in der Schenke, und weder seine Frau noch seine fünf Kinder sehen auch nur einen roten Heller!«

»Wir haben Glück gehabt, daß er uns anstandslos passieren ließ, ohne nach meiner Geldkatze zu schielen, gute Frau«, erwiderte Bernardi. »Die Neuordnung der Kirche hat leider nicht an den Lebensbedingungen der einfachen Menschen gerüttelt. Volle Bürgerrechte genießen nur diejenigen, die feste Steinhäuser besitzen. Die Büdner, die in den rohrgedeckten Hütten in den Flußvierteln hausen, stehen schon jetzt mit einem Bein auf der Gasse. Seht Ihr die Gerüste vor den Patrizierhäusern? Und die Baugrube gleich neben der großen Winde?«

Philippa reckte verblüfft den Hals. Sie hatte nicht geahnt, daß Wittenberg eine einzige Baustelle war. Neben der Baugrube, in die zahlreiche Leitern hinabführten, schoben einige Knechte einen Wagen mit Holzbrettern, dessen Räder sich im Schlamm festgefahren hatten. Ein unförmiger Mann mit langen grauen Haaren, offenbar ihr Meister, schwenkte eine bronzene Laterne und trieb sie grob zur Eile an.

»Das Baufieber nahm seinen Anfang, kurz nachdem der Kurfürst beschloß, die Universität zu privilegieren. Den hohen Herren konnte natürlich niemand zumuten, in

Hütten mit Strohdächern zu wohnen. Deshalb sollen sowohl die Holzhäuser am alten Markt als auch die Budenreihe der Krämergilde westlich der Stadtkirche durch steinerne Bauten ersetzt werden. Die ehemaligen Bewohner können natürlich nicht für die Kosten aufkommen. Ihnen bleibt nichts anderes übrig, als in die Armenviertel an der Kupfermauer umzuziehen oder die Stadt zu verlassen.«

»Der Torwächter erwähnte doch einen Gemeinen Kasten«, entgegnete Philippa leise. Die scharfe Stimme des Predigers schüchterte sie ein wenig ein. »Ich kann mir kaum vorstellen, daß mein Onkel sich nicht um die Armenfürsorge in der Stadt kümmert.«

»Das tut er gewiß. Auch Eure Tante, die edle Frau Katharina, hat ein großes Herz und ist überaus eifrig, wenn es gilt, Spenden für die Armen zu sammeln und die Kaufmannsgilde an ihre Christenpflicht zu erinnern. Aber die Stadt lebt nun einmal hauptsächlich von der Universität und einer Handvoll Wohlhabender wie dem alten Hofmaler Lucas Cranach oder der Familie des Gewandschneiders Krapp. Die Universität verfügt über Macht, Besitz und eine eigene Gerichtsbarkeit. Aber dies ist nicht alles: Die Angehörigen der Universität erfreuen sich von jeher fest verbriefter Steuerprivilegien. Auf der anderen Seite benötigen sowohl seine Durchlaucht der Kurfürst als auch die Stadtväter Unsummen für ihre Bauten und für die Hofhaltung der Residenz.«

»Und wieder einmal werden die kleinen Leute gerupft«, brummte Roswitha, die der Unterhaltung nur mit einem Ohr zugehört hatte.

Die Dunkelheit hatte sich inzwischen wie ein seidener Schleier über die Straße gelegt, und der frostige Wind rüttelte unerbittlich an der Plane, doch die beiden Pferde des Predigers schienen ihren Weg im Schlaf zu kennen. Philippa musterte argwöhnisch den Prediger neben ihr auf dem Bock. Irgend etwas Sonderbares, Fremdartiges ging von ihm aus. Lag es an seinen schwarzen Augen, an den wilden, vom Sturmwind zerzausten Locken unter dem samtenen Barett oder an der Weise, wie er seine Worte formte? Philippa blieb keine Zeit, darüber nachzugrübeln. Geistesabwesend hörte sie, wie Bernardi etwas sagte und Roswitha erleichtert in die Hände klatschte. Im nächsten Moment holperte der Wagen auf einen weitläufigen Innenhof. Philippa erblickte ein stattliches Gebäude mit zahlreichen Erkern mit bunten Bleiglasfenstern, gotischen Spitzbogentüren und einem hohen Uhrenturm, der sich stolz über die verwinkelten roten Giebeldächer des Anwesens erhob. An den meisten Fassaden lehnten Gerüste mit schmalen Stegen für die Zimmerleute, gleich denen, die Philippa bereits während der kurzen Fahrt durch das abendliche Wittenberg gesehen hatte. Demnach ließen also auch Onkel und Tante ihr Haus umbauen.

Ein unangenehmes Frösteln kroch über ihren Rücken, als sie in die leeren Fensterhöhlen blickte, hinter denen nicht einmal der schwache Schein einer einzigen Kerze flackerte. Mit einem beruhigenden Laut brachte der Prediger die Pferde vor einer Zisterne zum Stehen. Vor ihnen lag das Portal des Schwarzen Klosters, die Wohnstatt von Philippas Wittenberger Verwandtschaft und damit ihr zukünftiges Heim.

7. KAPITEL

Während Felix Bernardi und Roswitha die Ziegenhaut zurückschlugen und den Wagen entluden, wanderte Philippa mit verschränkten Armen über den Hof.

Hier also lebte ihr berühmter Onkel, der Mann, der es gewagt hatte, auf dem Reichstag zu Worms Kaiser und Reichsständen die Stirn zu bieten. Die winzigen Fensteröffnungen des Obergeschosses stammten gewiß noch aus der Zeit, da das Haus den Orden der Augustinermönche beherbergt hatte. In den stürmischen Jahren nach dem Thesenanschlag war das Kloster nach und nach von seinen Bewohnern verlassen worden. Nur Luther war geblieben. Er und …

Ein von dornigen Sträuchern gesäumter Pfad führte zu einem Kräutergarten, an dessen westlicher Mauer sich zwei aus rotem Sandstein errichtete Häuschen schmiegten. Aus dem Innern des größeren Gebäudes fiel ein dünner Lichtschein auf den Hof. Außerdem waren Stimmen zu hören, weibliche Stimmen, die sich allem Anschein nach eine lebhafte Diskussion lieferten.

Neugierig ging Philippa auf die nur angelehnte Tür des Häuschens zu. Ein bitterer Geruch von Hopfen und Gerste lag in der Luft. Vermutlich wurde in dem kleinen Steinhaus noch zu dieser späten Stunde Bier gebraut.

»Es bleibt dabei, Maria«, hörte sie plötzlich eine energische Stimme rufen. »Wir brauchen dich von nun an im Haupthaus. Wer glaubst du, soll sich um die Gesandtschaft des Fürstenbundes kümmern, die morgen in Wittenberg eintrifft? Sieben Scholaren haben sich bereits als Kostgänger im Südflügel einquartiert, und mein Gatte lädt sich mit jedem Abend mehr Besucher an seine Tafel. Wer soll sich dabei noch um die Renovierung kümmern? Vom Brauhaus ganz zu schweigen. Ich habe gewiß keine Lust, mein Privileg einzubüßen, nur weil mich meine Mägde vor dem Brautag im Stich lassen.«

Ein lautes Aufschluchzen kommentierte die energische Rede. »Aber Herrin, Ihr habt doch immer noch Barbara, Valentin und den Knecht vom Saumarkt. Ich flehe Euch an, laßt mich auf dem Freihof bleiben. Im Schwarzen Kloster fühle ich mich ... unwohl!«

»Von diesem Unsinn will ich kein Wort mehr hören, Maria Lepper! Morgen trittst du deinen Dienst im Haus wieder an, oder du kannst dich gleich nach einem neuen Dienstherrn umsehen!«

Philippa gelang es im letzten Moment zur Seite zu springen, um nicht von der Tür getroffen zu werden, die laut quietschend aufgestoßen wurde.

Zwei Frauen traten auf den Hof. Die jüngere von beiden, ein etwa zwanzigjähriges rothaariges Mädchen mit Sommersprossen, trug die einfache Kleidung einer Dienerin: eine Leinenbluse mit sparsam verziertem Brüstlein und einen sandfarbenen Rock. Mit einem Zipfel ihrer Schürze tupfte sie sich eine Träne aus dem linken Auge. Ihre Herrin schüttelte den Kopf und erklärte eine Spur versöhnlicher: »Heute abend kannst du ohnehin nicht mehr auf den Freihof zurückkehren, Maria. Die Stadttore sind längst geschlossen. Sei vernünftig, ich brauche dich doch nur, solange die Herren des Fürstenbundes unser Haus beehren. Sobald die Ritter Wittenberg in Richtung Schmalkalden verlassen haben, kannst du zu Ave und Magdalena zurückkehren.«

»Dann wird es zu spät sein«, klagte Maria und glättete eine Falte ihrer Schürze. »Glaubt mir doch, Herrin!«

Philippa trat aus dem Schatten des Brauhauses, um nicht von den beiden Frauen als Lauscherin ertappt zu werden, doch die Hausherrin war so sehr in ihre Diskussion mit der jungen Dienstmagd vertieft, daß sie noch immer weder Philippas Reisewagen noch sie oder ihre Begleiter wahrgenommen hatte.

»Verzeiht, ich wollte Euch gewiß nicht stören, aber …« Philippa stockte. Wie sollte sie sich der fremden Dame vorstellen? Konnte sie zugeben, daß ihr eigener Bruder sie aus dem Haus getrieben hatte und sie nun hoffte, daß die Wittenberger sie unterstützten?

Noch während sie überlegte, bemerkte Philippa, wie sich ein Paar graue Augen forschend auf sie richteten. Die vornehm wirkende Frau mit den hohen Wangenknochen zeigte weder Scheu noch Angst vor der Fremden im Schatten ihres Brauhauses. Aus ihren Zügen sprach vielmehr unverhohlene Neugier. Sie mußte um die vierzig sein. Ihr langes, braunes Haar war zu einem Knoten aufgesteckt, der von einem straffen Wollnetz sittsam gehalten wurde. Mit Ausnahme ihres Eheringes trug sie keinerlei Schmuck und wirkte wie eine Frau, die sich nicht zu fein war, an der Seite ihrer Mägde mit eigenen Händen zuzupacken, wenn die Umstände es erforderten. Dennoch machte sie auf Philippa keinen abgezehrten Eindruck, denn ihre Finger waren schmal, beinahe zart. Lediglich das Gesicht mit den üppigen Lippen und den wachsamen Augen wies auf eine Frau hin, die in ihrem Leben Freude und Leid gleichermaßen kennengelernt hatte.

»Wer seid Ihr, Jungfer, und was wünscht Ihr zu später Stunde auf unserem Hof?« fragte die Frau schließlich und stemmte resolut ihre kräftigen Arme in die Taille. Die grauen Augen glitten Philippas Gestalt hinab. Plötzlich hob die Frau grüßend ihre rechte Hand. Sie hatte den Prediger entdeckt, der soeben mit Roswitha im Schlepptau auf das Brauhaus zuhielt.

»Magister Bernardi, seid Ihr es wirklich? Wie schön Euch gesund und munter wiederzusehen. Mein Gemahl wird sich freuen. Aber warum habt Ihr uns nicht geschrieben, daß Ihr die Absicht habt, unserem Wittenberg einen Besuch abzustatten, und wer ist diese junge Dame? Felix Bernardi, Ihr habt doch nicht …«

»Ich muß Euch enttäuschen, Frau Katharina«, fiel ihr der Prediger ins Wort. Galant zog er sein Barett und verbeugte sich höflich. »Noch bin ich dem Beispiel meines hochverehrten Lehrmeisters nicht gefolgt!« Lachend versuchte der junge Mann sich der stürmischen Begrüßung der Frau zu erwehren, während Philippa und Roswitha sich ein wenig verlegen anschauten.

»Frau Katharina, leider bringe ich schlechte Nachrichten aus Lippendorf.« Bernardi ergriff sanft die Hand der älteren Frau. »Euer Bruder ist tot. Er starb vor wenigen Tagen an der Pest.«

Philippa beobachtete, wie die Miene der Frau, die allem Anschein nach ihre Tante war, einen versteinerten Ausdruck annahm. Sanft entzog sie sich der tröstenden Berührung des Predigers, faltete demütig die Hände und ließ sie schließlich wie eine Nonne unter einer Falte ihres Samtkleides verschwinden. Einen Herzschlag lang sprach niemand ein Wort. Philippa fühlte sich zusehends unwohler. Sie überlegte, wie sie auf taktvolle Weise das Schweigen brechen konnte, als die Frau sie auch schon leicht an der Schulter berührte.

»Dann bist du wohl meine Nichte, nicht wahr? Verzeih, daß ich dich nicht sofort erkannte, immerhin siehst du meinem armen Bruder Nikolaus sehr ähnlich. Nur das hübsche, dichte Haar hast du von deiner Mutter. Das Haar und die dunklen Augen.«

Katharina von Bora breitete ihre Arme aus und zog Philippa an sich. Die Geste drückte wenig Zärtlichkeit aus, vielmehr schien die Lutherin ihren unerwarteten Gast auf

Herz und Nieren prüfen zu wollen. Doch Philippa ließ sich die Umarmung gerne gefallen. Seit dem Tod ihres Vaters hatte sie, abgesehen von Roswithas grober Herzlichkeit, das Gefühl menschlicher Nähe nicht mehr erfahren.

Nie zuvor waren Philippa in einem einzigen Gebäude so viele Menschen über den Weg gelaufen wie im Haus ihrer Wittenberger Verwandten. Männer, Frauen, ja selbst Kinder hetzten durch die kärglichen Gänge und schleppten Truhen, Vorhangstoffe, mit bunten Wappen bestickte Kissen und Schemel in verschiedene Stuben oder kehrten altes Stroh aus den dunklen Winkeln, daß es nur so staubte.

In der Küche waren zahlreiche Mägde an einem gewaltigen Eichentisch damit beschäftigt, Berge von Grünzeug zu putzen. Am Herd stand eine Köchin und rührte mit einem Löffel in einer glänzenden Kupferschüssel, aus welcher der Geruch von gehackten Zwiebeln, Rosmarin und in Schmalz gewendetem Lammfleisch aufstieg.

Katharina Luther gab selbst im Gehen ihre Anweisungen. Das Gemüse sollte in Wasser gesotten und danach kurz gebraten werden, jedoch mit wenig Öl. Wo waren die Mädchen geblieben, welche die Gästekammern fegen sollten? Nun hatte sich die Lepper doch noch aus dem Staub gemacht. Zweifellos war sie zum Freihof gelaufen. Mädchen wie diese Maria fanden immer ein Schlupfloch durch die Mauer oder einen Stadtwächter, der für ein Lächeln hundert Ausnahmen machte. Und wer holte nun die bestellten Hasenkeulen aus dem Räucherhaus des Schlachters? Der gute Mann würde sich bedanken, wenn man ihn zu dieser Stunde noch behelligte.

»Die junge Magd eben machte einen recht verstörten Eindruck«, sagte Philippa, während sie sich bemühte, mit ihrer Tante Schritt zu halten. »Außerdem schien sie sich vor irgend etwas zu Tode zu fürchten. Habt Ihr nicht bemerkt, wie ängstlich sie zu den Fenstern im oberen Geschoß des Uhrenturms starrte, Tante?«

Katharina Luther zuckte verständnislos die Achseln. »Hier gibt es nichts, wovor es einer Magd grausen könnte. Wenn jemandem langsam mulmig wird, dann mir, an der die ganze Arbeit hängenbleibt. Dies ist gewiß nicht das erste Mal, daß Dein Onkel sich Gäste ins Haus lädt, und es wird auch nicht das letzte Mal sein. Aber so viele Leute mußten nie zuvor in diesen Mauern verköstigt werden.« Sie dachte einen Augenblick nach. »Ich finde, ich sollte gleich morgen früh im Vorhof Stockfische aufziehen. Dann bekommt wenigstens das Gesinde der hohen Herren eine halbwegs anständige Mahlzeit.«

Katharina Luther führte Philippa und Roswitha in einen Nebenraum der Küche, der mit seinen vollgestopften Regalen und einer Falltür im Boden wie eine Speisekammer aussah, und bedeutete ihnen, sich niederzulassen. Sie eilte in die Küche. Wenig später kehrte sie zurück, ein Tablett mit zwei dampfenden Holzschalen in den Händen balancierend. Vorsichtig stellte sie es auf einen kleinen, wackeligen Tisch, dessen Platte deutliche Spuren von eingetrocknetem Blut aufwies.

»Die heiße Suppe wird euch guttun. Anna hat zwei Eier und reichlich getrockneten Salbei hineingegeben, damit ihr wieder zu Kräften kommt. Es tut mir nur leid, daß euer Begleiter sich so rasch empfohlen hat. Ein Teller Gerstenbrühe und ein Stück Hammelbraten vom Drehspieß sind beileibe keine angemessene Vergütung für seine Hilfsbereitschaft. Nicht einmal das Badehaus wollte er aufsuchen, dabei hocken die Boten des Grafen von Hoechterstedt, der morgen erwartet wird, seit Stunden im Bottich und würfeln. Aber so war Bernardi schon immer. Sein einziges Ziel in dieser Welt scheint es zu sein, in keines anderen Menschen Schuld zu stehen.« Katharina Luther verzichtete darauf, sich zu ihrer Nichte an den Tisch zu setzen.

Sie blieb unter dem Türbalken stehen und warf zuweilen prüfende Blicke auf das emsige Treiben der Küchenmägde.

»Tatsächlich?« Philippa rührte in der dampfenden Holzschüssel herum. Sie haßte Gerstenbrühe, weil das rauhe Getreide ihr für gewöhnlich in der Kehle steckenblieb, aber dies war nicht der Moment, um wählerisch zu sein. »Während unserer Reise hatte ich vielmehr den Eindruck, daß Bernardi sich Eurem Gatten verpflichtet fühlt.«

»Dein Onkel hat vor ein paar Jahren für den jungen Mann gebürgt, damit er an unserer Leucorea die *Septem Artes Liberales* studieren konnte. Bernardi brauchte einen Fürsprecher, weil seine Herkunft einige Fragen offenließ. Aber er war ein sehr fleißiger Student. Tag und Nacht brachte er in der Bibliothek zu und vergrub sich in seinen Büchern. Er war geradezu durchdrungen von Eifer und Ehrgeiz. Niemand wunderte sich, daß er wesentlich früher als seine Kommilitonen zum *Magister Artium* promoviert werden und mit seiner theologischen Ausbildung beginnen konnte.« Katharina schwieg einen Augenblick und beobachtete mit gerunzelter Stirn das Muster aus Gerste, mit welchem ihre Nichte den Rand ihres Tellers verzierte.

»Und was geschah dann?« Philippa lächelte ihre Tante unschuldig an.

»Einzelheiten sind mir keine bekannt. Doch eines Tages suchte Bernardi deinen Onkel und Philipp Melanchthon auf und teilte ihnen mit, daß er beabsichtige, Wittenberg und die Universität noch vor dem Abschluß seiner Studien zu verlassen. Wie du dir vorstellen kannst, waren wir entsetzt, entsetzt und erbost. Mein armer Luther brüllte so laut, daß ich Angst hatte, die Wände würden einstürzen. Ich glaube, er hatte den Jungen liebgewonnen wie einen eigenen Sohn und wollte ihn unbedingt in seiner Nähe halten. Sogar einen Lehrstuhl bot er ihm an, für Hebräisch, soviel ich weiß.«

»Doch Bernardi lehnte ab.«

»Ja, das tat er; dickköpfig und unbeherrscht, wie er ist«, bestätigte Katharina und fingerte an ihrem schmalen goldenen Trauring herum. »Die Anforderungen des Studiums können schwerlich der Grund für seine Abreise gewesen sein, schließlich war Bernardi von jeher ein heller Kopf. Angeblich beherrscht er die lateinische, griechische und hebräische Sprache besser als unser Freund Melanchthon.«

»Dickköpfig, unbeherrscht und studiert Sprachen, die heute kein Mensch mehr spricht«, flüsterte Roswitha ihrem Ziehkind boshaft ins Ohr. »Vielleicht solltet Ihr Euch erkundigen, wo der Prediger abgestiegen ist!«

Katharina Luther hob mißbilligend die Augenbrauen. Wie konnte ihre Nichte es zulassen, daß eine Dienerin in derart frivoler Weise das Wort an sie richtete. Gewiß gab es kaum geschwätzigere Menschen unter dem Himmel als Hausdiener, und gutmütigen Herren fiel es oftmals schwer, den Klatsch in ihren Gesindestuben einzudämmen, doch wohin sollte es führen, wenn eine Magd sich erdreistete, selbst in Gegenwart ihrer Herrin respektlose Reden zu führen? Mitleidig schaute sie ihre Nichte an, die geräuschvoll ihre Suppe vom Löffel schlürfte. Das Mädchen schien ja völlig verwildert zu sein. Und was hatten die zahlreichen Tintenflecke auf seinen Fingern zu bedeuten? Sie waren ihr bereits bei der Begrüßung im Hof aufgefallen. Schrieb Philippa etwa selber, anstatt zu diktieren, wie es ihrem Stand entsprach?

Mein armer Bruder Nikolaus hätte nicht nur seinem Sohn eine höfische Erziehung zukommen lassen sollen, überlegte Katharina. Unwillkürlich wurde sie an ihre eigene Kindheit erinnert. Fünf Jahre alt war sie gewesen, als ihr Vater sie eines Tages im feuchten Morgennebel auf sein Pferd gehoben und zum Kloster der Benediktinerinnen von Brehna gebracht hatte. Sie hatte ihr Elternhaus nie wieder gesehen, und einige Jahre später in Grimma wie selbstverständlich den schwarzen Schleier genommen.

Die Lutherin seufzte und spürte einen kurzen, stechenden Schmerz an ihrem Finger. Ohne es zu bemerken, hatte sie sich ihren goldenen Trauring über den Knöchel gezogen.

Nach dem Essen führte sie die beiden Frauen durch einen von mehreren Stützbalken getragenen Saal, das ehemalige Refektorium der Klosterbrüder, bis sie ein Treppenhaus erreichten. Philippa legte ihren Kopf in den Nacken und blickte zur Galerie hinauf, die so hoch lag, daß das Echo ihrer Stimme von den weiß gekalkten Wänden widerhallte.

»Deine Amme wird sich mit unserer Muhme Lene eine Kammer teilen müssen«, verkündete Philippas Tante geschäftig. »Aber keine Sorge, Nichte, ihr seid nur durch eine einzige Wand voneinander getrennt!« Lächelnd kramte sie einen Schlüsselbund unter ihrem Rock hervor, bei dessen Anblick der alte Golfried ohne Zweifel vor Neid erblaßt wäre. »Die Muhme ist übrigens deine Großtante, Magdalena von Bora aus dem Kieritzer Zweig der Familie. Wir waren gemeinsam im Kloster zu Brehna, ehe wir uns entschieden, den falschen römischen Lehren zu entsagen und unser Heil in der Flucht zu suchen.«

Philippa nickte höflich und warf Roswitha, der offensichtlich bereits eine Bemerkung auf der Zunge lag, einen drohenden Blick zu. Erleichtert stellte sie fest, daß die Amme sich ihren unförmigen Schnürbeutel mit den Lederriemen auf den Rücken gebunden hatte. Roswitha wußte nicht, daß sie die Schnitzfigur einer Heiligen ins Haus eines Reformators trug. Hoffentlich kam Tante Katharina nicht auf die Idee, ihr beim Auspacken behilflich zu sein. Die Truhe mit Philippas Büchern hatte ein Knecht in einem Vorraum des Küchentrakts abgestellt, ohne daß seine Herrin darauf aufmerksam geworden war. Philippa fragte sich nur, wie lange sie die Figur verstecken konnte. Ihre Tante machte alles andere als einen ungebildeten

Eindruck. Gewiß hatte sie im Nonnenkloster Lesen, Schreiben und die Grundzüge des Lateinischen erlernt, Kenntnisse, die ihr als Herrin des Schwarzen Klosters hilfreich sein würden. Philippa fragte sich jedoch, ob die Tante jemals ein Buch zum reinen Vergnügen aufschlagen oder einer wissenschaftlichen *quaestio* solange nachspüren würde, bis sie eine Antwort gefunden hatte.

»Lene wird ein wenig zetern, wenn sie einen Winkel ihrer Kammer an eine fremde Dienerin abtreten soll, aber eine andere Lösung sehe ich im Augenblick beim besten Willen nicht. Nicht, solange unser Haus wie eine Herberge aussieht und ich mich fragen muß, wie ich in diesem Durcheinander unseren Räucherspeck und das Dünnbier vor einer Horde ausgehungerter Scholaren schützen soll.«

Unvermittelt blieb Katharina Luther auf den ausgetretenen Treppenstufen stehen, schob ihre Lampe in eine Fensternische und zog schließlich einen roten Samtvorhang mit staubigen, goldenen Quasten zur Seite. Hinter dem Vorhang lag eine kleine Pforte mit vergittertem Guckloch.

»Die Augustinermönche, die früher hier im Hause lebten, waren sehr auf ihre Sicherheit bedacht«, erklärte Katharina leise, während sie umständlich die Pforte öffnete. »Die Räume in diesem Flügel gehörten damals zur Universität, wir nutzen sie eigentlich nur noch selten!«

Nach wenigen Schritten blieb sie stehen, klopfte kurz an eine Tür und gab Philippas Amme ein Zeichen, einzutreten. Roswitha raffte ihren weiten Rock und verschwand mit sauertöpfischer Miene in der Kammer. Die Aussicht, von einem keifenden alten Weib in Empfang genommen zu werden, behagte ihr trotz ihrer eigenen scharfen Zunge wenig.

»Und hier wirst du schlafen, Nichte!« Die Lutherin deutete auf die Tür der Nachbarkammer.

Das Zimmer war klein, aber ordentlich gefegt. Hohe

Decken, ein rußgeschwärzter Kamin, in dem ein paar trockene Scheite lagen. Außer zwei Zinnkrügen und einer Schale mit Nüssen auf dem Fensterkasten gab es keinen überflüssigen Zierat. Eine typische Gelehrtenstube, schoß es Philippa durch den Kopf. Am Alkoven, der neben einem Schemel das einzige Mobiliar bildete, fehlten die Bettvorhänge, doch das ließ sich verschmerzen. Ebenso die leicht beschädigte Wand, aus der Stroh und roter Sandstein hervorstachen. Wenigstens gab es eine gepolsterte Sitznische unterhalb des Fensters. Philippa liebte frische Luft und einen weiten Ausblick, während sie sich mit ihren Büchern beschäftigte. Erschöpft ließ sie sich auf das knarrende Bett sinken und löste das Kinnband ihrer Haube.

»Dein Onkel hat sich bereits zurückgezogen!« Katharina Luther deutete mit dem Finger zur Decke hinauf. Anscheinend lagen die Räume des Hausherrn ein Stockwerk höher. »Er hat wieder den ganzen Tag an seiner Bekenntnisformel gearbeitet. Sein armer Sekretär kommt seit Wochen nicht dazu, sich den Bart scheren zu lassen, so sehr hält ihn mein guter Luther auf Trab. Ich habe ihm gesagt, daß er seine Gesundheit ruiniert, aber mir will er ja nicht glauben. Eher würde der Mond einen heulenden Hund erhören als Martin Luther seine eigene Ehefrau. Morgen soll ich ihn noch vor Sonnenaufgang wecken, weil sich die Herren in St. Marien versammeln, um über das bevorstehende Bundestreffen und die Drohungen des Kaisers zu beraten. Daher wird es vermutlich Abend werden, bevor er dich willkommen heißen kann.« Katharina entzündete mit ihrer Lampe ein Talglicht und stellte es auf den Schemel neben dem Bett. Sie lächelte ihrer Nichte noch einmal aufmunternd zu und verließ die Kammer.

Philippa wartete, bis die Schritte ihrer Tante verklungen waren, dann ließ sie sich auf die Kissen fallen und streckte ihre schmerzenden Glieder aus. Tante Katharina hatte ihr nicht erklärt, wie man durch dieses Labyrinth zum

Badehaus fand, aber vermutlich wurden die Zuber zu dieser Stunde ohnehin noch von fremden Männern belagert. Und auf Roswithas Hilfe beim Auskleiden und Kämmen brauchte sie erst gar nicht zu warten; die alte Amme hatte momentan ihre eigenen Probleme.

Sie seufzte. Das staubige Reisekleid würde morgen in den Ofen wandern, mochte die Lutherin darüber denken, was sie wollte.

Die Arme hinter dem Kopf verschränkt, starrte Philippa an die schwarzen Deckenbalken über ihr und bildete sich ein, das Geräusch von Schritten auf den knarrenden Dielen wahrzunehmen. Wer auch immer da oben auf und ab ging: Offensichtlich fand er in dieser Nacht ebensowenig Ruhe wie sie selbst. Philippas Gedanken drehten sich im Kreis wie die Flügel einer Windmühle. Was um alles in der Welt mochte den begabten Prädikanten Bernardi veranlaßt haben, seine theologischen Studien abzubrechen und sich statt dessen in die Abgeschiedenheit einer Dorfpfarre zurückzuziehen?

Auf dem Weg nach Wittenberg, in den wenigen Stunden, in denen sie miteinander geredet hatten, hatte er Philippa überaus sachkundig die Geschichte der heiligen Katharina von Alexandria auseinandergesetzt, welche die fünfzig gelehrtesten Philosophen des römischen Kaisers Maxentius im Disput um die wahre Lehre besiegt hatte. Der Kaiser war daraufhin so erzürnt gewesen, daß er sie auf vier Räder binden ließ. Doch die Räder brachen zusammen, kaum daß die Heilige das Holz berührte. Letztendlich wurde sie enthauptet, aber die Legende besagte, daß Engel ihren Körper auf einen Berg trugen, wo man zu ihren Ehren ein Kloster errichtete.

Philippa drehte sich auf die Seite, ohne jedoch das schwarze Holz aus den Augen zu verlieren, das langsam mit der Dunkelheit eins wurde. Ihr Vater hatte ihr geraten, Tante Katharina nach der Heiligenfigur ihrer Mutter zu befragen, doch konnte sie sich der vielbeschäftigten Frau des Reformators wirklich anvertrauen?

Nach Bernardis Erklärungen verstanden die Evangelischen unter der Gemeinschaft der Heiligen etwas völlig anderes als die römische Kirche, nämlich weniger jene himmlischen Kreise, deren Angehörige man aufgrund ihrer Verdienste um Beistand anrief, sondern alle Gemeindemitglieder der irdischen Christenheit, weil diese von Gott geheiligt, das hieß, zu seinem Dienst auserwählt waren. Demzufolge unterschieden Philippas Onkel und seine Vertrauten in ihrer Lehre nur die verstorbenen von den lebenden Heiligen. Gewiß war Luther dagegen, Figuren von ihnen anzufertigen und sie in den Kirchen zu verehren. Es war wahrhaftig verwirrend.

Philippa begann vorsichtig ihre Schläfen zu massieren. Das rothaarige Mädchen vom Hof fiel ihr ein, ein Mädchen, dem die Angst vor ihrem Dienst im Schwarzen Kloster förmlich aus den Augen gesprungen war. Gewiß, der Hausherr erwartete wichtige Besucher, und die rohen Kriegsknechte der hohen Herren benahmen sich gegenüber jungen Mägden mitunter nicht besonders ritterlich. Doch die Schmalkaldischen waren noch nicht einmal in Wittenberg eingetroffen.

Irgend etwas Sonderbares ging von diesem Ort aus, das fühlte Philippa, je länger sie sich in Grübeleien erging. Erschöpft beugte sie sich über den Schemel neben ihrem Bettkasten und zerdrückte die kleine Kerzenflamme zwischen Daumen und Zeigefinger. Der Deckenbalken schien in der Dunkelheit zu wachsen. Der Arm eines Zyklopen, der bedrohlich über ihrem Kopf schwebte.

Nicht einmal als Gefangene ihres Bruders und der Abekke von Medewitz hatte sie sich einsamer gefühlt als zu dieser Stunde.

8. KAPITEL

»Ich danke Dir, mein Gott, himmlischer Vater, durch Christus Jesus Deinen Sohn, daß Du mich während dieser Nacht vor Schaden und Gefahr behütet hast und bitte Dich, Du wollest mich an diesem Tag gleichfalls behüten vor Sünde und allem Übel. Auf daß Dir all mein Tun und Lassen …«

Das hallende Geräusch einer zuschlagenden Tür drang durch die morgendliche Kälte des Kirchenschiffes und beendete den Morgensegen des knienden Mannes auf unbarmherzige Weise. Erschrocken hob Doktor Martin Luther den Kopf und blickte zum Westportal hinüber, durch das sich einige Männer, leise plaudernd, in das Gotteshaus schoben.

Zu dem ersten Schrecken gesellte sich Enttäuschung. Luther hatte gehofft, wenigstens ein paar Minuten in der morgendlichen Stille verbringen zu können, ehe die anderen eintrafen, aber die Glockenschläge des nahen Uhrturms mahnten ihn, daß es Zeit war, die Gespräche zu beginnen. Hohe Herren waren meistens alles andere als geduldig. Während Luther sich mühevoll erhob, starrte die Jungfrau Maria mit steinernen Augen vom Tympanon des Portals auf ihn herab. Ihr reichhaltig verziertes Relief war eines der wenigen Kunstwerke in St. Marien, das nicht in jenem entsetzlichen Aufruhr des Jahres 1522 zerstört oder beschädigt worden war. Damals waren die Bilderstürmer auch in diese Kirche eingedrungen und hatten zerschlagen, was immer sie an die Kirche des Papstes erinnert hatte. Fanatiker, grollte Luther. Er fühlte, wie es in seinem Magen zu rumoren anfing. Unbelehrbare Schwärmer. Sie hatten seine Abwesenheit ausgenutzt, und keiner war dagewesen, um ihnen Einhalt zu gebieten. Noch einmal würde er dies nicht zulassen.

Vorsichtig bewegte der Reformator die Zehen in seinem linken Lederstiefel. Die stechenden Schmerzen in der Seite zogen bis in die Füße hinunter und machten jede abrupte Bewegung zu einer Qual. Zitternd tasteten seine geschwollenen Finger nach der hohen, mit Schnitzkunst versehenen Lehne seines Kirchenstuhles. Er beobachtete, wie die Männer in respektvoller Entfernung stehenblieben und miteinander flüsterten.

Vermutlich denken sie, ich sei noch ins Gebet vertieft, überlegte Luther. Der Schimmer eines Lächelns huschte über sein Gesicht. Er zog sein knielanges dunkles Gewand über dem breiten Ledergürtel gerade und fuhr sich durch das wirre Haar. Als Mönch hatte er sich niemals Sorgen um sein Aussehen machen müssen, weiß Gott, vielleicht war die grobe Kutte das einzige in seinem Leben, was er wirklich vermißte. Doch immerhin hatte der Herr ihm eine tüchtige Hausfrau an seine Seite gestellt, die ihn mit ihrer Fürsorge beinahe erdrückte. Er zuckte zusammen, als sich der Schmerz in der Leistengegend wiederum bemerkbar machte. Es war ein Fehler gewesen, Katharinas bittere Arznei zurückzuweisen. Aber nun war es zu spät, darüber zu klagen.

Die Männer warteten darauf, daß er sich zu ihnen gesellte.

Soeben betrat Georg Spalatin, gefolgt von zwei Dienern, das Kirchenschiff. Luther erkannte, daß er seine breite Goldkette mit Wappen über dem vornehmen Mantel trug, die ihn als Sekretär des Kurfürsten und landesherrlichen Beamten auswies. Sein Spitzbart durchstach bei jeder Kopfbewegung die kalte Luft. Gleich neben ihm raschelte sein alter Freund Philipp Melanchthon mit mehreren Papieren. Martin Luther kniff die Augen zusammen und versuchte unter den Dokumenten, die sein Mitstreiter Spalatin unter die Nase hielt, die Abschrift seiner ersten Bekenntnisformel herauszufinden. Doch dann fiel ihm ein, daß er das Schriftstück seinem Schreiber zur Korrektur übergeben hatte. Der Wittenberger Patrizier Henricus Krapp, ein wohlbeleibter Mann, der sein Doppelkinn unter einer Halskrause verbarg, nahm seinen Platz nahe der Sakristei ein. Hinter ihm balancierte ein junger Bursche in einem grasgrünen Rock mit weiten Schlitzärmeln ein Kissen, auf dem die goldenen Siegel der Stadt thronten. Der Sessel neben dem Bürgermeister war noch leer. Offensichtlich war der Abgesandte des hessischen Landgrafen noch immer nicht eingetroffen. Martin hatte seiner Frau strikte Anweisung gegeben, ihm einen Boten zu schicken, sobald sie Nachricht von der Ankunft Wolfgers von Hoechterstedt erhielt.

Die kühlen, steinernen Augen der Gottesmutter begleiteten Luther, als er sich auf den Weg durch das hallende Kirchenschiff machte. In der Nähe des gewaltigen Taufbeckens spürte er plötzlich einen kalten Hauch, der sein Genick erstarren ließ. Ärgerlich wandte er sich zu den vier Wappenlöwen um, die unterhalb des Beckens kauerten. Ihre toten Augen starrten ihn an. Gierig und voller Mordlust.

»*Vade retro, Satanas*«, murmelte Luther hastig. Die Welt versank in eitlem Aberglauben, der nur darauf abzielte, den Gläubigen auf seinem Weg durchs Erdenleben zu verwirren und ihn in die Netze des Widersachers zu treiben. Wer die Schrift las und sich der Gnade des Erlösers anvertraute, konnte in der Gottesmutter nichts anderes erkennen als eine demütige und gehorsame Magd des Herrn, die ihre Dienste verrichtet hatte, so wie er die seinen verrichtete.

Erleichtert ließ Luther sich in den bereitstehenden Sessel fallen und gab Stadtpfarrer Bugenhagen ein Zeichen, die Versammlung mit dem Gebet des dritten Psalms und dem anschließenden *Magnificat* in deutscher Sprache zu eröffnen.

Die Beratungen zogen sich über mehrere Stunden dahin. Luther war froh, daß sein Freund Melanchthon als erster sprach, denn dessen sanfte Stimme wirkte beruhigend und wurde nicht einmal vom Echo der vier Rundbögen verzerrt, unter welchen die Herren im Kreis saßen. Sie klang einfach nur freundlich, selbst bei einem so ernsten Thema wie der Verbreitung des ketzerischen Wiedertäufertums im Heiligen Römischen Reich. Als Melanchthon nach einigen Minuten Platz nahm, und ein Diener ihm einen Becher mit Wein reichte, lächelte Luther ihm anerkennend zu.

Nach Melanchthon erhob sich Hans von Taubenheim, der wie sein Kollege Spalatin den Kurfürsten Johann Friedrich persönlich vertrat. Luther lehnte sich in seinem Sessel zurück. Taubenheim war ein stattlicher Mann von etwa vierzig Jahren, dessen scharlachrotes Wams aus flämischem Tuch und dessen Siegelring verrieten, daß er die Würde seines Ritterstandes sehr ernst nahm. Luther konnte sich nicht erinnern, Hans von Taubenheim jemals lachen oder scherzen gehört zu haben, dennoch zählte der Ritter seit Jahren zu den gern gesehenen Gästen an der Tafel des Schwarzen Klosters.

Im Gegensatz zu Melanchthon hielt von Taubenheim nichts von den stilistischen Feinheiten der Redekunst, wie sie an den Universitäten des Reiches gelehrt wurden. Er begann in stockendem Latein, wechselte jedoch bald in die deutsche Sprache über.

»Über Eure Streitigkeiten mit den Wiedertäufern und Schweizern mögen sich die Herren Theologen die Köpfe zerbrechen«, erklärte von Taubenheim, »doch die Botschaft, welche ich Euch im Namen seiner Durchlaucht des Kurfürsten überbringe, könnte das Schicksal sämtlicher evangelischer Reichsstände betreffen!«

»Hört, hört!« Henricus Krapp rollte gelangweilt mit den Augen und ließ sich von einem Pagen seinen Becher nachfüllen.

Von Taubenheim warf dem Patrizier einen verächtlichen Blick zu und fuhr fort: »Wie Ihr wißt, befindet sich Kaiser Karl auch nach dem Rückzug seiner Truppen aus Italien weiterhin in offenem Kriegszustand mit Frankreich. Allein diesem Umstand und der schwankenden Haltung Roms haben wir es zu verdanken, daß der Kaiser bislang nicht gegen die Reichsstände zu Felde gezogen ist. Doch das Blatt hat sich inzwischen gewendet. Zu Ungunsten der Franzosen und damit letzten Endes auch zu unseren.«

»Nun spannt uns nicht länger auf die Folter, Herr«, polterte Martin Luther. Er rang nach Atem. Warum mußten Krankheit und schlechte Neuigkeiten immer zusammenfallen! »Was ist geschehen?«

»Mein Kurfürst wurde davon in Kenntnis gesetzt, daß der Gemahl der Kaisertochter Margarete im Januar einem Mordanschlag zum Opfer fiel!« Von Taubenheim blickte abwartend in die Runde. Er schien es sichtlich zu genießen, den Männern sein Wissen scheibchenweise zu servieren.

»Und welchen Trumpf kann der Kaiser daraus ziehen, daß sein Schwiegersohn Alexander Medici dahingemeuchelt wurde?« Georg Spalatin zupfte nachdenklich an seinem Kinn. Luther folgte seinen Blicken. Er sah dem Mann an, daß er beleidigt war. Bisher war es noch nie vorgekommen, daß Kurfürst Johann Friedrich von Taubenheim vor ihm ins Vertrauen gezogen hatte.

»Dies liegt doch auf der Hand!« Mit einem Satz sprang von Taubenheim von seinem Sessel auf, dessen Polster die Farben seines Hauses trugen, und schlug mit der flachen

Hand auf die hohe Lehne. »Der Leichnam des Medici war noch nicht einmal kalt, da ging Kaiser Karl auch schon daran, eine Verbindung zwischen seiner Tochter und Ottavio Farnese in die Wege zu leiten. Glaubt Ihr denn, der schlaue Fuchs wüßte nicht genau, was er tut? Farnese ist nicht nur durchtrieben, reich und mächtig, sondern auch ...«

»... *nepos papae*, der Enkel des Papstes«, riefen Melanchthon und Spalatin wie aus einem Mund.

Für ein paar Momente legte sich betroffenes Schweigen über die Ratsversammlung. Sogar der dickbäuchige Patrizier Krapp starrte erschüttert auf den leeren Becher in seiner Hand. Luther atmete tief durch, um eine neue Welle des Schmerzes in seiner Seite zu besänftigen. Ein derber Fluch entwich seinen Lippen, als er in die bleichen Gesichter seiner Freunde und der Vertreter des Bundes blickte. Sie begriffen schnell. Wenn Papst Paul in der Auseinandersetzung mit dem französischen König und Karl V. seine bisherige Neutralität aufgab, so war es nur eine Frage der Zeit, bis letzterer die Franzosen aus Italien zurückgedrängt und somit endlich freie Hand hatte, um sich mit der Bekämpfung der Reformation im Reich zu beschäftigen.

Martin Luther rieb sich über das stoppelige Kinn. Er hatte dem Kaiser in Worms Auge in Auge gegenübergestanden. Vierzehn Jahre waren seitdem vergangen, und doch erinnerte sich Martin lebhaft an die ernsten, maskenhaften Gesichtszüge, welche, ungewöhnlich für einen Jüngling von neunzehn Jahren, keine Gefühlsregung und erst recht keinen Widerspruch gelten lassen wollten. Nun, er selber hatte dem Kaiser auch nicht widersprochen, sondern sich lediglich geweigert, seine Thesen über den schändlichen Schacher der Dominikaner mit dem Seelenheil des Volkes zurückzunehmen. Aber der Kaiser hatte noch nie die Notwendigkeit gesehen, zwischen seinen

Feinden Unterschiede zu machen. Luther war davon überzeugt, daß Karl V. keinen Augenblick zögern würde, den Schmalkaldischen Bund zu zerschlagen und die Rückkehr seiner evangelischen Untertanen in den Schoß der römischen Kirche mit Waffengewalt zu erzwingen.

Und er würde einen Scheiterhaufen entzünden lassen.

Luther bemerkte, daß die Herren von ihren Plätzen aufstanden und aufgeregt zu debattieren begannen. Ein Luftzug streifte seine erhitzten Wangen, als sich die Tür des Nordportals öffnete und sein Schreiber Lupian die Kirche betrat. Der untersetzte Mann mit dem kahlgeschorenen Schädel wirkte nervös, beinahe bestürzt. Aus den Augenwinkeln beobachtete Luther, wie er sich unaufhörlich mit der Zunge die Lippen befeuchtete, als wäre er am Verdursten. Irgend etwas lastete dem Schreiber auf der Seele, aber was immer es war, es mußte warten. Eine weitere schlechte Nachricht würde er sich heute gewiß nicht mehr anhören. Nur mit Mühe gelang es Luther, sich in dem Durcheinander Gehör zu verschaffen.

»Meine Herren, ich bitte Euch, die Heiligkeit dieses Ortes zu achten. Gewiß mahnen uns die Nachrichten unseres Freundes über den neuesten Schachzug des Kaisers zur Vorsicht, gerade deshalb muß es unser höchstes Ziel sein, ein Konzil in Mantua zu verhindern.«

»Doktor Luther hat recht«, pflichtete ihm Melanchthon bei. »Falls Papst und Kaiser tatsächlich ein Konzil einberufen, müssen wir darauf bestehen, daß es in Deutschland und nicht in Italien stattfindet. Auch wenn ich für eine Versöhnung mit dem Kaiser eintrete, glaube ich nicht, daß er die Macht seiner deutschen Kurfürsten noch weiter schwächen darf. Wir müssen alles daransetzen, den Bund der evangelischen Reichsstände zu stärken. Auch der kursächsische Adel darf nicht länger abseits stehen. Dennoch schlage ich vor, die Gespräche bis zur Ankunft des Abgesandten von Landgraf Philipp von Hessen und der eigentlichen Bundesversammlung im Februar zu vertagen.«

Die Männer blickten einander an und nickten schließlich.

Nur Luther saß reglos da und dachte angestrengt nach. Er verstand den verzweifelten Wunsch seines Freundes nach einer Einigung mit der kaiserlichen Partei, ebenso dessen Treue zur Obrigkeit. Bis zum Reichstag von Augsburg, der nun sechs Jahre zurücklag, hatte er nicht anders gedacht. Selbst der Gründung des Waffenbündnisses von Schmalkalden hatte Luther erst zugestimmt, nachdem eine Armee von Advokaten ihn davon überzeugt hatte, daß die Fürsten keine gewöhnlichen Untertanen, sondern eigenständige Obrigkeiten waren. Doch welchen Blutzoll hatten seine Worte von der ›Freiheit eines Christenmenschen‹ gefordert, als die Bauern sie wörtlich nahmen und die Waffen gegen ihre Herren ergriffen?

»Noch einmal werde ich diesen Fehler gewiß nicht begehen«, sagte er grimmig vor sich hin. Trotz der Kälte im Gotteshaus spürte er, wie er unangenehm zu schwitzen begann. Durch die bunten Glasfenster drang ein Sonnenstrahl und tauchte die Rundbögen mitsamt dem Relief der Jungfrau Maria in einen warmen roten Lichtschein. Luther murmelte eine Entschuldigung und winkte seinem Schreiber, ihm ins Freie zu folgen.

Die Mittagssonne warf rote und gelbe Streifen auf das Dach des Badehauses, als Philippa mit feuchten Haaren unter dem Schleier auf den Hof trat. Ihre Hände dufteten noch immer nach der Honigseife, die ihre Tante früh am Morgen für sie neben den Waschzuber gelegt hatte. Ein sanfter Wind streichelte ihre erhitzten Wangen, und für einige Momente wurde sie von einem heftigen Schwindelgefühl gepackt, das ihre Schläfen zum Klopfen und das Blut in ihren Ohren zum Rauschen brachte. Philippa mußte sich am Türgriff der Badestube festhalten, um nicht zu straucheln. Dicke Schwaden von Dampf und trockener Hitze schoben sich an ihr vorbei ins Freie.

Katharinas Mägde müssen ganze Wälder in den Ofen gesteckt haben, um der Stube derart einzuheizen, dachte Philippa und atmete tief durch. Wenigstens hatte sie keine zechenden und würfelnden Männer mehr im Bottich vorgefunden. Sie bemerkte gar nicht, daß Roswitha sich über sie beugte und ihr forsch in die geröteten Wangen kniff.

»Das alte Weib in meiner Kammer ist einfach unausstehlich«, greinte die Amme, kaum daß Philippa sich ein wenig gefangen hatte.

»Du redest von meiner Großtante? Eigentlich hätte ich ihr längst meine Aufwartung machen müssen.« Die beiden Frauen setzten sich auf eine Bank nahe der Mauer zum ehemaligen Klosterfriedhof. Der Wind verteilte den schweren Geruch von Dung und feuchter Blumenerde über dem Anwesen. Philippa suchte den Vorhof nach ihrer Tante ab, entdeckte aber nur ein paar Dienerinnen, die um ein Faß herumstanden und Fische in Pökelsalz eintauchten. Danach spießten sie die salzigen Klumpen entlang der Grubenmauer auf etwa fünf Fuß lange Stecken, um sie vom Wind trocknen zu lassen.

»Ich versichere Euch, diese Muhme ist nicht mehr bei klarem Verstand«, fuhr Roswitha fort. »Philippa, mein Herz, Ihr solltet einmal die Unterkleider der Alten sehen. Sie hängt ihre Lumpen jede Nacht zum Ausdünsten über ein Seil, das sie quer durch die Stube spannt. Man kommt sich vor, als würde man in einer Gruft schlafen! Mein Gefühl von Anstand verbietet es mir, Euch Einzelheiten zu nennen.«

Philippa gab sich bald keine Mühe mehr, ihrer greinenden Amme zuzuhören. Statt dessen schloß sie ihre Augen und ließ sich von den ersten, zaghaften Strahlen der Frühlingssonne wärmen. Der Winter hatte dieses Jahr zu lange gedauert. Die Dunkelheit der vergangenen Monate war, so schien es ihr, auch in so manche Seele eingedrungen und hatte von ihr Besitz ergriffen, ohne daß sie sich hatte wehren können. Versonnen strich Philippa über das dunkelblaue Kleid mit dem verspielten Blumenmuster, das sie für ihren ersten Tag in Wittenberg ausgewählt hatte. Sie hatte ihre Stube gleich nach dem Morgenläuten verlassen und in der Küche erfahren, daß ihre Tante bereits in aller Frühe in die Stadt gegangen war, um die erkrankte Schulmeisterin zu besuchen. An dem einfachen Frühstück hatten indessen zwei von Katharinas Kindern teilgenommen, die bereits von ihrer Mutter über die neue Verwandte im Haus unterrichtet worden waren. Der elfjährige Johannes, der eine Lateinschule besuchte, hatte nur mäßiges Interesse an Philippa gezeigt und sich mit einer Schale Milch auf die mit Fellen ausgelegte Kaminbank zurückgezogen, wo er einige griechische Vokabeln wiederholte. Die kleine Margarethe hingegen war sofort auf Philippas Knie geklettert, um sich fröhlich krähend schaukeln zu lassen.

»Herrin, Ihr müßt Euch erheben! Rasch!«

Philippa spürte, wie Roswitha grob an ihrem Ärmel zerrte. Was um alles in der Welt war nun schon wieder nicht in Ordnung? Sie schirmte ihre Augen mit der Hand gegen die Sonne ab und beobachtete, wie zwei Männer eilig über den Hof liefen. Sie hielten auf den Uhrturm zu. Der ältere von beiden, ein untersetzter, aber würdevoller Mann, mußte ihr Onkel Martin Luther sein. Neugierig spähte sie zu ihm hinüber.

Ihr Onkel ging leicht gebückt, die Schultern nach vorne abfallend, als zöge er einen Sack hinter sich her. Außerdem hinkte er ein wenig. Seine fein gerundeten Lippen und das kräftige Kinn verrieten Kompromißlosigkeit und Durchsetzungsvermögen, die zerfurchte Stirn über den wachsamen, dunklen Augen dagegen Intelligenz und Lebenslust.

Die Männer waren im Begriff, das Haus zu betreten, als

Luthers Begleiter auf die beiden Frauen an der Ostmauer aufmerksam wurde. Er deutete verstohlen in ihre Richtung.

»Wir müssen Eurem Oheim entgegengehen, Herrin«, erklärte Roswitha mit fester Stimme. »Es gehört sich nicht, den Hausherrn zu uns kommen zu lassen!« Philippa brachte ihren Schleier in Ordnung und beeilte sich, Roswithas Aufforderung nachzukommen. Die beiden Männer waren auf den Treppenstufen des Portals stehengeblieben.

»Eure Tante hat mich gestern noch zu später Stunde über Eure Ankunft unterrichtet, Philippa von Bora«, rief Martin Luther freundlich und ergriff Philippas Hand. »Ich hoffe, daß Ihr in unserem Hause und mit Gottes Hilfe die Kraft finden werdet, mit dem schweren Verlust fertigzuwerden, der Euch in Lippendorf traf.«

»Ihr seid sehr gütig, Onkel!« Philippa neigte den Kopf und deutete eine knappe Verbeugung an.

»Man sagte mir, Felix Bernardi habe Euch nach Wittenberg begleitet. Wißt Ihr, wo er sich aufhält oder ob er die Stadt bereits verlassen hat?«

Philippa richtete sich auf und blickte ihren Onkel irritiert an. Täuschte sie sich, oder hatte sich um dessen Mundwinkel tatsächlich ein Zug von Verbitterung und Resignation gelegt? Langsam schüttelte sie den Kopf. »Es tut mir leid, Onkel, aber ich habe nichts mehr von Bernardi gehört, seit er gestern abend mit dem Wagen Euren Hof verlassen hat!«

»Bedauerlich, wirklich bedauerlich. Dabei wollte ich …«

»Aber Doktor Luther«, mischte sich der andere Mann ein, »was kümmern Euch die Launen eines unbedeutenden Studenten? Habt Ihr vergessen, daß der hessische Abgesandte im Schloß eingetroffen ist? Seine Durchlaucht wird bald nach Euch schicken lassen. Bis dahin solltet Ihr Euch in Eure Gemächer zurückziehen, um ein wenig zu ruhen!«

Martin Luther stöhnte auf und klopfte dann dem kahlköpfigen Mann jovial auf die Schulter. »Da seht Ihr, Nichte, wie die Welt sich um mein Wohlbefinden sorgt. Eure Tante Katharina und mein treuer Schreiber haben sich verbündet, es mir an nichts fehlen zu lassen. Und wenn die Welt voller Teufel wäre, die beiden würden sie mit einem samtenen Ruhekissen ersticken oder in saurer Arznei ersäufen!«

»Hört nicht auf ihn, Jungfer von Bora«, rief der kahlköpfige Mann lachend. »Ich bin Melchior Lupian. Bitte laßt es mich wissen, falls Ihr oder Eure Dienerin etwas braucht.«

»Für einen Sekretär wird meine Nichte wohl schwerlich Verwendung finden, Meister Lupian«, erklang plötzlich Katharina Luthers Stimme aus dem Hausflur. Sie schien eine ganze Weile dort gestanden und die Unterhaltung mit angehört zu haben. Nun schob sie sich an ihrem Gemahl und dem Schreiber vorbei auf die Treppe. Die kleine Margarethe und ein zweites Mädchen mit Zöpfen folgten ihr und betrachteten ihre erwachsene Cousine mit neugierigen Augen.

»Wie meinst du das, Katharina?« fragte Luther überrascht und hielt seine Frau am Arm fest.

»Unser Hausknecht behauptet, die Truhe hinter dem Portal gehöre dir, Philippa. Sie ist voll mit Büchern und Schriften in lateinischer und griechischer Sprache.« Katharina lächelte und schüttelte Luthers Arm ab. »Aber Liebes, warum hast du uns nicht gesagt, daß dein Vater dich in den Wissenschaften unterwiesen hat? Dies würde zumindest so manches erklären.«

»Verzeiht mir, aber ich wußte nicht, wie ihr es aufnehmen würdet, daß ich mich mit humanistischen Studien befasse«, erklärte Philippa leise. »In Lippendorf gehörte es nicht gerade zu den Pflichten einer Hausherrin, Pico della Mirandola und die Lehren der Platonischen Akademie zu verstehen. Das Studium einer Sprache ist für mich jedoch wie … wie das Tor zu einer fremden, faszinierenden Welt.«

»Aber Philippa ...«, begann Katharina, wurde jedoch durch eine Handbewegung ihres Mannes zum Schweigen gebracht.

»Ihr beherrscht Latein, Mädchen?« wollte er wissen.

»In Wort und Schrift.«

»Und Griechisch ebenfalls?«

Philippa nickte, von der weiteren Frage ein wenig eingeschüchtert. Sie sah, wie der Schreiber ihrer Tante Katharina etwas ins Ohr flüsterte.

»Dann seid Ihr ohne Zweifel eine begabte junge Dame, Philippa. Begabung und Lerneifer genügen jedoch nicht immer, um einer verwundeten Seele Frieden zu schenken. Ihr tragt einen Kummer mit Euch herum, der nicht allein vom Tod Eures Vaters herrührt.«

»Wie könnt Ihr davon wissen, Onkel?« erwiderte Philippa ausweichend. Sie fühlte sich unter den forschenden Augen des großen Reformators zusehends unwohler, auch wenn eine seltsame Faszination von ihnen ausging.

»Nun, ich denke, Ihr habt Lippendorf nicht freiwillig verlassen. Euer Bruder hat Euch ohne Mitgift vor die Tür gesetzt! War es nicht so, mein Kind?«

Philippa begann zu schwitzen. Es war unmöglich, daß ihr Onkel von der Intrige der Medewitzer gehört hatte.

»Die wenigsten Menschen tun etwas freiwillig, Onkel«, hörte sie sich schließlich zögernd antworten. »Mein Vater lehrte mich, daß der Herrgott uns die Freiheit schenkt, unser Schicksal in die eigene Hand zu nehmen. Genau das beabsichtige ich auch zu tun!«

Martin Luther betrachtete sie von Kopf bis Fuß, ohne daß sie sich zu rühren wagte. Nach einer Weile wandte er sich an seine Frau: »Du warst doch heute morgen bei der Schulmeisterin? Heilen ihre Wunden gut?«

»Die Wunden der Schulmeisterin heilen bedauerlicherweise kaum, Martin. Der Wundarzt wollte mich gar nicht zu ihr in die Krankenstube lassen. Er hat meine Kräuter auf der Treppe entgegengenommen und gesagt, es sei ein besonders schwerer Sturz gewesen. Wir müssen Geduld haben und auf die Gnade des Herrn vertrauen!«

»Warum mußte das leichtsinnige Weib seine Wäsche auch auf der schmierigen Kupfermauer aufhängen!« erklärte Martin Luther ohne Mitleid. »Damit wäre die Wittenberger Mädchenschule bis auf weiteres ohne Aufsicht.« Er bedachte Philippa mit einem weiteren forschenden Blick. »Es sei denn, wir fänden eine ebenso fromme wie gebildete junge Dame, die unsere Schulmeisterin würdig vertreten könnte.«

Katharina schlug die Hände zusammen und seufzte. »Ich weiß, worauf du hinauswillst. Doch ich hoffte, du würdest mir Philippa für die nächste Zeit im Haus lassen, damit ich ihre Erziehung abrunden kann.«

»Doktor Luther, darf ich Euch daran erinnern, daß Eure Nichte dem adeligen Stand angehört«, gab der Schreiber zu bedenken. »Die Ratsherren werden Euch zweifellos zu ihrem Vormund bestellen, damit Ihr dem Mädchen einen standesgemäßen Ehemann ...«

»Alles zu seiner Zeit, Freund Lupian«, fiel Luther seinem Schreiber ins Wort. Seine Miene deutete an, daß er nicht gewillt war, die Diskussion um Philippa von Boras Zukunft auf der Türschwelle weiterzuführen. Er schaute Philippa an. »Ich werde die Angelegenheit mit Melanchthon und den Schöffen besprechen, Nichte. Seid in zwei Tagen Gast an meiner Tafel, dann werdet Ihr alles weitere erfahren!«

»Ich danke Euch, Onkel«, beeilte sich Philippa zu versichern. »Ihr wißt gar nicht, wie ...«

»In der Zwischenzeit solltet Ihr vielleicht den Rat Eurer Tante beherzigen und an Eurer Erziehung als Tochter eines Edelmannes arbeiten. Die Welt der griechischen Philosophen und italienischen Poeten mag Euch interessanter erscheinen als Webrahmen und Spinnrad, dennoch hat Gott unserer Welt eine Ordnung gegeben. *Non omnia, quae dolemus, eadem queri iure possumus.* Ich für meinen Teil möchte den Tag nicht erleben, an dem ein Mensch, der unter meinem Dach lebt, dieser Ordnung zuwiderhandelt!«

Mit diesen Worten verschwand der Reformator im Hausflur. Melchior Lupian folgte ihm eilig.

»Dein Onkel verfügt über eine ausgezeichnete Menschenkenntnis, meine Liebe«, sagte Katharina und legte Philippa vorsichtig einen Arm um die Schulter. »Wenn er der Meinung ist, daß du unterrichten solltest, würde ich dies als Auszeichnung verstehen.«

»Das tue ich auch, Tante. Aber Lupian sprach davon, daß Eure Stadträte darauf bestehen könnten, mich in Wittenberg zu verheiraten.«

Katharina Luther zog ihren Arm zurück und blickte ihre Nichte erstaunt an. »Du bist Nikolaus von Boras Tochter und somit adeliger Herkunft. Was hast du erwartet? Daß die Universität dich zur Magistra auf Lebenszeit promoviert?«

Philippa hätte ihrer Tante eine ehrliche Antwort geben können, doch sie ahnte, daß Katharina ihre Entgegnung nicht gefallen hätte. Was aber erwartete die Lutherin tatsächlich von ihr? Daß sie ihr Leben hinter diesen Mauern beschloß? Möglicherweise als Gemahlin eines Mannes wie Melchior Lupian?

An den Frauen ratterte ein Wagen vorüber, der bis zum Rand mit Bauholz beladen war. Er hielt auf den Flügel mit dem Gerüst zu. Philippa drehte sich langsam um und folgte dem Fuhrwerk mit ihren Blicken. Auf der obersten Plattform des Gerüsts standen zwei Arbeiter und befestigten eine Winde, um Holzplanken nach oben befördern zu können. Unten stand ein älterer Mann mit Lederschürze, der aufgeregt gestikulierte und die beiden anderen – offenbar seine Gesellen — lautstark beschimpfte, schlechte Knoten in die Seile gemacht zu haben. Katharina ließ

Philippa stehen und eilte über den Hof, um den Handwerksmeister zu beschwichtigen.

»Glaubt bloß nicht, Ihr könntet vor mir verbergen, was Ihr denkt, mein Herz!« Roswithas Stimme klang beunruhigend sanft. »Warum wollt Ihr nur immer mit dem Kopf durch die Wand? Jeder Mensch braucht ein behagliches Plätzchen hinter dem Ofen, wenn es kalt wird und der Frost ihm Beulen an die Zehen treibt. Wir sollten uns in Wittenberg einrichten und die Vergangenheit begraben!«

Philippa wandte sich Roswitha zu. Die alte Amme erwartete, daß ihr Ziehkind etwas erwidern würde, und machte, auf Wut und Trotz gefaßt, einen Schritt zurück, doch Philippa schwieg.

9. KAPITEL

Die zarten Sonnenstrahlen des Tages waren längst hinter graugrünen Wolken und fahlem Nebel verschwunden, als Philippa das Anwesen ihrer Verwandten verließ und sich zu Fuß in Richtung Stadtmauer aufmachte. Ihr Ziel war der Freihof, ein kleines Gut mit Fischweihern und Obstgärten, das Katharina Luther bald nach ihrer Eheschließung erworben hatte und das sie seitdem von einigen Knechten und Mägden bewirtschaften ließ.

Philippa bog in die Collegienstraße ein, eine kurze Strecke, die über den Marktplatz zum Schloß des Kurfürsten führte, hielt sich jedoch nach wenigen Schritten in nördlicher Richtung. Auf der Straße zum Elstertor herrschte ein reges Treiben. Krämer strömten mit vollbeladenen Karren scherzend und lachend ihren Marktbuden entgegen, um Käse, Fische, Wein, Tuche und Tongeschirr feilzubieten. Burschen mit spitzen Lederhüten trieben Ochsen und Kälber über das holprige Pflaster und wurden von Lehrlingen geneckt, die vor den Werkstätten ihrer Herren standen und obszöne Verrenkungen machten. Gleich am Marktbrunnen knoteten ein Gürtler und seine Frau breite Ledergürtel für Männer und lange Schärpen aus roter, gelber und violetter Seide für Damen an das vorspringende Holzdach seines Ladens. Dazwischen schoben sich junge Frauen, die Wassereimer vom Brunnen in die Höfe ihrer Anwesen schleppten, sowie Musikanten in grasgrünen Wämsern und Scholaren, die sich um die

Auslage eines wandernden Buchhändlers scharten oder die Mädchen am Stadtbrunnen beobachteten.

Die Universität hatte wegen der anstehenden Reise ihrer wichtigsten Gelehrten nach Schmalkalden einen Feiertag anberaumt, der nicht nur die Studenten aus ihren kärglichen Bursen, sondern auch zahlreiche Händler, Gaukler und anderes fahrendes Volk auf die Gassen und Plätze lockte. Am späten Nachmittag sollte zu Ehren der freien Reichsstände und des Abgesandten Landgraf Philipps von Hessen ein festlicher Umzug vom Schloß bis zum Schwarzen Kloster stattfinden, doch schon zu dieser Stunde duftete es aus den Höfen angenehm nach gebratenem Fleisch, Kräutern und frischem Zuckerkuchen.

Die Zimmerleute, Drechsler und Steinmetze an der großen, schlammigen Baugrube schienen die einzigen in der Stadt zu sein, die ihrem geregelten Tagwerk nachgingen.

Philippa eilte weiter, den Blick unbeirrt auf die beiden hohen Kirchtürme gerichtet, welche das abgezäunte Ende des Saumarktes andeuteten. Da sprang plötzlich ein dürrer Kerl mit schulterlangen, verfilzten Haaren hinter einer Tonne hervor und versperrte ihr den Weg. Seine rechte Hand umklammerte einen kleinen, braunen Gegenstand.

Erschrocken wich Philippa zurück. Hinter ihr hörte sie leises Getuschel und das Geräusch eines Eimers, der über den Brunnenrand schleifte.

Der Atem des Mannes stank nach Wein, seine Augen waren rotgeschwollen. Am schlimmsten aber war, daß er Philippa anstarrte, als wäre sie ein Huhn, das sich vor ihm am Bratspieß drehte. Noch ehe sie in der Menge Schutz suchen konnte, schwang der Mann ein leeres Tongefäß über seinem Kopf und ließ es unmittelbar vor Philippa in eine Wasserlache fallen. Der Becher zerbrach in tausend Scherben. Als das schmutzige Wasser den Saum ihres Gewandes benetzte, lachte der Trunkenbold hämisch auf und begann mit schwerer Zunge, einen Spottreim zu singen und nach ihr zu greifen.

Einen Herzschlag lang war Philippa vor Schreck wie gelähmt. Erst als sie in die Gesichter der Umstehenden blickte, die den anzüglichen Versen entweder teilnahmslos oder spöttisch grinsend zuhörten, siegte die Wut über ihre Angst.

»Macht nur so weiter!« rief sie. »Der Branntwein hat Euch bisher offensichtlich wenig Glück gebracht, die Scherben Eures Bechers werden es erst recht nicht tun!« Resolut stieß sie den Fremden zurück und drängte sich durch das Spalier der Schaulustigen.

Mit raschen Schritten bog sie um die Ecke, ohne sich noch einmal nach der gaffenden Menschenmenge am Platz umzuschauen. Mochten die Leute ihre Köpfe zusammenstecken und über die Fremde lachen, es bedeutete ihr nichts. Hinter der Marienkirche blieb Philippa einen Augenblick stehen. Verstohlen blickte sie über die Schulter. Wenn nur die Tante und Roswitha nichts von dem Zwischenfall erfuhren. Die beiden Frauen hatten gewiß wenig miteinander gemeinsam, aber doch soviel, daß sie ein Gezeter veranstalten und ihr verbieten würden, noch einmal ohne Begleitung auszugehen. Schließlich aber beruhigte Philippa sich wieder. Es gab wichtigere Dinge als einen Wittenberger Schmutzpoeten.

Doktor Luther hatte ihr die Mädchenschule anvertraut. Anders als ihr Vater und Sebastian schien er an ihre Fähigkeiten zu glauben. Das Glücksgefühl, das dieser Gedanke heraufbeschwor, verursachte ein angenehmes Prickeln auf ihrer Haut. Endlich fühlte sie sich wieder lebendig und zu etwas nutze.

Auch wenn man von einer gewöhnlichen Schulmeisterin nicht mehr erwartete, als Kindern Lesen, Schreiben und den Katechismus beizubringen, würde sie in Zukunft zumindest ihre Schriften studieren und an ihren Übersetzungen arbeiten können, ohne Angst haben zu müssen, daß sie wie in Lippendorf Mißfallen damit erregte. In Gedanken ging sie die Liste der Bücher durch, die sie dem Lehrplan für den Unterricht der jungen Mädchen Wittenbergs hinzuzufügen gedachte. Auf alle Fälle sollten sie Erasmus kennenlernen, vielleicht auch die großartigen Ausführungen des Petrus Hispanus zur Logik. Und die Anfangsgründe des Lateinischen natürlich. Irgendwo in ihrer Truhe mußte noch eine Ausgabe des in den Lateinschulen des Reiches gebräuchlichen *Vocabularius* liegen.

Als Philippa sich dem offenen Elstertor näherte, bemerkte sie, daß der junge Turmwächter seine Stube verlassen hatte. Schmatzend kaute er auf einem Kanten Käse herum, während ein fettleibiger Mann mit aufgeregten Gesten bemüht war, den Zollpreis für die Mehlsäcke auf seinem Wagen zu senken. Philippa räusperte sich. Vermutlich würde die Auseinandersetzung noch eine ganze Weile dauern, und sie wollte wieder vor der Dunkelheit zurück sein. Irritiert löste der Turmwächter seinen Blick von den prallen Säcken seines Opfers und musterte einige beklemmende Momente lang das Blumenmuster ihres Kleides. Als er weder Karren noch Ware entdeckte, für die er eine Abgabe hätte eintreiben können, winkte er sie gelangweilt durch das Tor.

Philippa atmete auf. Sie war in ihrem Leben nicht oft durch Stadttore gelaufen und schätzte sich dieses Umstandes mehr als glücklich. Die hohen Mauern und Türme mochten den Menschen, die hinter ihnen hausten als Schutz vor feindlichem Ansturm dienen, doch sie nahmen ihnen auch ein Stück Freiheit, hielten sie hinter Stein und Holz gefangen. Und was am schlimmsten war: Sie machten aus Stadtbewohnern Verschworene, die jeden Fremden, der an ihre Tore klopfte, mit Argwohn behandelten.

Fröstelnd zog Philippa die Kapuze ihres Umhanges über den Kopf und überquerte den Stadtgraben, dessen morastiges Wasser den Unrat der Gassen rings um die Mauer mit sich schwemmte. Am anderen Ende der Brücke blieb sie eine Weile stehen und atmete die kalte Luft ein, als müsse sie ihre Lungen vom Mief der vielen Menschen und des Viehs vom nahen Saumarkt reinigen. Unterhalb der hölzernen Brücke bemerkte sie ein paar halbwüchsige Knaben, die bis zu den Knien im Graben standen und aus Binsen geflochtene Käscher und Ruten ins Wasser tauchten. Als einer der Jungen auf Philippa aufmerksam wurde, versteckte er sich hinter den ausladenden Zweigen einer Weide.

Philippa war sich sicher, ihren Cousin Johannes unter den Dreckfinken erkannt zu haben, doch lag ihr nichts daran, den Jungen in Verlegenheit zu bringen. Das Mittagsläuten lag bereits eine ganze Weile zurück. Vielleicht hatte Johannes' Schulmeister ihm und seinen Kameraden für den Rest des Tages freigegeben.

Irgendwo hinter der Weggabelung mußte sich der Zahnische Weg mit einem Baumgarten kreuzen. Katharina hatte ihr den Weg zum Freihof mindestens zehnmal erklärt und sehr bedauert, daß sie keine Zeit hatte, selber zu gehen. Aber die Vorbereitungen für das morgige Gastmahl nahmen sie und das Gesinde zu sehr in Anspruch, um sich selbst um eine widerspenstige junge Magd zu kümmern. Philippa hatte sich sofort erboten, das Mädchen nach Wittenberg zu begleiten, eine Bereitschaft, die nicht allein dem Beweggrund entsprang, der Lutherin zu Diensten zu sein. Sie hatte einfach die Chance gewittert, sich für einige Zeit den strengen Augen ihrer Tante zu entziehen und die Gelegenheit beim Schopfe gepackt. Nicht einmal Roswitha hatte sie erlaubt, sie bei ihrem ersten Spaziergang zu begleiten, was die Amme beleidigt zur Kenntnis genommen hatte.

Philippa lächelte befreit, als sie den lehmigen Waldboden unter ihren Sohlen spürte und die zerzausten Krähennester zwischen den Baumwipfeln betrachtete. Die Luft roch würzig nach Harz und nassem Moos. Übermütig riß sie einen langen, dünnen Halm aus der Erde und trug ihn wie ein Zepter vor sich her. Trotz ihrer Vorliebe für Bücherweisheiten liebte sie die Natur über alles. Wie oft war sie als kleines Mädchen Roswitha oder ihrer Mutter entwischt und hatte sich über den Mühlsteg auf die Weizenfelder von Lippendorf oder in den Wald geschlichen, um zu träumen und die Stille zu genießen.

Katharina Luthers Freihof war kein Gut im eigentlichen Sinne, und als Philippa den Zaun mit dem nur angelehnten Gattertor erreichte, erkannte sie, daß sie sich den Weg durch das Waldstück hätte ersparen können. Ebenso den Gang durchs Stadttor, da auch eine schmale Pforte gleich hinter dem alten Viehmarkt auf den Zahnischen Weg führte. Vor dieser Pforte stritten sich zwei Hirten um den Vortritt für ihre Hammelherden. Ein Wächter war hingegen weit und breit nicht zu sehen.

Philippa betrat das Grundstück durch ein Gattertor und sah sich vorsichtig nach allen Seiten um. Vor ihr lag ein rechtwinklig geschnittener Garten, der Katharina Luthers Kräutergarten hinter dem Brauhaus des ehemaligen Klosters ähnelte. Entlang der Bäume schlängelte sich ein kleiner Bach, der mehrere mit Netzen überspannte Fischteiche speiste.

Das Haus war einstöckig und wirkte mit seinen aus groben Balken gezimmerten Wänden eher wie ein Tischlerschuppen. Der Boden rings um die Behausung bestand aus rötlichem Lehm. Philippa versank beim Gehen knöcheltief im Morast und ärgerte sich, daß sie keine Holzpantinen angezogen hatte.

Die Vorderseite des Hauses war mit Malereien geschmückt, doch die Farben blätterten bereits ab, was den trostlosen Eindruck von Vernachlässigung und Verlassenheit unterstrich. Philippa wunderte sich, daß ihre tatkräftige Tante den Garten nicht sorgsamer beaufsichtigte. Noch ehe sie an die Tür klopfen konnte, hörte sie hinter sich schwere Schritte.

»Nun, Jungfer von Bora, wieder auf der Suche nach der heiligen Katharina?«

Erschrocken drehte sich Philippa um und starrte in die tiefschwarzen Augen des Predigers Felix Bernardi. Im selben Augenblick wurde die Tür des Holzhauses aufgerissen. Eine Frau steckte den Kopf heraus. Fragend blickte sie Philippa an. Die Frau war groß, mindestens so groß wie der Prediger. Ihre Züge waren nicht gerade ebenmäßig, und die Haut hatte einen Stich ins Graue. Doch um diesen Mängeln das Gewicht zu nehmen, hatte die Natur ihr wunderschöne, seidig glänzende Haare geschenkt, die in breiten Strähnen über ihre Schultern fielen. Noch ehe die Frau Philippa begrüßen konnte, postierte sich Bernardi neben sie.

»Welche Ehre, daß Ihr trotz Eurer zahlreichen Pflichten Zeit findet, dem bescheidenen Freihof am Faulen Bach einen Besuch abzustatten. Wie geht es Eurer Amme?«

»Ich hätte nicht erwartet, Euch noch einmal wiederzusehen, Herr Bernardi«, erwiderte Philippa, die den Spott in Bernardis Stimme durchaus bemerkt hatte. Gereizt blickte sie auf ihre lehmigen Schuhe, die immer tiefer in den Grund einsanken. »Hattet Ihr es nicht besonders eilig, nach Lippendorf zurückzukehren, um meinem lieben Bruder meinen Aufenthaltsort zu verraten?«

Bernardi blickte sie mitleidig an. Er hatte inzwischen die strenge schwarze Schaube mit dem gefächerten weißen Rundkragen gegen ein Schnürhemd aus Leinen, eng anliegende braune Wollhosen und ein viel zu großes Wams mit knielangen Faltenschößen eingetauscht. Um den Hals trug er das silberne Medaillon, das Philippa bereits in Lippendorf aufgefallen war.

»Warum antwortet Ihr mir nicht, Prediger?«

»Die Beschaulichkeit des Schwarzen Klosters scheint Euch gutgetan zu haben, Jungfer von Bora«, entgegnete Bernardi. »Glaubt mir, auf dem Reisewagen wart Ihr längst nicht so freundlich zu mir! Im übrigen wäre ich Euch dankbar, wenn Ihr mich nicht länger Prediger nennen würdet!«

Bevor Philippa etwas darauf erwidern konnte, öffnete die Frau mit dem wallenden Haar ihre Tür vollends und forderte sie mit einer einladenden Handbewegung auf, näher zu kommen. »Ihr seid also die Nichte der Lutherin, deren Eltern an der Pest starben!« stellte sie mit tiefer Stimme fest.

Philippa blickte die Frau nachsichtig an. Nur ihr Vater war ein Opfer der Seuche geworden, ihre Mutter hingegen ... Aber das konnte die fremde Frau schwerlich interessieren. Schließlich antwortete Philippa mit einem unverbindlichen Nicken und schlug höflich die Augen nieder.

»Jungfer von Bora, darf ich Euch die Verwalterin des Freihofes, Magdalena Schönbeck, vorstellen?« Bernardi reichte Philippa die Hand, um ihr die wackelige Stiege hinauf zu helfen. »Ich kenne Magdalena noch aus meiner Scholarenzeit. Da ihr eigene Kinder versagt blieben, war sie stets wie eine Mutter zu uns armen, ewig hungrigen Studenten.«

»Und schon damals hat mir der Junge jede Menge Sorgen gemacht«, bestätigte die Frau und lächelte.

Philippa gab einen mitfühlenden Seufzer von sich und nahm die Kapuze vom Kopf. »Das glaube ich gern. Davon hat man mir bereits im Schwarzen Kloster erzählt.«

»Einmal mußte ich ihn sogar aus dem Fluß ziehen. Die Scholaren hatten Bernardi aufgefordert, mit ihnen schwimmen zu gehen, aber er weigerte sich. Er wollte einfach nicht seine Kleider ablegen. Da lachten sie ihn aus und stießen ihn ins Wasser.«

»Für so schüchtern hätte ich Euch nicht gehalten, Magister Bernardi«, sagte Philippa und betrachtete ihn mit einem koketten Augenaufschlag.

Das Innere des Holzhauses bestand aus zwei rechteckigen Stuben, die durch einen schweren Damastvorhang voneinander getrennt wurden. In einer Ecke des größeren der beiden Räume befand sich eine Esse. Über ihr drängten sich auf drei Regalen Krüge, Schüsseln und blau bemalte Töpfe. Mochte die Einrichtung auf den ersten Blick auch ärmlich wirken, so stand doch außer Frage, daß Magdalena Schönbeck auf Ordnung und Sauberkeit bedacht war. Davon zeugten nicht zuletzt die Überreste des feinsten Scheuersandes, der bei jedem von Philippas Schritten unter ihren Fußsohlen knirschte.

Auf einer mit bunten Kissen gepolsterten Bank nahe dem Feuer saß das junge, rothaarige Mädchen, das der eigentliche Grund für ihren Besuch war, und schnürte einige Habseligkeiten in ein Tuch aus grober, gelbgefärbter Wolle. Als sie Philippa bemerkte, ließ sie ihr Bündel unter die Bank gleiten und stand auf.

»Wir haben uns schon einmal gesehen«, sagte Philippa zögerlich. »Im Hof des Schwarzen Klosters, nicht wahr?«

Die junge Magd versuchte ein Lächeln, das ihre großen, hellen Augen jedoch nicht erreichte. »Ich dachte mir schon, daß die Herrin nicht auf mich würde verzichten können. Nicht in dieser Woche.«

Philippa erwiderte ihr Lächeln und trat langsam zum Feuer der Herdstelle, um sich die klammen Finger zu wärmen. Die Freihöferin machte sich derweil an einem Wandschrank zu schaffen, der neben der Tür hing, sagte aber kein Wort. Auch Bernardi schwieg. Für ein paar Momente war das Prasseln des Feuers das einzige Geräusch in der engen Kammer. Philippa fühlte sich nicht wohl in ihrer Haut und wünschte sich, den Botengang niemals angetreten zu haben. Was glaubten diese Leute eigentlich, wer sie war? Ein Büttel mit dem Auftrag, eine Beschuldigte in den Stadtturm zu werfen? Nach geltendem Recht stand es einer jeden Dienstmagd frei, ihre Knechtschaft aufzukündigen und sich woanders nach Lohn und Brot umzusehen, wann immer sie dies wollte.

»Ich bin nicht gekommen, um dich gegen deinen Willen mitzunehmen«, erklärte Philippa. Sie bemühte sich, dem spöttischen Blick Bernardis auszuweichen, der noch immer mit verschränkten Armen unter dem Türsturz stand. »Im Gegenteil, Maria. So heißt du doch, nicht wahr? Wenn du dich vor etwas oder jemandem im Haus meines Onkels fürchtest, würde ich mich freuen, wenn du dich mir anvertrauen könntest. Vielleicht kann ich dir helfen.«

»Aus diesem Mädchen soll einer schlau werden«, hörte sie auf einmal Bernardi sagen. Verwundert drehte sie den Kopf in seine Richtung und fragte sich, ob er die Magd oder sie selber meinte.

»Sie sitzt den lieben langen Tag im Haus und geht trüben Gedanken nach. Aber fragt man sie, was sie sorgt, erntet man nur ein Schulterzucken.«

»Laß das Kind in Frieden«, zischte Magdalena ihn wütend an. »Was verstehst du schon von den Seelennöten einer Frau? Hier auf dem Freihof gibt es Arbeit für zehn Mägde. Ich hätte Maria dringend gebraucht, um die Fischweiher zu reinigen und die Netze zu flicken, aber daran scheint die edle Dame in der Stadt nicht zu denken. Dabei ist sie es doch, die in der Umgebung von Wittenberg ein Gut nach dem anderen aufkauft!«

»Magdalena ...« Bernardi hob warnend die Augenbrauen. »Einer Verwalterin steht es kaum zu, die Entscheidungen ihrer Herrin in Frage zu stellen.«

Philippa fühlte sich plötzlich als Eindringling. Die Diskussion, die sie losgetreten hatte, behagte ihr überhaupt nicht.

»Es tut mir leid, Jungfer von Bora, aber das ist nun mal

meine Meinung!« Magdalenas Stimme klang plötzlich kühl und distanziert. »Wenn Ihr sie also Eurer Tante kundtun wollt, kann ich Euch kaum daran hindern.«

»Eure Angelegenheiten gehen mich nichts an«, erwiderte Philippa. »Mein Onkel hat mir die Aufsicht über die Mädchenschule übertragen, nicht über die Landwirtschaft seiner Gemahlin. Doch ich empfehle Euch, nach dem Fürstentreffen mit meiner Tante über die Probleme des Hofes zu reden. Ich kann mir nicht vorstellen, daß sie Euch abweist. Seid Ihr nicht derselben Ansicht, Magister Bernardi?«

Der Magister lächelte spöttisch, zog es aber vor, nicht zu antworten. Dafür bot er Philippa mit einer unerwartet galanten Geste seinen Arm an, um sie auf den Hof zu begleiten. Aus dem Augenwinkel beobachtete sie, wie die Freihöferin Maria ein langes Tuch um den Kopf wand und ihr dabei etwas zuflüsterte. Offensichtlich hatte sich die Magd dafür entschieden, Philippa in die Stadt zu begleiten.

Sie folgten dem rutschigen Pfad hinab, der zur Umzäunung des Gehöfts führte. Maria folgte ihnen in respektvollem Abstand.

»Ihr wolltet doch wissen, warum ich nicht nach Lippendorf zurückgekehrt bin, nicht wahr?« fragte Bernardi unvermittelt. Er blieb stehen und ließ seine Blicke über die Fischweiher schweifen.

»Gewiß nicht, um in meiner oder Roswithas Nähe zu sein!«

»Ihr habt wirklich eine scharfe Zunge, Philippa«, spottete er. Im nächsten Moment wurde er jedoch ernst. Seine schwarzen Augen funkelten herausfordernd. »Ich war bereits nahe Zölsdorf, als ich auf einen befreundeten Dechanten traf. Der arme Kerl staunte nicht schlecht, mich zu sehen. Vermutlich glaubte er, wir seien unter die Räuber gefallen und ruhten unter einem Erdhügel im Wald.«

»Ich verstehe nicht ganz …« Ungeduldig trat Philippa von einem Fuß auf den anderen.

»Eure Verwandten haben längst herausgefunden, daß ich Euch nicht zu den Zölsdorfern gebracht habe. Ich schätze, diese Nachricht hat Eurem Bruder Sebastian nicht besonders gefallen. Mein Freund ist der Ansicht, es sei besser, wenn ich mich in Lippendorf nicht mehr sehen lasse.«

Philippa verzog den Mund und blickte hinauf zu den Baumwipfeln, die sich im Wind wiegten. Nicht für einen Augenblick hatte sie daran gedacht, daß den Prediger Unannehmlichkeiten erwarten könnten. Doch wie sollte sie sich dafür entschuldigen? Als sie zu einer Erklärung ansetzte, winkte Bernardi ab und bemerkte: »Ich hatte gute Gründe, mich eine Zeitlang in die Abgeschiedenheit einer Landgemeinde zurückzuziehen. Aber wie schon der alte Priester Kohelet sagte: Ein jeglich Ding hat seine Zeit.«

»Nun redet Ihr schon wieder daher wie ein Prediger, Bernardi«, beschwerte sich Philippa und blinzelte Maria zu, die das Gespräch mit schüchternem Blick verfolgt hatte.

»Und Ihr wißt zu maßregeln wie eine Schulmeisterin, meine Liebe«, entgegnete Bernardi. »Ich darf wohl annehmen, daß Eure künftigen Schülerinnen bei Euch nicht nur Psalmen singen und mit Äpfeln rechnen lernen werden?«

Philippa nickte, ging aber nicht weiter auf seine spöttische Bemerkung ein, statt dessen fragte sie: »Und was werdet Ihr nun anfangen, Bernardi? Bleibt Ihr als Prediger in Wittenberg? Mein Onkel hat sich übrigens eingehend nach Euch erkundigt.«

»Man hat es mir berichtet!« Plötzlich wurde er einsilbig.

Philippa verwünschte ihre vorlaute Zunge. Hatte ihre Tante nicht eindrücklich von den Spannungen zwischen Doktor Luther und dem jungen Magister erzählt? Wie unnötig, darauf hinzuweisen, daß ihr Onkel sich seine Gedanken über Felix Bernardis Rückkehr machte.

Maria Lepper schob nervös ihr Bündel hin und her. Mit der Spitze ihres Holzschuhs malte sie Kreise in den

Morast. Spannungen schien sie zu riechen wie andere Menschen den Duft eines Gänsebratens.

»Wenn Ihr in Zukunft die Magistra von Wittenberg spielt, werdet Ihr einen Haufen neuer Bücher brauchen«, sagte Bernardi schließlich. »Ich empfehle Euch, einmal in Hans Luffts Buchdruckerei vorbeizuschauen.«

»Hans Lufft? Heißt nicht so der Drucker, der Onkel Luthers Übersetzung der Heiligen Schrift veröffentlicht hat?«

»Diese Übersetzung und noch eine Menge anderer Bücher! Hans Lufft ist ein Genie. Der beste Meister der Schwarzen Kunst weit und breit. In den nächsten Wochen werde ich enger mit ihm zusammenarbeiten. Ein alter Bekannter, dem ich in der Stadt über den Weg lief, hat mir angeboten, die Bibliothek der Leucorea zu sortieren. Euer Onkel empfiehlt der Universität schon seit Jahren, neben griechischen und römischen Klassikern auch hebräische Lehrwerke anzuschaffen. Leider ist es nicht einfach, an geeignete Grammatiken zu kommen. Möglich, daß ich erst einmal auf Reisen gehen muß, um ein entsprechendes Werk zu finden.«

Aus dem Haus drangen die sanften Töne einer Flöte zu ihnen herüber und verschmolzen mit dem Wind und dem leisen Rauschen des Faulen Baches. Staunend lauschte Philippa einigen Takten der wehmütigen Weise. Die Verwalterin spielte gut, besser als so mancher Stadtpfeifer. Eine ungeheuerliche Idee begann in Philippas Gedanken Gestalt anzunehmen. Ungeheuerlich, weil sie ahnte, daß ihre Wittenberger Verwandten von ihr nicht begeistert sein würden. Dennoch konnte sie der Versuchung nicht widerstehen.

»Magister Bernardi, meine Tante hat mir erzählt, daß Ihr die hebräische Sprache beherrscht. Vielleicht können wir uns gegenseitig einen Gefallen tun.«

»Worauf wollt Ihr hinaus?« Bernardi trat einen Schritt zurück und spielte abwartend an der Kette seines silbernen Medaillons.

»Nun, ich kann ein Lied davon singen, wie schwierig es ist, ein bedeutendes Lehrwerk des Hebräischen aufzukaufen. Die wenigsten Universitäten besitzen solche Bücher, nicht einmal diejenigen, die sich den Idealen der Humanisten geöffnet haben. Was würdet Ihr also davon halten, wenn ich Euch eine komplette Ausgabe der *De rudimentis hebraicis* von Johannes Reuchlin besorgen würde?«

Bernardi schüttelte den Kopf. »Melanchthon ist Reuchlins Großneffe, aber nicht einmal ihm ist es bisher gelungen, eine vollständige Ausgabe dieses Buches zu erwerben. Es wird erzählt, daß Reuchlin ihm seine Bibliothek vermachen wollte, aber der Alte knüpfte daran die Bedingung, daß sein Neffe den Lehren Luthers entsagt. Melanchthon weigerte sich und wurde enterbt.«

»Vielleicht sollte sich Euer Freund Melanchthon einmal nach einem besseren Buchhändler umsehen. Ich jedenfalls besitze eine Leipziger Grammatik Reuchlins. Sie liegt in meiner Truhe im Schwarzen Kloster, aber ich wäre bereit, sie Euch zu überlassen.«

»Und … Euer Preis? Ihr wollt doch etwas von mir haben!«

Philippa holte tief Luft, ehe sie antwortete: »Ich möchte, daß Ihr mir Unterricht im Hebräischen erteilt. Von Magister zu Magistra, sozusagen!«

Bernardi legte die Stirn in Falten. Das melodiöse Flötenspiel hatte aufgehört. Einen Herzschlag lang sah es so aus, als fragte er sich, ob Philippa den Verstand verloren hatte. Doch schließlich sagte er mit leiserer Stimme: »Ihr bewegt Euch gern auf dünnem Eis, Philippa von Bora. Aber wie es der Zufall will, habe ich eine Schwäche für zerbrechliche Dinge, und Euer Reuchlin käme mir und der Bibliothek wahrhaftig sehr gelegen.«

Als Philippa dem Magister zur Bekräftigung ihres Vertrages die Hand reichte, konnte sie ihre Freude kaum verbergen. Sie versicherte Bernardi, ihn so bald wie möglich in der Werkstatt des Druckers Lufft aufzusuchen, um ihm das kostbare Buch auszuhändigen. Dann verabschiedete er sich von ihr.

Während sie und Maria Lepper über die Felder in Richtung Stadttor liefen, sprach Philippa nur wenig. Sie hatte längst eingesehen, daß es keinen Sinn hatte, die scheue Magd mit Fragen zu traktieren, welche diese nur mit einem vorwurfsvollen Kopfschütteln oder höchst einsilbig beantwortete. Um so erstaunter war sie, als das Mädchen kurz vor der Weggabelung zum Saumarkt plötzlich stehenblieb.

»Ist es wahr«, fragte sie, »daß Ihr ... nun, daß Ihr eine Magistra seid, Herrin?« Dabei betonte sie das Wort Magistra in derart andächtiger Weise, als läge in dessen Lauten eine Zauberformel. Philippa hielt einen Moment lang inne, verblüfft und beschämt zugleich, weil sie mit einer solchen Frage nicht gerechnet hatte. Dann antwortete sie: »Die Humanisten um Erasmus von Rotterdam sagen, daß Gelehrsamkeit und Weisheit Hand in Hand gehen müssen, um die Wunder unserer Welt begreiflich zu machen. Sie lehren, daß man *ad fontes* gehen muß, zu den Quellen. Bislang glaubte ich, auf dem richtigen Weg zu sein, doch seit dem Tod meines Vaters hat sich mein Leben verändert. Und mein Weg ebenso!«

»Das verstehe ich nicht«, erwiderte Maria.

»Ich werd's dir erklären. Das Studium eines wahrhaftigen Gelehrten darf nicht ziellos verlaufen, es muß einer Logik folgen. Die Scholastiker haben das bereits vor Jahrhunderten erkannt, indem sie sich bemühten, Glaubenswahrheiten in ein geschlossenes System zu bringen. Warte, ich zeige es dir!« Philippa bückte sich und hob einen Stecken vom Straßenrand auf, mit dem sie zu Füßen der Magd Buchstaben und Zahlen in den sandigen Grund malte.

»Zunächst bedarf es einer exakten Fragestellung. Da die

Welt nicht nur von Magistern bevölkert wird, muß das Problem für jedermann verständlich gemacht werden.«

»Aber es stellt sich doch nicht für jeden dieselbe Frage, Herrin?« warf Maria zweifelnd ein. »Für Euch bedeutet der Weg in die Stadt etwas anderes als für mich ... möglicherweise.«

Philippa lächelte. »Das hast du völlig richtig erkannt. Aus diesem Grund räumte die Scholastik auch dem Für und Wider einer Sache Raum ein. Den Abschluß der Untersuchung bildeten letztendlich die Lösung sowie eine Widerlegung anderer Ansichten.« Sie richtete sich wieder auf und drehte den Stecken zwischen Daumen und Zeigefinger. Nachdenklich blickte sie auf ihre Skizze. Leider war es in der Praxis nicht immer so einfach zur *solutio* eines Problems zu gelangen wie in der Theorie. Ihre eigenen Erfahrungen führten jeden ihrer Versuche ad absurdum. Was blieb, war lediglich der Anschein, doch dieser reichte bei weitem nicht aus, um sich zu den Humanisten zu zählen.

Maria Lepper preßte ihr Bündel gegen die Brust, als hielte sie einen Säugling im Arm. Die Enden ihres Kopftuchs flatterten im Wind wie die Segel eines Schiffes. Entschlossen blickte sie Philippa in die Augen. »Ich möchte auch lernen, Herrin«, gab sie zu und errötete vor Verlegenheit. »Nicht Hebräisch oder was die alten Heiden in Griechenland gedacht haben, sondern einfache, nützliche Dinge. Ein wenig Latein vielleicht, damit ich verstehe, was die frechen Scholaren aus Meister Andres' Burse mir beim Kirchgang hinterherrufen und ... um die Heilige Schrift selber lesen zu können. Ohne Dolmetsch, der mir sagt, wie ich sie zu verstehen habe.«

Philippa räusperte sich. Ihr lag die Frage auf der Zunge, warum die Magd mit ihr nach Wittenberg zurückkehrte, wenn sie sich unter den prüfenden Augen der Lutherin doch so unwohl fühlte. Und warum sie sich nicht einen netten Burschen aus der Stadt suchte, der ihr seinen

Schutz antrug und somit ihre Ängste verjagte. Die Frauen ihres Alters steckten doch andauernd die Köpfe zusammen, kicherten und ergingen sich in den kühnsten Träumereien, sobald auch nur ein blanker Schild oder ein Harnisch in der Sonne aufglänzte. Maria Lepper dagegen schien in ihrer eigenen kleinen Welt zu leben. Sie war scheu, was darauf schließen ließ, daß sie in der Vergangenheit Schweres durchgemacht hatte. Ihre Augen blickten melancholisch und so verschwommen, als glitzerten immer einige Tränen zwischen den langen, roten Wimpern. Vollends irritiert war Philippa jedoch, als ihr Blick zufällig auf die Hände der Magd fiel. Maria Lepper hatte schlanke, äußerst gepflegte Hände. Ihre Nägel waren kurz, aber sauber und nicht abgebrochen wie die einer Frau, die es gewohnt war, von früh bis spät kräftig zuzupacken. Philippa glaubte sogar an einem der Finger eine kleine Schwellung wahrzunehmen, was auf einen mit Mühe abgestreiften Ring hindeutete.

»Würde es dir denn Freude machen, hin und wieder an meinem Unterricht teilzunehmen, Maria?« fragte sie die Magd. »Du wärst allerdings die Älteste.«

»Ist das Euer Ernst, Herrin?« Maria starrte sie mit weit aufgerissenen Augen an. »Das wäre ja wunderbar, aber ...« Rasch warf sie die flatternden Leinenstreifen ihres Kopftuches über die Schultern. »... die Lutherin hat mich doch in ihre Dienste genommen, und ich glaube nicht, daß sie mir die Erlaubnis gibt, Eure Schule zu besuchen.«

»Vielleicht wissen wir beide zu wenig von meiner Tante und ihren Sorgen, Maria«, erwiderte Philippa beruhigend. »Gewiß wirst du deine Pflichten in Haus und Hof erfüllen müssen. Die Versammlungen des Schmalkaldischen Bundes sind für meine Verwandten äußerst wichtig. Schließlich müssen sie jeden Tag mit der Rache des Kaisers rechnen. Aber mach dir keine Sorgen. Du wirst sehen, es studiert sich auch bei Kerzenlicht nicht schlecht.«

Maria Lepper nickte nachdenklich und starrte auf Philippas Skizzen zur Spätscholastik zu ihren Füßen. »Es ist unrecht, wegen seines Glaubens verfolgt zu werden. Alle Welt redet von einem neuen Zeitalter. Die Professoren ebenso wie die Priester und Fürsten. Sie senden ihre Seefahrer ans Ende der Welt, wo das Meer in den Abgrund stürzt, und erlauben den *doctores* sogar Tote zu öffnen, um ihr Innerstes zu studieren. Ich habe selbst gehört, wie Euer Onkel dem Herrn Rat von der kurfürstlichen Kanzlei davon berichtete. Aber wenn ein einfacher Mensch darauf zu hoffen wagt, daß sich für ihn etwas ändert, findet er sich schneller am Pranger oder auf dem Brandgerüst wieder, als er braucht, um ein *Sanctus Dominus Deus* zu singen.«

Jenseits des Feldes waren plötzlich Stimmen zu hören. Helle Stimmen, die sich vor Zorn und Eifer überschlugen und denen in Abständen ein Geheul wie von einem in die Enge getriebenen Tier folgte. Philippa und Maria liefen auf den Weg zurück, in Richtung des Angers und zwängten sich durch das Gehölz.

Es waren drei oder vier halbwüchsige Knaben, dieselben, welche Philippa an den Fangnetzen am Graben hinter dem Stadttor gesehen hatte. Ihre Netze hatten sie weggeworfen und gegen Stöcke ersetzt, mit denen sie eine ältliche, hagere Frau vor sich hertrieben.

Die Frau trug ein sackartiges Kleid, dessen besticktes Oberteil zerrissen sein mußte, denn Philippa erkannte ein nur halb geschnürtes Mieder. Die weite Haube der Frau mochte zu irgendeiner Zeit einmal weiß gewesen sein. Nun aber war sie grau, und ihre gestärkten Seiten wirkten wie ein Paar überdimensionale Ohren. Kreischend versuchte die hagere Gestalt ihren Verfolgern zu entkommen. Sie schüttelte die Fäuste gegen sie, doch der Strom derber Verwünschungen, welcher über ihr Haupt erging, schwoll zur springenden Flut. Außerdem hatten die Kinder begonnen, sie mit Lehmklumpen zu bewerfen.

Philippa umklammerte ihren Stecken so fest, daß sich ihre Nägel schmerzhaft in die Handfläche gruben. Vorsichtig schob sie das dürre Strauchwerk auseinander.

»Herrin, geht nicht hinüber«, wisperte Maria Lepper, getraute sich aber nicht, Philippa am Ärmel festzuhalten. »Die Alte mit dem Pferdegesicht ... das ist die Barle!«

Verständnislos zuckte Philippa die Achseln, verzichtete jedoch darauf, die Magd weiter zu befragen. Mit klopfendem Herzen beobachtete sie, wie die hagere Frau mit dem Fuß einknickte und zu Boden stürzte. Wildes Triumphgeschrei folgte.

Philippa zögerte nicht lange. Sie gab ihre Deckung auf und stolperte über den schmalen Pfad, dem Anger entgegen. Als die vier Knaben sie kommen sahen, hielten sie zögernd inne und scharten sich um die auf der Erde liegende, wimmernde Gestalt.

»Ich wußte doch, daß ich recht gesehen habe«, rief Philippa und stürzte sich wütend auf einen der Knaben. Seine Kameraden wichen eingeschüchtert zurück. »Johannes Luther, wie kannst du es wagen, eine Frau mit Steinen zu bewerfen!« Aufgebracht warf sie dem Jungen ihren Stecken vor die Füße und schüttelte seine schmalen Schultern, bis sie in den braunen Augen Tränen der Scham glitzern sah. Maria Lepper trat an ihre Seite und blickte argwöhnisch von der gekrümmten Frau am Boden zu Philippa. Sie dachte überhaupt nicht daran, der Alten aufzuhelfen. Ihr Gesichtsausdruck ließ vielmehr darauf schließen, daß sie Philippas Erregung ebensowenig verstehen konnte wie Johannes Luther und seine Freunde.

»Ihr alle«, Philippa ließ von Johannes ab und wandte sich den übrigen Knaben zu, »ihr seid doch Zöglinge der Lateinschule. Aus sogenannten ehrbaren Familien, nicht wahr? Wissen eure Väter und Magister, was ihr vor den Toren treibt, sobald man euch den Unterricht oder das Chorsingen erläßt?«

Johannes Luther fing leise zu schluchzen an. »Ich ... das heißt, wir dachten, wir könnten etwas tun, damit die Barle endlich aus Wittenberg verschwindet.«

»Das wird ja immer schöner!« Philippa stemmte die Hände in die Hüften, aber ihr Ton wurde eine Spur sanfter. »Darf man auch fragen, aus welchem Grund?«

Die vier Jungen blickten sich verschämt an. Niemand wollte so richtig mit der Sprache heraus, doch schließlich erklärte Johannes, daß die Barle von nicht wenigen Bürgern der Stadt verdächtigt wurde, schwarze Magie zu praktizieren. Sie stehe in dem Ruf, giftige Tränke zu mischen und kleine Kinder zu entführen.

»Lügen, nichts als gemeine Lügen«, erklang die schrille Stimme der Frau. Sie lag noch immer auf dem Boden, eine Hand bis zum Knöchel in den Erdboden gegraben, mit der anderen zum Schutz die hohe Stirn abschirmend, gerade so, als erwartete sie einen weiteren Angriff der Kinder. »Wenn ich's könnte, würde ich euch verfluchten Rotznasen Schweineschwänze und Rattenhufe an den Leib wünschen. Aber ich bin leider nur eine einfache Wehmutter ...« Sie sprach nicht weiter. Statt dessen hustete und schnaubte sie zum Steinerweichen.

»Johannes, du gehst jetzt sofort nach Hause!« befahl Philippa streng. »Und zwar möglichst hundert Schritte vor deinen nichtsnutzigen Freunden. Hast du mich verstanden?«

Wortlos rannte der Junge davon. Seine Kameraden trotteten leise tuschelnd hinter ihm her. Das Eingreifen Philippas zugunsten der Barle hatte sie bestenfalls verwirrt; überzeugt von der Falschheit ihres Tuns hatte es sie offensichtlich keineswegs.

»Eines Tages werden die Burschen am Galgen baumeln«, ächzte die Barle und rieb sich mit vor Schmerz verzerrtem Gesicht ihr Fußgelenk. »Mit Eselsknöchlein um den Hals. Mein Glück, daß Ihr früher kamt als erwartet. Was habt

Ihr denn, Kindchen, ist Euch nicht wohl?« Unerwartet flink sprang die hagere Frau auf die Füße und verzog die Lippen zu einem kalten Grinsen. Ihre dürre Hand legte sich wie ein Gespinst aus Spinnweben auf Philippas Schulter. »Und nun, bringt mich nach Hause, damit Ihr Eure ... Bestellung in Empfang nehmen könnt!«

Philippa und Maria Lepper verstanden kein Wort von dem Gefasel der Wehmutter. Besonders Maria hätte die Alte nur zu gerne sich selbst überlassen und das Weite gesucht. Doch Philippa bemerkte, daß Barles Knöchel zusehends anschwollen, und bestand darauf, die sonderbare Frau in deren Behausung zu begleiten. Schließlich konnte man froh sein, wenn die verrückte Hexenjagd für den törichten kleinen Johannes ohne Folgen blieb.

Die Barle bewohnte eine windschiefe Lehmkate in einem mit Waschtrögen, Deichseln und zerbrochenen Wagenrädern überfüllten Innenhof, zu dem ein wahres Gewirr aus schmutzigen Gassen und dunklen Winkeln entlang der Stadtmauer führte. Hierhin verirrte sich selten ein Sonnenstrahl, dafür roch es nach verfaultem Fisch und Vieh. Das Haus war an den Vorsprung eines wuchtigen Pulverturms angebaut worden und erweckte den Eindruck, als schmiegte sich sein spitzer Giebel schutzsuchend an dessen starke Mauern.

Als Philippas Augen sich an das Dämmerlicht im Innern der Stube gewöhnt hatten, erkannte sie eine Reihe zusammengeschnürter Kräuterbündel, die von einem groben Balken herabhingen. Der Balken teilte die Kammer durch ein paar braune Wolldecken in zwei Hälften. Philippa streckte die Hand aus und zog einen Zweig aus einem der Büschel. Lorbeerblätter. Der würzige Duft vermochte es, Philippa wenigstens einige Atemzüge lang von dem muffigen Geruch abzulenken, der über dem Haus der Hebamme lag.

Maria Lepper ließ ihr Bündel mit Habseligkeiten an der Türschwelle zurück und half der Barle mit angewiderter Miene zu einem Lehnstuhl, aus dessen zerfetztem Polster fauliges Stroh hervorquoll. Neben dem Lehnstuhl stand ein Tisch, der sich unter der Last verschiedener Tonkrüge, Tiegel mit Mörsern und einer Zange mit Holzgriff bog, und dahinter ein eiserner Dreifuß, an dem über einigen glimmenden Holzscheiten ein rostiger Wasserkessel vor sich hin brodelte.

Philippa wollte die Stube schon verlassen, als aus einem Winkel hinter dem Deckenvorhang plötzlich ein gequältes Wimmern erscholl.

»So, sie ist also erwacht«, raunzte die Barle und beschied Philippa mit heruntergezogenen Mundwinkeln, die Tür zu schließen. Sie nahm ihre verrutschte Haube vom Kopf, warf sie zur Seite und erhob sich stöhnend. »Keine Angst, es wird nicht mehr lange dauern. Dann haben wir alle, was wir wollten. Die da …«, sie deutete verächtlich auf den Vorhang, »…wollt's ja nicht anders haben!«

Schwungvoll streifte die Barle die Wolldecken vom Balken. Dahinter stand ein breiter Stuhl mit Arm- und Rückenlehne, auf dem sich eine Frau in Schmerzen wand.

Philippa trat näher, ohne Marias leisen Protest wahrzunehmen. Die Frau war etwa dreißig Jahre alt und trug ein weites Kleid aus rot gefärbtem Leinen, das sich über ihrem geschwollenen Bauch zusammenzog. Ihr Gesicht war fast ebenso rot wie der Stoff, und auf ihrer breiten Stirn hatten sich dicke Schweißperlen gebildet.

»Laßt uns gehen, Herrin«, hauchte Maria und zerrte respektlos an Philippas Umhang. »Die Frau ist hochschwanger und wird in wenigen Augenblicken gebaren! Aber das geht uns nichts an. Was sollen wir hier?«

Die Magd hatte recht. Eine geheime Bedrohung ging von diesem Ort aus, und daran waren nicht nur die gebündelten Kräuter und die Phiolen mit übelriechenden

Tinkturen schuld, die überall in der Stube herumstanden. Die Barle schien zwar eine geübte Hebamme zu sein, doch warum war sie nicht ins Haus der Schwangeren gerufen worden und nahm statt dessen eine Entbindung in ihrer eigenen ärmlichen Kate vor? Dies verstieß eindeutig gegen Eid und Gesetz. Es sei denn, die Frauen hatten etwas zu verbergen.

Philippa erbleichte. Mit einemmal zitterten ihre Hände so stark, daß sie sich an einem Regal festhalten mußte, um nicht zu straucheln. Die Frau im Gebärstuhl starrte sie mißtrauisch an und rief dann mit kreischender Stimme nach der Barle.

»Die Schwarze dort am Balken … ist sie das? Hat sie … mein Geld auch bei sich?«

»Nur Geduld, Täubchen«, antwortete die Hebamme und tätschelte der Gebärenden die fleischigen Arme. »Sie ist nicht gekleidet wie eine Fahrende, aber das sind sie ja nie. Wäre auch zu auffallend, nicht wahr?« Sie stieß ein meckerndes Lachen aus, das Philippa das Blut in den Adern stocken ließ. Langsam dämmerte ihr, mit wem die Alte und ihre Patientin sie verwechselten. Sie hielten Philippa ihrer schwarzen Haare wegen für eine Schnäpperin, eine Fahrende, welche die ungewollten Früchte heimlicher Affären an sich nahm und an die Muselmanen verkaufte. Angeblich ließ der Sultan in Konstantinopel mit Vorliebe hellhäutige Knaben in seinem Palast erziehen, um sie später gegen die Christenheit als Spione einzusetzen. Nicht zuletzt aus diesem Grund wurden Schnäpper, die man mit fremden Kindern erwischte, mit dem Tode bestraft.

Die Barle schob mit klammen Fingern das Kleid der Frau bis zu den Hüften hinauf, massierte, zwischen ihren Beinen kniend, ihren Unterleib und verteilte schließlich einige getrocknete Blätter auf ihrem Bauch. Der Duft von Lorbeer und Melisse erfüllte die Kammer. Schließlich stimmte die Barle lateinische Benediktionen an und beschwor die heilige Margarete, die Schutzpatronin der Gebärenden. Wie als Antwort auf die monotonen Gesänge lief plötzlich eine starke Wehe durch den Körper der Frau. Ihr Kopf ruckte mechanisch auf und ab. Die Beine streckten sich, und sie bäumte sich fluchend auf. Dann flaute der Krampf urplötzlich wieder ab.

»Reicht mir das Pergament. Es liegt auf dem Tisch«, rief die Barle Philippa zu. »Ich kann den Kopf des Kindes schon fühlen. Beeilt Euch, es kommt!«

Philippa trat zögerlich zu dem kleinen Tisch und zog unter einem Stapel von Tellern ein Papier hervor. *»In principio verbum erat«*, las sie. *»Et verbum apud deum erat. Et deus verbum erat …* Der Beginn des Johannes-Evangeliums. Was habt Ihr damit vor, Barle?«

»Bestimmt werde ich's nicht verschlingen wie der Apostel auf Patmos sein Büchlein!« fuhr die Hebamme sie an. »Nun steht nicht herum wie ein steinerner Roland! Gebt mir das Papier! Wenn das Balg sich aus dem Leib kämpft, ist es am anfälligsten für die Schliche des Teufels. Die ersten Worte des Evangeliums bieten der Gebärenden Schutz und halten die Dämonen von dem Neugeborenen ab.«

Angewidert wandte sich Philippa in Richtung Mauer. In ihrem Kopf drehte sich alles. Das Kreischen der Frau im Gebärstuhl wurde schriller, und der schwere Geruch von Blut und Kot vermischte sich mit dem der Kräuter auf ihrem entblößten Bauch. Philippas Blick fiel auf die Tür zum Hof. Sie war halb geöffnet; Maria Lepper hatte sich demnach leise davongemacht. Philippa konnte es ihr nicht einmal verdenken. Sie fragte sich nur, warum nicht schon längst ein Nachbar seinen Kopf zur Tür herein gestreckt hatte. Fürchtete man das Haus der alten Barle wirklich so sehr?

Dann ging alles sehr schnell. Die Barle band die Nabelschnur des winzigen, blutverschmierten Neugeborenen ab und durchtrennte sie mit ihrer Zange.

»Ein Knabe, Frau«, stellte sie zufrieden fest. »Klein ist er, aber kräftig.« Sie trug das Kind zum Tisch, wo eine gefüllte Schüssel bereitstand, und tauchte es kopfüber ins Wasser. Augenblicklich fing der kleine Junge zu schreien an.

Philippa wurde es abwechselnd heiß und kalt. Sie durfte das Kind nicht schutzlos zurücklassen. Nicht in der Obhut einer Frau, die es an die Fahrenden verschacherte, und ihrer verbrecherischen Hebamme. Doch abkaufen konnte sie den Jungen den beiden Frauen auch nicht. Der Henker scherte sich selten um die Beweggründe seiner Opfer. Es hatte auch wenig Sinn, die Wachen zu rufen, gewiß kannte die Barle in diesem Viertel Dutzende von Schlupflöchern, um sich rasch unsichtbar zu machen.

Das Kind begann in kräftigen Schüben zu schreien, während sich die Frau im roten Leinenkleid schwerfällig die Beine mit einem Schwamm säuberte. Philippa durfte keine Zeit mehr verlieren. Jeden Augenblick konnte die echte Schnäpperin das Haus der Barle betreten und sie entlarven. Was die beiden dann mit einer lästigen Zeugin anstellen würden, lag auf der Hand.

Die Frau im Gebärstuhl rief der Barle etwas zu und deutete mit hektischen Bewegungen in ihre Richtung.

Sie will ihr Geld, schoß es Philippa durch den Kopf. Sofort und ohne Umschweife. Die Hebamme hatte den Säugling abgerieben und auf den schmutzigen Tisch gelegt. Nun machte sie sich daran, ihn in einige Stoffetzen zu hüllen. Mit einem Satz sprang Philippa vor und nahm das schreiende Bündel an sich. Verwundert blickte die Barle auf. Ihre glanzlosen Augen weiteten sich, doch als sie ihren Fehler begriff, war es bereits zu spät.

»Dreckige Betrügerin, was hattest du draußen am Anger verloren? Her mit dem Balg!« Ihre Stimme klang wie das Gebrüll einer wilden Katze. Auch die Frau auf dem Gebärstuhl begann aufregt zu schreien. Dann hielt die

Barle plötzlich drohend die Zange in der Hand, mit der sie die Nabelschnur durchtrennt hatte. Mit haßerfülltem Blick machte sie einen Schritt auf Philippa zu. »Ich schlage dir den Schädel ein!«

Philippa duckte sich im letzten Moment. Die Zange schlug eine Kerbe in das rauhe Holz des Stützbalkens. Ehe die Barle erneut ausholen konnte, trat Philippa mit aller Kraft gegen die wackelige Tischplatte. Mit lautem Gepolter fielen die Schüsseln und Flaschen herunter und zerbrachen auf dem harten Lehmboden.

Philippa nutzte das erschreckte Zögern der alten Hebamme und eilte zur Tür. Das Kind hatte aufgehört zu schreien. Reglos hing es in Philippas Arm, als sie auf die Gasse stürzte und sich voller Panik nach einem Ausgang aus dem schmutzigen Hinterhof umsah.

Dort, der Torbogen hinter dem Pulverturm. Philippa glaubte, sich an ihn zu erinnern. In ihrem Rücken hörte sie noch immer das Geschrei der Frau im roten Leinenkleid, doch dann erstarb es abrupt. Vermutlich hatte sich die Barle an ihre neugierigen Nachbarn erinnert, die auf keinen Fall etwas von diesem Streit mitbekommen durften.

Es war dunkel geworden. Durch die klapprigen Fensterläden der Holzhütten und Lehmkaten entlang des Grabens drang nur wenig Licht auf die Straße. In diesem Viertel wurde nicht gefeiert wie auf dem Marktplatz oder bei St. Marien. Die Armen hatten keinen Grund, für das fürstliche Treffen der Schmalkaldischen in ihren Mauern Dank zu zeigen. Philippa wich einer Wasserlache aus – und stieß mit einer dicken Frau zusammen, die mit einem Binsenkorb durch den Torbogen lief.

»Paßt doch auf, wohin Ihr lauft, Jungfer«, herrschte das Weib Philippa an. Ihre Augen und die fetten Wangen waren grell geschminkt, und an ihren Ohren baumelten goldene Ringe. Blitzschnell schlug Philippa ihren Umhang vor der Brust zusammen und schob sich an der massigen

Frau vorbei. »Kennt Ihr das Haus einer Frau, die Barle gerufen wird?« hörte sie die ölige Stimme in ihrem Rücken.

Ein eisiger Hauch strömte durch Philippas Körper, dennoch spürte sie, wie sich ihre Muskeln strafften. »Geht zum Pulverturm!« sagte sie leise, hoffend, daß der Säugling unter ihrem Umhang nicht im nächsten Augenblick zu schreien begann. »In dem Haus nebenan werdet Ihr sie finden!«

Die Schnäpperin verschwand in der Dunkelheit der Gasse, ohne Philippa eines weiteren Blickes zu würdigen. Erleichtert wischte sie sich den Schweiß von der Stirn und setzte ihren Heimweg fort. Von irgendwoher drang das Plätschern eines Brunnens an ihr Ohr, demnach mußte sie jeden Moment auf einen größeren Platz stoßen. Unter ihrem Umhang begann der Säugling sich wimmernd bemerkbar zu machen. Philippa schlug das Tuch zurück.

»Du brauchst keine Angst mehr zu haben, mein Kleiner. Diese Frauen werden dich niemals in die Finger kriegen, das verspreche ich dir bei ...«

Allen Heiligen, hatte Philippa sagen wollen, doch sie tat es nicht, weil sie fühlte, daß diese Nacht nichts mit den bunt bemalten, freundlich blickenden Figuren ihrer Kindheit gemein hatte. Sie waren im Nebel ihrer Erinnerung verschwunden, und ob sie jemals wiederkehrten, blieb ungewiß.

10. KAPITEL

»Es ist einfach ungeheuerlich! Die Stadtwache hat das ganze Viertel rund um den alten Pulverturm auf den Kopf gestellt. Ohne Erfolg! Die Barle hat sich aus dem Staub gemacht und nichts als einen Haufen Scherben zurückgelassen!«

Schimpfend lief Martin Luther durch die Wohnstube und machte seiner Erbitterung Luft. Besorgt blickte seine Frau von der Wiege auf, in die sie und Philippa das Kind gelegt hatten. Es war erst vor einer Weile eingeschlafen, und die Frauen hatten Angst, es könnte durch Luthers Zornesausbruch wieder geweckt werden.

»Und was ist mit den beiden anderen Frauen?« wagte Philippa einzuwerfen. Sie fühlte sich nicht wohl in ihrer Haut. Roswitha stand wie eine Säule neben dem Kamin und beobachtete sie vorwurfsvoll. Katharina hatte ihr mit vielen Worten erklärt, daß sie sich ganz richtig verhalten hatte, schließlich hatte sie nur helfen wollen. Doch schien es zwischen ihr und der Amme auch eine unausgesprochene Übereinkunft zu geben, Philippa keine weiteren Spaziergänge ohne Begleitung mehr zu gestatten.

»Die verdammten Schacherweiber hatten sich in Luft aufgelöst, kaum daß der erste Soldat das Elsterviertel erreichte«, antwortete ihr Onkel mürrisch und trat an den Kamin, um sich die Hände zu wärmen. Roswitha machte dem Hausherrn ergeben Platz. Aufgeregt suchten ihre Augen in der Stube nach einer sinnvollen Betätigung, die ihre Anwesenheit zu so später Stunde rechtfertigte und ihren Rückzug in die Kammer der alten Muhme somit hinauszögerte. Zwischen den aufgeschlagenen Büchern des Hausherrn steckten zerknitterte Briefe; Anfragen lagen überdies überall auf Pulten, Bänken und Schemeln herum, Gutachten mit roten Siegeln, Streitsachen, Bittschriften. Aber da weder Luther noch seine Frau sich daran zu stören schienen, wagte Roswitha nicht, ihre Hilfe anzubieten. Als sie in einem dunklen Winkel einen Stickrahmen fand, ließ sie sich erleichtert hinter ihm nieder und zog, von der Unterhaltung scheinbar unberührt, die Schraube über dem zerknitterten Leinen fest.

»Ich möchte zu gerne wissen, wer die Unbekannte war, die von der Barle entbunden wurde«, sprach Luther gedankenverloren in die Flammen. »Ich vermute, daß sie sich bereits vor Monaten an die Alte gewandt hat, um ihre Leibesfrucht loszuwerden, aber aus irgendeinem Grund konnte oder wollte ihr die Hebamme diesen Wunsch nicht erfüllen und überredete sie statt dessen zu dem fürchterlichen Schacher. Die Barle war einmal eine geachtete Hebamme, doch dann starb ihr Gemahl, der Flachsweber Breitmichel, an der Pest, und sie entschied sich dafür, dem Herrn zu entsagen. Wir hätten längst etwas gegen ihre Machenschaften unternehmen müssen, aber seit dem Teufelspakt dieses armseligen Naumburger Studenten im vergangenen November ist der Stadtrat auf diesem Ohr so gut wie taub!«

Bestürzt sah Philippa ihren Onkel an. Seiner besorgten Miene zufolge schien er das Gerede um die angeblichen Hexenkünste der alten Barle für bare Münze zu halten. Dies erklärte einiges, auch Philippas Begegnung mit Johannes und dessen Kameraden am Anger, die sie ihren Verwandten wohlweislich verschwiegen hatte. Johannes würde sich hüten, darüber zu reden, und sie fand, daß sie in dieser sonderbaren Stadt an einem einzigen Tag für genug Aufsehen gesorgt hatte.

»Dein Onkel setzt sich seit Jahren für die Hebammen der Stadt ein«, sagte Katharina Luther, ohne ihre Hand von der Wiege zu nehmen. Es war eine hübsche Wiege aus hellem Kiefernholz, die mit kunstvollen Blumen- und Tierschnitzereien versehen war. Im vorletzten Sommer hatte sie noch die kleine Margarete darin geschaukelt. »Die gereinigte Christenlehre stärkt ihren Stand, weil es der Mutterschaft größere Beachtung schenkt als das alte Papsttum. Mein Gemahl hat den Hebammen sogar das Privileg eingeräumt, der Frau im Kindbett die Beichte abzunehmen und ihr Kind zu taufen, wenn kein Geistlicher in der Nähe ist. Allerdings müssen sie sich freiwillig der Aufsicht des städtischen Physikats unterstellen und versprechen, ihren heidnischen Geburtspraktiken zu entsagen.«

»Alle Hebammen der Stadt melden Entbindungen, die sie innerhalb der Stadtgrenzen vornehmen, dem Rat«, bestätigte Luther grimmig, »alle, außer der Barle. Sie verlangte Privilegien, die ihresgleichen nicht zustanden. Aus diesem Grund wurde sie auch aus dem Kreis der Wehmütter ausgestoßen. Die Hebammen konnten es sich nicht leisten, durch Weiber wie die Barle in Verruf gebracht zu werden.«

»Durch verwirrte alte Frauen, die aufgrund ihrer Armut Verbrechen begehen oder wahrhaftig durch schwarze Magie?« fragte Philippa mit Argwohn in der Stimme. Roswitha hantierte im Hintergrund geräuschvoll mit ihrem Stickrahmen.

»Wo ist da der Unterschied, Nichte? Immerhin mehren sich täglich die Gerüchte von Hebammen, die einen Pakt mit dem Leibhaftigen eingehen. Von Frauen, die Neugeborene den Dämonen der Luft opfern, weil die unschuldigen Seelen noch nicht den Erdboden berühren können und ...« Luther sprach nicht weiter. Erschöpft ließ er sich in einen Sessel fallen. Seine Hände umklammerten die geschwungenen Armlehnen, als befürchtete er, das Gleichgewicht zu verlieren.

Maria Lepper betrat die Stube mit einem Tablett, auf dem eine Kanne heißer Wein und ein Teller Mehlgrütze mit braunem Zucker standen. Mit einem trotzigen Seitenblick auf ihre Herrin stellte sie die Speisen vor Philippa auf die Tafel und schickte sich an, wortlos zu gehen.

»Ja, verschwinde nur«, rief ihr Katharina ärgerlich hinterher, »aber glaube bloß nicht, daß du mir ungeschoren davonkommst. Wenn du im Schwarzen Kloster geblieben wärest, anstatt dich auf dem Freihof zu verkriechen, wäre meine Nichte niemals in diese schreckliche Lage geraten. Nein, Philippa, laß nur, Maria kann das ruhig hören!«

Gewiß, dachte Philippa müde und nahm einen kräftigen Schluck Wein. Ich hätte die Barle nicht getroffen, und das Kind in Katharinas Wiege läge mittlerweile im Karren einer fahrenden Gauklertruppe, auf dem Weg zu den Muselmanen. Das Leben war hart, nicht nur für widerspenstige Mädchen und scheue Dienstmägde. Dennoch hatte Maria den Zorn der Lutherin nicht verdient. Philippa würde in einer ruhigen Minute mit ihrer Tante reden müssen, wenn sie wieder besserer Laune war.

»Was soll nun aus dem Kleinen werden?« rief Luther und schenkte seiner Frau einen liebevollen Blick. »Wir können das Kind nicht behalten, Katharina. So gern ich's täte, es geht nicht. Dir kann ich beim besten Willen keine weitere Bürde aufhalsen. Mir tut es leid, daß ich dir nicht mehr Arbeit abnehmen kann …«

»Es braucht dir nichts leid zu tun«, unterbrach ihn Katharina. Unvermittelt nahm sie die Hand von der Wiege und erhob sich von ihrem Schemel. Im schwachen Schein der Öllampe wirkte ihr Gesicht noch kantiger als für gewöhnlich. »Ich werde mich gleich morgen früh an Pfarrer Bugenhagen wenden, um eine ehrbare Pflegschaft für das Kind zu finden.«

An der Tür drehte sie sich noch einmal nach Philippa um, die den verlassenen Platz an der Wiege eingenommen hatte und musterte ihre Nichte abschätzend. »Ich hätte dich bitten sollen, mir außer der Lepper noch einige Hechte für das morgige Gastmahl vom Freihof mitzubringen.«

Maria Lepper verwünschte die klappernden Geräusche, die ihre Holzpantinen auf dem Steinboden hinterließen. Die hohen Wände des Flures verteilten die Laute wie einen Alarmruf über das ganze Treppenhaus. Sie verharrte regungslos. Mit heftig pochendem Herzen lauschte sie, ob sich zu dem Geräusch ihrer eigenen Schritte weitere gesellten. Aber da war nichts. Sie war allein auf der Treppe. Eilig stolperte sie den sich in die Tiefe windenden Schlund hinab. Mit der Zeit verdrängte ihre mühsam zurückgehaltene Wut die Furcht vor der einsamen Stille des Schwarzen Klosters. Es war ungerecht von der Lutherin gewesen, sie wie ein kleines Kind zu tadeln.

Ihre Hand suchte tastend nach dem Geländer. Die verfluchte Wendeltreppe war überaus steil. Ganz schwindlig konnte einem werden, auch wenn man die Tiefe nur erahnte.

Marias Gedanken wanderten zu den Luthers oben in der Wohnstube zurück. Der stolzen Frau Katharina war es zu gönnen, daß sie nun mit einem Bankert dasaß, den keiner wollte. Sie wunderte sich auch nicht, daß die Hebamme ihr und dem gestrengen Herrn Doktor durch die Lappen gegangen war; von der Frau, die das Kind in Barles Hütte geboren hatte, ganz zu schweigen. Die junge Philippa von Bora hatte sie nicht erkennen können, also würde das schamlose Weib in wenigen Tagen wieder unter dem Schleier der Ehrbarkeit über den Kirchplatz spazieren. Es sei denn …

Marias Augenlider flatterten vor Aufregung. Was sie vorhatte, war eine Sünde, die auf direktem Wege zur Hölle führte. Aber gab es für sie eine andere Wahl? Die Frau vom

Pulverturm war ebenso wohlhabend wie raffgierig und hatte schließlich selber genug Schuld auf ihre Seele geladen. Ein paar Gulden mochte ihr Marias Schweigen wohl wert sein. Mit dem Geld in der Tasche und dem Unterricht der Luthernichte würde sie es schaffen, so bald wie möglich in der Ferne ein neues Leben zu beginnen.

Vorausgesetzt, *er* ließ von ihr ab und verschonte sie noch einmal.

Maria erreichte den Absatz der Treppe, der in düsterer Stille vor ihr lag. Langsam tastete sie sich vorwärts. Am anderen Ende des Ganges mußten die Gesindestuben liegen. Erleichtert atmete Maria auf, als Gesprächsfetzen und gedämpftes Gelächter an ihr Ohr drangen.

Die schwere Hand glitt völlig unvermittelt aus der Finsternis heran. Die Magd sah sie erst, als sie sich grob über ihren Mund legte. Vor Schreck vergaß sie zu schreien. Sie konnte sich nicht einmal wehren. Panisch mit den Armen rudernd ließ sie sich rücklings bis unter den Treppenabsatz zerren. Dort bemerkte sie, wer sich so heftig auf sie gestürzt hatte. Das, was sie seit Wochen gefürchtet hatte, war eingetreten. *Er* hatte sie gefunden.

»Du bist aus der Stube des Doktors gekommen. Hast du es ihnen gesagt?« zischte der Mann ihr ins Ohr. Marias Augen weiteten sich vor Entsetzen. Sie wollte antworten, aber brachte nicht mehr als ein kraftloses Kopfschütteln zustande. Ihr Angreifer zog sie mit einem Ruck auf die Beine und drängte sie wie eine Jagdbeute gegen die Wand.

»Hör mir zu, Maria!« Langsam, beinahe bedächtig ließ der Mann seine Finger über die Brust des Mädchens wandern. »Es lag nicht in meiner Absicht dich wiederzusehen, schon gar nicht an diesem verfluchten Ort! Wie töricht von dir zu glauben, ich würde dich nicht wiedererkennen!« Unvermittelt nahm er seine Hand von Marias Mund und näherte sich ihm mit seinen Lippen. Marias Augen verengten sich angewidert, aber sie wich ihm nicht aus.

»Warum ... bist du nach Wittenberg gekommen? Kannst du denn niemals Frieden finden?«

Er lachte höhnisch. »Die Gründe dürften dir wohl bekannt sein. Schließlich warten wir schon seit fast drei Jahren auf den Tag der Vergeltung. Nun aber steht seiner Vollendung nichts mehr im Wege, du wirst sehen!«

»Nein, Herr ... ich will das nicht! Ich habe die Vergangenheit begraben und ...«

Mit einer brüsken Bewegung brachte er sie zum Schweigen. Ein plötzlicher Schmerz raste wie ein gleißender Blitz durch ihren Körper. Doch es war kein Blitz, sondern ein scharfes, skalpellartiges Messer, dessen Schneide sich in ihre Hand grub.

»Du hast unserem Meister die Treue geschworen und mir ebenso«, sagte der Mann leise. »Ich werde dich im Auge behalten und solltest du auch nur daran denken, meine Pläne zu durchkreuzen, wirst du meine Klinge viel gefährlicher zu spüren bekommen. Hast du mich verstanden, Maria?«

Sie schloß die Augen. Keinen Schmerz zeigen, war ihr einziger Gedanke. Sie durfte ihn ihre Angst und ihren Schmerz nicht wissen lassen, sonst war sie verloren. Sein Herr mochte für tot gelten, doch der Arm seiner Rache reichte weit.

»Und jetzt nimm dies hier an dich! Versteck es gut!«

Er griff in das Futter seiner dunklen Schaube, holte ein zusammengerolltes Pergament hervor und steckte es Maria mit einer Geste der Verachtung unter ihr Kleid.

»Du wirst dieses Pergament ans Hauptportal heften, wo es beim Eintreten von jedermann gesehen werden kann. Das wird dem verfluchten Lügendoktor und seiner Mönchshure zu verstehen geben, daß wir sie und ihren armseligen Waffenbund keineswegs vergessen haben!«

Im nächsten Augenblick ließ er von ihr ab und verschwand in der Finsternis des Treppenaufgangs.

Maria starrte in die Dunkelheit. Die Wunde an ihrer Hand blutete heftig, aber sie empfand nichts, keinen Schmerz, lediglich das groteske Gefühl, leicht wie eine Rabenfeder zu sein und jeden Moment durch die Luft getragen zu werden. Doch selbst diese Empfindungen wurden bald schwächer, und als die Schritte ihres Peinigers auf den Steinplatten verklungen waren, spürte sie nur noch den einsamen Schlag ihres Herzens.

Irgendwann plagte sie sich auf, riß ein Stück Stoff aus ihrem Unterkleid und schlang es sich um die klaffende Wunde. Sie schlüpfte in ihre Holzpantinen, die sie bei dem Gerangel verloren hatte, und erst als sie das Gefühl verspürte, wieder auf sicheren Füßen zu stehen, tastete sie auch nach dem Pergament, das *er* ihr zugeschoben hatte.

Mit zitternden Knien schleppte sie sich zu einem der spitzen gotischen Fenster, durch dessen buntes Bleiglas ein wenig Licht auf den kargen Gang fiel, und überflog hastig die wenigen Zeilen. Während sie las, überkam sie auf einmal der unbändige Drang zu tanzen. Es war absurd, aber sie sehnte sich danach, in einem taubenblauen Gewand mit erhobenen Händen und im Takt der Flöten, Leiern und Trommeln über einen Platz zu tanzen, wie sie es vor langer Zeit so oft an seiner Hand getan hatte.

Über der Wittenberger Mädchenschule, einer geräumigen Stube mit Kachelofen und Holztäfelung, die Luther und Melanchthon für Philippas Unterricht vorgesehen hatten, lag der stickige Geruch von Schiefer, Kreidestaub und vergilbtem Papier. Philippa mochte diesen Geruch, da er sie an ihre eigene Studierstube auf dem Gut ihres Vaters erinnerte, gleichzeitig löste er in ihr jedoch auch ein schmerzliches Gefühl von Verlassenheit aus, das sie unweigerlich an ihre Vertreibung aus Lippendorf sowie die Rolle denken ließ, die Sebastian von Bora und dessen Braut dabei gespielt hatten.

Philippa zwang sich, ihre Gedanken auf die bevorstehenden Unterrichtsstunden zu lenken. Prüfend schritt sie die Reihen der einfachen Holzbänke ab, die erst vor kurzem mit Scheuersand bearbeitet worden waren. Offensichtlich war es den Herren ernst mit Philippas Berufung zur Magistra, ein Umstand, der ihr Herz trotz der aufregenden Geschehnisse des vergangenen Tages höher schlagen ließ.

Die *tabula magistrae* stand ein wenig erhöht auf einem schmalen Podest, von dem aus es ein leichtes war, sämtliche Bankreihen zu überblicken. Philippa setzte sich und strich vorsichtig mit den Fingerspitzen über das blanke Holz. Darunter entdeckte sie den Griff einer kleinen Lade. Als sie an ihm zog, bemerkte sie zu ihrer Überraschung eine Anzahl von Büchern und Notizen, welche die letzte Schulmeisterin hinterlassen hatte, und fragte sich, ob sie es verantworten konnte, die Schriften herauszunehmen und zu begutachten.

Aus den beiden Sälen, die sich am anderen Ende des Korridors befanden, klangen leise Stimmen zu ihr herüber. Die Universität verfügte auch nach ihrem Umzug in ein eigenes Gebäude in der Collegienstraße noch über einige Lehrräume im Schwarzen Kloster, und die meisten davon lagen in diesem Trakt des Hauses. Philippa hatte während der letzten Tage einige Studenten kennengelernt. Die meisten waren sich der Ehre wohl bewußt, im Haus ihres großen Vorbildes wohnen und studieren zu dürfen. Katharina wiederum empfing ein ausreichendes Kostgeld, das ihr bei der Bewirtschaftung ihres Gutes zugute kam. Dennoch fragte sich Philippa, ob es nicht zu Problemen führen konnte, wenn sie die Mädchen aus der Stadt Wand an Wand mit einer Schar lebenslustiger junger Studenten unterrichtete. Hatte Luther nicht neulich erst von einem Teufelspakt gesprochen, in den ein neugieriger Student verwickelt gewesen war? Sie schauderte bei dem Gedanken, der Bursche könnte seine okkulten Riten in den angrenzenden Räumen abgehalten haben.

Die spärlichen Aufzeichnungen der Schulmeisterin, die vor ihr unterrichtet hatte, gaben Philippa nur wenig Aufschluß über den Kenntnisstand ihrer Zöglinge. Zahlreiche Bögen enthielten kaum etwas anderes als Zahlen, Rechenbeispiele, die jedoch ohne offensichtlichen Zusammenhang lediglich aneinandergereiht worden waren. Auf zwei weiteren Blättern waren ungelenke Federzeichnungen zu erkennen, Bilder von kugelrunden Neugeborenen, die auf dem Bauch oder Rücken lagen und ihre kleinen Arme in die Luft streckten, während ihre nur durch Tintenkleckse angedeuteten Augen empfindungslos ins Leere starrten.

Wenig erbaut schob Philippa die seltsamen Zeichnungen in die Lade zurück und nahm sich statt dessen die wenigen erhaltenen Bücher vor. Diese Schulbücher entsprachen, so weit sie sehen konnte, genau dem Lehrplan, den Luther selbst ihr am Vortag erklärt hatte. Philippa entdeckte ein Lese- und Buchstabierbuch der deutschen Sprache, dem auch einige Exempel für Verstandesübungen beigefügt waren, ferner einige Ausgaben vom Katechismus ihres Onkels, zwei Psalter in abgewetztem Ledereinband und eine deutsche Übersetzung des Neuen Testaments.

Mehr allerdings fand sie nicht. Allem Anschein nach lag ihrem Onkel und dem *Praeceptor Germaniae* weniger daran, den Mädchen ihrer Stadt die Schätze humanistischer Erkenntnis zu erschließen, als vielmehr sie in der reformatorischen Lehre zu erziehen und von den Gefahren und Verlockungen des Jungfernstandes fernzuhalten. Folgerichtig stand auf der Rückseite der Fibel zu lesen:

»Es ist von Gott geboten, die Mädchen genau wie die Knaben recht in Gottesfurcht aufzuziehen, und die Juden haben solches immer getan. Und es sind feine, heilige Jungfrauen, wohlerzogen in christlicher Lehre, um des heiligen Evangeliums willen getötet worden, wie Agnes, Barbara etc. Es liegt

kein geringer Nutzen darin, denn die Mädchen kommen weg von der Straße, von unzüchtigem Gesindel, Volk, Fremden, Trinkern, und sie hören keine Unzucht und lernen auch keine liederlichen Reimlieder, wie früher lange geschehen ist …«

Der letzte Satz ließ Philippa aufhorchen.

»Die Schulmeisterin soll den Kindern keine unnützen Bücher in die Hand geben, die das Übel des Stolzes in ihrer Natur erwecken.«

Mit einem Seufzer räumte sie die Bücher in ihre Lade zurück. Unvermittelt kratzte der trockene Staub der Kreide so stark in ihrer Kehle, daß sie nur mühsam ein Husten unterdrücken konnte. Gleichzeitig fühlte sie, wie ein dumpfes Gefühl der Enttäuschung sie erfüllte. Gewiß war es einfältig gewesen, von einer Schule zu träumen, die Frauen und Mädchen zu Gelehrten erzog wie die *universitas.* Aber war es denn wirklich so gegen die Natur, wenn auch weltliche Mädchen die freien Künste kennenlernten, sich mit Musik, Geometrie und Latein beschäftigten, um wenigstens einen Teil jener geistigen Früchte zu genießen, welche die Scholaren und Magister ganz selbstverständlich ernten durften? Wozu die Erwähnung der heiligen Frauen, Agnes und Barbara, die zu ihrer Zeit durch Wissen und Lerneifer Wunder wirkten, wenn man ihre geistigen Töchter mit Singstunden und dem Auswendiglernen einiger Psalmen abspeisen wollte? Philippa fragte sich, ob es unter diesen Umständen für sie überhaupt einen Sinn hatte, das Amt der Wittenberger Magistra anzutreten.

Unwillkürlich mußte sie an die hölzerne Heiligenfigur denken, die noch immer unentdeckt zwischen ihren Sachen in der Schlafkammer lag. Auch die Heilige war eine Gelehrte gewesen, und ihre Mutter hatte sie aus Gründen, die Philippa nicht kannte, bis in den Tod hinein verehrt. Beschämt gestand sich Philippa ein, daß sie über die

Aufregungen der letzten Tage ihr Ziel, mehr über ihre Mutter und ihre Rechte am Lippendorfer Erbgut in Erfahrung zu bringen, nahezu aus den Augen verloren hatte. Nur um ihr zu helfen, hatte ihr sterbender Vater sie an seine Schwester Katharina verwiesen, doch war es für Philippa kein leichtes, sich der Tante anzuvertrauen. Katharina dachte im Moment vor allem an die Bewirtschaftung ihrer Güter, den Umbau des Hauses, das Gastmahl für die hohen Herren und die Gesundheit ihres Doktors, wenn sie auch darauf bedacht war, ihrer Nichte bei der Eingewöhnung im Schwarzen Kloster zur Seite zu stehen.

Was Philippa an ihrer Tante indessen bewunderte, war deren kühler, mathematischer Verstand, dem sich ein phänomenales Gedächtnis anschloß. So hatte die Lutherin sie gleich nach dem Frühstück in einem Ton, der keinen Widerspruch zuließ, daran erinnert, ihren längst überfälligen Antrittsbesuch bei der Muhme Lene nicht länger hinauszuschieben. Philippa, die froh war, Katharinas Aufsicht für eine Weile zu entkommen, fügte sich in ihr Schicksal und ließ sich von Roswitha bis zur Tür ihrer Großtante begleiten.

Die Unterhaltung mit der alten Frau, die ihre Stube niemals verließ, gab Philippa reichlich Anlaß zum Grübeln, und sie nahm sich fest vor, Roswithas blumigen Berichten von den Umtrieben im oberen Geschoß des Schwarzen Klosters künftig mit mehr Argwohn zu begegnen. Magdalena von Bora, die ehemalige Siechenmeisterin der Zisterzienserinnen von Marienthron, war eine hochgewachsene, schlanke Frau mit eisgrauen Haaren, die mit der korpulenten Roswitha in der Tat wenig Gemeinsamkeiten hatte, sah man einmal davon ab, daß beide die Spuren jahrelanger, schwerer Arbeit trugen. Über den Gesichtszügen der Muhme lag indes eine beinahe mystische Aura klösterlicher Askese und tiefer Frömmigkeit. All dies vermittelte

Philippa das Bild einer Frau, die ihr Leben auf der Suche nach Frieden für ihre Seele aufgebraucht hatte und nun täglich darüber nachdachte, wen sie preisen und wen verfluchen sollte: ihren Gehorsam gegenüber der römischen Kirche, der sie zu einem Leben hinter Klostermauern inspiriert hatte, oder den Mann, dessen Schriften dieses Dasein in Frage gestellt hatte und unter dessen Dach sie nun ihren Tod erwartete.

Zwei volle Stunden hatten sie miteinander geredet. Während dieser Zeit war Roswitha mehrmals mürrisch in die Stube gelaufen und hatte so getan, als suchte sie etwas. Irgendwann hatte sich Philippa ein Herz gefaßt und die Muhme gefragt, was sie über ihre Mutter, über deren Herkunft und Tod wußte. Plötzlich war jeglicher Glanz in den Augen der alten Frau erloschen. Sie ließ die Spindel, die sie so munter zwischen ihren schlanken Fingern gedreht hatte, zu Boden gleiten und krümmte den Rücken wie eine Katze, die einen Orkan witterte.

»Katharina und ich waren damals in strenger Klausur«, sagte sie nach einer Pause. Sie schloß die Augen und ließ ihr spitzes Kinn auf die Brust sinken. »Nikolaus hat aus seiner italienischen Gemahlin immer ein Geheimnis gemacht. Aus ihrem Leben und ebenso aus ihrem Tod. Ich kann dir nicht mehr sagen, als daß ich jeden Abend für Francescas unsterbliche Seele bete, mein Kind. Was mehr bleibt einer alten Frau, die nur noch vom Gnadenbrot ihrer Verwandtschaft lebt?«

Philippa ging zu einem der drei Fenster, durch die ein wenig Licht in die düstere Schulstube fiel. Sie hatte das Gefühl, dringend frische Luft zu brauchen. Weit lehnte sie sich aus dem Fenster und beobachtete eine Schwalbe, die mit ausgebreiteten Schwingen über die Mauern und Türme der Klosteranlage zum Fluß hinübersegelte. Plötzlich traf sie eine Entscheidung. Ja, sie würde eine Magistra werden und unterrichten – selbst nach Melanchthons Schulordnung, wenn es unbedingt sein mußte. Aber niemand konnte sie daran hindern, das Versprechen zu halten, das sie Maria Lepper gegeben hatte. Wer auch immer von ihren Schülerinnen den Wunsch verspürte, sich mit anderen Dingen zu beschäftigen als nur mit Fibel, Gesangbuch und Katechismus, sollte die Gelegenheit dazu erhalten.

Schräg unter ihrem Fenster, wo der ehemalige Kreuzgang mit seinen verzierten Säulenreihen begann, balancierte ein Bauknecht mit langen strähnigen Haaren auf einer Leiter und befestigte eine Papiergirlande an einem hervorspringenden Eisenhaken. Auf der anderen Seite des Hofes waren einige Männer mit der gleichen Tätigkeit beschäftigt, während ein dritter sie dabei beaufsichtigte. Es war Valentin Schuhbrügg, ein Knecht aus dem Geschlecht eines Nachrichters, den kein Zunftmeister in der Stadt hatte aufnehmen wollen und der sich seitdem mit Gelegenheitsarbeiten auf dem Hof der Luthers über Wasser hielt. Gewiß hatte Katharina die Anweisung erteilt, die häßlichen Baugerüste mit bunten, im Winde flatternden Papierschleifen zu schmücken, überlegte Philippa und winkte Schuhbrügg zu, der schüchtern in ihre Richtung schaute.

Ein Fuhrwerk schwankte durch den Torbogen auf den Hof. Es hatte ein gewaltiges Weinfaß geladen und hielt auf die Wirtschaftsgebäude zu. Mit lauter Stimme forderte der Wagenlenker die Männer auf dem Gerüst auf, ihm beim Abladen des Fasses zu helfen; er erntete jedoch nur spöttisches Gelächter. Philippa wollte schon das Fenster schließen, als ihr Blick auf zwei bekannte Gesichter fiel. Vor dem Brauhaus, aus dessen Kamin seit den frühen Morgenstunden dünner Rauch aufstieg, standen Maria und der Prediger. Es sah so aus, als seien die beiden in eine hitzige Unterredung vertieft, denn weder Felix Bernardi noch das rothaarige Mädchen kümmerten sich um die neugierigen

Blicke der Gänsemagd, die mit einem Stecken bewaffnet ihre schnatternde Schar dicht an den beiden vorüber dirigierte.

Philippa legte die Stirn in Falten und verwünschte das nervtötende Geschnatter des Viehs, das sämtliche menschlichen Stimmen übertönte. Die Spannung zwischen Bernardi und Maria Lepper war jedoch bis zu ihr hinauf zu spüren. Sie beobachtete, wie die Magd heftig mit dem Kopf schüttelte und mehrmals auf das verloren dastehende Fuhrwerk mit dem Weinfaß deutete, während Bernardi offensichtlich nach Leibeskräften bemüht war, das Mädchen zu beschwichtigen. Philippa bemerkte irritiert, daß Marias rechte Hand verbunden war.

Wenige Augenblicke später war der Spuk auch schon vorüber; das Fuhrwerk mit dem Weinfaß setzte sich wieder in Bewegung und entzog das aufgebrachte Paar Philippas Blicken. Valentin Schuhbrügg lenkte seine Schritte ohne jede Eile auf das Tor zu, um den Bolzen wieder einzuschlagen.

Philippa verließ ihre neue Schulstube über die kleine Galerie, welche die offiziellen Räume mit den Wohnstuben verband, und stieg nachdenklich die Wendeltreppe hinunter. Sie fühlte sich nicht wohl in ihrer Haut und sehnte sich nach einem Menschen, mit dem sie über ihre Beobachtungen in diesem merkwürdigen Haus sprechen konnte. Sollte sie bei der Muhme anklopfen? Die alte Siechenmeisterin verfügte über einen reichen Schatz an Erfahrungen, außerdem schien sie ihre junge Großnichte gern zu haben. Doch was würde sie von ihr denken, wenn sie kam, um Klatsch über eine Hausmagd und einen Mann zu verbreiten, der Philippa doch völlig gleichgültig sein konnte, weil … Nein, die Muhme würde zweifellos das gleiche von ihr denken wie Roswitha: daß sie sich in den Prediger verliebt hatte, weil er mit seinen schwarzen Augen, seiner bronzenen Haut und seinen Kenntnissen über alte Sprachen einer Welt entsprungen schien, von der Philippa Nacht für Nacht träumte.

Noch auf der Treppe verwarf Philippa ihren Gedanken, die Muhme aufzusuchen. Das Gastmahl zu Ehren der Schmalkaldischen Bundesgenossen sollte nach dem Wunsch der Lutherin im großen Saal, dem ehemaligen Refektorium, stattfinden. Philippa mußte sich mächtig beeilen, wenn sie nicht zu spät kommen wollte. Die dröhnenden Schläge der Turmuhr von St. Marien, die genau in diesem Augenblick über die Dächer und Mauern des Schwarzen Klosters schallten, trieben sie nur noch mehr zur Eile an. Am Fuß der Treppe empfing sie Katharina in einem prachtvollen Festgewand.

»Wo bleibst du denn, Philippa? Gerade habe ich Valentin zu deiner Kammer geschickt, um nach dir zu sehen. Und wie siehst du nur aus? Was ist das für ein Staub auf deinem Ärmel? Kreide?« Mit wachsendem Unmut umkreiste die Lutherin ihre Nichte, darauf gefaßt, an deren Erscheinung weitere Mängel zu entdecken. Als sie nichts weiter bemerkte, nickte sie kurz und beschied Philippa in versöhnlicherem Ton: »Ruf sofort deine Amme herbei. Sie soll dich abbürsten. In dieser Aufmachung kannst du unmöglich an einem kurfürstlichen Mahl teilnehmen!«

»Ich dachte, Kurfürst Johann Friedrich ließe sich entschuldigen, Tante?«

Katharina blickte sie erstaunt an. »Seine Durchlaucht nimmt vor wichtigen Entscheidungen niemals persönlich an einer Feierlichkeit teil. Aber er wird durch seine ersten Kanzler, Spalatin und Herrn von Taubenheim, vertreten. Außerdem gibt uns der Vertraute des Landgrafen von Hessen mit seiner Gemahlin die Ehre.«

Der Wagenzug des Eidgrafen, der im Auftrag der hessischen Bundesgenossen die feierliche Verlesung und Beglaubigung der Schmalkaldischen Artikel beaufsichtigen sollte, hatte Wittenberg wegen eines Achsenbruchs später erreicht als vorgesehen. Die ganze Nacht hatte das Schloßtor offengestanden und war bis zum Steg der Fährleute hinunter von Pechfackeln beleuchtet worden. Doch es hatte noch bis zu den frühen Mittagsstunden gedauert, ehe der erste Reiter seinen Einzug in die Stadt der Kurfürsten von Sachsen gehalten hatte.

»Du wirst deinen Platz am rechten Flügel der Tafel einnehmen, Philippa«, rief ihr die Tante nach, als sie die Tür der Durchgangskammer zur Küche öffnete, um sich nach Roswitha umzusehen. »Dein Onkel wollte, daß ich dich neben den jungen Krapp setze, Melanchthons Schwager, aber inzwischen hat mich ein anderer Bursche gebeten, heute abend dein Tischherr sein zu dürfen. Hält sich wohl für unwiderstehlich mit seinen schwarzen Augen.«

Philippa wandte sich abrupt um. »Darf ich auch erfahren, wem diese schwarzen Augen gehören?« Die Frage war ebenso überflüssig wie der leutselige Blick, mit welchem Katharina sie beantwortete.

»Ich spreche selbstverständlich von Magister Bernardi«, erklärte die Lutherin belustigt. »Melanchthon hat ihm eine Einladung verschafft, er müßte eigentlich längst hier sein.«

»Das ist er auch, Tante. Zufällig habe ich vorhin einen Mann auf dem Hof bemerkt, dessen Augenfarbe zu Eurer Beschreibung passen dürfte.«

Über das Gesicht der Lutherin huschte ein Lächeln. »Ich möchte nur wissen, mit welchem Zauber es Bernardi immer wieder schafft, meinen Luther um den kleinen Finger zu wickeln!«

11. KAPITEL

Die geräumige Halle, in der Martin und Katharina Luther ihre Gäste bewirteten, leuchtete im Licht zahlreicher Fakkeln, Öllampen und Wachskerzen. Insbesondere die Kerzen ließen die blitzblanken Holzschragen, die in Form eines Hufeisens fast die gesamte Breite des ehemaligen Refektoriums einnahmen, in einem seidigen, bläulichen Schimmer erstrahlen, der sowohl Männern als auch Frauen laute Rufe der Bewunderung entlockte.

Philippa nahm ihren Platz am rechten Flügel der Tafel ein und stellte erleichtert fest, daß weder Bernardi noch der Sohn des Patriziers Krapp sich bislang an ihrer Seite eingefunden hatten. So blieb ihr wenigstens ausreichend Gelegenheit, sich den Saal anzusehen, den die Tante während der vergangenen Tage sorgfältig verschlossen gehalten hatte. Der Raum ließ in nichts mehr erkennen, daß hier noch vor wenigen Jahren Bettelmönche ihre kärglichen Mahlzeiten eingenommen hatten. Er war rechteckig und etwa doppelt so groß wie die Halle der von Boras in Lippendorf. Die Wände wurden von Teppichen in leuchtenden Rot- und Grüntönen geschmückt. Dort, wo die beiden Enden der Tafel sich öffneten, führten drei mit einem orientalischen Teppich bedeckte Stufen zu einem Podest hinauf, auf welchem ein einziger mit weißen Tüchern überzogener Tisch stand. In früheren Zeiten war dies der Platz des Abtes und der kirchlichen Würdenträger gewesen, nun war er dem Abgesandten des Landgrafen von

Hessen, seiner Gemahlin und den kurfürstlichen Räten vorbehalten. Martin Luther und Katharina hatten es vorgezogen, ihre Plätze am unteren Ende der Tafel einzunehmen. Ihnen gegenüber hatten sich Melanchthon, dessen Frau und der Schreiber Lupian niedergelassen. Philippa hörte, wie der kahlköpfige Mann leise auf seinen Nachbarn einredete und verstohlen auf die noch leeren Plätze deutete.

Philippa seufzte. Ihr Kopf tat ihr bereits seit dem Nachmittag in der stickigen Schulstube weh, und der Umstand, daß auf der Galerie über ihr die Spielleute begonnen hatten, das Gemurmel an den Tischen mit Flötenklängen und Lautenschlägen zu überziehen, steigerte das Pochen in ihren Schläfen noch. Um sich abzulenken, ließ sie ihre Blicke hinüber zum Ehrentisch wandern. Der Eidgraf war nicht sonderlich hochgewachsen, verfügte jedoch über eine muskulöse Gestalt. Dichtes blondes Haar quoll unter seinem samtenen, scharlachroten Federhut hervor, auch sein Bart war blond. Philippa fiel auf, daß mehrere Ringe mit funkelnden Steinen an seinen Fingern blitzten. Die Kleidung des Grafen bestand aus einem kostbaren Wams aus schwarzer Seide, das mit goldenen und silbernen Streifen durchwirkt war. Um den Hals trug er eine fächerförmig gefaltete Krause, über der eine schwere Goldkette baumelte. Philippa mußte zugeben, daß eine gewisse Faszination von ihm ausging, und ein Feuer, das bislang nur beim Studium ihrer Schriften in ihr geglüht hatte, umfing sie. Als der Eidgraf sie plötzlich mit einem neugierigen Blick bedachte, neigte sie leicht den Kopf und hoffte inständig, daß sie vor Verlegenheit nicht errötet war.

Verglichen mit seiner glänzenden Erscheinung wirkte die Eidgräfin neben ihrem Gemahl scheu und unscheinbar. Alles an ihr schien sich in trüben Grautönen zu verlieren: ihr Kleid aus flandrischem Taffet, der Kopfputz, das silberne Ohrgehänge, ja, selbst die mandelförmigen Augen, mit denen sie jede Bewegung ihres Gemahls maß, als verkündeten sie ihr entweder Glückseligkeit oder drohendes Unheil.

Felix Bernardi und ein junger Mann betraten fast gleichzeitig den Saal, schauten sich einige Momente lang suchend um und steuerten dann auf die leeren Plätze rechts und links von Philippa zu. Der ehemalige Prediger bedachte sie mit einem spöttischen Lächeln. »Ich hoffe, Ihr verzeiht mir meine Verspätung, verehrte Philippa. Hoffentlich habe ich noch nichts vom Spektakel des heutigen Abends versäumt.«

»Warum hättet Ihr Euch beeilen sollen, Bernardi, schließlich habt Ihr meine Tante bestochen, Euch den Platz an meiner Seite zu geben«, erwiderte Philippa. »Womit eigentlich? Etwa mit dem Faß Malvasier, das vorhin auf den Hof gezogen wurde?« Fast hätte sie sich nach dem Grund seines Streites mit Maria Lepper erkundigt, doch lag ihr nichts daran, sich selber als heimliche Beobachterin zu entlarven.

Der Jüngling, der zu ihrer rechten Hand Platz genommen hatte, lachte. »Nicht schlecht, Jungfer, wirklich gut pariert. Zumal das Faß Rheinwein so manchem braven Wittenberger wahrhaftig übel aufstoßen würde, wenn er wüßte, daß der Landgraf von Hessen es unserem Doktor Luther nur deshalb zum Geschenk gemacht hat, weil der …«

»Haltet gefälligst den Mund, Krapp«, fuhr Bernardi dem Jungen ins Wort. »Philippa, das ist Hieronymus Krapp, der Neffe des Bürgermeisters. Wie mir scheint, hat er vor dem Gastmahl Eures Onkels noch rasch in einem Wirtshaus vorbeigeschaut. In nüchternem Zustand würde er wohl kaum so viel Unsinn daherreden!«

»Unsinn?« Wütend brauste der Jüngling auf, seine Hand fuhr an die Seite seines mit roter Seide gefütterten Wamses, doch Philippa legte eilig ihre Hand auf Krapps Arm und bat ihn, sich wieder zu setzen, ehe die anderen Gäste auf den Disput der beiden Männer aufmerksam wurden.

»Vielleicht habt Ihr es noch nicht bemerkt, Bernardi, aber ich bin kein Geschöpf aus Glas«, sagte sie, dem zweiten Streithahn zugewandt. »Was meine Ohren an Klatsch ertragen können oder nicht, entscheide ich gerne allein.«

Ein Fanfarenstoß von der Galerie enthob Bernardi einer Erwiderung.

Sämtliche Flügeltüren des Festsaales wurden gleichzeitig geöffnet, und ein feierlicher Zug von jungen Dienern und Dienerinnen setzte sich langsam in Bewegung. Die männlichen Bediensteten hielten schwere, prachtvoll verzierte Kannen aus Zinn, während die Mädchen fein ziselierte Tabletts hereintrugen.

Die Lutherin hatte sich wahrhaftig selbst übertroffen. Nie zuvor hatte Philippa eine solche Vielzahl erlesener Speisen und Getränke gesehen, geschweige denn davon gekostet.

Das Mahl wurde mit einer Speise aus in Pfefferrahm eingelegten Erdbeeren eröffnet. Dann folgten am Spieß goldbraun gebratene Hühner sowie Hammelfleisch mit Salbei, Minze und Fenchel, das in tiefen Tonschüsseln serviert wurde. Philippa hatte die Köchin einige Tage zuvor sagen hören, der Ton entfalte den Geschmack des zarten Fleisches erst richtig, und schon die alten Römer hätten es auf diese Weise zubereitet.

Eine Schar aufgeregter Dienerinnen mit gestärkten weißen Schürzen und steifen Gugelhauben eilte mit Schalen durch die Reihen und legte den Gästen Gänse- und Schinkenkeulen auf. Unter den Frauen befand sich auch Maria Lepper, die ein Gesicht machte, als wäre sie soeben geohrfeigt worden. Sie schien sich nur mühsam auf den Beinen zu halten. Philippa starrte gebannt zu ihr hinüber. Was war nur mit der jungen Frau geschehen? Andauernd stolperte sie über ihre eigenen Füße. Als Maria die Stirnseite der Tafel erreichte, hielt sie ihr Tablett so ungeschickt, daß ein zäher Strom aus fettigem Bratensaft zu

Boden tropfte. Drei der Gäste sprangen auf, um ihre aufgebauschten Ärmel vor dem spritzenden Fett zu schützen, und bedachten die Magd mit derben Flüchen.

Maria riß erschrocken die Augen auf; sie sah sich um, als erwachte sie soeben aus einem tiefen Schlaf, bewegte sich jedoch nicht von der Stelle, bis ein scharfer Blick ihrer Herrin sie auf die andere Seite der Schragen dirigierte. Wie von Furien gehetzt, eilte das Mädchen daraufhin zu einer der hohen Eichentruhen, die den Mägden als Anrichte für die nachfolgenden Speisen dienten, stellte ihr leeres Tablett ab und verließ den Saal so rasch, wie es ihre Holzpantinen zuließen.

Als die Dienerinnen erneut das ehemalige Refektorium betraten, um Honigmilch, gezuckertes Obst und in Weinbrand getränkten Kuchen aufzutragen, war Maria nicht mehr unter ihnen. Philippa hoffte inständig, daß Katharina ihr Fehlen nicht auffiel und die Ärmste nicht bestrafte, obgleich ihr die Geheimniskrämerei des Mädchens allmählich auf die Nerven ging. Marias Verhalten deutete auf einen Liebhaber hin, der ihr mehr Unglück als Freuden bescherte.

Wer mochte wohl dafür in Frage kommen? Vorsichtig spähte Philippa zu Felix Bernardi hinüber, aber der Magister tat sich an einem Stück Gänsekeule gütlich und schien Marias Flucht überhaupt nicht bemerkt zu haben.

Die Lutherin hatte sich inzwischen in ein Gespräch mit der Malergattin Cranach vertieft, doch zweifelte Philippa keineswegs daran, daß den forschenden Blicken der Hausherrin auch nur ein einziges Detail ihres Gastmahles entging. Dafür sprach auch, daß Katharina jeden Versuch des Dieners, ihren Becher mit Wein zu füllen, höflich, aber bestimmt zurückwies.

»Heute wird aufgetragen, was das Herz begehrt!« Der junge Krapp neben ihr wischte sich die fettigen Finger an seinem Rock ab. »Mit Ausnahme von Wildbret, natürlich. Es ist wirklich schade, daß das Jagdprivileg noch immer dem Adel vorbehalten ist. Frischen Fisch sehe ich allerdings nicht!«

Philippa dachte an die Hechte und Karpfen, die sich munter im Weiher des Freihofs tummelten, und rang sich ein höfliches Kopfnicken ab. Trotz der verlockenden Düfte, die über der Halle lagen, aß sie nur wenig. Das Klopfen in ihren Schläfen war mittlerweile einem allgemeinen Unwohlsein gewichen. Außerdem kam ihr in den Sinn, daß sie es in ihrer Kindheit niemals gewagt hätte, während der vierzig Tage vor dem Osterfest Fleisch, Milch, Käse und Eier zu sich zu nehmen.

Nihil sub sole perpetuum, hatte ihr Vater sie einst als Kind gelehrt, als sie auf seinen Knien den Tod ihres geliebten Singvogels beweinte. Nichts unter der Sonne war von Bestand. Als ihre Blicke wehmütig über die Köpfe der lärmenden Menge zu der Tafel auf dem Podest wanderten, bemerkte sie, daß der Eidgraf sie aufmerksam beobachtete. Er lächelte, hob galant seinen Pokal und nickte dann dem Hausherrn mit aufgeräumter Miene zu.

»Ein Jammer, daß wir Wittenberg nicht eher erreichten, Doktor Luther. Unglücklicherweise gehören Eure kursächsischen Straßen nicht zu den besten im Reich.«

»Nun ja, die Schlaglöcher sind wirklich eine Katastrophe«, gab Luther zu. »Insbesondere zu dieser ungastlichen Jahreszeit füllen sie sich mit Morast und Brackwasser. So mancher Fuhrmann kann dies bestätigen, wenn seine Räder versinken.«

»Von Schlaglöchern rede ich nicht, lieber Doktor. Den Achsenbruch hätte ich leichter verschmerzt als die Tatsache, daß ein hergelaufener Ungläubiger es gewagt hat, meinen Zug bei Dessau zu überholen.« Das Lächeln des Grafen erlosch.

»Ein … Ungläubiger?« fragte Melanchthon und setzte den Kelch, den er schon zum Munde geführt hatte, unvermittelt ab.

»Ihr habt recht gehört, Herr. Der Jude trug Gewänder wie ein Fürst, eine Schaube aus Zobelpelz und Goldketten, die seinen dürren Hals beinahe bis zu den Knien zogen.«

»Woran habt Ihr erkannt, daß der Reisende Jude war?« fragte ein älterer Mann mit grauem Bart auf der anderen Seite der Tafel.

Wolfger von Hoechterstedt warf ihm einen verächtlichen Blick zu. »Sein gelber Ring auf der Brust flüsterte es mir geradewegs zu, mein Freund. Der Wagen des Juden bog übrigens auf die Straße nach Wittenberg ein. Der Kerl schien es recht eilig zu haben. Mein Waffenmeister versuchte zwar, ihn aufzuhalten ...«

»Unser Fürst hat die Niederlassungsfreiheit der Juden in Kursachsen im vergangenen Jahr aufgekündigt«, unterbrach ihn Melanchthon. »Die meisten von ihnen haben das Land inzwischen verlassen und sind nach Polen oder in die Territorien des Brandenburgers gezogen. Seitdem erhalten wir regelmäßig Schreiben von einflußreichen Juden, die Doktor Luther auffordern, sich für ihre Glaubensgenossen einzusetzen.«

»Die Anordnungen Eures Landesherrn dürften doch wohl eindeutig sein, Herr Melanchthon«, wandte der Graubart ein. »Seit acht Jahren entrichten wir das Türkenregal, um die Horden des Sultans aus dem christlichen Abendland zurückzudrängen. Sollen wir auf der anderen Seite erlauben, daß jüdische Wucherer mitten unter uns leben, uns beim Handel übervorteilen und letztlich ihr Geld den Türken zukommen lassen, um uns zu vernichten?«

»Eure Meinung über den Wucher teile ich, mein Freund.« Luther nickte. »Bedauerlicherweise gibt es in den deutschen Landen kaum einen Händler oder Bankier, der den Zinssatz nicht zu seinem eigenen Vorteil auszudehnen wüßte. In dieser Beziehung sind die Rechentische der Venezianer oder Lombarden nicht anders gebaut als die der

Juden oder der Augsburger Fugger. Ich werde mich für keinen von ihnen mehr verwenden, mag der Josel sich auf den Kopf stellen!« Luther fuhr sich mit der rechten Hand über den Bauch, als erwartete er, daß dort gleich ein furchtbarer Schmerz ausbrechen würde. Eigentlich war es immer, wie Katharina stets behauptete: Schmerz und Ärger regierten seinen Leib.

Der Eidgraf räusperte sich. Mit offenkundigem Genuß tauchte er seine Finger in ein silbernes Becken mit Lavendelwasser, das ein Diener kaum halten konnte, so schwer hatte er daran zu tragen. Ein beinahe heiteres Lächeln glitt über Wolfgers Züge. Er raunte dem Diener etwas ins Ohr, worauf dieser errötete, mehrmals nickte und schließlich den Saal verließ. Zufrieden lehnte sich Graf Wolfger in seinem Lehnstuhl zurück.

»Ein Ahnherr meiner verehrten Gemahlin ließ einst in Frankreich alle Exemplare der schändlichen Judenbücher einsammeln und öffentlich verbrennen«, erklärte er mit fester Stimme. »Damit hat er sich das Problem vom Halse geschafft, und es wird höchste Zeit, daß wir im Reich seinem Beispiel folgen. Wie ich am Hofe zu Kassel hörte, nimmt die Zahl der Christen, die nach der Lektüre hebräischer Bücher beginnen, sich dem Judentum zuzuwenden, von Tag zu Tag zu. Sie gründen Gemeinden mit eigenen Predigern, manche lehren ihre Schüler gar, den Sabbat zu feiern und sich nach Judenart das Fleisch beschneiden zu lassen. Einige dieser Ketzer sollen einst eifrige Anhänger Eurer Lehre gewesen sein, Doktor Luther. Vielleicht solltet Ihr Euch Gedanken darüber machen, wie Ihr die evangelischen Universitäten vor diesen verfluchten Schwarmgeistern reinigen wollt, ehe wir nach Schmalkalden reiten und Eure Bekenntnisformel gegen den Kaiser unterzeichnen!«

Verhaltenes Gemurmel zog durch die Reihen. Zustimmung erhob sich vor allem von den Plätzen der wenigen

Männer, die im Zug des Eidgrafen in die Stadt gekommen waren und die freien süddeutschen Städte im Bund vertraten, während der Rektor der Leucorea, ein würdevoller Greis in blutrotem Talar, nervös eine Schale Obst vor sich hin- und herschob. Die französische Eidgräfin starrte wie ein aufgescheuchtes Reh in die Runde.

Felix Bernardi nahm sein Barett vom Kopf und warf es vor sich auf den Tisch. Seine Augen funkelten im Kerzenschein wie zwei Sterne in einer klaren Mondnacht. Langsam erhob er sich von seinem Sessel und ließ seine Blicke prüfend über die kräftige Gestalt des Eidgrafen wandern. Den übrigen Gästen im Saal blieb die plötzliche Spannung nicht verborgen. Verärgert über die Anmaßung des unbekannten Mannes, steckten einige der Damen mit ihren Tischherren die Köpfe zusammen.

Philippas Herz begann vor Aufregung bis zum Hals zu klopfen. Welcher Teufel mochte Bernardi nur reiten? Auch wenn ihm nicht gefiel, was Wolfger über die Juden und das Studium der hebräischen Bücher gesagt hatte, konnte er es sich als Gast ihres Onkels doch nicht erlauben, dem Legaten des hessischen Landgrafen öffentlich die Stirn zu bieten. Bernardi ging um die Schragen herum und näherte sich dem Podium, auf dem der Eidgraf mit anderen hohen Gästen speiste.

»Laßt es sein, Ihr Narr«, zischte Philippa ihm zu. Doch niemand nahm von ihr Notiz, bis auf den gefräßigen Hieronymus Krapp, der sie erstaunt anblickte und eine abgenagte Hammelkeule auf die Tafel warf.

»Eine Antwort könnt Ihr von mir erhalten, Herr«, sagte Bernardi ruhig und neigte vor dem Eidgrafen höflich das Haupt.

Wolfger wandte spöttisch den Kopf und strich sich über seinen blonden Bart. «Und wer seid Ihr, mein Herr, daß Ihr Euch die Dreistigkeit herausnehmt, mich ungefragt belehren zu wollen?«

Bernardi öffnete den Mund, doch Luther kam ihm zuvor. »Ein Magister, der hier in Wittenberg in den freien Künsten ausgebildet wurde und hernach eine Zeitlang Hebräisch und Griechisch unterrichtet hat. Er ist erst seit wenigen Tagen wieder in der Stadt. Nehmt es ihm also nicht übel, Herr. Unser Freund Bernardi liebt das Studium der Schriften, die Ihr gerne brennen sehen würdet, und war von Jugend an ein wenig … nun sagen wir gereizt, wenn er die Freiheit von Forschung und Lehre bedroht sah.«

»Bedroht? Etwa durch mich, Luther?« Die Stirn des Eidgrafen umwölkte sich. Mit zusammengekniffenen Augen fixierte er Bernardi herablassend. Keinesfalls schien er in dem bleichen Magister einen würdigen Kontrahenten zu sehen.

Philippa bemerkte, daß ihr Onkel bemüht war, Bernardi eine Brücke zu bauen, über die er nur gehen mußte, um aus der Angelegenheit herauszukommen, ohne das Gesicht zu verlieren. Die Freiheit von Forschung und Lehre war den Humanisten heilig und gab jedem Mann, der sich auf deren Regeln berief, das Recht, seinen Standpunkt selbst vor höherstehenden Personen zu vertreten. Allerdings mußte dies kühl überlegt und ohne jede Aufwallung von Gefühlen geschehen.

»Nun, vielleicht mag uns ein Wortgefecht nach dem Brauchtum Eurer geistigen Väter erheitern«, erklärte Wolfger mit einer gönnerhaften Geste. »Vergeßt daher Euren Stand, Magister, und sprecht frei von der Leber weg. Ihr dürft mir glauben: Unser guter Bucer hat mir so manche Lektion erteilt. Seit er am Hof meines Landgrafen predigt, weiß ich auch, daß in Euch Humanisten ein gefährliches Feuer brennt, das leicht zu schüren, jedoch schwer zu löschen ist!«

Philippa wagte vor Spannung kaum zu atmen. Sie wußte von Katharina, daß Martin Bucer, ein Vertrauter Luthers aus Straßburg, seit einiger Zeit in Diensten des Landgrafen von Hessen stand. Der Eidgraf hatte den Disput indessen richtig eröffnet, was darauf hinwies, daß er nicht nur Ritter war, sondern auch über ein gewisses Maß an Bildung verfügte.

Bernardi blieb gefaßt. Er ließ sich auf dem Sessel nieder, den ihm zwei Mägde auf einen stillen Wink des Schreibers Lupian zurechtgerückt hatten, und antwortete mit fester Stimme: »Ein Feuer, Euer Gnaden, sendet nicht nur Hitze aus, sondern auch Licht. *Lux lucet in tenebris*, heißt es im Evangelium des Johannes. Licht leuchtet in der Dunkelheit und bringt zum Vorschein, was lange verborgen war.«

»Genug davon«, warf Luther drohend ein. »Darf ich Euch daran erinnern, daß Ihr Euer Theologiestudium aus freien Stücken abgebrochen habt? Beschränkt Euch darauf, dem Grafen zu erklären, warum die Schriften der Juden nicht vernichtet werden sollten!« Er nickte dem Grafen zu. »Fahrt bitte fort, Herr!«

»Durch die Bücher des Antonius Margerita wissen wir, daß der Talmud, den die Ungläubigen mit Vorliebe in ihren finsteren Schulen studieren, ein Hausbuch der übelsten Schmähungen unseres Heilands darstellt«, erklärte Wolfger von Hoechterstedt überheblich. »Wer erinnert sich nicht an die Untersuchungen, die vor einigen Jahren im Auftrag des Johannes Pfefferkorn angestellt wurden?«

»Solltet Ihr denselben Pfefferkorn im Sinn haben wie ich, so vergeßt Ihr, daß dieser nichts anderes als eine Marionette in den Händen der Dominikaner zu Köln war. Die Mönche versuchten, von den üblen Machenschaften ihres Priors abzulenken, indem sie die Juden der Gotteslästerung beschuldigten. Ein Vorwurf, der nach geltendem Recht nicht haltbar war.«

»Nicht haltbar?« rief einer der städtischen Patrizier zweifelnd. »Warum?«

»Kein Geringerer als der bekannte Rechtskundige Reuchlin wurde vom Prior der Mönche zu Köln beauftragt, ein

Gutachten zu erarbeiten. Doktor Luther kennt diese Schrift, er hat sie höchstpersönlich vom Katheder herab verlesen. In seiner Arbeit weist Reuchlin nach, daß Gotteslästerung nach dem Kirchenrecht der Ketzerei zuzuordnen ist. Juden aber können keine Ketzer sein, da sie nicht an die heilige Dreifaltigkeit glauben und zu keiner Zeit in deren Namen getauft wurden!«

Wolfger hielt sein Glas so fest in der Hand, daß Philippa befürchtete, es könnte in seinem Griff zerspringen. Einige Herzschläge lang war es still im Saal. Die Musikanten hatten längst aufgehört zu spielen und beugten sich mit verschränkten Armen über das hölzerne Geländer der Galerie.

»Dieser Reuchlin, auf den Ihr so große Stücke haltet, hat sich und der christlichen Welt keinen guten Dienst erwiesen«, stieß Wolfger aufgebracht hervor. »Ich habe von seiner Verteidigungsschrift, dem *Augenspiegel,* gehört. Zweifellos wurde er von den Frankfurter Juden bestochen, ein günstiges Urteil zu fällen! Doch als sich die Inquisition des Streites annahm, hat der große Gelehrte schnell seinen Schwanz eingezogen!«

Verschämte Blicke richteten sich nun auf Philipp Melanchthon, der bleich und reglos neben seiner Frau saß und auf einen der Wandbehänge starrte. Jedermann im Saal wußte von Melanchthons verwandtschaftlicher Beziehung zu dem ehemals so bedeutenden Pforzheimer Humanisten.

»Das ist nicht wahr!« rief Bernardi. Ihn hatte der Vorstoß des Eidgrafen nicht eingeschüchtert. »Reuchlin hat dem Pfefferkorn vierunddreißig Fälschungen nachgewiesen. Der Betrüger brach indessen das Siegel am Gutachten des Pforzheimers, obwohl dieses für den Kaiser bestimmt war. Damit umging er die höchste Autorität des Heiligen Römischen Reiches, unseren Kaiser …«

Philippa begann zu schwitzen. Noch ehe Bernardi seinen Satz beendet hatte, bemerkte er seinen groben Fehler.

Formal gesehen war er gewiß im Recht, Pfefferkorns ehrloses Verhalten gegenüber der Obrigkeit anzuführen, doch in einer Versammlung des Schmalkaldischen Waffenbundes, dessen Fürsten davon überzeugt waren, der gewählten Obrigkeit die Stirn bieten zu müssen, berief man sich nicht auf den Kaiser.

»Gut gesprochen, Magister«, höhnte der Eidgraf. »Als nächstes werdet Ihr mich darüber belehren, daß der Papst seine Hand über die Ungläubigen hält, weil deren verfluchter Wucher seine Schatzkammern ebenso füllt, wie die Kaiser Karls, nicht wahr?« Wolfger blickte triumphierend in die Runde. »Wer sagt uns, daß Ihr es nicht gegen uns mit dem Kaiser haltet?«

An der Tafel brach offener Tumult los. Die Vertreter der Reichsstädte verließen ihre Plätze und schüttelten aufgeregt ihre Fäuste in Bernardis Richtung. Philippa und ein paar der Damen hatten sich ebenfalls erhoben, ihre Augen vorsichtig auf die beiden Flügeltüren gerichtet, während die hessischen Waffenknechte des Eidgrafen, die in ihren glänzenden Brustpanzern die Ausgänge sicherten, argwöhnisch ihre Lanzen hoben.

»Ich bitte Euch, Ihr Herren, den Frieden dieses Hauses nicht zu stören«, rief Martin Luther und lief, so behende er konnte, auf das Podium zu. Beschwichtigend deutete er auf das Wappen des Kurfürsten, das er an der breitesten Wand hatte anbringen lassen, um den offiziellen Charakter seines Gastmahls zu unterstreichen, und beschied den Männern, sich wieder zu setzen.

»Mir scheint, der Disput hat den wissenschaftlichen Grund verlassen, um einen politischen zu betreten. Ihr mögt verzeihen, Graf, aber eine derartige Abweichung vom Thema entspricht nicht der humanistischen Gepflogenheit.«

»Spart Euch Euer Gelehrtengewäsch, Luther«, erwiderte Wolfger finster. »Ich wollte diesem unhöflichen Magister lediglich beweisen, daß die Beschäftigung mit jüdischen Schriften aus Euren Leuten Verräter macht.«

Martin Luther erstarrte. Ohne Erwiderung lief er zurück zu seinem Platz und ließ sich neben Katharina nieder. Der Schmerz, der durch seinen Magen schlich, schwächte ihn, und die Blicke der Menschen, die er noch vor einer Stunde für seine engsten Freunde und Mitstreiter gehalten hatte, stürzten ihn in ein Gefühl von Hilflosigkeit, das langsam in Wut und Enttäuschung überging und ihn um so mehr verletzte, da es jegliche Form von Vernunft ausschloß. Er dachte an die Zeit zurück, als theologische Fragen nicht auf Reichstagen und Schlachtfeldern erörtert, sondern den Universitäten zur Diskussion vorgelegt worden waren. Damals hatte er sich für das Ideal von Menschen wie Bernardi eingesetzt: die Freiheit, forschen und lehren zu dürfen, wie es das Gewissen forderte. Selbst die Juden hatte er verteidigt, niemand durfte abstreiten, daß er sie in seinen Schriften oft eingeladen hatte, ihm zu folgen. Er verstand ja, daß sie der römischen Kirche niemals vertraut hatten, aber wenn sie nun auch ihn herausforderten? Seine gereinigte Lehre in Frage stellten? Männer wie Bernardi auf ihre Seite zogen und darüber der Waffenbund der protestantischen Fürsten zerbrach?

»Wenn es für den Eidgrafen Verrat bedeutet, sich mit den Büchern der Hebräer zu beschäftigen, wäre der heilige Paulus dann nicht gleichfalls ein Verräter gewesen?« erklang plötzlich eine helle Frauenstimme durch den Saal.

Ein Wald von Augen richtete sich voller Empörung auf die Person, die es gewagt hatte, sich in einen Disput der Männer einzumischen. Der Eidgraf mußte ähnlich empfinden; auch er ließ seine Augen prüfend über die Reihen gleiten. Bei Philippa verharrte er fragend.

»Vergebt dem Mädchen seine Kühnheit, Herr!« Katharina eilte durch die Reihen und zog ihre Nichte am Handgelenk mit sich zum Podest. »Darf ich Euer Gnaden die

Tochter meines verstorbenen Bruders vorstellen?« Philippa traf ein derber Stoß gegen die Schulter, der sie beinahe taumeln ließ. Sie konnte selbst kaum glauben, was sie getan hatte.

»Eine von Bora also«, sagte Wolfger. Seine Stimme klang aus der Nähe weniger melodisch, sondern eher schrill wie das Tamburin eines Spielmannes. »Euer Landesfürst ist Georg von Sachsen?«

Philippa nickte. Sie fragte sich beklommen, was der Eidgraf im Schilde führte, und verspürte plötzlich den sehnsüchtigen Wunsch, sich nach Bernardis schwarzen Sternenaugen umzudrehen. Ein alberner Wunsch, für den sie sich ohrfeigen würde, sobald sie heute nacht in ihrer Kammer lag. Der Eidgraf beobachtete sie einen Moment ohne jede Gemütsbewegung, dann fuhr er fort, sie über ihre Familie und deren Verhältnis zum Haus des herrschenden Landesfürsten zu befragen. Philippa gab vorsichtig Auskunft, und obwohl ihre Antworten eher unverbindlich blieben, schienen sie den Grafen zufriedenzustellen. Mit einem Lächeln beendete er seine Befragung und blinzelte Philippa galant zu. Erleichtert verbeugte sie sich und wollte sich schon abwenden, als er sie zurückrief.

»Verratet Ihr mir auch noch, wie ich Euren Einwurf über den Apostel Paulus zu verstehen habe, Jungfer von Bora?«

Philippa starrte auf die Spitzen ihrer Schnürschuhe. »Nun, ich wollte Euch damit keineswegs beleidigen, Herr. Aber mein Vater pflegte mit mir und meinem Bruder gemeinsam jeden Abend in der Heiligen Schrift zu lesen. Daher weiß ich, daß Paulus in seiner Jugend zu Füßen der Rabbiner im Heiligen Land studierte. Sein Lehrmeister war ein Mann namens Gamaliel.«

»Aber das war vor seiner Bekehrung zum wahren Glauben«, wandte ein Mann auf dem Podium mit von Wein schwerer Zunge ein. «Was sollten die Philosophien der Ungläubigen ihm später genützt haben?«

Einen Atemzug lang quälte Philippa das unangenehme Gefühl, statt Blut rinne flüssiges Blei durch ihre Adern. Es schien ihr beinahe unmöglich, sich an Nikolaus von Boras Worte zu erinnern. Erst als sie sich die hagere Gestalt ihres Vaters, seine sanfte Stimme und die melancholischen Augen ins Gedächtnis rief, fiel ihr ein, was er ihr damals über das Leben des Apostels beigebracht hatte:

»Paulus lernte in seiner menschlichen Unvollkommenheit darauf zu vertrauen, daß eine jede unwahre Lehre am Jüngsten Tage zerfallen wird. Sollte sie sich aber doch auf Wahrheiten gründen, die wir noch nicht erfassen, so würde sich dies ebenfalls herausstellen, und welcher Mensch wollte am Gerichtstag schon als Mensch dastehen, der gegen die Wahrheit gekämpft hat? Paulus wurde zum größten aller Apostel, indem er diesen Rat des weisen Gamaliel beherzigte und fortan lehrte: Prüft alles – und das Gute behaltet.«

Als Philippa über ihre rechte Schulter blickte, bemerkte sie, daß Bernardi an ihrer Seite stand. Er mußte sich lautlos durch den Saal bewegt haben.

»Christus selbst hat den Juden im Neuen Testament geraten, in ihren eigenen Schriften zu forschen, da insbesondere diese Schriften Zeugnis von ihm ablegen würden«, erklärte der ehemalige Prediger gefaßt. »Welche Schriften mag er dabei im Sinn gehabt haben, Graf? Entscheidet selbst!«

Philippas Nerven waren noch immer zum Zerreißen gespannt, als sie mit Bernardi vor das Tor des Schwarzen Klosters trat. Der Magister hatte kaum ein Wort mit ihr gesprochen, seit sie mit Erlaubnis des Hausherrn und Eidgraf Wolfgers das ehemalige Refektorium verlassen hatten. Oben im Saal setzte die Musik wieder ein.

Sie fand, daß Bernardi sich ihr gegenüber durchaus ein wenig dankbarer zeigen könnte. Schließlich hatte sie in einem gefährlichen Moment die Aufmerksamkeit des Eidgrafen auf sich gezogen und damit ihre Verwandten in eine peinliche Lage gebracht. Es würde nicht leicht werden, ihr Verhalten zu entschuldigen. Bernardi verzog jedoch nicht einmal das Gesicht, als sie ihn auf seine Beweggründe ansprach.

»Eidgraf Wolfger mag Euch provoziert haben, Bernardi. Aber war es klug, ihn herauszufordern? Soviel ich weiß, ist er ein mächtiger Mann, und falls er Philipp von Hessen negativ beeinflußt, wäre das für meinen Onkel und den Kurfürsten gleichermaßen eine Katastrophe.«

Bernardi schüttelte den Kopf. »Der Landgraf weiß auch ohne Wolfger, was er an Doktor Luther hat, Philippa. Ihr habt Euch doch vorhin nach dem Faß erkundigt, welches die Hessen als Gastgeschenk auf Euren Hof geschickt haben?«

»Worauf wollt Ihr hinaus?«

»Die Geschichte wird Euch nicht gefallen, schließlich seid Ihr eine Frau. Aber Ihr werdet verstehen, daß der Bund der protestantischen Fürsten trotz seines heiligen Eifers nicht frei von menschlichen Schwächen ist. So kam dem Landgrafen von Hessen vor einiger Zeit in den Sinn, seine langjährige Geliebte zu ehelichen, obwohl er bereits verheiratet war.«

»Ihr beliebt zu scherzen!« rief Philippa.

»Keineswegs, werte Jungfer. Da kein Geistlicher, nicht einmal der Bucer, sich befugt sieht, ihm diesen Herzenswunsch zu erfüllen, wendet sich der Landgraf nun an Doktor Luther. Euer Onkel ist gewiß nicht sonderlich erbaut von dem Gedanken, durch sein Gutachten in Hessen die muselmanische Vielweiberei zu fördern, aber aus Gründen der Diplomatie wird er Philipp früher oder später seinen Segen geben. Das Faß, das ihr auf dem Hof saht, ist demnach weniger ein Gastgeschenk unseres Freundes Wolfger von Hoechterstedt, sondern vielmehr ein dezenter Hinweis des Landgrafen an Euren Onkel, seine Belange nicht zu vergessen. Nicht gerade geeignet für eine Weinprobe, aber immerhin: *manus manum lavat.*«

Philippa blickte zu dem Nachbarhaus hinauf. Unter den kleinen Fensterläden zur Gasse waren unförmige Köpfe aus Stein zu erkennen, obszöne Fratzen, welche die dicken Backen blähten und mit ihren stieren Augen auf die Vorübergehenden herunterschauten.

»Ich weiß nicht mehr, was ich glauben soll, Bernardi«, sagte sie schließlich kühl. »Eure Politik ist nicht meine Welt. Mich haben ganz andere Gründe nach Wittenberg geführt.«

Nachdenklich fuhr der Magister sich mit der Hand durch sein dunkles Haar, und für einen beklemmenden Augenblick erinnerte sich Philippa an die Szene, die sie vom Fenster der Schulstube aus beobachtet hatte: die Auseinandersetzung zwischen dem Magister und Maria Lepper. Hatte Bernardi sie etwa auch über die wahre Herkunft des Weines in Kenntnis gesetzt? Wenn er die Magd hatte necken wollen, so war ihm dies offensichtlich gelungen, auch wenn Philippa eine derart heftige Reaktion nicht verstehen konnte. Schließlich mußte es Maria doch gleichgültig sein, in welcher Beziehung ihr Dienstherr zum Landgrafen von Hessen stand.

Bernardi raffte seinen kurzen Umhang über den Schultern zusammen. Unwillkürlich griff er unter den Wollstoff, um nach der flachen Silberscheibe an der Kette um seinen Hals zu tasten. »Ihr werdet bald feststellen, Philippa von Bora, daß Wittenberg kein Ort ist, der seine Bewohner von der Politik des Reiches unberührt läßt«, flüsterte er geheimnisvoll. »Wenn Ihr es Euch mit Luther nicht verderben wollt, solltet Ihr das beherzigen und dem Eidgrafen künftig aus dem Weg gehen.« Mit einem knappen Nicken wandte er sich zum Gehen.

»Ich hoffe, Ihr habt unser Geschäft nicht vergessen,

Bernardi?« rief Philippa ihm nach. »Wo kann ich Euch erreichen?«

Bernardi maß sie mit einem prüfenden Blick. Dann sagte er: »Sucht mich in Luffts Druckerwerkstatt oder bei Melanchthon. Der Professor hat mir ein Quartier in seiner Scholarenstube zur Verfügung gestellt.«

Als Philippa die Tür zu ihrer Kammer öffnete, dachte sie an Wolfger von Hoechterstedt und an die Blicke, die er ihr zugeworfen hatte. Trotz seines stolzen, überlegenen Gehabes schien es ihm nichts ausgemacht zu haben, von Philippa und dem Prediger im Wortstreit besiegt worden zu sein. Lächelnd hatte er vor ihr den Hut gezogen, ohne sich um die stille Empörung seiner französischen Gemahlin neben ihm zu kümmern. Nicht einmal Bernardi hatte er zuletzt noch wahrgenommen; Philippa konnte nur hoffen, daß es auch so blieb, bis der Eidgraf Wittenberg wieder verlassen hatte. Der Prediger hat keinen guten Einfluß auf Euch, mein Herz, hörte sie in Gedanken Roswitha wispern.

Der Mond sandte einen silbrigen Schleier durch die Fenster der Schlafkammer. Durch die geöffneten Flügel wehte ein laues Lüftchen, das ungeachtet der winterlichen Frische nach Frühling roch. Rasch entkleidete sie sich und schlüpfte unter die weiche Daunendecke ihres Alkovens. Wenig später fielen ihr die Augen zu. Die Geräusche, die aus den Räumen der unteren Stockwerke zu ihr drangen, hielten indes unvermindert an.

Stöhnend vergrub Philippa ihren Kopf in den flauschigen Kissen. Trotz ihrer Müdigkeit vermochte sie nicht einzuschlafen. Bernardi hatte nicht ganz unrecht mit seiner Warnung.

Manus manum lavat. Eine Hand wäscht die andere, und ein Mann wie Wolfger von Hoechterstedt war zu lange Diplomat gewesen, um etwas ohne guten Grund zu tun. Sein beängstigendes Interesse an Philippa war erst erwacht, nachdem er von Katharina erfahren hatte, wer sie war: Luthers Mündel und einzige Tochter eines adeligen Grundherren aus dem Herzogtum des Georgs von Sachsen. Philippa kannte den Herzog und seine Gesinnung nur aus den Erzählungen ihres Vaters, doch ihr war bekannt, daß er dem Widerstand der protestantischen Fürsten gegen den Kaiser seine eigenen, ehrgeizigen Ziele entgegenhielt, die in dem Bestreben bestanden, sich die Kurwürde zu sichern.

Philippa warf sich auf die Seite. Was sollte sie tun, falls der Eidgraf sie, eine sächsische Adelige und Verwandte des Wittenberger Reformators, seinem Waffenbund als Faustpfand vorschlug, um ihren Herzog in die Reihen der Schmalkaldischen zu führen? Auf diese Weise waren schon viele politische Ehen zustande gekommen. Und Todesurteile, falls das Bündnis mißlang.

»Und dies wäre auch deine Schuld, Felix Bernardi«, flüsterte sie vor sich hin. »Warum konnten wir auch beide unseren Mund nicht halten!«

Sie durfte die Spur des Eidgrafen nicht verlieren. Aber warum lief er nur so schnell?

Philippa beobachtete, wie Wolfger von Hoechterstedt um das Badehaus herumging und seine Schritte schließlich auf den Pfad lenkte, der zum ehemaligen Klosterfriedhof führte.

Argwöhnisch blickte der Graf sich über die Schulter. Seinen prachtvollen Federhut hatte er gegen eine gewöhnliche Schlappe eingetauscht, die seine Stirn und Ohren bedeckte. Seine Augen glühten in der Dunkelheit wie die einer Katze. Im letzten Moment gelang es Philippa, sich hinter der Mauer zwischen Backofen und Brauhaus zu verstecken. Dort verharrte sie und wagte kaum zu atmen.

Der Eidgraf hatte sie jedoch nicht bemerkt. Wie ein

Verschwörer schlich er weiter, den ausgetretenen Pfad entlang. Philippa erinnerte sich nicht mehr daran, wohin der schmale Weg führte. Neben ihr ragten die verwitterten Steine des alten Augustinerfriedhofs mahnend aus dem Erdreich. Sie schienen Philippa davor warnen zu wollen, ihren Weg fortzusetzen. Denn in diesem Winkel regierte noch immer der Tod. Und der alte römische Glaube, gegen den ihr Onkel zu Felde zog. Was also hatte der Eidgraf in diesem düsteren Teil des Schwarzen Klosters verloren?

Philippa begann zu frieren. Sie spürte den frostigen Wind, der ihr Kleid flattern ließ wie die Vorhänge ihres Alkovens, und blickte zurück auf den Hof, der nun still und verlassen dalag. Zu ihrem Entsetzen mußte sie feststellen, daß mit dem Sturmwind Wolken und Nebelschleier aufgezogen waren, welche die Klostergebäude in ein unwirkliches, schemenhaftes Licht hüllten und sie schließlich Philippas Blicken entzogen.

Am Ende des Pfades stand eine kleine Kapelle, in der die Mönche zu früheren Zeiten ihre Toten aufgebahrt hatten. Der Eidgraf war nicht mehr zu sehen, demnach mußte er in dem verfallenen Gebäude verschwunden sein. Aber zu welchem Zweck? Fand hier ein geheimes Treffen statt?

Trotz ihrer wachsenden Unruhe ging Philippa weiter auf die Kapelle zu. Irgendwie erinnerte diese dunkle Kapelle sie an das Gotteshaus ihres Heimatdorfes, nicht einmal der Turm aus Sandstein und die Pestglocke fehlten. Doch in diesen Turm waren Breschen geschlagen, wie nach einem Angriff mit Sturmkatapulten oder Kanonen, und seine Mauern waren mit Ruß überzogen, wie sie feststellte, als ihre Hand über das grobe Mauerwerk glitt. Hier hatte einmal ein Feuer gewütet. Das Tor der Kapelle war geborsten; ein schmaler, wenig einladender Eingang führte ins Innere, aus dem ihr Nebel entgegenwaberte.

Mit vorsichtigen Bewegungen schlich Philippa durch

den Vorraum und wäre beinahe über die Reste eines Weihwasserbeckens gestolpert. Dann verharrte sie. Noch immer stieg ihr unheimlicher Nebel entgegen.

Keine zehn Schritte vor ihr stand ein Käfig, der so groß war, daß ein ausgewachsener Mann darin Platz gefunden hätte. Das blanke Eisen schien sie höhnisch anzugrinsen, und plötzlich fühlte sie, wie sich zwei schwere Hände auf ihre Schultern legten und sie unaufhaltsam auf die offene Tür des riesigen Käfigs zuschoben. Sie versuchte zu schreien, aber kein Laut drang über ihre Lippen. Die alten, verwitterten Grabsteine der Mönche hatten sie gewarnt, doch sie hatte die Warnung nicht hören wollen.

Irgendwo im Hintergrund ertönte das schrille Lachen einer Frau, das Philippa an ihre Schwägerin Abekke erinnerte. Doch Abekke konnte unmöglich hier sein, um sie gefangenzunehmen.

Die schweren Händen drängten sie in den Käfig und schlugen die Tür zu. Aus dem Nebel stieg eine Gestalt, aber es war nicht der Eidgraf, sondern ein Schmied. Er holte mit seinem Hammer aus und ließ ihn auf den eisernen Bolzen der eisernen Tür fallen.

Philippa schrie verzweifelt auf, flehte den Mann an, sie nicht einzusperren. Doch er hörte nicht auf sie. Immer wieder schlug er mit seinem unförmigen Hammer zu.

Mit einem Schrei bäumte sich Philippa auf; ihre Hände hatten sich in das Laken gekrallt. Im ersten Augenblick fiel es ihr schwer, ihre Kammer wiederzuerkennen. War sie nicht gerade eben noch in einem Eisenkäfig eingeschlossen worden? Und wohin war der sonderbare Wolfger verschwunden?

Benommen stand sie auf und ging zum Fenster hinüber, dessen Holzladen im Wind gegen den Rahmen schlug. Als sie den Kopf heraussteckte, sah sie, daß es in Strömen regnete. Dicke Tropfen prasselten über das Vordach des ehemaligen Kreuzgangs auf die Planen aus Ziegenleder, welche die Baugerüste des Südflügels abdeckten.

Philippa schloß das Fenster und lauschte. Die dröhnenden Schläge, die sie im Alptraum vernommen hatte, waren nicht vom Sturm verursacht worden, sondern waren eindeutig aus dem unteren Geschoß des Hauses heraufgedrungen. Irgend jemand mußte aus Leibeskräften gegen das Portal am Haupteingang gehämmert haben.

Auf dem Korridor stieß Philippa beinahe mit Roswitha zusammen. »Was um Himmels willen hat dieser Radau zu bedeuten?« Die Amme rieb sich schlaftrunken die Augen. Philippa zuckte mit den Schultern, aber es war ihr sehr recht, daß Roswitha sie die Treppen hinab begleitete.

Vor dem Portal trafen die beiden Frauen auf Katharina und Valentin Schuhbrügg. Valentin stand auf einem Schemel und war damit beschäftigt, sich an der Eichentür zu schaffen zu machen, während die Lutherin ihren Arm weit ausstreckte, um ihm mit einer Lampe Licht zu spenden. Die dumpfen Geräusche hatten sie wohl gleichfalls aus dem Schlaf gerissen. Sie trug ein grobes Nachthemd aus gebleichter Wolle, und ihre langen, braunen Haare fielen ihr offen über die vor Kälte bebenden Schultern. Von einem späten Gast, der gegen das Tor gepocht haben könnte, war nichts mehr zu sehen.

Als Philippa zu ihrer Tante trat, sah sie ein Papier am Tor, eng beschrieben und mit zahlreichen Flecken übersät, die im Schein des Talglichts wie Blutspuren aussahen.

»Heilige Anna, steh uns bei«, murmelte Roswitha und bekreuzigte sich, »da sind blutige Abdrücke von Fingern auf dem Papier. Man sieht's ganz deutlich. Welcher Dämon der Hölle kann das gewesen sein?«

»Dämonen benutzen keine Nägel«, antwortete Philippa mit einem Seitenblick auf ihre Tante. Endlich löste der Hausknecht den letzten Nagel, und das besudelte Papier segelte zu Boden. Rasch bückte sich Katharina, um es aufzuheben, ehe Philippa einen Blick darauf werfen konnte. Während die Lutherin die wenigen Zeilen überflog, begann sie immer hektischer zu atmen. Dann hob sie den Blick und sagte: »Dein Onkel darf dieses Blatt unter keinen Umständen zu Gesicht bekommen. Niemals, hast du mich verstanden?«

»Aber was hat es denn mit dem Papier auf sich? Wer kann es mitten in der Nacht an eure Tür geschlagen haben?« wollte Philippa wissen.

Mit düsterer Miene reichte ihr Katharina das Papier. »Lies laut vor!« forderte sie die Nichte auf. »Deine Amme mag es ruhig hören!«

»Wir nehmen dich aus allen Rechten und setzen dich ins Unrecht und teilen deine Hauswirtin zu einer Witwe und deren Kinder zu Waisen, deine Lehen dem Herrn, von dem sie zu Lehen rühren, dein Erb und Eigen deinen Kindern, deinen Leib und dein Fleisch den Tieren in den Wäldern, den Vögeln in den Lüften, und den Fischen in den Wassern; wir erlauben auch jedem, dich auf allen Straßen zu töten, und wo ein jeglicher Mann Fried und Geleit hat, sollst du keines haben.«

Schaudernd ließ Philippa den zerknitterten Bogen sinken.

»Verstehst du jetzt, Nichte?« rief die Lutherin voller Schmerz. »Dies ist der Text der Reichsacht, mit der mein Luther vor vielen Jahren vom Kaiser für vogelfrei erklärt wurde. Wenn heute in Wittenberg jemand die Acht an unsere Tür nagelt, kann das nur bedeuten, daß sich doch noch jemand gefunden hat, um den Auftrag des Reichstags auszuführen – deinen Onkel zu ermorden!«

»Aber Herrin«, wandte Valentin Schuhbrügg schüchtern ein, »wir haben sämtliche Tore verriegelt, gleich nachdem die Männer des Eidgrafen Euer Gastmahl verlassen hatten.«

Philippa schritt die wenigen Stufen vor dem Portal

hinunter und ließ ihre Blicke über den einsamen Hof schweifen. Einen Herzschlag lang glaubte sie, jenseits des Badehauses ein Licht aufflackern zu sehen, und wurde jäh an ihren Traum von dem mannshohen Eisenkäfig erinnert.

»Niemand macht dir einen Vorwurf, Valentin«, erklärte die Lutherin besänftigend. »Das Schwarze Kloster ist schließlich keine Festung. Hinter den Wirtschaftsgebäuden gibt es Dutzende von losen Zaunpfählen. Auch die Klostermauern stellen für eine wendige Person kaum ein Hindernis dar.«

»Kommt wieder ins Haus zurück, ehe Ihr Euch den Tod holt, mein Herz.« Roswitha legte Philippa ihr grobes Wolltuch um die Schultern. »Wenn heute nacht wirklich ein Eindringling im Hof war, so hat er sich längst aus dem Staub gemacht, ansonsten ...«

Sie brach mitten im Satz ab. Aber Philippa verstand auch ohne Worte, was ihre Amme nicht auszusprechen wagte. Wenn der Täter nicht im Schutze der Dunkelheit durch den Garten oder über die Mauern entflohen war, so lebte er mit ihnen unter einem Dach.

12. KAPITEL

Philippa fand keine Gelegenheit, lange über die Ereignisse der vergangenen Nacht nachzugrübeln. Am nächsten Morgen überbrachte ihr Lupian die eindringliche Aufforderung ihres Onkels, unverzüglich mit dem Unterricht der Wittenberger Mädchen zu beginnen.

Erleichtert atmete sie auf. Die Strafpredigt, die ihr Katharina beim Frühstück in der Küche gehalten hatte, war recht glimpflich ausgefallen. Der Lutherin gingen offensichtlich im Augenblick weitaus wichtigere Dinge durch den Kopf als die Zurechtweisung einer widerspenstigen Verwandten.

Lupians Andeutungen war zu entnehmen, daß kaum jemand Luther wegen der bevorstehenden Reise zum Bundestreffen in den nächsten Tagen zu Gesicht bekommen würde. Philippa mußte folglich allein mit der ihr anvertrauten Aufgabe zurechtkommen. Sie bemühte sich um eine reuevolle Miene und trug dem Sekretär auf, dem Herrn des Hauses ihre besten Wünsche zu übermitteln. Insgeheim mußte sie jedoch zugeben, daß es ihr nicht unlieb war, dem gestrengen Onkel bis auf weiteres nicht zu begegnen.

Die ersten Unterrichtsstunden, die Philippa in der Schulstube abhielt, nahmen sie ganz in Beschlag. An die dreißig Mädchen drängten sich hinter den Pulten, kleine und größere Kinder; die meisten trugen ärmliche, geflickte Kleider.

Als Philippa die Augen der Mädchen erwartungsvoll auf sich gerichtet sah, schnürte es ihr für einen Moment die Kehle zu. Unsicher schob sie die gespitzten Kiele, die frisch beschichteten Wachstafeln und den Abakus von einer Ecke ihres Katheders in die andere. Ihre Schülerinnen werteten ihr Verhalten als Zeichen, sich lautlos zu erheben und wie Zinnsoldaten hinter ihren Pulten aufzustellen.

»Seid gegrüßt, Magistra!« riefen sie im Chor. Dann neigten sie die Köpfe zum Gebet, so wie sie es anscheinend gewöhnt waren.

Philippa sammelte sich. Gewiß hatte der Unterricht mit dem Morgensegen zu beginnen, den Luther eigenhändig verfaßt hatte. Wie dumm von ihr, das zu vergessen. Da Philippa den Segen nicht auswendig wußte, mußte sie notgedrungen eines der Mädchen bitten, ihn vorzusprechen. Während sie die Stufen zum Katheder nahm, bemerkte sie, daß einige der Kinder hinter ihrem Rücken die Köpfe zusammensteckten und kicherten.

Zu allem Überfluß tauchte auch noch Melanchthon in der Schulstube auf, was die Prozedur der Begrüßung und des Gebets ein zweites Mal erforderlich machte. Dann setzte sich Melanchthon stumm in eine Ecke und bedeutete der jungen Magistra mit einem Lächeln, mit dem Unterricht fortzufahren.

Philippa zitterten vor Aufregung die Hände. Zum Glück schwankte ihre Stimme jedoch nicht. Sie rief die Mädchen einzeln auf, fragte nach ihren Namen und notierte die Antworten auf einem großen Bogen Papier. Danach ließ sie zwei der älteren Schülerinnen berichten, wie weit sie in der Fibel und im Katechismus bereits vorgedrungen waren.

»Ihr dürft nicht zuviel erwarten, Jungfer von Bora«, tröstete sie Melanchthon, nachdem sie die Kinder nach Hause entlassen hatte. »Aller Anfang ist schwer und Bildung nicht gleichbedeutend mit Ausbildung. Schulmeister müssen eine harte Lehrzeit absolvieren, ehe sie zum ersten Mal vor einer Klasse stehen. Meistens lernen sie bei mehreren Schreib- und Rechenmeistern und müssen dann eine Prüfung ablegen. Für die Magister der Lateinschulen liegen die Anforderungen noch höher. Früher war es üblich, daß die Schulmeister sich ihr Amt erkaufen konnten, aber mit dieser Unsitte haben wir in Wittenberg und den Städten, die uns folgen, gebrochen. Der hohe Rat und die Schöffen haben die Wahl Eures Onkels gebilligt, und mit der Zeit sowie mit Gottes Hilfe werdet Ihr an Eurer Aufgabe wachsen.«

Philippa war Melanchton dankbar, daß er sich so verständnisvoll zeigte, doch fragte sie sich auch, wie es ihr mit den kärgliche Hilfsmitteln, die ihr zur Verfügung standen, überhaupt möglich sein sollte, gleichzeitig ihren jüngsten Schülerinnen das Buchstabieren, den größeren die Rechenarten und schließlich den ältesten die Anfangsgründe des Lateinischen zu erschließen.

Plötzlich kam ihr ein Einfall. »Meister Melanchthon, ich denke, es würde mir leichter fallen, meinen Schulbetrieb zu organisieren, wenn ich wüßte, wie die Magister der Lateinschule vorgehen.«

»Ihr gebt wohl niemals auf, nicht wahr? Ich glaube, Euer Onkel hat recht: Ihr könnt zuweilen eine wahre Plage sein!«

»Werden nicht gerade die besten Schulmeister von ihren Schülern als Plage empfunden, Herr«, erwiderte Philippa und schlug mit einem koketten Blinzeln die Augen nieder.

Melanchthon lächelte unwillkürlich. Philippas Eifer gefiel ihm, auch wenn er noch nicht einordnen konnte, ob sich dieser Tatendrang in Zukunft eher nützlich oder schädlich auf ihr Amt auswirken würde.

»Leider habe ich keine Zeit, Euch persönlich zur Lateinschule zu begleiten, Jungfer. Euer Onkel und ich diskutieren zur Zeit noch über einige Punkte der Bekenntnisformel für die Schmalkaldischen, und wenn wir uns nicht vor unserer Abreise nach Schmalkalden einigen, werde ich den Unmut des Kurfürsten am eigenen Leib zu spüren bekommen.«

»Wart Ihr es nicht selbst, der vor sechs Jahren die *Confessio Augustana* verfaßt hat, Meister Melanchthon?« erkundigte sich Philippa. »Ich dachte, die neuen Formeln seien nur eine Überarbeitung Eures Schrifttums.«

Melanchthon schüttelte den Kopf. »Das Augsburger Bekenntnis sollte sowohl den Kaiser als auch den römischen Klerus davon überzeugen, daß es uns lediglich um eine Reformation jener üblen Zustände geht, die in der Papstkirche herrschen. Aus diesem Grund lag mir ein versöhnlicher Ton am Herzen. Ich wollte auf Gemeinsamkeiten bauen, ohne den Zorn der Obrigkeit zu schüren. Euer Onkel war damals derselben Ansicht und stattete mich mit sämtlichen Vollmachten aus. Er selber durfte sich in Augsburg ja nicht blicken lassen, da man ihn sofort verhaftet hätte.«

»Und nun?«

Melanchthon blickte sie milde an. Er war kein klatschsüchtiger Mann. Philippa bemerkte, daß er mit sich rang, ob er ihr seine Gedanken offenbaren sollte. Schließlich sagte er: »Was immer er tut, welche Entscheidung er auch trifft, wir dürfen nicht vergessen, daß Euer Onkel zu einem großen Werk berufen wurde. Aber auch er ist ein Mensch, der Fehler begeht. Ich selbst empfinde die meisten der Schmalkaldischen Artikel als zu scharf formuliert. Sie trennen die Evangelischen endgültig von den Altgläubigen, statt sie zu vereinen, und reißen Wunden wieder auf, die längst verheilt sein könnten. Habt Ihr jemals von den Lemmingen gehört, Philippa?«

»Ihr meint die Tiere, die sich freiwillig ins Meer stürzen?«

Der Gelehrte nickte. »Seit Urzeiten suchen sie ein verlorenes Paradies in Richtung der aufgehenden Sonne. Die Sehnsucht nach dem Paradies ist so stark, daß sie von Generation zu Generation weiter vererbt wird, selbst hohe Klippen hindern sie nicht daran, ihre Wanderung fortzusetzen. Letztendlich stürzen sie ins Meer und ertrinken. Manchmal frage ich mich, was uns eigentlich noch von ihnen unterscheidet!«

Philippas Einfall, die Organisation der Wittenberger Lateinschule auf die Mädchenschule zu übertragen, erwies sich als geschickter Zug. Johannes Luther erbot sich eines Nachmittags, ihr bei der Überarbeitung der neuen Lehrpläne zu helfen. Philippa nahm das Angebot des Jungen dankbar und überrascht zugleich an. Seit dem Tag, als sie ihn und seine Kameraden bei ihrer verunglückten Jagd auf die Barle vor der Stadtmauer ertappt hatte, war der Junge ihr aus dem Weg gegangen.

»Du mußt deine Klasse nach dem Alter in drei Gruppen aufteilen«, empfahl er seiner Cousine nachdrücklich, als sie in der Schulstube beisammen saßen, Honigkringel aßen und über Philippas Notizbuch mit Melanchthons Vorschlägen nachdachten. »Andernfalls wirst du weder Ordnung noch Disziplin in deine gackernde Hühnerschar bringen.«

Philippa hob in gespielter Empörung die Augenbrauen. »Johannes, so solltest du nicht über die zukünftigen Gemahlinnen deiner Kameraden sprechen. Im übrigen verfügt die Lateinschule für jede *secta* über einen Kantor, einen Bakkalar und einen Lokatus. Ich aber unterrichte allein in der Mädchenschule. Soll ich mich zerteilen wie die heilige Dreifaltigkeit?«

»Wäre nicht schlecht, wenn ich an drei Orten zur gleichen Zeit sein könnte«, bemerkte Johannes. Seufzend griff er nach dem letzten Honigkringel. Philippa nickte verständnisvoll und schenkte ihm einen mitfühlenden Blick. Der Junge war mit seinen zwölf Jahren Luthers ältester Sohn, und es war üblich, daß Scholaren seines Alters in die Obhut eines fremden Lehrmeisters gegeben wurden, um ihre Studien der sieben freien Künste abzurunden. Gleich nach dem Osterfest sollte Johannes das Schwarze Kloster verlassen, und obwohl er sich bemühte, forsch und überlegen aufzutreten, war ihm anzumerken, daß er dem Tag seiner Abreise mit Unbehagen entgegensah.

»Vielleicht wäre ein Gehilfe eine Lösung?« schlug Philippa vor, um ihren Cousin aus seiner melancholischen Stimmung zu holen. Während der letzten Tage war er ihr stärker als seine jüngeren Geschwister ans Herz gewachsen. Vor allem, da er mehr als die Kleinen unter der Strenge seines Vaters zu leiden hatte.

»Keine schlechte Idee«, überlegte Johannes, »doch deine Hilfe müßte ein Mädchen sein, das gebildet genug ist, um dir zur Hand zu gehen. Außerdem mußt du ihr vertrauen können.«

Philippa klappte ihr Buch zu und stand auf. Einen Augenblick zögerte sie, ehe sie erklärte: »Ich würde es gern einmal mit Maria Lepper versuchen. Sie hat eine rasche Auffassungsgabe und schreibt sehr ordentlich. Davon abgesehen wird ihr Latein von Tag zu Tag besser. Du solltest dir einmal die Abhandlung anschauen, die sie mir gestern in die Kammer gelegt hat. Sie hat mir nicht verraten, wie sie es neben ihren häuslichen Pflichten überhaupt noch schaffen konnte, den halben Donatus zu lesen und sich den Kopf über Aesops Fabeln zu zerbrechen.«

»Eine Hofmagd als Schulgehilfin?« entgegnete Johannes zweifelnd. »Mag ja sein, daß Maria nicht dumm ist, aber meine Mutter und die Köchin werden nicht begeistert davon sein, ausgerechnet sie freizustellen. Außerdem könnte deine Wahl die Frauen aus der Stadt vor den Kopf stoßen.«

Philippa strich sich nachdenklich über die Wange. Es war erstaunlich, wie scharfsinnig der Junge die Menschen im Schwarzen Kloster und ihr Verhältnis zu den verschiedenen Ständen beurteilte. »Ich brauche Maria Lepper und keine andere«, erklärte sie schließlich. »Sie muß in ihrer Jugend etwas so Furchtbares erlebt haben, daß sie mit niemandem darüber reden mag. Unser Unterricht wird ihr helfen, mir allmählich zu vertrauen. Erst gestern, als wir am Kamin beieinander saßen und lateinische Verben bestimmten, hatte ich das Gefühl, daß sie mir etwas sagen wollte.«

»Und hat sie etwas gesagt?«

»Nein, sie tat so, als hätte sie Schritte auf dem Kreuzgang gehört, und dann fiel ihr plötzlich ein, daß sie noch zusammen mit deiner Mutter den Vorrat an Sämereien begutachten mußte, und lief davon.«

Johannes ging zum Fenster hinüber und blickte auf den Hof. Philippa bemerkte, daß er über etwas nachdachte. Eine Weile verharrte er stumm, ehe er sich wieder umdrehte.

»Mutter hat mir versprochen, daß sie mir einen Wunsch erfüllen würde, bevor ich Wittenberg verlasse. Wenn dir die Lepper als Schulgehilfin also so wichtig ist ...«

»Das würdest du wirklich tun?« Stürmisch drückte Philippa den Jungen an sich. »Ich möchte aber nicht, daß deine Mutter ärgerlich auf dich wird!«

»Keine Sorge, verehrte Cousine. *Ich* bin der einzige, der ärgerlich wird, wenn du mich nicht sofort aus deinem Klammergriff entläßt!«

Gutgelaunt verließ Johannes Luther die Schulstube. Philippa freute sich. In ihrem Cousin hatte sie einen Freund gefunden, auch wenn er sie schon recht bald verlassen mußte. Auf dem Flur stürmte eine Schar Scholaren vorbei. Die jungen Männer gaben sich nicht besonders viel Mühe, leise zu sein. Philippa konnte hören, wie sie einander mit griechischen Schimpfnamen belegten. Mit einem Schlag verflog ihre heitere Stimmung wieder. Ohne nachzudenken, öffnete sie die Lade ihres Katheders und holte Marias kleine Abhandlung hervor. Mit aufgestützten Ellbogen vergrub sie sich in die wenigen, jedoch sehr überlegt formulierten Sätze. Sie hatte Johannes nur die halbe Wahrheit gesagt, eben soviel, wie man einem Kind zumuten konnte. Verschwiegen hatte sie indessen die verbundene Hand der Dienstmagd, den angeblich geklemmten Daumen, der ihre Schrift entstellte; und auch von dem blutigen Abdruck auf dem Pamphlet, das jemand an das Hauptportal des Schwarzen Klosters befestigt hatte, hatte sie nicht gesprochen.

Am nächsten Morgen führte Philippa ihre Schülerinnen zur Schloßkirche, wo ihr Onkel eine Morgenandacht abhielt, um für die Verhandlungen in Schmalkalden den Segen Gottes zu erflehen.

Als sie das gewaltige Kirchenschiff betrat, hielt Philippa überrascht inne. Sie hatte nicht erwartet, daß sich sämtliche Honoratioren der Stadt, einschließlich der Zunft- und Gildenmeister, versammelt hatten, um Martin Luther predigen zu hören. Dicht gedrängt standen die Menschen beisammen, manche flüsterten, die meisten warteten jedoch ergeben, daß der verehrte Reformator die Stufen zur Kanzel hinaufging. Philippa schwitzte unter dem weißen Schleier und dem gefütterten Umhang und blickte sich nach einem Platz für ihre Schülerinnen um. Durch die Federhüte, Samtkappen und Schleier der Umstehenden konnte Philippa den mit gelbem Samt bezogenen Sessel des Kurfürsten erkennen. Dieser Sessel stand erhöht, der Landesherr sollte bei der Predigt keinesfalls unter den Augen des Prädikanten sitzen.

Auf der linken Seite schimmerten die roten Samtroben und Baretts der Universitätsangehörigen sowie die kostbaren Wämser und Röcke der Ratsherren, während die rechte Hälfte des Kirchenschiffs den Hofleuten vorbehalten blieb. Wolfger von Hoechterstedt saß seinem Stand gemäß gleich hinter dem Kurfürsten. Er war ganz in Schwarz gekleidet, allein sein Halskragen und die Ärmelaufschläge leuchteten weiß.

Die Mädchen wurden ungeduldig und begannen miteinander zu tuscheln. In einer Gruppe von Scholaren hatten sie Johannes Luther entdeckt. Philippa bahnte ihren Schülerinnen einen Weg durch die Menge und wies sie flüsternd an, hinter den Lateinschülern Aufstellung zu nehmen.

Die Predigt, die dem Kurrendesingen der Scholaren folgte, war lang und ermüdend.

Mit vielen Worten erklärte Doktor Luther seiner Gemeinde, welche Hoffnungen er mit der neuen Bekenntnisformel verband. Nach langem Ringen seien er und seine Mitarbeiter in der Lage, den Menschen, die ihm folgten, mehr Licht und Wahrheit zu offerieren, als die sieben Sakramente der Papstkirche es jemals konnten. In gewissen Abständen begleitete zustimmendes Gemurmel seine Worte. Luther blickte sich zufrieden um. Obwohl sein Gesicht deutliche Spuren von Krankheit und Entbehrung trug, strahlten seine dunklen Augen voller Tatendrang. Als schließlich der Himmel einige Sonnenstrahlen durch die Kirchenfenster sandte und die vor Schweiß glänzenden Haare des Predigers in ein sanftes Licht tauchte, nahmen viele der Andächtigen dies als göttliches Zeichen. Einige Frauen fielen mit gefalteten Händen auf die Knie, ihre Köpfe berührten die kalten Steinplatten.

»Erhebt Euch!« rief Luther dröhnend von der Kanzel herab. »Widersteht dem Gift der Schwärmer, die uns mit ihrer Lehre täuschen wollen! In diesen unruhigen Zeiten ist ein kühler Kopf gefragt. Eure einzige Hilfe gegen die Sünde halte ich hier in meiner Hand!« Er schwenkte seine in Leder gebundene Bibel über die Köpfe der noch immer knienden Weiber, was der Menge erneut ein ehrfürchtiges Raunen abverlangte.

Luther seufzte resigniert. »Ihr seid wie Schafe, die ihren Hirten suchen. Wie lange hat man Euch eingeredet, Ihr könntet zur ewigen Seligkeit finden, indem Ihr Euer Vertrauen in heiligen Tand setzt, Prozessionen durchführt und Reliquien huldigt, ohne Euch der Gnade des Glaubens anzuvertrauen. Ich sage Euch, all dies nützt nichts, wenn Ihr den Glauben und die Gnade ausschlagt, die Euer Herr Euch anbietet. Eure Hoffnung ist das Evangelium durch die Predigt von der Vergebung, Taufe, Abendmahl, Schlüsselamt und brüderliche Tröstung, nicht aber Figuren von Heiligen, die Euch mit toten Augen anstarren!«

Nach dem Gottesdienst gab Philippa ihren Schülerinnen

zwei Stunden frei und wies die älteren Mädchen an, die jüngeren nach Hause zu begleiten. Lachend machten sich die Kinder auf den Weg zum Marktplatz, froh, nach der anstrengenden Andacht wieder umherlaufen und reden zu dürfen. Philippa konnte es ihnen nicht verdenken. Den Nachmittag würden sie mit Buchstabieren, Rechenübungen und einfachen lateinischen Begriffen aus der Geschichte der Heiligen Schrift verbringen. Eigentlich hatte Philippa im Sinn gehabt, die Älteren Tiernamen übersetzen zu lassen, doch Melanchthon hatte sie angewiesen, die Kinder aus dem Neuen Testament zu unterrichten, und außer Fischen, Kamelen und Schweinen fielen ihr selbst keine biblischen Tiere ein.

An den offenen Werkstätten des Hofmalers Cranach vorbei ging Philippa zum Kirchplatz, wo sich das Spital der Stadt befand. Katharinas Köchin hatte ihr den Weg von der Schloßkirche zum Pfründnerhaus genau beschrieben, dennoch brauchte sie eine geraume Zeit, bis sie endlich vor dem breiten Tor des Anwesens stand. Das Gebäude wies zur Straße lediglich schmale Schlitze als Fensteröffnungen auf. Ein weiß getünchter Anbau diente vermutlich den Bediensteten als Wohnung und Wirtschaftshaus, denn aus dieser Richtung erklang deutlich das Gackern von Hühnern. Nur wenige Meter hinter dem Spital begann sich der morastige Baugrund bis zur Stadtmauer auszudehnen.

Philippa betätigte einen Klingelstrang, worauf ein vergittertes Fenster in der Tür aufgestoßen wurde und eine alte Frau mit wirrem weißem Haar mißtrauisch ihren Kopf herausstreckte.

»Was sucht Ihr hier?« Die Frau musterte Philippa abschätzig von Kopf bis Fuß. Ihre ordentliche Kleidung und ihr sittsamer Schleier aus gutem Tuch schienen sie zu verwirren.

»Seid Ihr die Spitalmeisterin? Meine Tante hat vor

wenigen Tagen ein Neugeborenes in Eure Obhut gegeben. Ich wollte mich nur davon überzeugen, daß es dem Kind auch an nichts fehlt.«

Mit einem scharfen Geräusch schob die Pförtnerin den Riegel zurück und machte, als Philippa durch den Türspalt schlüpfte, schwerfällig einen Schritt zur Seite. In ihrer linken Hand hielt sie eine Krücke. »Ich bin nur Gerte die Siechenmagd, Kindchen«, schnarrte die Frau. »Lebe hier unter dem Dach des Pfründnerhauses seit ...« Sie sprach nicht weiter. Statt dessen lüpfte sie mit einer Hand ihr Kleid und lächelte Philippa ohne eine Spur von Verlegenheit an. Philippa riß erschrocken die Augen auf.

Der Siechenmagd fehlte das linke Bein. Ihr Knie endete in einem wulstigen Stumpf aus bläßlichen Narben und blau geäderten Verwachsungen. Der Wundarzt, der die Frau einst behandelt hatte, mußte betrunken gewesen sein. Selbst ein Scharfrichter verstand es besser, Gliedmaßen vom Körper zu trennen.

Schnaufend führte die Alte Philippa durch einige Stuben, deren Einrichtung lediglich aus einigen tönernen Wasserbecken und Strohsäcken bestand, in die Kammer der Spitalmeisterin. Hinter einem Tisch mit einer Waage und einigen Arzneiflaschen saß eine rotgesichtige Frau von etwa vierzig Jahren und schnitt lange Tücher aus Leinen in schmale Streifen. Um ihren Bauch spannte sich eine schmutzige Schürze. Sie begrüßte Philippa höflich und versicherte ihr, daß sämtliche Mündel der Kistenherren im Spital gut versorgt würden.

»Unsere Amme ist eine sehr vertrauenswürdige Person«, erklärte die Spitalmeisterin. »Glaubt mir, Jungfer, das Kind ist hier absolut sicher. Solange die Barle noch nicht aufgespürt ist, lassen wir die Kleine nicht aus den Augen. Das kann Euch unser Medicus jederzeit bestätigen.«

Philippa nickte beruhigt, wenngleich ihr die Beteuerungen der Spitalmeisterin ein wenig übertrieben vorkamen.

Einen Moment lang überlegte sie, ob sie die Frau bitten sollte, sie das Kind sehen zu lassen, entschied sich dann jedoch dagegen und ließ sich von der Einbeinigen zurück zum Tor begleiten. Während sie über den Innenhof lief, spürte sie, wie sich ihr Magen zusammenzog. Gewiß, sie hatte den Säugling aus den Fängen der betrügerischen Hebamme gerettet und fühlte sich weiterhin verantwortlich für sein Wohlergehen, aber war es nicht gefährlich, in diesen Zeiten Gefühle für ein namenloses Kind zu entwickeln? Hatte ihre eigene Vergangenheit sie nicht auf schmerzliche Weise gelehrt, wie rasch man alle Menschen verlieren konnte, an die man jemals sein Herz gehängt hatte.

Unvermittelt blieb sie stehen. Aus dem oberen Stockwerk des Spitals drang lautes Husten, und zwei Stimmen stritten lautstark miteinander um eine Schüssel mit Erbsen.

Die Kleine, hatte die Spitalmeisterin gesagt. Warum war Philippa da nicht sofort hellhörig geworden? Das Kind, das die fremde Frau im Haus der alten Barle geboren hatte, war aber ohne jeden Zweifel ein Knabe gewesen. Mit fliegenden Röcken stürmte Philippa an der verdutzten Siechenmagd vorbei, dem Spital entgegen.

»Ich will das Kind sehen, Meisterin«, beschied sie der Vorsteherin atemlos. »Unverzüglich!«

Die Spitalmeisterin stellte keine Fragen. Wortlos nahm sie ihren Schlüsselbund und ging Philippa mit wippenden Hüften voran. Die Einbeinige folgte ihnen in gemessenem Abstand. Als Philippa schließlich in dem lichtdurchfluteten Raum stand, in dem die Findelkinder von den Siechen durch eine dünne, mit Lehm und Stroh nur notdürftig versiegelte Wand getrennt lagen, begann ihr zu schwindeln. In ihren Schläfen rauschte das Blut wie eine Springflut.

In der einzigen belegten Wiege der Kammer lag ein fröhlich krähender Säugling, dessen große Mandelaugen Philippa neugierig anblickten. Vorsichtig nahm sie ihn auf den Arm und machte sich daran, die strammen Binden zu lösen.

»Was um Himmels willen tut Ihr da, Jungfer?« rief die Spitalmeisterin und warf der Einbeinigen einen vernichtenden Blick zu.

»Die Lutherin hat Euch einen kleinen Jungen anvertraut«, sagte Philippa mit fester Stimme. »Hier aber liegt ein Mädchen. Wo ist das Kind, das man Euch brachte?«

»Ihr müßt Euch irren, Jungfer von Bora. Unser Hospital und das Pfründnerhaus werden regelmäßig von zwei Ratsherren und sieben Diakonen kontrolliert. Sie verwalten auch sämtliche Urkunden. Dieses Mädchen ist das einzige elternlose Kind, das in letzter Zeit in unsere Obhut gegeben wurde. Von einem Knaben ist mir nichts bekannt! Ebensowenig meiner Siechenmagd, nicht wahr, Gerte?«

Die weißhaarige Frau starrte einen Moment lang auf das strampelnde Kind in Philippas Armen. Dann stammelte sie: »Meine Meisterin ... sagt die Wahrheit, Jungfer! Einen neugeborenen Knaben haben wir hier im Spital schon länger nicht mehr gehabt!«

Als Philippa die Wohnung ihrer Verwandten betrat, schleppten zwei ältere Mägde, deren Gesichter von Pockennarben gezeichnet waren, Dutzende schmutziger Tonschalen aus den Räumen, welche den Studenten, die als Kostgänger der Lutherin im Schwarzen Kloster weilten, für ihre Mittagsmahlzeiten zur Verfügung standen.

Ein aufdringlicher Geruch von Bohnen, Zwiebeln und Gänsefett folgte den Frauen bis in die Küche, wo sie das Geschirr in einen bis zum Rand mit Wasser gefüllten Schwenkstein stellten. Außer den beiden Mägden hielt sich nur noch Valentin Schuhbrügg in der Küche auf. Er hockte mit mürrischem Gesicht in einem dunklen Winkel und besserte mit etwas Bast Fischernetze aus.

Philippa fragte nach ihrer Tante und erfuhr, daß Katharina in die Stadt gegangen war, um die 106 Scheffel Malz zu beantragen, die ihrem Mann neben seinem Gehalt von der Leucorea seit einiger Zeit zustanden. Die Universität kannte das Privileg, war aber mehr als nachlässig darin, seiner Erfüllung nachzukommen, was bedeutete, daß Katharinas Brauhaus in diesem Jahr nicht die veranschlagte Menge an Dünnbier brauen konnte. Es sei denn, sie beharrte auf dem Recht ihres Gatten.

»Die Herrin hat Eure Amme mitgenommen, und wo sich die Lepperin wieder herumtreibt, weiß kein Mensch«, erklärte die Spülmagd. Verstimmt betrachtete sie den Berg roter Tonschalen im Stein. »Die Rothaarige hätte ruhig einmal in der Küche bleiben und helfen können, aber vermutlich hält sich dieses Weibsbild für etwas Besseres!«

»Frau Luther wird erst gegen Abend zurück sein, Jungfer! Dann braucht der Herr seine Arznei aus Cranachs Apotheke!« Die zweite Magd warf ihrer geschwätzigen Freundin einen warnenden Blick zu und nahm sich einen Lappen, um einer Überschwemmung am Schwenkstein vorzubeugen.

Philippa kämpfte vor Verzweiflung mit den Tränen. Anscheinend gab es niemanden im Haus, der ihr bei der Suche nach dem verschwundenen Kind helfen konnte. Ihren Onkel durfte sie nicht stören. Der Medicus hatte ihn gleich nach dem Gottesdienst in der Schloßkirche zur Ader gelassen und nachdrücklich vor der Reise nach Schmalkalden gewarnt. Doch der einzige Rat, den Luther angenommen hatte, war, sich in einer Sänfte nach Hause bringen zu lassen und sich in seine Gemächer zurückzuziehen. Er würde die Reise um keinen Preis der Welt absagen. Das Pamphlet am Klosterportal war eine Warnung gewesen. Wer auch immer es an die Tür geheftet hatte, mußte damit gerechnet haben, daß die dumpfen Hammerschläge sämtliche Bewohner des Flügels vor das Portal lockten. Der Unbekannte wollte Luther daran erinnern, daß er vogelfrei war und jederzeit getötet werden konnte.

»Falls Ihr seelischen Beistand braucht«, ließ sich auf einmal Schuhbrüggs heisere Stimme vernehmen, »Meister Lupian ist im Garten bei seinen Bienenstöcken.«

Philippa ging nicht in den Garten. Statt dessen stieg sie hinauf zur Schulstube. Über die ganze Aufregung hatte sie ihre Schülerinnen fast völlig vergessen.

Zu ihrer Überraschung saßen die Kinder jedoch gehorsam auf ihren Plätzen und waren in Übungen vertieft, die eines der älteren Mädchen mit einem Stock in der Hand überwachte. Es war Barbara, die Tochter eines Tuchwebers aus der Strohschneidergasse. Als das Mädchen Philippa erkannte, errötete es vor Verlegenheit.

»Seid gegrüßt, Magistra!« Barbara stellte den Stock aufrecht neben das Pult. »Jungfer Maria hat mir bis zu Eurer Rückkehr aus der Stadt die Aufsicht übertragen.« Bei den Worten »Jungfer Maria« blickten einige der Kinder von ihren Schiefertafeln auf und begannen vergnügt zu kichern.

Philippa rang sich ein Lächeln ab und bat die Webertochter freundlich, ihren Platz unter den Kindern der *secta tertia* wieder einzunehmen. Dann schritt sie die Reihen ab. Maria Lepper hatte den verschiedenen Gruppen Aufgaben zugewiesen, wie sie selbst es nicht besser gekonnt hätte. Die Jüngsten buchstabierten und übertrugen mit krakeliger Schrift Majuskeln aus einem Buch auf ihre Tafeln, die Älteren suchten aus dem *Vocabularius Ex Quo* lateinische Tiernamen, während die Angehörigen der dritten Gruppe über einigen Beispielen der Logik des Petrus Hispanus brüteten. *Das Wort »Maus« gehört zu den Substantiva und läßt sich beugen. Doch frißt die Maus auch Käse. Sollen wir daraus schließen, daß ein Substantivum Käse frißt? Und läßt eine Maus sich beugen?*

Im Schulraum herrschte eine gelöste, beinahe heitere Atmosphäre. Die Holzdielen glänzten, das alte Stroh war hinausgefegt worden und die Brandgaben, welche die Kinder für den Kachelofen zu entrichten hatten, hatte man ordentlich zu einem Stapel aufgeschichtet.

Philippa räusperte sich. Sie war viel zu aufgewühlt, um im Unterricht fortzufahren. Dennoch sagte sie: »Wir lesen jetzt gemeinsam das *Pater Noster*, danach das *Credo* und den Englischen Gruß ...«

»Verzeiht, Schulmeisterin!« Barbara, die offensichtlich genug über Mäuse und Käse nachgesonnen hatte, erhob sich. «Jungfer Lepper hat bereits mit uns die Gebete gesprochen!«

Maria hatte in der Tat an alles gedacht. Einen Herzschlag lang verspürte Philippa Eifersucht auf die Magd, die sich ihren neuen Aufgaben als Schulgehilfin mit soviel mehr Umsicht widmete, als sie es getan hatte. Aber schließlich hatte sie selbst Maria um Hilfe gebeten und konnte froh sein, daß die junge Frau sich nach dem Kirchgang um die Mädchen gekümmert hatte. Außerdem war unschwer zu erkennen, daß Maria sich streng an ihre gemeinsam mit Johannes Luther erarbeiteten Lehrpläne gehalten hatte. Der reibungslose Ablauf des Unterrichts würde Philippa freie Hand geben, sich um ihre eigenen Angelegenheiten zu kümmern.

»Wie ich sehe, werdet ihr noch eine Zeitlang beschäftigt sein«, sagte sie nach einer Weile. »Ich muß euch noch einmal kurz verlassen. Barbara, du wirst die Aufsicht führen.« Sie zog die Brauen hoch und nickte dem Mädchen in der ersten Reihe aufmunternd zu. »Aber laß die Rute, wo sie ist. Es gibt bessere Methoden, um sich Respekt zu verschaffen!«

Philippa eilte die Treppen hinunter in den Hof. Hinter der Mauer des Badehauses fand sie den Sekretär ihres Onkels. Lupian hatte einen Fuß auf den Mauervorsprung gesetzt. Um ihn herum standen drei ältere Bienenkörbe, außerdem eine Kiste mit Rauchpfeifen, Wabenzangen und Gerätschaften zum Honigschleudern.

»Jungfer von Bora!« begrüßte er sie mit einer höflichen Geste. »Es freut mich, Euch wiederzusehen. Habt Ihr jemals etwas Vollkommeneres in Augenschein genommen als ein Bienenvolk? Ein Staatsgefüge, das sich einig ist, seiner Herrscherin zu folgen und sich ihr bedingungslos zu unterwerfen?«

»Nun, wenn ich ehrlich sein soll ...«

»Die Honigbiene gilt seit jeher als ein Symbol der uneingeschränkten Treue. Sie kennt ihren Stock ganz genau und würde ihn immer wiederfinden, gleichgültig, wie weit sie hinaus fliegt, um die Aufträge ihrer Königin auszuführen. Sagt selbst, Jungfer, sollte uns Menschen das Staatsgefüge der Honigbienen nicht als Vorbild dienen? Ein Herrscher, der ein gehorsames Volk regiert!«

Lupian nahm eines der länglichen Wabenstücke aus dem Kasten und schabte mit einem spitz zugeschliffenen Stein eine dünne Wachsschicht herunter. Die winzigen Krümel rieselten wie Zucker über seinen kostbaren blauen Mantel mit dem schwarzen Pelzbesatz.

Ungeduldig entgegnete Philippa: »Soviel ich weiß, ist es immer ein weibliches Wesen, das einen Stock regiert, Meister Lupian. Es gibt Sammlerinnen und Arbeiterinnen, aber sie werden nicht mit Anweisungen traktiert, die willkürlich und aus der Luft gegriffen sind. Die Königin erteilt keine Befehle, sie ist einfach da. Und sie kennt ihre Pflichten genau. Also muß sie ihrem Volk ebensoviel Gehorsam entgegenbringen wie das Volk ihr. Männliche Bienen spielen in diesem System wohl eher eine untergeordnete Rolle. Könntet Ihr Euch etwa vorstellen, unter einem derartigen Amazonenvolk zu leben, Meister Lupian?«

Lupian brach in herzhaftes Gelächter aus. Um seine Augen legte sich ein Netz feiner Falten. »Das Regiment Eurer Tante gibt uns zuweilen einen Eindruck davon, wie so etwas aussehen würde. Im übrigen braucht Ihr mir gegenüber nicht unter Beweis zu stellen, daß Ihr Euch aufs

Debattieren versteht. Ganz Wittenberg redet über Eure Begegnung mit dem Eidgrafen beim Gastmahl. Nur hoffe ich, daß Eure Einstellung zur Obrigkeit Euch nicht früher oder später in ernstere Schwierigkeiten bringt. Es gibt nun einmal Herren und Knechte. Auf der einen Seite das weltliche Schwert, auf der anderen das himmlische Wort. Darauf gründet sich die Theologie Eures verehrten Onkels. Aber ich vermute, daß Ihr mich nicht besucht, um etwas übers Honigschleudern oder die Lehre der zwei Reiche zu erfahren.«

Philippa nickte ihm dankbar zu. Obwohl ihr langsam Zweifel kamen, ob Lupian der richtige Mann war, um ihr zu helfen, berichtete sie ihm, was sie im Pfründnerhaus erlebt hatte. »Es muß doch Urkunden geben, beglaubigte Papiere, die belegen, daß dem Rat der Stadt ein Waisenknabe überantwortet worden ist.«

»Gewiß, Jungfer«, bestätigte der kahlköpfige Mann nachdenklich. »Die Dokumente müßten beim Ratsschreiber liegen. Wenn allerdings diese Barle etwas mit dem Verschwinden des Kindes zu tun hat, solltet Ihr auf der Hut sein. Die verdammte Schwarzkünstlerin ist gefährlicher, als Ihr glaubt. Angeblich verfügt das Weib über Kontakte zu den angesehensten Kreisen der Stadt, was erklären würde, daß man sie noch nicht aufgespürt hat. Ich werde mich um die Angelegenheit kümmern, sobald der Troß des Doktors Wittenberg verlassen hat.«

»Heißt das, Ihr begleitet Doktor Luther nicht nach Schmalkalden?« Philippa ließ sich auf dem verwitterten Mauervorsprung nieder. Lupian war in den vergangenen Monaten zur rechten Hand ihres Onkels geworden, und es gab in der Stadt nicht wenige Zungen, die behaupteten, daß der Schreiber den Streit zwischen Luther und Melanchthon um die Schmalkaldischen Artikel geschickt am Lodern hielt, um seinen Einfluß auf den Reformator zu vergrößern. Tatsächlich führte seit Monaten keine Audienz bei Luther mehr an Lupian vorbei; der Sekretär war dafür bekannt geworden, die Ruhe seines Herrn ebenso scharf zu verteidigen wie Zerberus den Eingang zum Höllenschlund. Wenn Lupian während des Fürstentreffens in Wittenberg blieb, so mußte es dafür triftige Gründe geben.

»Euer Onkel hat mich ausdrücklich darum gebeten, während seiner Abwesenheit in Wittenberg die Stellung zu halten«, sagte der Sekretär mit einem wehmütigen Blick. Plötzlich schlug er seinen kostbaren Mantel zurück und tastete suchend das glänzende Innenfutter ab. »Heute vormittag kam ein Kurier auf den Hof geritten. Er hatte zwei Briefe für Euch in seinem Beutel. Ich nahm sie entgegen, weil Ihr und die Lutherin noch nicht aus der Stadt zurück wart.«

Das Siegel der ersten Rolle erkannte Philippa sofort; es zeigte das Familienwappen der von Boras: einen Helm mit buschigem Schweif und darunter ein Schild mit einem aufrecht stehenden Drachen, vor dem sie sich als kleines Mädchen stets gegrault hatte. Der Brief stammte von Sebastian, auch wenn die Handschrift nicht ihm gehörte. Die Lippendorfer mußten einen neuen Verwalter beschäftigen, woraus man schließen konnte, daß der alte Golfried nicht wieder auf das Gut zurückgekehrt war.

Mit einigen förmlichen Worten setzte Sebastian von Bora seine Schwester von seiner Heirat mit Abekke von Medewitz in Kenntnis. Die Trauung, so war zu lesen, sei auf Wunsch der Familie und mit Erlaubnis des Herzogs von Sachsen in aller Stille und nach dem Landesbrauch in der Katharinenkapelle zu Lippendorf vollzogen worden.

Verwirrt ließ Philippa das Schreiben sinken.

Nach dem Landesbrauch, hatte Sebastian geschrieben. Dies konnte nur bedeuten, daß er sich Herzog Georg bedingungslos unterworfen und die reformatorischen Anstrengungen seines verstorbenen Vaters auf dessen Grundbesitz zurückgenommen hatte. Sebastian war in seinen

Jugendjahren selbst ein glühender Anhänger der Lehren Luthers gewesen, und nur ein ritterlicher Reinigungseid hatte einige Jahre zuvor seine Verbannung aus Sachsen verhindert, während zahlreiche seiner Freunde aus Furcht vor Georgs Strafgericht über die Landesgrenze geflohen waren. Nun aber hatte der junge Gutsherr von Lippendorf offenkundig seine Meinung geändert und war in den Schoß der Papstkirche zurückgekehrt. Philippa ahnte, daß dieser Sinneswandel nichts mit Glaubensdingen zu tun hatte, sondern vielmehr taktischen Erwägungen ihrer Schwägerin entsprang. In den Augen ihres Landesfürsten galt Philippa, die immerhin freiwillig nach Wittenberg gezogen war, nun als Abtrünnige. Als Ketzerin. Und das hieß, daß sie nicht mehr nach Lippendorf zurückkehren durfte, um ihr Erbteil zu beanspruchen, solange Herzog Georg regierte. Abekke konnte wahrhaftig zufrieden sein.

Die Tür des Badehauses fiel mit einem lauten Geräusch ins Schloß. Doch Philippa nahm es ebensowenig wahr wie die besorgte Stimme des Sekretärs, der fragte, ob sie schlechte Nachrichten erhalten habe. Wie in einem Traum brach sie das Siegel der zweiten Rolle. Sie las und fühlte, wie sich ihr die Kehle zuschnürte.

»Ihr solltet einen kühlen Kopf bewahren, junge Dame«, sagte Lupian, während er wieder an den Waben herumschabte. »Der Herrgott schickt uns nicht selten eine Prüfung, um uns dadurch seinen göttlichen Rat zu erteilen!«

»Und guter Rat ist teuer, ich weiß!« Mit ausdrucksloser Miene reichte Philippa dem Sekretär das Schreiben. »Diese Depesche stammt von Eidgraf Wolfger«, erklärte sie leise. »Er befiehlt die Schulmeisterin von Bora im Namen des Kurfürsten zu einer Unterredung ins Schloß. Ich muß das Schwarze Kloster noch heute abend verlassen!«

13. KAPITEL

»Auf keinen Fall geht Ihr zu Wolfger aufs Schloß! Ihr solltet inzwischen begriffen haben, daß diesem Kerl nicht über den Weg zu trauen ist!«

Felix Bernardi hockte auf einem dreibeinigen Schemel gleich hinter der Druckerpresse seines Freundes Lufft und führte sich auf, als sei er mit Philippa verheiratet.

Einige Gesellen, die damit beschäftigt waren, feuchte Druckschriften wie Wäschestücke zum Abtropfen über eine Leine zu hängen, warfen dem aufgebrachten Magister vielsagende Blicke zu und grinsten.

Philippa schwindelte. Sie hatte das Mittagsmahl im Schwarzen Kloster versäumt, und die feuchte, schwere Luft in der Druckerei tat ein übriges, daß sie sich unwohl fühlte. Draußen wurde es bereits dunkel, und eine alte Frau, deren Schürze mit Druckerschwärze verschmiert war, stellte eine dicke Talgkerze ins Fenster zur Gasse.

»Ihr versteht nicht, worum es geht, Bernardi«, erwiderte Philippa verärgert und griff in einen Kasten mit Punzen. Die Stempel waren seitenverkehrt, das Metall lag glatt und angenehm kühl in ihrer Hand. »Mein Onkel kann Wolfger nicht leiden. Er wird niemals zulassen, daß der Graf mich gegen meinen Willen im Schloß festhält. Doch einen offiziellen Protest kann er sich derzeit nicht leisten. Nicht, solange der Eidgraf mit seinem Einfluß auf Philipp von Hessen und die süddeutschen Stände droht.«

»Ihr merkt gar nicht, in welches Ränkespiel Ihr Euch

verstrickt«, brummte Bernardi und nahm Philippa den Stempel aus der Hand. Mißmutig warf er ihn zu den anderen in den Kasten zurück. Die Stempel sollten später vom Meister eigenhändig in Kupfer geprägt und anschließend mit einer Bleilegierung ausgegossen werden.

Auf der Gasse rumpelte der Karren eines Baders vorbei. Als der Drucker auf ihn aufmerksam wurde, ging er zum Eingang, lehnte sich an den Türrahmen und wechselte ein paar Worte mit dem Bader. Philippa sah, wie der Drucker auf sein rechtes Knie deutete, das deutliche Anzeichen einer Schwellung aufwies.

»Wenn ich meine Verwandten noch einmal vor der Obrigkeit blamiere, haben sie gar keine andere Wahl, als mich vor die Tür zu setzen. Und was soll dann aus mir werden? Auf keinen Fall gehe ich fort aus Wittenberg, jedenfalls nicht, ehe ich nicht weiß, was aus dem Kind geworden ist, das aus dem Spital verschwunden ist. Außerdem habe ich mein Amt, und Maria ...«

»Was sagt eigentlich Eure Tante dazu?« fiel ihr Bernardi ins Wort. »Gewiß habt Ihr mit Katharina und dem Sekretär Eures Onkels gesprochen.«

Philippa zuckte seufzend die Achseln und ließ sich auf einen freien Schemel sinken. Gewiß hatte sie ihrer Tante sogleich nach deren Rückkehr aus der Stadt von ihrem Erlebnis im Pfründnerhaus und dem Brief des Eidgrafen berichtet, aber von Katharina, die momentan selbst nicht wußte, wo ihr der Kopf stand, war keine große Hilfe zu erwarten. Luthers Krankheit wurde von Tag zu Tag heftiger, die Steine in seinen Nieren bereiteten ihm schier unerträgliche Schmerzen, und der Wagenzug des Kurfürsten sollte morgen in aller Frühe aufbrechen. Woher sollte die Lutherin bei aller Sorge um den kranken Gatten und dessen ungewisse Mission noch die Kraft nehmen, ihre Nichte zu besänftigen, die unentwegt von vertauschten Kindern sprach? Ob Mädchen oder Junge, es blieb ein Waisenkind, das schon wieder auftauchen würde. Katharina hatte zuletzt nur gereizt mit den Schultern gezuckt, und Lupian, der bei ihrem Gespräch ebenfalls zugegen war, hatte schweigend aus dem Fenster gestarrt, als erwartete er, daß die Barle jeden Moment auf einem Besen an ihm vorübergeritten käme.

»Versteht Ihr nun, daß ich nicht fortgehen kann? Und wohin auch? Der Weg nach Lippendorf ist mir endgültig versperrt, und für ein Leben als fahrende Gauklerin auf den Landstraßen fehlt mir jede Begabung.«

»Dafür habt Ihr andere Talente, Philippa«, erwiderte Bernardi mit ungewohnt sanfter Stimme.

»Was für Talente?«

Der Magister kratzte sich verlegen seine schwarzen Bartstoppeln. »Ihr verfügt über das seltene Talent, Euch in Schwierigkeiten zu bringen, indem Ihr Euch mit Männern abgebt, die nicht gut für Euch sind!«

Männer wie Homer, Cicero und Erasmus, dachte Philippa in einem Anflug von Ironie. Sie betrachtete das bleiche Gelehrtengesicht mit den kühlen, unergründlich dunklen Augen und fand es verrückt, daß sich zwei Männer um ihre Aufmerksamkeit stritten, während sie selber weder die Zeit noch die Muße hatte, dies zu genießen. Nachdenklich öffnete sie ihre Tasche.

»Eigentlich bin ich nur gekommen, um Euch die versprochene Grammatik von Reuchlin zu geben«, sagte sie und legte das Buch auf den Tisch mit den Bleilettern. »Wer weiß, ob ich noch einmal dazu komme, Hebräisch zu studieren. In Eurer Bibliothek ist das Werk jedenfalls besser aufgehoben als in meiner Truhe.«

Sie stand auf und wandte sich zur Tür. Es war spät geworden. Gewiß wartete Roswitha bereits auf sie. Der Drucker redete nach wie vor auf den Mann mit dem Baderkarren ein. Sie sprachen von Furunkeln, die so aufgeschwollen waren, daß der Wundarzt zweimal hatte stechen müssen, ehe die verdorbenen Säfte abgeflossen waren. Der Bader, ein schmächtiger Kerl mit Sommersprossen und feuerrotem Haar, schien nur mit halbem Ohr zuzuhören, obgleich er zuweilen verständnisvoll nickte. Schließlich förderte er ein Sammelsurium aus Tiegeln und Fläschchen, Schröpfköpfen aus Weißblech und Schnäppern mit gefährlich aussehenden Schlagmessern unter der Plane seines Karrens hervor. Der Drucker ließ ihn eintreten, und die beiden Männer verschwanden durch einen Vorhang in die Wohnstube.

»Wartet bitte«, hörte Philippa in ihrem Rücken Bernardi sagen. Seine Stimme klang plötzlich noch sanfter und einschmeichelnder. »Ich möchte Euch gern noch etwas zeigen.«

Er nahm einen Kohlestift von der Ablage der Druckerpresse und malte ein paar eckige Zeichen auf die Tischplatte, die wie Philippas Haarklammern aussahen. Fragend verfolgte sie die eleganten Bewegungen seiner Hand.

Bernardi schlug die erste Seite der hebräischen Grammatik auf und schob Philippa das Buch hin. Auf den ersten Blick erkannte sie einige der Schriftzeichen wieder.

»Ich stehe ungern in Eurer Schuld, Jungfer von Bora. Darum solltet Ihr Eure ersten hebräischen Wörter lernen, bevor Ihr das Haus verlaßt. Kommt, versucht es einmal selbst, aber vergeßt nicht, daß Ihr von rechts nach links lesen müßt: *Bet, Resch, Alef, Schin* und *Tav.* Ergibt …«

»*Bereschit*«, ergänzte Philippa zögernd und übersetzte das Wort mit Hilfe des Vokabulars in Reuchlins Grammatik.

»*Anfang* … im Anfang also. Der Beginn des Schöpfungsberichts und damit auch allen Lebens auf der Welt.«

Versonnen strich die junge Frau mit den Fingerspitzen über die fremdartigen und doch so faszinierenden Buchstaben. Sie hoffte inständig, daß dies ein gutes Vorzeichen war. Als sie Bernardi mit einem dankbaren Lächeln das

Buch zurückgab, fiel ein beschriebenes Stück Papier heraus und segelte zu Boden. Hastig hob sie es auf, steckte es in eine Tasche ihres Mantels und verließ die Druckerei, ohne sich noch einmal umzudrehen.

Philippa und Roswitha erreichten den Schloßhof durch einen finsteren Bogengang, der von zwei Wachen mit Helmen und aufgerichteten Hellebarden bewacht wurde. Ringsum auf dem groben Pflaster brannten Strohfeuer oder glühten Kohlenbecken, um die sich Landsknechte, Stallburschen und Diener scharten, welche den Troß des Kurfürsten nach Schmalkalden begleiten sollten. Philippa spürte ihre argwöhnischen Blicke im Rücken, als sie sich den hohen Freitreppen näherte.

Das Schloß war nicht besonders weitläufig und machte auf Philippa auch nicht den Eindruck einer prachtvollen Residenz. Der runde Turm der Schloßkirche warf seinen Schatten über die Bleidächer des düsteren Hauptgebäudes. Einige wenige Reliefs mit eingelassenen Fabelwesen zierten den groben Stein des Mauerwerks. Über der Freitreppe prangte zudem in leuchtenden Farbtönen das Wappen der Askanier, das Philippa bereits an mehreren Stadttoren aufgefallen war. Unterhalb der beiden Balkons zum Schloßhof schaukelten an langen Eisenketten brennende Öllampen im Wind. Allem Anschein nach stand dem alternden Kurfürsten, anders als seinen Vorgängern, der Sinn nicht nach Prunk und Verschwendung, sondern vielmehr nach dem Segen der Kirche, deren Reformation er aus ganzem Herzen unterstützte.

Nur wenige Schritte von der Freitreppe entfernt befand sich unter einem Dachvorsprung ein eleganter Reisewagen mit roten Polstern und prächtigen Schnitzereien. Zwei Männer stemmten sich gegen ein Wagenrad, dessen Nabe sich offensichtlich gelockert hatte. Als sie auf die beiden Frauen aufmerksam wurden, ließen sie sofort davon ab.

Der ältere, ein hoch aufgeschossener, hagerer Mann, kam zielstrebig auf Philippa zu.

»Verzeiht, Herrin, gehört Ihr zum Schloß Seiner kurfürstlichen Durchlaucht?« fragte er mit merkwürdig singendem Tonfall. Dabei lächelte er höflich und verbeugte sich. Sein Begleiter, ein stämmiger Kerl, dessen gewaltiger Backenbart bei jedem Schritt zu zittern schien, stellte sich breitbeinig neben ihn. Beide waren kostbar gekleidet, aber ihre knöchellangen, mit Silberfäden durchwirkten Röcke wiesen einen Schnitt auf, der in Sachsen alles andere als üblich war. Die Köpfe der Männer steckten zum Schutz vor der Kälte unter ausladenden Pelzmützen.

Philippa öffnete die Lippen, um zu antworten, als sie auch schon von Roswitha derb am Mantel gepackt wurde. »Mit diesem … diesem Volk dürft Ihr nicht sprechen, mein Herz. Laßt uns weitergehen!«

Der Fremde lächelte noch immer, sein Gesicht jedoch schien zu einer Maske erstarrt zu sein. Er gab seinem Begleiter ein Zeichen, sich zurückzuziehen, dem dieser auch augenblicklich nachkam.

»Eure Freundin versucht Euch darauf hinzuweisen, daß Ihr im Begriff steht, euch mit Juden abzugeben, mit Ungläubigen, nach den Gesetzen Eurer Kirche. Mein Name ist Josel von Rosheim.«

Philippa neigte irritiert den Kopf. Sie erinnerte sich, daß der Name Josel beim Gastmahl im Schwarzen Kloster gefallen war, als Eidgraf Wolfger seine Schmähworte gegen die Juden des Reichs ausgestoßen hatte.

In den Augen des Mannes spiegelte sich der Glanz der Pechfackeln, die den Innenhof beleuchteten. Die Flammen verliehen ihm die beinahe magische Aura eines Mannes, der es gewohnt war, Befehle zu erteilen. Fröstelnd raffte sie ihren Umhang enger um die Schultern. »Ich fürchte, daß ich Euch nicht helfen kann, Meister Josel. Meine Amme und ich gehören nicht zum Haushalt des Kurfürsten. Wir sind nur auf dem Weg, jemandem einen Besuch abzustatten.«

»Seit den frühen Morgenstunden läßt man uns nun hier schon warten wie Vaganten«, rief plötzlich Josels Begleiter vom Wagen herab, ohne sich durch die mahnenden Blicke des älteren Mannes beschwichtigen zu lassen. »Freund Josel von Rosheim ist Sprecher der deutschen Judenschaft, Frau. Er vertritt sämtliche unserer Gemeinden vom Rheinland bis hinauf in die Ebenen Ungarns und ist sogar berechtigt, ein Siegel zu führen und vor des Kaisers Reichstagen aufzutreten. Und nun ...«

Eine ärgerliche Stimme am Tor ließ den Mann jäh verstummen. Philippa beobachtete, wie sich eine der Hellebarden aus der Dunkelheit des Torbogens erhob. Der kalte Stahl richtete sich einen Herzschlag lang bedrohlich in ihre Richtung. Dann brüllte ein Wachsoldat die Juden an, sie sollten gefälligst den Mund halten, wenn sie nicht mitsamt ihrem Wagen vom Schloßhof gejagt werden wollten.

»Ihr seht, Herrin, wir haben nicht gerade den besten Leumund in diesem Land«, seufzte Josel von Rosheim und lächelte traurig. »Zehn Tage waren mein Bruder und ich unterwegs, nur um den Kurfürsten zu sprechen, aber man läßt mich nicht vor, und auf mein schriftliches Gesuch an Luther erhalte ich keine Antwort.«

Roswitha zupfte verstimmt an Philippas Ärmel. Im Grunde ihres Herzens hatte sie nichts gegen Juden, wenn sie ihr nicht zu nahe kamen. Doch dieser freche Mensch wagte es, ihr Ziehkind in ein Gespräch zu verwickeln. Ausgerechnet unter den Fenstern des Schlosses, wo jedermann sie sehen konnte.

»Es geht um die Ausweisung Eurer Glaubensbrüder aus Kursachsen, nicht wahr?« erkundigte sich Philippa. »Kurfürst Johann Friedrich hat ihnen im vergangenen Jahr das Bleiberecht aufgekündigt.«

Der Mann mit der Zobelmütze lächelte nicht mehr.

Seine grauen Augen blickten Philippa forschend an. »Darf ich fragen, Herrin, was Ihr darüber wißt?«

»Ich hörte davon reden, Meister. Mehr ist dazu nicht zu sagen.«

»Glaubt Ihr, es lohnt sich, noch länger auf eine Antwort zu warten?« mischte sich der andere Mann wieder ins Gespräch ein. Er hatte einen Beutel aus den Polstern des Reisewagens geholt, von dem ein betörender Geruch nach Heilkräutern aufstieg.

Philippa spähte vorsichtig zum Tor hinüber. Gott sei Dank hatte sich die Hellebarde wieder in ihrer Höhle verkrochen. Aber das spielte keine Rolle mehr. Josel tat ihr leid, er schien ein Mann zu sein, der seinen eigenen Reichtum dafür einsetzte, sich für andere Menschen zu verwenden. Trotz seines asketischen Äußeren strahlte er Freundlichkeit und einen unbeugsamen Willen aus, Eigenschaften, für die Philippa aufrichtigen Respekt empfand. Dennoch konnte sie Josel und seinem Begleiter keine großen Hoffnungen machen. Die beiden hatten einen ungünstigen Zeitpunkt gewählt, um mit dem Kurfürsten über das Schicksal der sächsischen Juden zu diskutieren. Weder Johann Friedrich noch Martin Luther würden den von Karl V. privilegierten jüdischen Befehlshaber Josel in der Nacht vor ihrem Aufbruch nach Schmalkalden empfangen. Das Bundestreffen war kein Reichstag, und die protestantischen Fürsten waren zweifellos nicht gewillt, sich in ihrer eigenen Bedrängnis für verachtete Außenseiter einzusetzen.

»Sämtliche Briefe an meinen … an Doktor Luther werden von seinem Sekretär Lupian begutachtet«, sagte Philippa in vertraulichem Ton. »Vor dem Bundestreffen der Fürsten werdet Ihr hier in Wittenberg schwerlich etwas ausrichten. Ich kann Euch daher nur raten, mit Melanchthon in Briefwechsel zu treten und ihn um Vermittlung zu bitten. Vielleicht kennt Ihr in Eurer Heimat einige Leute von Einfluß, die für Euer Vorhaben Bürgschaft ablegen könnten?«

Ehe Roswitha es verhindern konnte, reichte sie dem hageren Mann ihre Hand, und der freundliche Jude schlug mit einem schwachen Lächeln ein.

»Eidgraf Wolfger wünscht Euch umgehend in der Tafelstube zu sprechen ... nein, Frau, *Euch* gewiß nicht!«

Der Diener, der Roswitha mit einer Geste aufzuhalten suchte, zählte gewiß nicht mehr als vierzehn Jahre, dennoch trat er bereits mit der überheblichen Selbstsicherheit eines Mannes von hohem Rang auf.

»Was soll das bedeuten, du Wicht?« zischte Roswitha böse. »Glaubst du, deine zweifarbigen Hosenbeine geben dir das Recht, so mit einer ehrbaren Frau zu sprechen? Ich habe die Jungfer von Bora seit dem Tag ihrer Geburt keinen Moment aus den Augen gelassen und werde in diesem Gemäuer keine Ausnahme machen, verstanden?«

Beleidigt ergriff der Knabe einen brennenden Kandelaber von einem der Gesimse und deutete den Frauen mit kaltem Blick, ihm den Gang hinunter zu folgen.

Philippa atmete tief durch. Roswitha war eine gute Seele, sie trug das Herz auf dem rechten Fleck, aber leider neigte sie zu Übertreibungen. Was sollte ihr im Schloß des Kurfürsten, der immerhin ein Gönner ihres Onkels war, schon geschehen? Die Amme ließ sich nun einmal selten von einer fixen Idee abbringen. In diesem Punkt ähnelte sie Bernardi. Tief gruben sich Philippas Hände in die weiten Taschen ihres Umhangs, während sie dem hochnäsigen Diener folgte. Ihre Fingerspitzen berührten ein zerknittertes Stück Papier. Richtig, das war ihr in der Druckerei heruntergefallen. Sie hätte es Maria Lepper geben müssen, vermutlich enthielt es Notizen für den Unterricht, den sie für den morgigen Tag ihrer Gehilfin übertragen hatte, obschon Marias Verhalten in den letzten Tagen immer sonderbarer geworden war. Sie sprach mit kaum jemandem mehr, ihre Mahlzeiten nahm sie unregelmäßig ein, und oftmals blieb sie stundenlang verschwunden und kehrte erst gegen Abend in die Gesindestube zurück.

»Wartet hier, Herrin!« Der Diener verschwand mit seinem Kandelaber hinter einer mächtigen Eichentür. Eine Weile warteten sie angespannt. Philippa betrachtete die Wandmalereien, mit denen der kleine Vorraum von geschickten Händen einst ausgeschmückt worden war. Die Fresken zeigten Weinreben mit dichtem Blätterwerk in kräftigen Farbtönen, dazu zierliche Buschrosen und zu beiden Seiten eines Erkers zwei Edeldamen mit prächtigem Kopfputz, die ihre Nasen voller Entzücken in den roten Blüten versenkten. Ein Teil der Malereien war nur in blassen Umrissen zu erkennen. Entweder war dem Künstler die Farbe ausgegangen, oder der Kurfürst hatte aus Gründen der Sparsamkeit auf dessen weitere Dienste verzichtet.

Endlich drangen Stimmen auf den Flur hinaus. Philippa vernahm ein klägliches Stammeln, dem ein schrilles Aufheulen folgte.

»Was zum Henker ...« Philippa erschauerte.

»Laßt uns gehen, mein Herz«, zischte Roswitha ihr zu.

Im nächsten Moment wurde die Tür aufgerissen. Dem Diener hatte jemand offensichtlich eine Ohrfeige verpaßt. Anscheinend hatte er einen unverzeihlichen Fehler begangen. Mit rötlich geschwollener Wange wankte er auf den Flur hinaus und gab Philippa ein Zeichen, einzutreten. Von der Überheblichkeit des Knaben war nicht viel übriggeblieben. Als Roswitha sich anschickte, Philippa zu folgen, begann er zu schluchzen. Philippa blieb stehen.

»Roswitha, ich möchte, daß du dich von dem Jungen zum Ausgang führen läßt.«

»Aber Philippa ... ich kann doch unmöglich ...«

»Gewiß willst du es nicht verantworten, daß der Junge

heute nacht vor Schmerzen nicht schlafen kann, nur weil du so störrisch bist und mich nicht allein lassen kannst!«

Nachdem die Amme an der Seite des verheulten Pagen gegangen war, lag der Korridor einsam und verlassen vor Philippa. Nur aus der Ferne hörte sie leise Flötenmusik und das Lachen einiger Männer und Frauen.

»Ihr seid eine bemerkenswerte Frau, Jungfer von Bora!« Wolfger von Hoechterstedt lächelte einladend und bot Philippa mit einer herablassenden Geste einen Platz am Kaminfeuer an.

Die Tafelstube war ein mittelgroßer, mit rotbraunem Edelholz getäfelter Raum, dessen Fenster auf einen der vier gewaltigen Balkons hoch über dem Schloßhof wiesen. Kerzen in mannshohen Bronzeleuchtern tauchten das Gemach in ein samtenes Licht. Vor dem Kamin fiel Philippas Blick auf einen wuchtigen Eichentisch, auf dem eine stattliche Anzahl von Land- und Seekarten ausgebreitet lag.

»Ihr interessiert Euch für die Kartographie?« fragte Philippa verwundert und erhob sich aus dem Kaminsessel, um sich die mit Zinnkrügen und einer silbernen Spielzeugkanone beschwerten Rollen zu betrachten. »Ich dachte, nur Seeleute ließen sich solche Karten zeichnen.« Es war ihr unangenehm, daß der Eidgraf ihr folgte. Sie spürte, wie ihr Herz gegen ihre Rippen pochte, dabei berührte Wolfger sie nicht einmal. Er stellte sich sogar auf die andere Seite der Tafel und zog das Pergament der größten Kartenrolle glatt, damit Philippa sie besser anschauen konnte.

»Als Knabe träumte ich davon, zur See zu fahren, Jungfer von Bora. Ich verschlang jeden einzelnen Bericht über die Entdeckungsfahrten der Spanier. Über die neuen Länder, die dieser Genuese auf seiner Fahrt nach Indien fand, und über die unermeßlichen Schätze, die dort noch immer auf uns warten.« Behutsam fuhr er mit seinem Zeigefinger die kunstvollen Linien nach, während sein Gesicht einen Ausdruck annahm, als berühre er die Haut einer schönen Frau.

»Die meisten Karten, die Ihr hier vor Euch seht, ließ ich von spanischen Zeichnern herstellen. Auf der Insel Mallorca gibt es die besten Kartographen der Welt. Ferdinand und Isabella von Kastilien waren Narren, daß sie dies nicht viel früher zu nutzen verstanden. Hätte man mir ein Schiff anvertraut, ich wäre niemals gescheitert!«

»Euer Vertrauen in Eure Fähigkeiten in allen Ehren, Graf, aber ich glaube nicht, daß unsere Männer zu Seefahrern geboren sind. Die Sachsen ebensowenig wie die Hessen«, erwiderte Philippa. »Ihr kämpft gemeinsam mit dem Kurfürsten gegen Papst und Kaiser, und ich schätze, dieses Vorhaben wird Eurem Landgrafen nicht die Mittel lassen, um eine Flotte in die Neue Welt zu entsenden!«

»So, glaubt Ihr!« Wolfger schlug plötzlich so heftig mit der Faust auf den Tisch, daß seine Karten sich vor ihm wie von Geisterhand zusammenrollten. »Ihr vergeßt, welche Macht unsere gute alte Hanse einst in ihren Händen hatte. Sicherlich waren ihre Koggen nicht geeignet für eine Fahrt weit übers Meer, doch fehlte es unseren Schiffsbauern keineswegs an Kenntnissen. Aber was rede ich darüber mit einer Frau, deren einziges Interesse darin liegt, kleinen Mädchen das Buchstabieren beizubringen?«

Er schritt zum Kamin zurück und goß aus einer Kanne dampfenden Wein in zwei Becher mit eingravierten springenden Hirschen. »Oder gibt es für Eure Anwesenheit im Schwarzen Kloster Gründe, die mir bisher entgangen sind?«

»Ich trinke keinen gewürzten Wein, Graf«, entgegnete Philippa kühl. »Überhaupt wäre ich Euch dankbar, wenn Ihr mir endlich den Grund für Eure unerwartete Einladung mitteilen würdet. Immerhin habt Ihr im Namen Seiner Durchlaucht des Kurfürsten gezeichnet!«

Wolfger von Hoechterstedt stützte sich mit dem Arm auf den Kaminvorsprung und sah sie ironisch an. Sein Blick wirkte so boshaft wie der eines Falken, der bereit war, sich auf seine Beute zu stürzen.

»Ich habe Kurfürst Johann Friedrich gebeten, Euch in seinen Torgauer Hofstaat aufzunehmen, Philippa«, erklärte er mit sichtlichem Vergnügen. »Ihr dürft mir glauben, wie begeistert er und seine Gemahlin von diesem Vorschlag sind. Es tut mir leid, aber vom heutigen Tag an ist Euer Beschützer nicht mehr unser streitbarer Doktor Luther.«

Das Lachen des Eidgrafen klang Philippa schrill und bösartig in den Ohren. Zum zweiten Mal innerhalb weniger Wochen war sie von einer plumpen Intrige überrumpelt worden. Wilde Wut stieg in ihr auf. »Aber warum ... warum tut Ihr das, Graf Wolfger?» stammelte sie.

»Nun, ich glaube, daß Ihr Eure Fähigkeiten nicht als Schulmeisterin im Schwarzen Kloster vergeuden solltet. Ihr seid aus ehrbarem sächsischem Haus, wenngleich auch mittellos und von unserem Schöpfer nicht mit besonderem Liebreiz und Demut gesegnet. Doch in Zeiten, die so unsicher sind wie die unsrigen, sind gute Verbindungen wertvoller als Gold. Habe ich nicht recht?«

Nein, hast du nicht, dachte Philippa verstört. Sie hätte auf Bernardi hören sollen. Der Magister hatte sie davor gewarnt, Wolfgers Aufforderung nachzukommen.

»Wie konntet Ihr es wagen, einfach über meinen Kopf hinweg zu entscheiden?« herrschte sie den noch immer lächelnden Eidgrafen an. »Mein Onkel wird das niemals zulassen. Ich bin schließlich keine ... keine Leibeigene!«

Plötzlich sprang Wolfger auf sie zu. Der Kelch mit dem heißen Würzwein fiel zu Boden, die rote Flüssigkeit benetzte den Saum ihres Rockes. Brutal packte der Graf sie am Arm und zwang sie in einen der Kaminsessel. Dann beugte er sich über sie, so nah, daß sie nicht nur seinen Atem, sondern auch seinen blonden Bart auf ihrer Wange spürte. Angewidert versuchte sie, den Kopf zu drehen, aber Wolfger ließ es nicht zu. Mit eisernem Griff drückte er sie tiefer in das weiche Leder. Verzweifelt schnappte Philippa nach Luft.

»Ihr werdet noch lernen, Euch zu fügen und mir zu gehorchen«, hörte sie die bedrohlich sanft klingende Stimme des Eidgrafen, »weil wir beide anders sind als diese frömmelnden Narren hier in der Stadt.«

»Das glaubt Ihr nicht im Ernst!«

»O doch, Philippa«, sagte er gönnerhaft, während er mit seinem rechten Zeigefinger über ihr Kinn strich. »Auch auf die Gefahr hin, mich vor Euch zu demütigen, müßt Ihr wissen, daß ich im Innersten meines Herzens nichts weiter als eine verdammte Krämerseele bin. Mein Geschäft ist der Handel mit Nachrichten jeder Art, und dieser Handel kann mitunter recht einträglich sein. Die mühsam geknüpften Verbindungen zwischen meinem Herrn und dem Herzog von Sachsen sind im Augenblick meine bedeutendsten Aktiva. Doch wer sagt, daß es so bleiben muß? Der Markt ist launisch.«

»Darum geht es Euch also«, stieß Philippa feindselig hervor. Sie versuchte vergeblich, sich aus seinem Griff zu befreien. »Krämer und Schulmeisterin ziehen an einem Strang! Ich frage mich nur, welche Rolle Eure Ehefrau in dieser kleinen Schmierenkomödie spielen soll?«

Wolfger lachte. »Ihr verfügt wirklich über einen messerscharfen Verstand. Wie Ihr im Hause Eures Onkels sehen konntet, ist meine Gemahlin schwach und welkt dahin wie eine Mimose. Abgesehen davon ist die Verbindung mit einer Französin am Hof eines protestantischen Landesfürsten derzeit nicht besonders vorteilhaft!«

»Eure Frau leidet an Eurer eigenen Gemeinheit! Und wenn Ihr mich nicht auf der Stelle gehen laßt, werde ich …«

»Was? Den Kurfürsten wecken lassen? Dich bei deinem Onkel beschweren? Du weißt doch, daß ich über genügend Einfluß verfüge, um euch armseligen Bauern in Schmalkalden die Ernte gründlich zu verhageln. Es wäre gewiß unangenehm für deine Verwandten, wenn sie ihren Hof räumen und die Stadt als Bettelpack verlassen müßten.«

Unvermittelt ließ er von Philippa ab, richtete sich auf und strich sein glänzendes, blaues Wams über der Brust glatt. »Eure Dienerin trägt soeben eine Botschaft ins Schwarze Kloster, die Doktor Luther und sein Weib von Eurem Wunsch in Kenntnis setzt, die nächste Zeit im Schloß zu verbringen, wie es Eurem Stand zukommt.«

Mit einem eisigen Lächeln half der Eidgraf Philippa sich zu erheben und geleitete sie zur Tür. Ihre Beine zitterten, aber Wolfger tat so, als bemerke er es nicht. »Und nun darf ich Euch bitten, zu gehen! Es ist schon spät, und mein Page hat ein Nachtquartier für Euch vorbereiten lassen.«

Und zweifellos wird er dafür Sorge tragen, daß ich mich nicht von der Stelle rühre, bevor mein Onkel, Melanchthon und der Kurfürst Wittenberg verlassen haben, dachte Philippa zornig. Jeder Knochen in ihrem Leib tat ihr höllisch weh; zudem wagte sie kaum zu atmen, weil sie Wolfger nicht die Genugtuung geben wollte, sich über sie lustig zu machen. Doch sie hatte Glück im Unglück gehabt: Er hatte sie nicht vergewaltigt. Ohne den Grafen noch eines weiteren Blickes zu würdigen, schritt sie aus dem Zimmer.

Gegen Mitternacht senkte sich ein grauer Nebel über die Stadt. Am nächsten Morgen war es finster wie vor dem ersten Schöpfungstag. Als der Wagenzug des Kurfürsten sich aus dem Schloßtor schob und den aufgeweichten Weg die Collegienstraße hinunter zum Elstertor einschlug, riß mit einem Donnergrollen die Wolkendecke auf. Wind und Regen peitschten über die Dächer der Kutschen, rüttelten an den Planen der Proviantwagen und löschten die Fackeln der Berittenen, die den Zug auf beiden Flanken sicherten. Inmitten des tosenden Durcheinanders wirkte allein das prunkvolle Wappen der Wettiner auf den Türen der größten Kutsche wie ein strahlender Diamant inmitten einer Handvoll gequollener Erbsen.

»Seht zu, daß Quartiermacher den Wagen des Kurfürsten im Auge behalten«, rief Kanzler von Taubenheim dem Soldaten an seiner Seite durch den heulenden Wind zu. »Ich reite vor an die Spitze, um zu sehen, ob Doktor Luther bereits zu uns gestoßen ist!«

Luthers stabiler Kastenwagen schloß unmittelbar hinter dem Fahrzeug des kurfürstlichen Leibarztes auf, dessen gewaltige Räder den Schlamm aufwühlten und in beide Richtungen des Weges schleuderten. Widerwillig umspielte ein Lächeln die Mundwinkel des geschwächten Mannes. Mit Bedacht hatte seine Gemahlin es so eingerichtet, daß er im Windschatten des Arztes fuhr. Behutsam fuhren seine Hände den Leib hinab, bis sie die schmerzenden Stellen erreichten. Es war Wahnsinn, in seinem Zustand zu reisen, jedes Schlagloch konnte seinen Tod bedeuten, aber war die Welt nicht ohnehin dem Wahnsinn verfallen? Lauerten nicht seit Monaten an jeder Ecke, um die er bog, Teufel und Dämonen, die nur darauf warteten, ihn zu vernichten. Ein kalter Schauer rann über seinen Rücken. Draußen auf der Gasse brüllten sich die Ritter des Kurfürsten barsche Kommandos zu. Luther hob den Kopf, um aus der kleinen Fensteröffnung zu sehen, und sah den kurfürstlichen Kanzler auf seinem prächtigen Rappen auf das Stadttor zureiten. Irgend etwas schien die Fahrt zu verzögern; das Durcheinander von Landsknechten, Quartiermeistern und Fackelträgern erschwerte jedoch die Sicht auf die näherkommenden Mauern des Elsterviertels.

Ein plötzlicher Ruck ließ Luther in die Kissen seines Lagers zurücksinken. Ächzend rollte er sich auf die Seite und fürchtete, ein neuer, noch furchtbarer Schmerz könnte sich seiner bemächtigen. Doch der Schmerz blieb aus. Gott sei Dank, dachte er und stützte sich mit dem linken Ellenbogen ab, wie der Medicus es ihm geraten hatte. Aber warum, beim heiligen Benedikt, hielt die Kutsche keine hundert Schritte vor dem Tor an?

Ein paar Männer öffneten die Schläge ihrer Wagen und streckten die Köpfe in den Regen, um den Grund für den Auflauf an der Mauer zu erfahren. Von Taubenheims Pferd erreichte das von zahlreichen Lampen und Fackeln beschienene Tor zuerst. Dort empfing ihn der Stadthauptmann inmitten einer Schar von Torwächtern, die sich mit einigen Soldaten des Kurfürsten ein erbittertes Wortgefecht lieferten. Die Bewohner der umliegenden Häuser standen trotz des Wetters neugierig vor ihren Türen oder schauten aus den Fenstern der oberen Stockwerke auf die Gasse vor der Mauer. Zum Schutz vor dem Sturmwind hielten sie dicke Wolltücher über ihre Köpfe. Zwei alte Männer deuteten mit verstohlenen Gesten auf die offenen Flügel des Stadttores.

»Wie könnt Ihr es wagen, unseren Troß aufzuhalten, Hauptmann«, herrschte von Taubenheim den jungen Offizier an, der ihm in den Weg getreten war. »Eure Aufgabe ist es, die Straßen rund um das Elstertor abzusichern, damit der Kurfürst ungehindert passieren kann. Doch was treibt Ihr hier?« Mit einem Satz schwang sich von Taubenheim vom Rücken seines Rappen und maß den Wachoffizier mit einem Blick, aus dem förmlich Funken sprühten. In seinem Rücken wurden Rufe laut. Der Wachoffizier legte seinen Spieß zu Boden und hob beinahe flehend die Hände. Jedermann in der Stadt kannte von Taubenheims Härte gegenüber Soldaten, die ihrer Pflicht nicht gerecht wurden.

»Herr, bitte glaubt mir, ich … wir hatten keine andere Wahl, als den Troß aufzuhalten. Wie Ihr sagt, bin ich für die Sicherung des Elstertores verantwortlich, bis Seine Durchlaucht die Weggabelung erreicht hat und …« Der junge Mann blickte sich unsicher zu den geöffneten Torflügeln um. »Wir haben eine entsetzliche Entdeckung gemacht … draußen bei der alten Kapelle, wo die Habseligkeiten der Pestkranken verbrannt werden. Bitte folgt mir, Herr. Ich muß es Euch unbedingt zeigen!«

Der Hauptmann führte von Taubenheim durch das Tor auf die andere Seite der Mauer. »Es ist nicht weit, Herr«, versicherte er, um den Kanzler zu besänftigen. »Wir müssen nur ein Stück diesem Pfad folgen. Er führt zu ...«

»Mir ist bekannt, wohin er führt!« Ohne Umschweife stapfte der Kanzler des Kurfürsten den schmalen Pfad hinunter, der sich durch den Regen der vergangenen Nacht in einen tiefen Morast verwandelt hatte. Von Taubenheim fluchte leise vor sich hin. Er konnte sich noch gut daran erinnern, was vor vielen Jahren an diesem düsteren Ort geschehen war. Als der Nebel lichter wurde, erkannte von Taubenheim vor sich die Umrisse der alten Kreuzkapelle. Mit gerunzelter Stirn suchte er das brachliegende Feld ab. Über seinem Kopf drehten Raben ihre Kreise.

»Dort ist es damals geschehen«, erklärte der Kanzler unvermittelt. »Wißt Ihr, daß Doktor Luther an diesem Ort einst die Bannbulle des Papstes ins Feuer geschleudert hat. ›Weil du die Wahrheit Gottes verdorben hast, verderbe dich heute Gott in diesem Feuer‹. Das waren seine Worte gewesen. Ich höre sie heute noch zuweilen, ist das nicht sonderbar? Als ob der Wind sie aufgefangen hätte. Seitdem bin ich nie wieder hiergewesen.« Er bemerkte, wie der Stadthauptmann unruhig von einem Bein auf das andere trat. Verdammt, was tat er hier eigentlich? Der Wagenzug des Kurfürsten stand noch immer vor dem Tor, und er ließ sich von diesem Narren von Wachoffizier über die Felder führen. Plötzlich blieb er stehen. Der Schreck fuhr ihm durch alle Glieder. Keine zehn Schritte von ihm entfernt lag in einer Mulde ein menschlicher Körper.

»Es ist eine junge Frau, Herr. Einer meiner Türmer hat sie von der Mauer aus entdeckt.« Aufgeregt deutete der Stadthauptmann auf die Gestalt, die im Nebel wie ein Bündel schmutziger Wäsche aussah. »Eigentlich fiel ihm nur der schwache Schein einer Lampe auf.« Suchend blickte er sich um. »Da ist sie ja, aber seid vorsichtig: Das Glas ist zerbrochen!«

»Laßt doch die verfluchte Lampe in Ruhe«, knurrte von Taubenheim schroff. Mit düsterer Miene ging er neben dem reglosen Körper in die Hocke und berührte ihn leicht an der Schulter. Der Kopf der Frau sackte zur Seite, als hätte ihn lediglich ein seidener Faden auf dem Rumpf festgehalten. Ihre Augen waren weit geöffnet und in einem Ausdruck des Entsetzens erstarrt. Anklagend blickten sie auf den verwitterten Vorbau der Kreuzkapelle, der seit Menschengedenken nicht mehr benutzt wurde. Vorsichtig hob von Taubenheim den Kopf der Toten an. Während seiner Zeit als Richter hatte er hin und wieder davon reden hören, daß die Augen eines Gemordeten zuweilen das Bild seines Mörders festhielten, aber er glaubte nicht recht daran. Die Tote war ihm fremd, und dennoch ließ ihn das Gefühl nicht los, sie schon einmal irgendwo gesehen zu haben.

»Versteht Ihr nun, warum ich den Wagenzug aufhalten mußte?« vernahm er die klägliche Stimme des Stadthauptmanns. »Ich meine ... es wäre doch möglich, daß der Mörder noch immer in der Nähe umherschleicht.«

»In Gottes Namen, Ihr seid Hauptmann der Stadtwache. Also reißt Euch ein wenig zusammen. Außer uns ist hier keine Menschenseele!« Von Taubenheim nahm dem Offizier das Schwert aus der Hand und begann, mit dessen Spitze den Schlamm neben der Mulde mit der Toten zu durchsuchen. »Ein Soldat sollte an den Anblick eines Leichnams gewöhnt sein, obgleich ...« Er beendete seinen Satz nicht. Nachdenklich blickte er auf das bleiche Gesicht der Toten, das von dichten, roten Haaren umrahmt wurde, und auf den klaffenden Schnitt, der ihre Kehle buchstäblich von Ohr zu Ohr durchtrennt hatte. Mit einer raschen Bewegung zog er das Schwert aus dem Morast. Ein kleiner, blitzender Gegenstand hatte sich um die Spitze geschlungen. Vorsichtig ließ der Kanzler ihn in seine Hand gleiten. Es war eine mit Lehm verschmierte Kette, an der ein verbeultes Medaillon hing. Die Schrift auf der Umrandung war im Dämmerlicht schwer zu entziffern.

»Habt Ihr etwas gefunden, Herr?« Der Offizier trat näher, um von Taubenheim über die Schulter zu sehen. Obgleich der Regen nachgelassen hatte, rann das Wasser noch immer in wahren Sturzbächen von seinem Helm.

»Lauft zum Tor zurück, Hauptmann, und gebt unverzüglich Befehl, den Wagenzug unseres Herrn passieren zu lassen!«

»Der Kurfürst wird nach dem Grund für den unvorhergesehenen Aufenthalt fragen. Soll ich ihm von unserer Entdeckung Bericht erstatten?«

Der Kanzler schüttelte den Kopf. Die junge Frau war tot, und ihr Mörder hatte sie an genau derselben Stelle abgelegt, an der Luther einst die gefürchtete Bannandrohung verbrannt hatte. Aber rechtfertigte allein dieser Umstand bereits den Verdacht, die Tat könnte mit den Bündnisversammlungen von Schmalkalden in Zusammenhang stehen? Von Taubenheim starrte auf das Medaillon. Ihm allein hatte man die Sicherheit seines Fürsten sowie den ordentlichen Ablauf der Versammlung anvertraut, und er würde tun, was er konnte, um seiner Verantwortung gerecht zu werden. Weder Johann Friedrich von Kursachsen noch Doktor Luther durften von dem Vorfall erfahren. Nicht, solange die Verhandlungen mit Philipp von Hessen und den süddeutschen Ständen vor ihnen lagen. Der Stadthauptmann mußte wohl oder übel allein mit der Aufklärung der Bluttat fertig werden, bis sie aus dem Thüringischen zurückgekehrt waren.

»Eure Männer sollen die Tote in die Stadt schaffen, sobald der letzte Wagen vom Turm aus nicht mehr zu sehen ist«, entschied der Kanzler. Er gab dem Stadthauptmann sein Schwert zurück und steckte das Medaillon ein.

Der Offizier neigte militärisch knapp den Kopf, erleichtert, daß der kurfürstliche Kanzler ihn mit einem genauen Befehl entlassen hatte, und wandte sich um. Er hatte bereits die Kreuzkapelle hinter sich gelassen, als von Taubenheim ihm hinterher rief: »Das Schwarze Kloster!«

»Was sagt Ihr, Herr?«

»Mir ist soeben eingefallen, wo ich die Tote schon einmal gesehen habe! Es war bei Doktor Luthers Gastmahl, vor einigen Tagen im Schwarzen Kloster. Sie muß in Frau Katharinas Diensten gestanden haben.« Von Taubenheim zog das Medaillon hervor und warf es dem Hauptmann zu. »Findet die Person, der dieses Medaillon gehört. Es ist viel zu kostbar für eine einfache Magd. Folglich ...«

»... kann es nur unserem Mörder gehören«, bestätigte der Stadthauptmann mit Nachdruck und schlug in großer Eile den Weg zum Stadttor ein.

14. KAPITEL

Der Stadthauptmann ließ die Leiche der ermordeten Frau auf einem Bauernkarren in die Stadt schaffen und sorgte dafür, daß sie im Kellergeschoß des Rathauses aufgebahrt wurde. Anschließend schickte er nach dem städtischen Medicus, der ein Leibzeichen von der Toten nehmen sollte, und nach Katharina Luther. Die Lutherin identifizierte die Tote als ihre Dienstmagd Maria Lepper, doch viel mehr wußte sie dem Schreiber nicht zu Protokoll zu geben.

»Ich nehme auf meinen Eid, daß ich die Lepperin nach dem gestrigen Abendläuten nicht mehr im Hause angetroffen habe«, diktierte sie nervös, während die Totenwäscherin und der Medicus sich gemeinsam über den leblosen Körper auf der Bahre beugten und ihm zwei kleine Kupfermünzen auf die erstarrten Augen legten.

Die grausige Neuigkeit verbreitete sich in Windeseile in den Gassen. Auf dem Marktplatz steckten die Krämerinnen ihre Köpfe zusammen und rätselten darüber, wem die Magd der Lutherin draußen bei der Kreuzkapelle wohl begegnet war. Einige wollten von einem geheimnisvollen Liebhaber wissen, der das dumme Ding aus der Stadt gelockt hatte, um anschließend über sie herzufallen. Aber Liebhaber ermordeten ihre Gespielinnen für gewöhnlich nicht. Es sei denn, der Mann war von Stand und wollte sich durch sein Verhältnis mit einer Dienstmagd nicht dem Gerede aussetzen.

»Für mich ist das Teufelswerk«, verkündete eine Hafnerin aus der Töpferstraße in einem Ton, der keinen Widerspruch zuließ. »Diese Mägde sind doch vorwitziger als Amseln im Kräutergarten. Und vor dem Elstertor liegt die Feuerstelle, wo vor weniger als zehn Jahren die Kleider der Pestopfer verbrannt wurden. Welche ehrbare Frau geht nach Einbruch der Dunkelheit vor die Mauern, wenn sie es nicht mit dem Leibhaftigen hält?«

»Ich glaube, die Hafnerin hat recht«, pflichtete ihr Nachbar der Frau bei. »Einer der Torwächter ist der Sohn meiner Schwester. Von ihm weiß ich, daß die Magd fast ausgeblutet war. Keinen Tropfen Blut mehr im Leib, und von der alten Barle fehlt noch immer jede Spur. Ich werde jedenfalls in Zukunft einen großen Bogen um das Schwarze Kloster machen!«

Philippa kehrte noch am selben Abend überstürzt ins Haus ihrer Tante zurück. Sie hatte die Kurfürstin persönlich aufgesucht und um Erlaubnis gebeten, das Schloß zu verlassen. Die Fürstin, eine milde alte Dame, die ohnehin nicht wußte, was sie mit der aufgebrachten jungen Landadeligen anfangen sollte, hatte ihr sogleich Audienz gewährt und nach einem kurzen, höflichen Wortwechsel einen Diener zur Begleitung mitgeschickt.

Wolfger von Hoechterstedt ließ sich den ganzen Tag nicht blicken, und Philippa hoffte inständig, daß er gar nicht erst auf die Idee kam, sich ihr in den Weg zu stellen. Sie machte sich schwere Vorwürfe. Sie hatte genau gespürt, daß Maria sich in Gefahr wähnte, und hatte doch nichts unternommen, um herauszufinden, was ihrer Gehilfin so viel Angst einjagte. Nun war es zu spät.

In der Studierstube ihres Onkels traf Philippa nicht nur auf Katharina und Lupian, die irgendwelche Urkunden aus dem Durcheinander auf Luthers Schreibtisch heraussuchten, sondern zu ihrer Überraschung auch auf Felix Bernardi. Als er Philippa sah, erhob er sich von seinem Stuhl und maß sie mit einem besorgten Blick. Er sah krank aus. Seine Stirn glänzte wie eine Eisschicht in der Sonne.

Philippa straffte ihre Schultern und bemühte sich um einen aufrechten Gang, doch sie konnte nicht verbergen, wie elend ihr zumute war. Als Katharina sie umarmte und ihr in einer mehr ungeschickten als mitfühlenden Geste über das Haar strich, war es um Philippas Selbstbeherrschung geschehen. Sie begann haltlos zu schluchzen.

»Beruhige dich doch, Nichte«, sagte die Lutherin peinlich berührt. »Was soll Magister Bernardi nur von dir denken! Er ist eigens aus der Druckerei herbeigekommen, um uns seine Hilfe anzubieten. Gewiß, die Lepperin ist dir in der Schulstube zur Hand gegangen und war trotz all ihrer Fehler ein gottesfürchtiges Mädchen, aber es ist nicht an dir, um sie zu trauern wie die Dienstboten.« Sie wandte sich ab und ging zum Schreibtisch ihres Gemahls hinüber. »Ich habe Meister Lupian gebeten, ein Schriftstück aufzusetzen, in welchem wir uns dem Stadtrat gegenüber verpflichten, für ein anständiges Begräbnis zu sorgen. Die Kosten dafür entnehmen wir der Kasse für Arzneien und den Unterhalt der Badestube.«

»Ich danke Euch, Tante, Ihr seid wie immer äußerst großzügig«, sagte Philippa und hoffte, daß Katharina der Sarkasmus in ihrer Stimme nicht entgangen war. Dann wandte sie sich Bernardi zu, der die ganze Zeit kein Wort gesagt hatte. »Ich muß Euch sprechen. Es ist äußerst wichtig!«

Sie stiegen in die Schulstube hinauf, in der es beruhigend nach Kreide und feuchten Kleidern roch. Philippa ging zu ihrem Pult hinüber und kramte, ohne Bernardi anzuschauen, einen zerknitterten Bogen Papier aus der Innentasche ihres Umhangs.

»Erinnert Ihr Euch an den Tag, als ich Euch meinen Reuchlin in die Druckerei brachte? Dieses Stück Papier ist aus dem Buch herausgefallen. Ich habe es achtlos in meinen Beutel gesteckt, ohne mich darum zu kümmern.«

»Und warum kümmert Ihr Euch dann heute darum? Gewiß hat ihn eine Eurer Schülerinnen geschrieben. Fünf Tintenkleckse, und seht Ihr, wie die Linien zum Wortende hin dicker werden, ehe sie in einem Bogen enden? Die Schrift wurde mehrmals abgesetzt, vermutlich, weil die Schreiberin ins Stocken geriet und nicht weiterwußte.«

»Oder weil ihre Hand verletzt war und einen Verband trug«, unterbrach Philippa den Magister barsch. »Diese Zeilen stammen von Maria Lepper, und sie legte sie in mein Hebräischbuch, weil sie hoffte, daß ich sie dort sofort entdecken würde. Sie beabsichtigte mir etwas mitzuteilen, aber sie hatte Todesangst, dabei beobachtet zu werden. Seit dem Tag meiner Ankunft im Schwarzen Kloster wußte ich, daß Maria sich vor jemandem fürchtete. Zu Recht, wie sich heute herausstellte! Ich muß wissen, wer sie getötet hat!«

Bernardi hob argwöhnisch eine Augenbraue. »Laßt bitte die Finger davon, Philippa. Ihr tanzt auf mehreren Hochzeiten zugleich. Euer kleines Problem mit dem Eidgrafen von Hoechterstedt ...«

»... wird durch den Tod meiner Schulgehilfin bestimmt um kein Gran geringer!« Philippa stieg von ihrem Katheder herunter und schaute sich nachdenklich in der Schulstube um, als müßte sie hier einen Hinweis finden, der ihr weiterhalf.

»Der Brief ist in lateinischer Fraktur geschrieben, aber das wißt Ihr ja wohl selbst, Frau Schulmeisterin«, sagte Bernardi nach einer Weile. »Ich schätze, daß Ihr ihn ohne Mühe entziffern konntet.«

»Das schon, aber seinen Sinn verstehe ich beim besten Willen nicht. Ein Wolf? Ein Mensch, der seine Zunge verliert? Ich hoffte, Ihr wißt mehr Rat als ich, Bernardi.«

»Das Zitat beschreibt einen alten Volksaberglauben, der bis in die Zeit zurückreicht, in der die römischen Legionen an den Rhein vordrangen«, erklärte der Magister und betrachtete das Papier. »Eure Gehilfin hat ihn sich nicht ausgedacht, wahrscheinlicher ist, daß sie die Worte irgendwann einmal aufgeschnappt und behalten hat.«

»Aber was hat ein alter Aberglaube mit dem Schwarzen Kloster zu tun?« Philippa bemühte sich, ihre Ungeduld vor Bernardi zu bezähmen, doch es gelang ihr nicht. Die Zeit, die Bernardi brauchte, um sich Marias letzte Zeilen zu erschließen, erschien ihr wie eine Ewigkeit. Und Zeit war im Augenblick das letzte, was ihr zur Verfügung stand.

»Nun, ich fürchte, kein Mensch kann Euch heute noch mit absoluter Gewißheit erklären, was diese Worte bedeuten«, entgegnete Bernardi schließlich, »aber Ihr entsinnt Euch wohl, daß Wölfe in der römischen Tradition eine große Rolle spielen. Denkt an die Stadtgründer Romulus und Remus; der Legende nach wurden sie als Knaben von einer Wölfin gesäugt. Die Statue einer Wölfin thronte später vor dem Kapitol. Die Römer fürchteten das Tier so sehr, daß sie gar annahmen, ein Mensch könnte seine Stimme verlieren, wenn er einem Wolf begegnete und von diesem zuerst entdeckt wurde. Versteht Ihr Philippa?« Bernardi gab ihr den Brief zurück. »*Videre priores* ... die Begegnung mit einem Wolf verurteilt einen Menschen zum Schweigen.«

Philippa stellte sich ans Fenster und starrte auf die Gerüste der Zimmerleute und Steinmetze vor dem Südflügel des Hauses. Auch auf dem Hof hatte das Unwetter erhebliche Schäden angerichtet. Ein paar der grob zugehauenen Gerüstpfähle waren zusammengebrochen und knirschten im Wind wie die Überreste eines Schiffswracks. Auf dem Boden vor dem Portal hatten sich mehrere Pflastersteine gelöst.

Plötzlich bemerkte sie, wie ein Trupp Männer eilig durch das Haupttor auf den Hof ritt. Es waren etwa zehn Reiter, und sie hielten im Galopp auf den Flügel zu, in dem sich die Wohn- und Arbeitsräume ihres Onkels befanden. Der Mann an der Spitze der Abordnung schien noch recht jung. Er trug Wams und Brustpanzer der Stadtwache. An seiner Seite erkannte Philippa in einem prächtigen schwarzen Rock den Eidgrafen Wolfger, dem eine Handvoll bewaffneter Reiter folgte.

»Er verliert wahrhaftig keine Zeit«, flüsterte Philippa. Während sie in Bernardis Begleitung die Schulstube verließ, dachte sie darüber nach, ob Marias Warnung sich nur auf einen symbolischen Wolf bezog. Aber was um alles in der Welt hätte den Vertrauten des Landgrafen von Hessen dazu bewegen sollen, eine unbedeutende Magd zu ermorden? Philippa zweifelte keinen Augenblick daran, daß Wolfger skrupellos genug war, eine solche Tat zu begehen. Sollte es ein Zufall sein, daß Marias seltsames Verhalten mit der Nachricht vom Eintreffen des Grafen seinen Anfang genommen hatte?

Die unerwarteten Besucher drängten sich in Doktor Luthers Studierstube zusammen. Zu beiden Seiten des Portals hatte der Stadthauptmann seine Bewaffneten postiert. Die beiden Soldaten warfen Philippa und Bernardi einen fragenden Blick zu, ließen sie jedoch auf einen stummen Wink ihres Vorgesetzten eintreten, der die Tür im Auge behielt. Philippa holte tief Luft. Sie hatte nicht erwartet, im Arbeitszimmer ihres Onkels den halben Stadtrat vorzufinden. Sie erkannte Henricus Krapp. Angetan mit seinem kostbaren, bis zu den Knien reichenden Ratsherrenmantel und einer dicken Goldkette, stand er hinter dem wuchtigen Eichentisch des Hausherrn und wischte sich mit einem Tuch den Schweiß von der Stirn. Neben ihm redete ein hagerer, ältlicher Mann, den Philippa vage als Rektor der Universität in Erinnerung hatte, beharrlich auf den Stadthauptmann ein. Valentin Schuhbrügg und ein weiterer Diener eilten derweil mit langen Feuerstangen umher, doch obgleich sie sich abmühten, alle zur Verfügung stehenden Lampen und Kerzen zu entzünden, hatte Philippa zunächst Schwierigkeiten, in dem Zwielicht ihre Tante zu erspähen.

Was hatte dieses Aufgebot an Menschen überhaupt zu bedeuten? Hatte der Eidgraf sich wirklich nicht gescheut, mit der Stadtgarde aufzumarschieren, um sie mit Gewalt zurück ins Schloß zu befehlen? Nein, sagte Philippa sich, der Stadthauptmann hat den Auftrag, Marias Tod zu untersuchen. Zweifellos war er lediglich zu dem Zwecke erschienen, im Schwarzen Kloster notwendige Befragungen durchzuführen. Gewiß würde er mit ihr sprechen wollen, schließlich war Maria ihre Gehilfin in der Mädchenschule gewesen.

Philippas Augen streiften Bernardi, dessen geflicktes, graues Wams mit dem steinernen Bogen der Tür zu verschmelzen schien. Sie konnte nur hoffen, daß der Magister den Stadthauptmann und Graf Wolfger nicht auf den rätselhaften Brief der Lepperin hinwies.

»Nichte, wo hast du so lange gesteckt?« drang Katharinas verstörte Stimme an ihr Ohr. Mit ängstlicher Miene schob sie sich an den leise diskutierenden Männern vorbei, lächelte gequält, als sie den Eidgrafen am Ärmel berührte, und zog ihre Nichte schließlich zu den Sitznischen vor dem Fenster. Philippa fiel auf, daß ihre Tante sich umgekleidet hatte. Sie trug ein purpurrotes Kleid, das mit Gold- und Silberstickereien verziert war, und einen Schleier aus blütenweißem Leinen, der ihr Haar vollkommen verhüllte. Abgesehen von ihrem goldenen Trauring und einem schmalen Armreif hatte sie jedoch keinen weiteren Schmuck angelegt. Nie zuvor, nicht einmal anläßlich des Gastmahls vor einigen Tagen, hatte Philippa ihre Tante in derart prunkvoller Kleidung gesehen, und plötzlich begriff sie, daß die Ratsherren nicht gekommen waren, um einer einfachen Befragung der Dienerschaft beizuwohnen. Katharina Luther vertrat den Herrn des Schwarzen Klosters in einer hochoffiziellen Angelegenheit, und sie tat es mit der ganzen Autorität ihres adeligen Standes.

»Deine Amme wacht seit Stunden bei Muhme Lene in der kleinen Kammer«, flüsterte Katharina ihr ins Ohr. »Sie fühlt sich sehr schwach, der Herr allein weiß, ob sie die

Nacht überleben wird. Du solltest jetzt bei ihr sein. Und nimm Bernardi mit!«

Philippa nickte beklommen. Auch wenn sie nur zu gerne erfahren hätte, um was es hier ging, schwang doch in Katharinas Stimme ein Ton, dem man sich besser nicht widersetzte. Mit einer Handbewegung wies sie die beiden Wachen am Eingang an, zur Seite zu treten. Doch weder Philippa noch Bernardi gelang es, den Raum unbemerkt zu verlassen. Hatte der Eidgraf es auch bislang vermieden, sich ihr vor den anderen Männern und ihrer Tante zu nähern, lag es auf der Hand, daß er sie nicht so einfach durch die Maschen seines Netzes würde schlüpfen lassen. Seine Züge drückten sowohl Haß als auch Triumph aus, als er den Stadthauptmann auf sie aufmerksam machte.

»Jungfer von Bora, ich muß Euch und den Magister bitten, den Raum jetzt nicht zu verlassen«, rief ihr der junge Offizier zu. »Nicht, bevor ich meine Befragungen zum Mord an Eurer Dienerin beendet habe!«

Mit fahrigen Bewegungen bedeutete er dem Ratsherrn Krapp und den übrigen Männern im Raum, um den Schreibtisch einen Kreis zu bilden, ohne von Katharina oder Lupian, der ebenfalls anwesend war, daran gehindert zu werden. Dann ließ er sich von einem seiner Männer ein Bündel aus rot gefärbtem Flachs reichen und breitete dessen Inhalt auf dem Tisch aus.

Entsetzt wichen die Männer zurück. Mißbilligendes Gemurmel drang durch den Raum. Philippa reckte den Hals und erschrak ebenfalls. Auf dem Schreibtisch ihres Onkels lag, inmitten einiger anderer Gegenstände, eine sauber abgetrennte menschliche Hand.

»Was soll dieser Unfug bedeuten, Herr?« rief Katharina angewidert. »Ich habe Euch und dem Grafen die Räume meines Gemahls nicht zur Verfügung gestellt, damit Ihr Euren Spott mit uns treiben könnt!«

»Beruhigt Euch, Frau Katharina!« Henricus Krapp funkelte sie mit selbstgefälliger Miene an. »Es ist nicht ungewöhnlich, des Mordes Verdächtige mit Hilfe von Leibzeichen zu überführen. Wäre Doktor Luther hier, würde er Euch dies bestätigen. Ein abgetrenntes Körperteil des Opfers ist juristisch gesehen ein *Corpus delicti*, dessen Präsentation vor den Schranken eines Gerichts rechtskräftige Prozesse einleiten kann!«

Katharina setzte zu einer scharfen Erwiderung an, als Lupian begütigend seine Hand auf ihren Arm legte und Krapp entgegenhielt: »Eure Kenntnisse der Kaiserlichen Halsordnung in allen Ehren, Ratsherr, doch soweit mir bekannt ist, sind wir nicht zu einem Prozeß zusammengekommen. Dies hier ist auch weder ein Gerichtssaal noch eine Amtsstube, sondern das Arbeitszimmer meines Herrn, der sich momentan auf dem Weg nach Schmalkalden befindet. Davon abgesehen, habt Ihr noch niemanden unter Anklage gestellt, weil Ihr nicht einmal die Spur eines Verdächtigen habt. Darum möchte ich Euch bitten, der Herrin des Hauses, in welchem Ihr Gast seid, etwas mehr Respekt entgegenzubringen!«

Philippa warf dem kahlköpfigen Sekretär ihres Onkels einen erleichterten Blick zu. Wie es aussah, war Lupian in juristischen Dingen bewandert. Außerdem verstand er es, mit seiner ruhigen, ausgeglichenen Stimme, seine Gegner zu verunsichern. Trotz seiner gedrungenen Gestalt und der unsteten kleinen Augen, die niemals auf einen einzigen Punkt allein gerichtet schienen, wirkte er in öffentlichen Versammlungen achtbar und überzeugend. Henricus Krapp hingegen gehörte zu den Menschen, die ihre Macht durch spontane, wenig durchdachte Gesten zu demonstrieren suchten – und daher in der Regel scheiterten.

»Wie kommt Euer Schreiber eigentlich auf die törichte Idee, es gäbe für die Mordtat keine Verdächtigen, Frau Luther?« ließ sich plötzlich Wolfgers feste Stimme im Raum vernehmen. Mit eisiger Miene und ohne Lupian auch nur anzublicken, trat der Graf auf die Herrin des Hauses zu.

»Wie mir unlängst zu Ohren gekommen ist, hielten sich gestern während des Unwetters zwei Fremde in der Stadt auf, die sogar die Frechheit besaßen, um eine Audienz beim Kurfürsten zu bitten. Fragt Eure Nichte, wenn Ihr mir nicht glaubt!«

Philippa spürte, wie sich alle Augen auf sie richteten, und wünschte sich in diesem Augenblick verzweifelt, Valentin hätte weniger Kerzen angezündet. Sie verzog jedoch keine Miene.

»Eidgraf Wolfger«, erklärte Katharina zornig, »im Moment möchte ich lieber nicht entscheiden, ob ich die Aufmerksamkeit, die Ihr meinem Mündel seit neuestem entgegenbringt, mit Freude oder Besorgnis zur Kenntnis nehmen soll. Doch wenn Eure Bemerkung ...«

»Vermutlich wurde dem Grafen zugetragen, daß ich vorgestern auf dem Schloßhof eine kurze Begegnung mit zwei Männern hatte!« fiel Philippa ihrer Tante ins Wort. Sie wußte, daß sie Wolfger offen entgegentreten mußte, um ihm den Wind aus den Segeln zu nehmen.

»Weiter!«

»Die Reisenden fragten mich, ob es möglich sei, das höfische Zeremoniell zu umgehen, um bei Kurfürst Johann Friedrich vorzusprechen! Leider konnte ich ihnen weder Hoffnung machen noch weiterhelfen.« Philippas Hände bebten vor Anspannung, dennoch wich sie Wolfgers Blick nicht aus. Zu spät erkannte sie das triumphierende Funkeln in seinen Augen und wußte, daß sie den Fehler begangen hatte, auf seine scheinbar harmlose Bemerkung einzugehen.

»Waren die beiden Männer zufällig Juden?« fragte der Stadthauptmann. »Ein verrückter Kerl namens Josel, der sich gern Befehlshaber der deutschen Judenschaft nennt? Angeblich soll ihm der Kaiser persönlich diesen Titel verliehen haben, damit er auf Reichstagen auftreten kann, als wäre er der Abgesandte eines Fürstentums.«

»Wenn ich mich recht erinnere, so hat sich dieser Mann

auch ein paarmal schriftlich an Doktor Luther gewandt«, warf Lupian ein. »Daß er in der Stadt weilte, war mir hingegen nicht bekannt!«

»Erstaunlich, mein lieber Lupian, wo Ihr doch sonst in Wittenberg selbst die Flöhe husten hört«, brummte Ratsherr Krapp verdrossen. Er stand immer noch in gebückter Haltung hinter Luthers Schreibtisch und starrte auf die abgetrennte Hand der toten Dienstmagd, als warte er nur darauf, daß die Finger vor ihm wieder zum Leben erwachten.

»Warum sollte ein fremder Reisender meine Magd ermorden?« fragte Katharina und schlug in einer ratlosen Geste beide Hände zusammen. »Außerdem wäre Maria niemals einem Fremden vor die Stadtmauer gefolgt.«

»Vielleicht war der Mann für sie ja gar kein Fremder, Herrin!« Der Stadthauptmann reckte das Kinn und bedeutete seinem Waffenknecht, ihm von der Tafel einen der Gegenstände aus dem Stoffbündel zu reichen. Es war Zeit, fand er, das Geplänkel mit dem hochnäsigen Weibervolk im Schwarzen Kloster zu beenden und statt dessen handfeste Tatsachen sprechen zu lassen. Schließlich durfte er nicht tatenlos zusehen, wie sich der Eidgraf mit jedem Wort weiter in den Vordergrund spielte, als gäbe es in Wittenberg niemanden, der für Recht und Ordnung sorgte.

»Ich habe die Stelle, wo das arme Mädchen lag, gründlich untersucht. Der Mörder war dumm genug, etwas zurückzulassen, das ihn möglicherweise überführen wird«, sagte der Offizier und zog eine Silberkette mit einem Medaillon hervor. Die Aufregung trieb dem jungen Hauptmann die Röte ins Gesicht. Erwartungsvoll blickte er in die Runde. Erkundet die Gesichter der Menschen, hatte von Taubenheim ihm geraten. Achtet auf ihr Mienenspiel, wenn Ihr sie mit Eurer Vermutung konfrontiert. Dies hat schon so manchen Täter zu Fall gebracht.

Sein Blick fiel auf Bernardi. Der Magister wurde plötzlich bleich wie die Wand hinter ihm, auf der das Licht einer dicken Wachskerze tanzende Linien zeichnete. Ungläubig schüttelte er den Kopf, während seine Hand unter sein Wams wanderte und gleich darauf wieder zum Vorschein kam.

»Das Medaillon trägt eine hebräische Inschrift«, verkündete der Hauptmann, ohne Bernardi aus den Augen zu lassen, »daher richtete sich mein Verdacht zunächst auf die beiden fremden Juden. Auf dem Markt hält man freilich die alte Barle für die Täterin. Ich habe meine Männer angewiesen, das Viertel um St. Marien noch einmal gründlich nach der alten Hexe auf den Kopf zu stellen. Allerdings ...« Seine Stimme senkte sich zu einem verschwörerischen Wispern. »Trotz der heidnischen Zeichen auf der Umrandung gehört diese Kette zweifellos nicht der Barle!«

Philippas Herz begann vor Aufregung zu rasen. Bernardi stand nur wenige Handbreit hinter ihr, doch sie durfte ihren Kopf nicht nach ihm umdrehen.

Es konnte einfach nicht wahr sein.

Und doch war es ohne Zweifel Bernardis Kette, die der Offizier den Versammelten wie eine Jagdtrophäe unter die Nase hielt. Großer Gott, Bernardi, schoß es ihr durch den Kopf, hast du mich die ganze Zeit zum Narren gehalten?

Katharina brach schließlich das angespannte Schweigen. »Wie ich sehe, habt Ihr Euer Schmuckstück wiedererkannt, Magister Bernardi. Das Medaillon ist selten und gewiß nicht nur mir aufgefallen. Könnt Ihr uns erklären, wieso der Hauptmann Eure Kette bei der toten Maria Lepper gefunden hat?« Die Lutherin schaute Bernardi abwartend an.

Philippa entging nicht, daß ihre Augen der Strenge ihrer Worte widersprachen. Sie glaubt nicht daran, daß Bernardi die Tat begangen hat, dachte sie erleichtert.

»Ich trage dieses Medaillon seit frühester Kindheit«, gab Bernardi mürrisch zurück. »Vor einigen Tagen war ich jedoch gezwungen, es abzulegen, um den Verschluß der Kette richten zu lassen. Da ich wegen meiner Arbeit in der

Druckerei und der Bibliothek nicht gleich dazu kam, es zum Silberschmied zu tragen, verstaute ich Kette und Medaillon in meinem Kasten. Dies muß jemand beobachtet und die Sachen heimlich entwendet haben. Prüft den Verschluß der Kette, wenn Ihr mir nicht glaubt. Ihr werdet sehen, daß ich sie in diesem Zustand gar nicht hätte anlegen können!«

»Was beweist das schon?« warf der Stadthauptmann ein. »Der Verschluß kann ebensogut während Eures Kampfes mit der Lepperin Schaden genommen haben, und als es Euch schließlich auffiel, war es zu spät, um den verräterischen Schmuck zurückzuholen.«

Einige der Männer nickten, andere legten die Stirn in Falten und ließen ihre Blicke von dem blassen dunkelhaarigen Mann an der Tür über den Stadthauptmann zum Eidgrafen von Hoechterstedt wandern. Wolfger hatte die Arme über der Brust verschränkt und verfolgte die Beweisführung des jungen Offiziers mit sichtlichem Vergnügen.

»Darf ich mir das Medaillon einmal aus der Nähe ansehen?« Der alte Rektor der Wittenberger Universität hatte bis jetzt geschwiegen. Nun aber raffte er seinen voluminösen roten Mantel zusammen und machte einen Schritt auf den Stadthauptmann zu. Mit einer knappen Verbeugung ließ der Wachoffizier ihm die Kette in die offene Hand gleiten.

Der weißhaarige Mann kniff die Augen zusammen und drehte das Medaillon mehrmals zwischen Daumen und Zeigefinger. Seine Lippen bewegten sich lautlos, als rezitierten sie ein Gebet.

»Ein ungewöhnliches Stück«, erklärte er schließlich, »aber wenn mich nicht alles täuscht, weist die Gravur des Münzrandes auf den verbannten jüdischen Mystiker Reubeni hin.«

»Reubeni?« fragte Philippa und sah sich irritiert nach

Katharina um. Sie wußte mit dem Namen nichts anzufangen, doch Wolfger gab nur allzu bereitwillig Auskunft. »Wenn ich mich recht entsinne, hielt sich der Kerl für einen Heiligen oder Propheten! Vor ungefähr zwölf Jahren zog er auf einem gescheckten Pferd in Rom ein und machte Papst Clemens weis, er könne ein Heer aufstellen, das die Türken aus dem Abendland und die Sarazenen aus Jerusalem vertreiben würde. Ein Betrüger, dessen unheilvolle Lehre noch heute in so manchen Köpfen nachhallt!«

»Reubeni wurde von der Inquisition gejagt und schließlich in Regensburg verhaftet«, erklärte der Rektor. »Der Kaiser ließ ihn nach Spanien schaffen und dort an unbekanntem Ort einkerkern. Ich verstehe nicht, warum ein Medaillon mit seinem Namen ausgerechnet heute in Wittenberg auftaucht!«

»Ich könnte vielleicht darüber Aufschluß geben!« Wolfger baute sich so nah vor Bernardi auf, daß die Knöpfe ihrer Röcke sich berührten. »Der Betrüger Reubeni hatte einen Sohn, der damals unbemerkt aus Regensburg fliehen konnte. Der Knabe gilt seitdem als verschollen, doch Magister Bernardi kann uns bestimmt sagen, was aus ihm wurde, nicht wahr?«

Bernardi rührte sich nicht von der Stelle. Er wirkte abwesend, als schiene er die Gefahr gar nicht wahrzunehmen, in der er sich befand. Ein paar Momente vergingen, ehe er den Kopf in Katharinas Richtung wandte und sagte: »Es ist wahr, Herrin. Mein Vater hieß David Reubeni.«

»Aber Bernardi, wie konntet Ihr uns das verheimlichen? Seid Ihr … «

»Getauft?« fragte der Magister spöttisch. »Keine Sorge. Ich ließ mich bereits vor zehn Jahren taufen, nachdem mir die ersten Schriften von Doktor Luther in die Hände gefallen waren. Hier in Wittenberg versuchte ich, dem Geist der neuen Lehre näherzukommen.«

»Der neuen Lehre oder den Männern, die sie verkünden?« Der Eidgraf verzog sein Gesicht zu einem Lächeln, das Philippa einen Schauer über den Rücken jagte. Woher hatte er über Bernardi Bescheid gewußt, noch ehe der Stadthauptmann seine Karten auf den Tisch gelegt hatte?

»Was soll diese Bemerkung bedeuten?« fragte Lupian. »Doktor Luther hat in den vergangenen Jahren etliche Konvertiten unterstützt, aber ich bin davon überzeugt, daß weder er noch Herr Melanchthon über Magister Bernardis Herkunft im Bilde waren.«

»Möglich, Schreiber. Allerdings glaube ich, daß hier ein Mann vor uns steht, der alles tun würde, um seinen Vater aus der spanischen Kerkerhaft zu befreien. Sagt selbst, was geschähe, wenn Doktor Luther und Melanchthon noch vor dem Konzil sterben würden? Etwa durch einen Giftanschlag? Wäre das nicht ein grandioser Sieg für das Lager des Kaisers und gleichsam das Ende unseres mühsam erkämpften Waffenbündnisses?«

Katharina erbleichte. Ungläubig starrte sie in die Flamme der großen Lampe und rief sich das von Schmerzen entstellte Gesicht ihres Mannes in Erinnerung, die Krämpfe, die ihn seit Wochen schon plagten und die ungesunde Farbe seiner Haut. Dann fiel ihr auch noch das Pamphlet ein, das an der Eingangstür ihres Hauses befestigt worden war: die Reichsacht – eine deutliche Todesdrohung.

»Glaubt mir, Frau Katharina, ich habe den Doktor immer verehrt«, beteuerte Bernardi leise. »Auch wenn nicht alles, was er sagt und denkt, meine Billigung findet, würde ich niemals einen Anschlag auf sein Leben führen. Und mit dem Tod der Lepperin habe ich schon gar nichts zu tun. Herr Melanchthon wird bezeugen, daß ich seine Scholarenstube während der Sturmnacht kein einziges Mal verlassen habe, weil ...«

»Schweigt, Bernardi«, fiel der Stadthauptmann ihm ins Wort. »Wir haben genug gehört!« Barsch wies er einen seiner Waffenknechte an, den verdächtigen Magister in die

Kellergewölbe des Rathauses, den sogenannten Caspar, zu schaffen und dort in Ketten zu legen.

Die Ratsherren schwiegen betreten. Um so überraschter war Philippa, als ihre Tante den Offizier plötzlich am Arm zurückhielt. »Euer Gefangener ist als Bibliothekar Angehöriger der Wittenberger Universität. Folglich untersteht er, solange über Schuld oder Unschuld nicht entschieden ist, deren Gerichtsbarkeit und nicht der Euren. Habe ich nicht recht, Rektor?«

Katharina wartete die Bestätigung des alten Mannes nicht ab, sondern verfügte mit fester Stimme, den Magister bis zur Rückkehr Melanchthons aus Schmalkalden in einem Raum des Schwarzen Klosters unter Hausarrest zu stellen. Der Stadthauptmann protestierte zwar wütend, doch nach einigem Hin und Her mußte er sich geschlagen geben und trat den Rückzug an. Auch der Eidgraf entfernte sich, nicht ohne Philippa und ihrer Tante einen düsteren Blick zuzuwerfen. Diese Niederlage würde er nicht einfach so auf sich beruhen lassen.

»Frau Katharina«, hob Bernardi nach einigen Momenten des Schweigens dankbar an. Er wurde jedoch von der Lutherin so jäh unterbrochen, daß er erschrocken zusammenzuckte. »Ich habe Euch geholfen, weil ich nicht glaube, was der Eidgraf behauptet. Aber ich werde Euch niemals verzeihen, daß Ihr mir und dem Doktor Eure Herkunft verschwiegen habt. Tretet mir besser nicht mehr unter die Augen!«

Philippa fand Wolfger von Hoechterstedt im Hof, als er Anstalten machte, sich auf den Sattel seines Pferdes zu schwingen. Ohne zu zögern, riß sie dem verdutzten Stallknecht die Zügel des edlen Tieres aus der Hand.

»Seid Ihr verrückt geworden?« schrie der Eidgraf sie an. Er hatte Mühe, auf seinem Pferd die Balance zu halten. »Gebt mir sofort die Zügel, oder Ihr werdet es bereuen!«

»So wie Bernardi es nun bereut, Euch in die Quere gekommen zu sein? Woher wußtet Ihr über seinen Vater Bescheid?« Verächtlich warf sie ihm die Zügel zu.

Wolfger fing sie mit einer Hand auf. Augenblicklich gewann er seine stolze Haltung zurück. »Ihr kennt mein Geschäft, werte Philippa«, erklärte er herablassend. »Nachrichten, Verträge, Gerüchte … Erinnert Ihr Euch? Und nun bringt gefälligst Eure seltsame Gehilfin unter die Erde, damit Ihr ins Schloß zurückkehren könnt!«

Ärgerlich machte Philippa einen Schritt zur Seite, um nicht von dem Rappen des Stadthauptmanns, der in wildem Galopp auf das Tor zuhielt, zu Boden gerissen zu werden. Der Offizier war ein richtiger Flegel, fand sie, doch wenigstens fühlte sie sich im Hof ihrer Verwandten, wo jeder sie sehen konnte, Wolfgers Annäherungsversuchen nicht so hilflos ausgeliefert wie in den unheimlichen Räumen der kurfürstlichen Residenz.

»Meine Tante fürchtet Eure Drohungen nicht, Eidgraf«, sagte sie betont ruhig. »Die Lutherin ist eine starke Frau. Und was mich betrifft, so wüßte ich nicht, warum ich mich auf Eure Geschäfte einlassen sollte!«

Wolfger lachte. Es war ein boshaftes, heimtückisches Lachen. Unsanft zog er die Zügel straff, beugte sich jedoch unvermittelt noch einmal zu Philippa herunter und flüsterte ihr ins Ohr: »Weil meine Geschäfte Euch eventuell helfen könnten, Euren erbärmlichen Gutshof in Lippendorf zurückzubekommen. Nebenbei bewahren sie vielleicht auch den törichten Magister mit seinem hebräischen Medaillon vor dem Richtblock. Denkt einmal darüber nach, meine Liebe!«

15. KAPITEL

Die ersten Nachrichten aus Schmalkalden erreichten Wittenberg in den frühen Abendstunden des folgenden Tages. Katharina Luther empfing sie mit gemischten Gefühlen, da der Bote, ein halbwüchsiger Kurierreiter, auf den Gesundheitszustand ihres Gemahls nur mit dürren Worten und überdies äußerst ausweichend einging. Sie erfuhr lediglich, daß der Medicus des Kurfürsten einen Steinschneider aus Waltershausen bestellt hatte, der eine Herberge nahe Luthers Quartier beziehen sollte.

Nachdem Philippa ihm einen Teller gebratene Hühnerleber und einen Becher Wein vors offene Feuer gestellt hatte, wurde der Bote gesprächiger. Kauend berichtete er von den ersten Verhandlungen zwischen dem Landgrafen von Hessen und ihrem Herrn, Kurfürst Johann Friedrich, die in einem heftigen Wortgefecht endeten, als der Sachse erfuhr, daß Landgraf Philipp ohne Wissen des Bundes die Wiedereinsetzung Herzog Ulrichs von Württemberg betrieb und zudem engen Kontakt mit Herzog Georg, einem erklärten Feind der Reformation, pflegte. Doch auch die Schmalkaldischen Artikel, an denen Luther auf Wunsch seines Landesherrn so eifrig gefeilt hatte, gaben reichlich Anlaß zum Disput.

»Auf der gesamten Tagesordnung steht kaum ein Punkt, über welchen die Herren sich nicht in die Haare kriegen«, bemerkte der junge Kurier und zuckte die Achseln. »Ich wollte es ja selbst kaum glauben, aber Melanchthon und

Philipp von Hessen tun alles, um die Besiegelung der Bekenntnisformel hinauszuzögern. Unter diesen Umständen können sich die Verhandlungen noch über Wochen hinziehen.«

»Ich ahnte schon, daß Melanchthon mit verschiedenen Punkten der Formel nicht zufrieden ist«, sagte Katharina nachdenklich, »aber welchen Grund könnte der Landgraf von Hessen haben, meinem Gatten so kurz vor dem Konzil der Päpstlichen in den Rücken zu fallen?«

Der Bote rückte seinen Sessel näher ans Feuer und blickte einige Momente abwesend in die Glut. Dann sagte er: »Niemand kennt den wahren Grund, Herrin. Aber im Lager der Ritter gehen Gerüchte über eine Annäherung des Landgrafen an die Partei des Kaisers um. Ihr wißt wohl selbst, welche Folgen ein Bündnis zwischen diesen beiden haben könnte?«

Katharina fragte nicht weiter. Schweigend wies sie die Magd mit dem Weinkrug an, den Becher des Kuriers nachzufüllen.

»Ist Wolfger von Hoechterstedt bereits in Schmalkalden eingetroffen?« erkundigte sich Philippa.

Der Kurierreiter quittierte ihre Frage mit finsterem Nicken. »Er kommt sich furchtbar wichtig vor, steckt seine Nase in jede Angelegenheit und diktiert Tag und Nacht Briefe. Seine Pagen tun mir leid. Er traktiert sie fürchterlich. Vor zwei Tagen sah ich, wie sie einen der Knaben blutüberströmt aus dem Zelt des Eidgrafen schleppten!«

Für Philippa stand fest, daß Wolfger seinen Einfluß auf den hessischen Landgrafen nutzte, um seine eigenen Pläne zu verfolgen. Gewiß hatte er heimliche Nachforschungen angestellt und war dabei auf die alte Fehde zwischen den sächsischen Häusern von Bora und Medewitz gestoßen. Ebenso auf Philippas Vertreibung aus Lippendorf. Dieser Umstand mußte sie in seinen Augen äußerst verwundbar machen. Darüber hinaus zweifelte sie nicht daran, daß ein Mann wie Eidgraf Wolfger skrupellos genug war, selbst mit ihrer intriganten Schwägerin fertigzuwerden.

Aber hatte er deswegen auch zwangsläufig etwas mit dem Mord an der Lepperin zu tun? Konnte er wirklich der Wolf sein, vor dem sie sich gefürchtet hatte?

Vor langer Zeit, so erinnerte sich Philippa, war in Lippendorf die Geschichte eines Mannes umgegangen, den Ehrgeiz und ein unbändiger Drang nach Wissen angeblich zu einem Pakt mit dem Leibhaftigen verführt hatten. Niemand wußte, was aus dem Mann geworden war, man vermutete jedoch, daß er einen hohen Preis für seinen Pakt hatte entrichten müssen. Sollte Philippa, nur um Rache an Sebastian und Abekke zu nehmen, einen ähnlich hohen Preis in Kauf nehmen? Ihre Seele für einen kurzen Augenblick des Triumphs in Gefahr bringen?

Nachdem der Bote aus Schmalkalden das Haus verlassen und Katharina sich in ihre eigenen Gemächer zurückgezogen hatte, beschloß Philippa, die Abwesenheit des Eidgrafen zu nutzen und sich selbst auf die Suche nach Spuren des Verbrechens zu begeben.

Was Felix Bernardi anging, so fühlte sie seit einigen Tagen, sobald sie an ihn dachte, einen feinen Stich tief in ihrem Herzen. Dieses Gefühl ängstigte sie mehr als ihre Selbstzweifel oder die frechen Anzüglichkeiten des Eidgrafen, denn sie war nicht in der Lage, es zu deuten. Es schien auf der Hand zu liegen, daß Bernardi das Vertrauen ihrer Verwandten mißbraucht hatte, doch war bis zu dieser Stunde irgend jemanden im Hause auch nur in den Sinn gekommen, den Magister nach den Gründen für seine Heimlichkeiten zu fragen?

»Wenn ich geahnt hätte, daß Ihr mich im Morgengrauen vor die Tore lockt, wäre ich niemals mitgekommen, Philippa!«

Mißmutig trieb Roswitha einen dünnen Holzstab in die Erde des Feldes. Während der Nacht hatte sich eine dünne Eisschicht über dem Lehmboden gebildet.

Die Amme hatte geglaubt, Philippa zu Cranachs Apotheke zu begleiten, um einige Arzneien für die erkrankte Muhme Lene zu bestellen. Doch dann hatte ihr Ziehkind völlig unerwartet den Weg Richtung Stadtmauer eingeschlagen. Die beiden Torwächter hatten einen verschlafenen Eindruck gemacht und gar nicht erst gefragt, was die beiden Frauen kurz nach Sonnenaufgang schon jenseits der Stadtmauern zu suchen hatten.

Fragend beobachtete die Amme, wie Philippa gemessenen Schrittes die halb verfallene Kreuzkapelle umrundete. Ein eisiger Wind wehte über die einsamen, nebelverhangenen Felder. Roswitha fror, daß ihr die Knochen weh taten, und wünschte sich auf ihre Bank in der Küche des Schwarzen Klosters zurück. Ja, sogar die Krankenstube der Muhme erschien ihr in dieser Stunde um etliches einladender als diese Einöde, in der vor nicht allzu langer Zeit ein Mensch sein Leben ausgehaucht hatte.

»In wenigstens einem Punkt hat der Stadthauptmann die Unwahrheit gesagt«, erklärte Philippa plötzlich und machte einen großen Schritt über eine Wasserlache hinweg. Sie trug einen langen Rock aus grober, roter Schurwolle und über der Leinenbluse ein zu weites Wams aus gefüttertem, gelbem Taft.

»Tatsächlich?« fragte Roswitha nur scheinbar interessiert. »Sagt bloß, Ihr habt schon etwas gefunden?«

»Nein, aber darauf will ich ja hinaus. Der Hauptmann hat von einem Kampf zwischen Bernardi und Maria Lepper gesprochen, hier sind jedoch nirgendwo Spuren eines Kampfes zu sehen. Das Gras ist nicht zertreten, und die einzigen Fußspuren, die der Regen nicht verwischt hat, stammen von den Männern, die Maria auffanden und fortschafften.«

»Aber sie kann doch nicht hierher geschwebt sein, ohne den Boden zu berühren?« murmelte die Amme und riß plötzlich die Augen auf. »Oder etwa doch?«

Philippa ließ die Amme stehen und lief noch einmal zur Kapelle hinüber. Irgendwann einmal hatte das kleine Gotteshaus bunte Fensterscheiben und eine Tür besessen, doch von beidem war nicht mehr viel erhalten. Der Wind rüttelte am Gebälk des verfallenen Gebäudes und trieb Sand und Strauchwerk in sein Inneres. An der Schwelle blieb Philippa stehen und bückte sich. Ein Boden mit Fußabdrücken ist wie ein beschriebenes Stück Pergament, dachte sie. Wir müssen nur fähig sein, die Schrift zu entziffern.

»Hier hat Maria gestanden, direkt vor der Kapelle!« Sie ging in die Knie und zog mit dem Finger einen Kreis um den größten Abdruck. Roswitha trat von hinten an sie heran und spähte ihr zweifelnd über die Schulter.

»Auf dem Kornfeld hätte man sie von der Brustwehr der Mauer aus sehen müssen, doch sie ist keinem der Türmer aufgefallen. Auch nicht, als sie die Stadt verließ. Ich vermute, sie hat auf dem Freihof übernachtet, um keine Schwierigkeiten am Tor zu bekommen!«

»Zumindest scheint es so«, gab Roswitha widerstrebend zu.

»Maria muß ihren Mörder erwartet haben, denn sie wandte dem Eingang ihren Rücken zu. Siehst du die Spur? Diesen Fehler bezahlte sie mit ihrem Leben, denn der Mann, mit dem sie sich treffen wollte, war bereits vor ihr angekommen und überraschte sie aus dem Hinterhalt.«

Roswitha zog fröstelnd ihr Wolltuch über der Brust zusammen. Mißtrauisch starrte sie auf das gähnende schwarze Loch in der Kapellenwand, als befürchtete sie, der Mörder könnte sich noch immer dahinter verstecken. Schließlich räusperte sie sich: »Wahrscheinlich war es so, wie Ihr sagt, mein Kind. Die Magd wurde nicht auf dem

Feld, sondern vor dem Gotteshaus getötet. Ein Sakrileg, vor dem jeder wahre Christenmensch erschaudern müßte! Aber wie soll das unserem Prediger weiterhelfen? Ich meine, er könnte es doch trotzdem gewesen sein, der sich im Morgengrauen hier mit der Magd verabredete. Und wenn es wahr ist, was sie in der Stadt sagen, daß er ein verrückter Mystiker ist, der vom Kaiser dafür bezahlt wird, Euren Onkel mit Gift aus dem Weg zu räumen, so hat die Lepperin vielleicht von seinen Plänen Wind bekommen, und er mußte sie zum Schweigen bringen, ehe sie ihn verraten konnte. Doch warum hatte er sein Opfer nicht in die Elbe geworfen, um es zu beseitigen? Warum ließ er die Leiche bei der verlassenen Kreuzkapelle liegen? Er hätte doch damit rechnen müssen, daß der Wagenzug des Kurfürsten die Lepperin jenseits der Mauern entdeckte.«

Philippas Stirn umwölkte sich; ihre Amme sprach genau das aus, was die Stadtväter und selbst Katharina für bare Münze nahmen. Folgte man deren Theorie, so ergab selbst das unheimliche Pamphlet an der Klostertür einen gewissen Sinn. Allerdings war Philippa davon überzeugt, daß Maria es gewesen war, die das Pergament angenagelt hatte. Die blutverschmierten Abdrücke auf dem Papier deuteten nicht auf die groben Hände eines Mannes hin. Außerdem hatte der Lärm jener Nacht fast alle Bewohner des Westflügels, einschließlich der Gesindestuben, in den Hof gelockt. Allein die Lepperin hatte sich nicht blicken lassen.

In Philippa wuchs das beklemmende Gefühl, daß Marias Mörder mit ihr und sämtlichen Bewohnern des Schwarzen Klosters ein teuflisches Spiel spielte. Es gab nur eine Möglichkeit, der mörderischen Fährte zu folgen. Philippa mußte mehr über Maria Leppers Vergangenheit in Erfahrung bringen und beten, daß ihr dies gelang, ehe ihr Onkel und der Kurfürst aus Schmalkalden zurückkehrten, um Bernardi den Prozeß zu machen.

»Was habt Ihr nun vor?« fragte Roswitha.

Philippa schaute nachdenklich über die Felder. »Wir sollten zum Rathaus gehen und dem Stadtschreiber einen Besuch abstatten!«

»Dem Stadtschreiber? Wie um alles in der Welt soll der Euch weiterhelfen können? Glaubt Ihr etwa, der Mörder habe seine Tat zu Protokoll gegeben?«

»Wer weiß das schon«, antwortete Philippa freundlich.

Das prächtige Rathaus von Wittenberg lag fast ebenso in Nebel getaucht wie die Felder vor den Toren der Stadt. Auf dem Weg über den Marktplatz begegneten Philippa und Roswitha nur wenige Menschen. Ein Bauer trieb mit seinem Knecht ein paar Kühe vom nahen Viehmarkt in Richtung Stadttor. Der plötzliche Kälteeinbruch hielt jeden, der nicht unbedingt auf die Straße mußte, in seinen eigenen vier Wänden. Ein schlechter Tag, um Handel zu treiben.

Der Stadtschreiber war ein großer, kräftiger Mann mit entschlossenen Gesichtszügen. Er empfing Philippa mit sichtlichem Unbehagen. »Was kann ich für Euch tun, Jungfer?« Nervös kramte er in einem Stapel Blätter. Eine mit Nägeln an die Wand geheftete Pergamentrolle über seinem Kopf trug in roter Farbe den passenden Schriftzug *carpe diem.* Nutze den Tag.

»Die ermordete Maria Lepper stand als Gehilfin der Mädchenschule in meinen Diensten«, antwortete Philippa mit höflicher Distanz. »Ich habe einige Gegenstände aus ihrem Nachlaß in Verwahrung genommen. Selbstverständlich müssen diese nun ihren Hinterbliebenen zugeführt werden.«

»Um was für … Gegenstände handelt es sich?« Der Schreiber atmete geräuschvoll aus. »Es geht das Gerücht um, die Lepperin habe zusammen mit der Alten aus der Kupfergasse Teufelsanbetung und Schwarze Magie betrieben. Ich hoffe also, ihre Gegenstände …«

»Wo denkt Ihr hin?« Philippa schnitt dem Mann in gespielter Empörung das Wort ab. »Ich habe meiner Gehilfin einige Lehrbücher geschenkt. Außerdem sind da noch zwei, drei Briefe, die ich ihrer Familie schicken möchte. Da meine Tante sich jedoch nicht an den Namen des Ortes erinnert, aus dem Maria stammte, möchte ich Euch bitten, in den Registern nachzuschlagen. Ich nehme an, die Ankunft der Lepperin in Wittenberg wurde ordnungsgemäß vermerkt?«

Der Stadtschreiber warf Philippa einen wütenden Blick zu. Ordnungsgemäß vermerkt! In seiner Stadt ließ sich kein Mensch, ob Patrizier oder Dienstmagd, nieder, ohne in die entsprechenden Steuerlisten eingetragen zu werden. Wortlos ging der Mann in den angrenzenden Aktenraum und kehrte wenig später mit zwei dicken Büchern zurück, die er vor Philippa auf den Schreibtisch fallen ließ.

Er mußte nicht lange blättern. Bereits auf der vorletzten Seite des Jahresregisters per Anno 1536 fand er den gesuchten Eintrag.

»Eure Lepperin kam nach Mariä Himmelfahrt nach Wittenberg. Drei Tage nach ihrer Ankunft wurde sie der Gemahlin unseres verehrten Herrn Doktor Luther anempfohlen, die sie in ihre Dienste nahm!«

»Ihr sagt, sie wurde meiner Tante anempfohlen?« rief Philippa aufgeregt.

Der Stadtschreiber schnaubte verärgert auf und spähte demonstrativ auf die nahe Turmuhr der Marienkirche. »Nicht ich sage es, sondern das Register, junge Dame. Hier steht, daß Henricus Krapp höchstpersönlich das Mädchen ins Schwarze Kloster schickte. Aber darüber hättet Ihr auch Eure Tante befragen können. Ich habe weiß Gott keine Zeit für Auskünfte dieser Art!«

Philippa nahm ihren Umhang von der Stuhllehne und faltete ihn ordentlich über ihrem Arm. Tief in Gedanken wandte sie sich um und ging zur Tür. Plötzlich blieb sie stehen. »Ihr habt mir noch nicht gesagt, aus welchem Ort die Lepperin stammte.«

Der Stadtschreiber seufzte wieder. »Soweit mir bekannt ist, lebte das Mädchen in Rauhfeld, einem Marktflecken unweit von Magdeburg. Sie war jedoch keine Hörige, sonst hätte man ihr gewiß keinen Geleitbrief ausgestellt.«

Philippa bedankte sich hastig und wollte die Kanzlei verlassen, als der Schreiber ihr mit fester Stimme nachrief: »An Eurer Stelle würde ich mir keine Umstände wegen einiger Bücher und Briefe machen, Jungfer. Rauhfeld ist ein finsteres, kleines Nest. Würde mich wundern, wenn dort außer dem Pastor und dem Dorfvorsteher auch nur eine einzige Seele lesen könnte.«

»Dieser Schreiber hätte Totengräber werden sollen«, erklärte Philippa verdrossen, als sie vor dem Rathaus wieder mit Roswitha zusammentraf. Feiner Nieselregen benetzte ihr Gesicht und kühlte ihre erhitzten Wangen. »Sein verstaubtes Register war weitaus gesprächiger als er selbst!«

»Ihr habt aber auch manchmal eine Art, den Menschen auf die Nerven zu fallen!« erwiderte die Amme gleichmütig. Sie lief ein Stück voraus und sah sich die Auslage einer Bretterbude an, hinter der eine junge Frau mit geschwollenen Händen Bürsten und Besen feilbot. Die Frau schien hochschwanger zu sein; sie atmete angestrengt und hielt sich in ihrem Verschlag nur mühsam auf den Beinen. Eine grobe, karierte Decke war ihr einziger Schutz vor der beißenden Kälte. Doch selbst diese hing in Fetzen von ihren Schultern herab. Vermutlich schärften sich sämtliche Katzen der Nachbarschaft an der Wolle ihre Krallen.

»... für zwei jämmerliche Bürsten aus Roßhaar?« vernahm Philippa plötzlich Roswithas wütenden Protest. »Ich will nicht deinen ganzen Stand kaufen!«

»Gib ihr, was sie für zwei Bürsten haben will«, sagte

Philippa entschieden. »Und nimm noch einen Besen dazu. Ich habe selten Besen von so guter Qualität gesehen!«

Ein Gefühl hilfloser Traurigkeit überfiel sie, als sie an das kleine Kind aus der Hütte der Barle dachte. Wo mochte der Junge jetzt wohl sein? Warum fragte sich in der ganzen Stadt kein Mensch außer ihr, ob es ihm gutging? »Nichts paßt zusammen«, flüsterte sie gedankenverloren. »Überhaupt nichts!«

Vor der Begräbniskapelle, einem unscheinbaren Backsteingebäude mit einem schlanken, achteckigen Türmchen, stand ein hagerer Mann und rezitierte vor einer stattlichen Schar frierender Männer und Frauen aus einem schmalen Büchlein. In regelmäßigen Abständen reckte er den Hals und hob warnend seinen dürren Zeigefinger. Seine schlohweißen Haare fielen ihm wie frischer Schnee über die knochigen Schultern.

»So frage ich euch, meine Brüder und Schwestern, werdet ihr am Tag eurer Heimsuchung glauben? An dem großen Tag, da die Erde zusammengerollt werden wird wie eine Buchrolle und die Elemente vor glühender Hitze schmelzen werden?«

Philippa blieb stehen und hob die Hand, um Roswitha, die sich mit ihren Bürsten durch das Gedränge kämpfte, auf sich aufmerksam zu machen. Der Prediger starrte sie einige Herzschläge lang irritiert an, dann fuhr er fort: »Ihr behauptet, zum Glauben an das erlösende Wort des Allmächtigen gefunden zu haben. Ich aber frage euch, wie wollt ihr euch vor der Sünde schützen, die wie ein übler Pesthauch eure Stadt zu vergiften droht? Wie wollt ihr das Böse von euren Stuben und Ställen fernhalten und die Zauberer und Mörder aus eurer Mitte stoßen, wenn ihr nicht erkennt, wo die Wurzel des Übels zu finden ist?«

Der Prediger klappte sein Gebetbuch zu und schloß die Augen. Sein Körper bewegte sich im Wind hin und her wie eine Weizenähre. Plötzlich öffnete er die Augen, und wieder traf sein Blick Philippa.

»Doktor Luther hat gelehrt, daß wir dem Zauber- und Hexenwesen nur dann Herr werden, wenn wir die Figuren und Bildnisse derer aus unseren Kirchen verbannen, die vom Papst über die wahre Gemeinschaft der Heiligen gestellt wurden!« Beschwörend hob der Prediger beide Arme. »Befreit euch von ihnen, meine Brüder und Schwestern! Denn die Verehrung eines Heiligen wird euch an jenem nahen Tag des Gerichts nicht anders ausgelegt werden, als wenn ihr einen Zauberer besucht oder eine Hexe auffordert, euch durch ihre Beschwörungen und Formeln beizustehen. Eines ist so töricht wie das andere. Verbannt den eitlen Aberglauben aus eurem Leben, den euch die geldgierigen Priester und Legaten aufzwangen, und ihr werdet das Unheil aus euren Mauern treiben!«

Zustimmendes Geflüster breitete sich aus, wie die Wellen eines Sees, in den man einen Stein geschleudert hatte. Einige der Umstehenden hatten die Hände gefaltet und neigten demutsvoll den Kopf. Andere tuschelten aufgebracht mit ihren Nachbarn. Fäuste schlossen sich um Stöcke, Werkzeuge oder Henkelkrüge. Philippa beobachtete, wie zwei Frauen sich Tränen aus den Augen wischten und dem hageren Mann ehrfurchtsvoll nachblickten, bis er in der alten Kapelle verschwunden war.

»Irgendein Unheil liegt in der Luft«, flüsterte Roswitha angsterfüllt. »Ich kann's förmlich riechen. Straßenpredigten gibt es hier zwar an jeder Ecke, aber der bleiche Kerl«, sie deutete auf die schmale Eichenpforte, »machte ein Gesicht, als wollte er die Menschen auf das Jüngste Gericht vorbereiten!«

Philippa schaute sie betroffen an. Der Prediger hatte die Verehrung von Heiligen mit Hexerei und schädlichem Aberglauben verglichen. Die Figur der heiligen Katharina stand seit Philippas Ankunft in Wittenberg in ihrer

Kammer im Schwarzen Kloster. Was würde mit ihr geschehen, wenn eine aufgebrachte Menge ausgerechnet im Lutherhaus die Statue einer geschmähten Heiligen entdeckte?

Das Getrampel von Pferdehufen und harsche Männerstimmen holten Philippa unvermittelt aus ihren Gedanken. Verwirrt drehte sie sich um und erkannte eine Gruppe von Reitern der Stadtwache, die bis an die Zähne bewaffnet waren. Die Männer schlugen den Weg zum Elbviertel ein. Rücksichtslos preschten sie an den Buden der Krämer vorbei und traten mit ihren Stiefeln gegen Körbe und Krüge, die auf dem harten Pflaster in tausend Stücke zerschellten. Die Menschen, die noch eben zitternd den Worten des Kapellenpredigers gelauscht hatten, nahmen die Beine in die Hand und folgten den Berittenen, so rasch sie konnten.

»Im Zunfthaus der Silberschmiede muß etwas geschehen sein«, hörte Philippa einen Mann von seinem Kutschbock herunterrufen. »Bleibt lieber zurück, Frau!«

Philippa kümmerte sich nicht um die Warnung des Kutschers. Sie mußte sehen, was jenseits der Kirche vor sich ging. Eilig umrundete sie die verwaiste Baugrube und bog, um den Weg zum Zunfthaus abzukürzen, in die enge Gasse der Blechschläger ein. Das aufgebrachte Geschrei der Stadtbewohner, die Rufe der Wachsoldaten und das Schnauben der Pferde dröhnten in Philippas Ohren wie das Grollen eines einzigen wilden Tieres.

Als sie den kleinen Platz vor dem Zunfthaus erreichte, hatte sich bereits eine lärmende Menge dort eingefunden. Mit klopfendem Herzen beobachtete sie, wie zwei Stadtwächter einen dicken Stamm wie einen Rammbock gegen die massive Tür jagten. Die dumpfen Schläge erschütterten nicht nur das splitternde Holz, sondern hallten auch von den Wänden der angrenzenden Häuser wider.

Eine Hand legte sich über Philippas Arm. Erschrocken

drehte sie sich um und blickte in das besorgte Gesicht ihrer Amme.

»Die Stadtwachen stürmen das Zunfthaus!« flüsterte Philippa. Entsetzt deutete sie auf die hohen Giebel und Kamine, die aus dem Nebel wie Baumstämme in den Himmel ragten. Im obersten Geschoß, das direkt unter dem Dach lag, wurde ein Fenster aufgestoßen, und für einen bangen Moment richteten sich zwei zu Schlitzen verengte Augen auf das gaffende, lärmende Volk auf der Gasse.

»Die Barle!« kreischte eine Stimme hinter Philippa. »Es ist also wahr! Diese Hexe hat sich im Haus der Silberschmiede verkrochen!«

Jäh wurde das Fenster zugeschlagen. Philippa versuchte, sich aus dem Menschenstrom zu befreien, der unbeirrbar nach vorn zur Treppe drängte, doch es war vergeblich. Ohne daß sie etwas dagegen tun konnte, wurde sie mitgerissen. Sie beobachtete, wie paar junge Burschen sich bückten. Im nächsten Augenblick prasselten Steine auf das Dach und gegen die Fenster des Anwesens.

Wenig später wurde die Tür aus ihren Angeln gerissen. Krachend barst das Holz. Die Stadtwächter zückten ihre Schwerter und stiegen über die Trümmer, um sich einen Weg ins Innere des Hauses zu bahnen, während eine Handvoll älterer Männer in teuren Pelzmänteln energisch protestierte. Offensichtlich gehörten sie zu den Silberschmieden der Stadt und verwahrten sich entschieden gegen die Zerstörung ihres Eigentums. Ihre Einwände blieben indessen ungehört. Ein Stadtwächter untersagte den Männern sogar mit aufgerichteter Hellebarde, ihr Versammlungshaus zu betreten.

»Das Fenster zum Balkon wird geöffnet«, ließ sich die Frau hinter Philippa erneut vernehmen. »Paßt auf, die Hexe will übers Dach entfliehen!«

Philippa versuchte, ihren Kopf zu drehen, wurde jedoch unversehens weitergetrieben. Die Stimme der Frau kam ihr bekannt vor. Irgendwo hatte sie diesen Tonfall schon einmal gehört. Aber wo? Philippa blieb keine Zeit darüber nachzudenken.

Hoch über ihrem Kopf schob sich ein langer Frauenkörper aus einem Fenster an der Südseite. Das Fenster, eher eine Luke, führte auf einen mit tönernen Blumentöpfen und Holzkübeln versehenen Balkon. Fassungslos beobachtete Philippa, wie die Frau, so gewandt als hätte sie gar keine Knochen im Leib, auf den Balkon kletterte. Die kreischende Menge zu ihren Füßen schien sie überhaupt nicht wahrzunehmen. Noch ehe der erste Wachsoldat seinen Kopf aus der Fensteröffnung steckte, war die Barle auch schon auf den Füßen. Heftig schlug sie dem verdutzten Mann den Laden vors Gesicht und sprang dann geschickt auf den abschüssigen Dachreiter zu.

Was um Himmels willen hat sie vor? überlegte Philippa. Sie hegte nicht die geringste Sympathie für die Frau auf dem Dach, und doch konnte sie sich eines Anflugs von Mitgefühl nicht erwehren. Die Barle wurde gehetzt wie ein Tier. Ihre Hatz war zur Belustigung einer erbarmungslosen Menschenmenge geworden, die gar nicht danach fragte, wessen Verbrechens die alte Kräutersammlerin angeklagt wurde oder welches Unglück sie überhaupt zur Ausgestoßenen gemacht hatte.

Der erste Stein traf die Barle unerwartet. Als sie ihre blutigen Fingerspitzen von der Schläfe zurückzog, blickte sie vollkommen verständnislos um sich, als wäre dieser Stein plötzlich vom Himmel gefallen. Doch sie kehrte nicht um. Wie in Trance setzte sie ihre aussichtslose Flucht fort.

Dann trafen die nächsten Steine ihr Ziel. Ein gellender Schrei brandete auf, der sofort von lautstarkem Jubel begleitet wurde. Die Barle verlor den Halt, ihre Hände griffen ins Leere. Sie stürzte und schlug mit einem harten Geräusch auf dem lehmigen Boden auf. Sie gab keinen

Laut von sich, aber unter ihrem zerschmetterten Körper breitete sich sogleich eine dunkelrote Blutlache aus.

Erschrocken wichen die Burschen, die die Steine auf die alte Hebamme geschleudert hatten, zurück und wandten sich um, als erwarteten sie genaue Befehle aus der Menge der Umstehenden.

»Habt ihr etwa Angst?« rief auch schon die Frau in Philippas Rücken höhnisch. »Dieses Hexenweib kann der Stadt nicht mehr schaden!«

»Aber befragen können wir sie auch nicht mehr!« Der Stadtsoldat, der die Silberschmiede in Schach gehalten hatte, ging neben der Leiche in die Hocke, wagte jedoch nicht, sie zu berühren. »Ich werde nach einem Fuhrknecht schicken lassen, der die Tote abtransportiert!« erklärte er mit belegter Stimme.

Philippa hatte genug gesehen. In ihrem Magen rumorte es gefährlich, und sie zweifelte nicht daran, daß sie sich gleich würde übergeben müssen. Vornübergebeugt bahnte sie sich einen Weg durch die Traube der Schaulustigen und stieß dabei versehentlich gegen eine korpulente Gestalt.

»Könnt Ihr nicht aufpassen, Mädchen?« Vor ihr stand die Frau, die Philippa im Strom der Menschen nach vorne gedrängt und den Tod der Barle lautstark kommentiert hatte. Wie betäubt wich Philippa ihrem Blick aus. Sie hatte sich also nicht getäuscht, die Stimme der Frau war ihr gleich bekannt vorgekommen. Philippa war ihr tatsächlich schon einmal begegnet, und plötzlich fiel ihr auch wieder ein, wo dies gewesen war.

16. KAPITEL

»Und Ihr seid Euch wirklich ganz sicher, daß Ihr die Frau wiedererkannt habt?«

Bernardi lief unruhig in der kleinen Kammer auf und ab, in die man ihn gesperrt hatte. Seine Stimme klang ein wenig rauh, vermutlich war er erkältet. Seine Augenlider zuckten nervös. Ansonsten schien ihm der Arrest wenig auszumachen. Katharina hatte den einstigen Günstling ihres Gatten in eine spärlich eingerichtete, jedoch saubere Stube im zweiten Geschoß des Ostflügels bringen lassen. Dreimal am Tag erhielt er warme Mahlzeiten aus der Küche. Ein ältlicher Wächter, dessen Dienste an den Toren nicht mehr benötigt wurden, bewachte die Tür. Die Nichte der Hausherrin hatte der Mann eingelassen, ohne Fragen zu stellen.

Philippa hockte auf dem einzigen Schemel, den es in der Stube gab. Bernardis Nervosität irritierte sie, und auf einmal fragte sie sich, ob es nicht ein Fehler gewesen war, den verdächtigten Magister aufzusuchen. Schließlich gab sie sich einen Ruck und beantwortete seine Frage: »Ich irre mich nicht, Bernardi. Es war dieselbe Frau, die in der Hütte der Barle ihr Kind zur Welt gebracht hat, um es später den Fahrenden zu verkaufen. Ich bin ihr sogar bis zum Kirchplatz gefolgt, wo sie plötzlich in einem vornehmen Patrizierhaus verschwand. Allerdings glaube ich nicht, daß sie in diesem Haus wohnt, denn meine Tante behauptet, es gehöre dem Stadtmedicus, und der ist nicht verheiratet.

Für eine Dienstmagd war die Kleidung der Frau jedoch zu edel.« Seufzend schüttelte sie den Kopf. »Wenn ich nur wüßte, was dies alles zu bedeuten hat. Die Barle hat mit diesem Weib gemeinsame Sache gemacht. Sie hat das Schachergeschäft in die Wege geleitet und ...«

»... ist somit eine gefährliche Mitwisserin geworden«, ergänzte Bernardi. Er hob ein wenig gönnerhaft die Augenbrauen. »Die alte Hebamme hätte die Schwangere schließlich immer noch den Behörden anzeigen können, um ihre eigene Haut zu retten. Nun ist sie tot und kann den Mund nicht mehr aufmachen. Allerdings muß die Kindsmutter befürchten, daß es noch einen weiteren Menschen in der Stadt gibt, der ihr Geheimnis kennt. Seid Ihr denn wirklich sicher, daß sie Euch vor dem Zunfthaus nicht wiedererkannt hat?«

Philippa stand auf und trat ans Fenster. Die zierlichen, runden Butzenscheiben waren beschlagen. Mit einem Zipfel ihres Ärmels rieb sie über das Glas. Von diesem Fenster aus konnte man bis zum Ufer der Elbe blicken. Sie erspähte einige Kinder, die den Damm hinunter tobten, um das Beladen eines Lastkahns zu verfolgen. Vor wenigen Tagen erst hatte die Gilde der Kaufmannschaft das während der Wintermonate geltende Verbot der Flußschiffahrt zurückgenommen.

Bernardi stellte sich dicht hinter sie. Die Wärme, die von seinem Körper ausströmte, tat ihr gut. Wie es wohl wäre, wenn er seine Arme um sie legte? Philippa atmete aus und machte einen Schritt zur Seite. »Ich glaube nicht, daß sie mich erkannt hat«, erklärte sie. »Schließlich trug ich wegen der Kälte zwei Mäntel und einen Schleier, der mein Gesicht verdeckte.«

»Und was wollt Ihr nun mit Eurem Wissen anfangen? Den Stadthauptmann benachrichtigen?« Die letzten Worte sprach Bernardi mit unverhohlenem Zorn aus. Ehe Philippa antworten konnte, klopfte es an der Tür. Eine Magd brachte das Abendessen, das aus Roggenbrot, einem Stück dampfendem Hammelfleisch und einer Handvoll eingelegter Pastinaken bestand. Philippas Anwesenheit quittierte die Frau lediglich mit einem unverbindlichen Lächeln. Dann verließ sie eilig die Stube.

»Ich habe einen schweren Fehler begangen.« Bernardi blickte bekümmert auf das wenig appetitlich aussehende Essen. »Ich hätte meine Herkunft Katharina gegenüber nicht verschweigen dürfen. Für sie als ehemalige Nonne ist Aufrichtigkeit gleichbedeutend mit Gottesfurcht. In ihren Augen kann ich doch nichts anderes mehr als Lügner und Ketzer in einer Person sein.«

»Meine Tante ist gekränkt«, gab Philippa zu, »aber sie hat Euch nicht ausgeliefert. In ihrem Herzen glaubt sie nicht an Eure Schuld. Sie kann nur nicht verstehen, warum Ihr kein Vertrauen zu ihr und meinem Onkel aufbringen konntet. Ehrlich gesagt, ich verstehe es auch nicht.«

Bernardi lächelte gequält. Sein schmales Gesicht nahm wieder jene melancholischen Züge an, die Philippa bereits am ersten Tag ihrer Bekanntschaft aufgefallen waren.

»Ihr würdet meine Haltung verstehen, wenn Ihr wüßtet, wie es um die Juden im Heiligen Römischen Reich bestellt ist.« Er nahm ein Stück Brot von dem Tonteller und zerbrach es in viele kleine Stücke. »In den letzten fünfzig Jahren wurden meine ehemaligen Glaubensbrüder aus nahezu allen Ländern Europas und vielen Gebieten des Reichs vertrieben. Den Anfang machte Spanien. Vielleicht habt Ihr von der Eroberung des maurischen Granada gehört? Die christlichen Könige Kastiliens und Aragons nutzten die Gelegenheit, sich mit den Mauren auch gleich der Juden zu entledigen.«

»Ich weiß, was es bedeutet, seine Heimat verlassen zu müssen«, sagte Philippa mitfühlend. »Es tut weh und weckt Gefühle des Verlusts, die denen beim Tod eines geliebten Menschen nahekommen. Dazu gesellen sich Ärger und Verbitterung über die eigene Hilflosigkeit. Glaubt mir, Bernardi, es vergeht kaum ein Tag, ohne daß ich mir die Frage stelle, ob ich Abekkes Intrige nicht hätte aufhalten können. Vielleicht, wenn ich mich mehr für die Bewirtschaftung des Gutes interessiert hätte ... Doch verzeiht! Ich hatte nicht vor, Euch zu unterbrechen!«

»Viele Juden suchen in diesen unsicheren Zeiten nach einem Licht der Hoffnung, einem Messias, der sie in ein Land führen soll, in dem sie frei von Unterdrückung und Verfolgung leben können. Ich weiß nicht viel über meinen Vater, schließlich habe ich ihn kaum gekannt. Unmittelbar nach meiner Geburt und dem Tod meiner Mutter gab er mich in die Obhut jüdischer Freunde in Regensburg. Erst Jahre später, nachdem ich mich längst den Lehren der Reformation angeschlossen und mein Studium in Wittenberg aufgenommen hatte, hörte ich, daß er im Auftrag eines arabischen Fürsten nach Rom gezogen war, um mit Papst Clemens VIII. wegen der Aufstellung eines jüdischen Heeres zu verhandeln. Angeblich hatte er vor, das Heilige Land zu erobern.

»Das hat Eidgraf Wolfger bereits angedeutet«, bestätigte Philippa. »Aber ließ sich denn der Papst von diesen wagemutigen Plänen beeindrucken?«

»Zumindest bereitete er meinem Vater einen Empfang, der selbst dem Kaiser geschmeichelt hätte. Im Lateranpalast wurde ein glanzvolles Fest gefeiert. Man erzählt, daß auf dessen Höhepunkt achttausend weiße Tauben mit goldenen Bändern in den Himmel gesandt wurden, um die Botschaft von der nahen Befreiung des Heiligen Landes in die ganze Welt zu tragen. Nachdem die erste Begeisterung sich gelegt hatte, mußten die Römer jedoch zugeben, daß es nicht so einfach war, ein Projekt diesen Ausmaßes in die Tat umzusetzen. Die päpstlichen Kassen waren leer, die Reformation Eures Onkels befand sich auf dem Vormarsch, und zu allem Überfluß fielen auch noch die

Truppen des Kaisers plündernd in Italien ein!« Bernardi blickte Philippa an. »Solltet Ihr Euch nicht längst im Schloß zurückgemeldet haben?«

Philippa winkte müde ab. Die Kurfürstin hatte ihr zu verstehen gegeben, daß sie vor der Rückkehr ihres Gemahls keine Verwendung für sie hatte.

»Mein Vater zog nach Portugal«, fuhr Bernardi mit seiner Erzählung fort. »Dort setzten die Marranen, jüdische Konvertiten, die in Spanien von der Inquisition verfolgt wurden, große Hoffnungen in seine Pläne. Selbst der König schien nicht abgeneigt zu sein, sich mit meinem Vater zu befassen, denn er war vor allem an neuen Handelswegen und Stützpunkten auf der arabischen Halbinsel interessiert, um auf dem Seeweg gefahrlos Zimt, Pfeffer, Ingwer und Seide nach Portugal einzuführen ...«

»Laßt mich raten«, unterbrach ihn Philippa. »Als der König erfuhr, was es kostet, eine Flotte auszurüsten, machte er einen Rückzieher, und Euer Vater mußte das Land verlassen, um sich nach neuen Verbündeten umzusehen!«

»Viel schlimmer! Die Verbündeten sahen sich nach *ihm* um! Eines Tages klopfte ein Marrane namens Molcho an seine Tür. Dieser Molcho verfügte nicht nur über ein unerhörtes Selbstbewußtsein, er hatte auch politische Verbindungen bis in die höchsten Adelskreise. Es gelang ihm, einige wohlhabende Kaufleute zu überreden, ihn und meinen Vater finanziell zu unterstützen. Sogar von der Errichtung eines jüdischen Königreichs und vom Wiederaufbau des Tempels zu Jerusalem war damals die Rede, ein Plan, der den verfolgten spanischen und portugiesischen Marranen süß wie Honig in den Ohren klang. Mit der Zeit wurden Molchos Forderungen jedoch immer gewagter, er ließ sich als Propheten und Wegbereiter des Messias feiern und warf mit dem Geld seiner Gönner um sich. Zuletzt trat er so unverschämt auf, daß die Inquisition auf ihn aufmerksam wurde und ihn der Ketzerei anklagte. Im Nu rückten seine Anhänger von ihm ab. Mein Vater, der ein ähnliches Schicksal fürchtete, mußte bei Nacht und Nebel aus Portugal fliehen. Er reiste in Verkleidung nach Regensburg, wo zu der Zeit ein Reichstag abgehalten wurde, um Kaiser Karl um Hilfe zu bitten. Doch man ließ ihn nicht einmal zu ihm vor. Mein Vater wurde auf Betreiben eines Dominikanermönchs unverzüglich festgenommen und in Ketten gelegt. Aus seinem Kerker schrieb er mir einen letzten Brief, in dem er mich aufforderte, Wittenberg zu verlassen, bis Gras über die Sache gewachsen sei. Ich habe nie wieder etwas von ihm gehört.«

Auf dem Korridor waren plötzlich Stimmen zu hören. Der Wächter schien mit jemandem zu reden, aber durch die schwere Tür drang nur ein dumpfes Gemurmel an Philippas Ohr. Offensichtlich versorgte die Magd ihn mit einem Becher Wein.

»Wenn die Inquisition Euren Vater verhaften ließ, so ist er wahrscheinlich gar nicht mehr am Leben«, sagte sie leise. »Die Dominikaner waren schon immer bekannt für ihre ... Gründlichkeit!«

»O nein, Philippa«, widersprach Bernardi lebhaft. »Die Macht der Inquisition erstreckt sich nur auf Angehörige der Kirche, nicht jedoch auf Menschen, die niemals die heilige Taufe angenommen haben. Molcho wurde als Konvertit verurteilt und hingerichtet. Meinem Vater hingegen durfte nicht einmal der Kaiser den Prozeß als Ketzer machen. Er könnte also noch heute in irgendeinem spanischen Kerker gefangen sein!«

»Graf Wolfger scheint Eure Ansicht zu teilen«, bemerkte Philippa. »Für ihn seid Ihr ein Handlanger des Kaisers, der meinem Onkel und den Führern der Schmalkaldischen nach dem Leben trachtet.«

»Und was denkt *Ihr* über mich, Jungfer von Bora? Ihr glaubt doch nicht etwa auch, daß ich ein Spion bin?« Bevor

Philippa ihm wiederum ausweichen konnte, beugte er sich über den Tisch und ergriff ihre Hand.

»Wenn ich so etwas annähme, würde ich gewiß nicht in aller Frühe über die Felder laufen, um nach Beweisen für Eure Unschuld an Marias Tod zu suchen!« erwiderte Philippa. Unter Bernardis sanften Blicken wurde sie zunehmend nervöser. Seine Hand fühlte sich angenehm warm an, und einen Herzschlag lang wünschte sie sich nichts sehnlicher, als die Pendel der Uhr anzuhalten, die kalte Wirklichkeit aus ihren Gedanken zu verbannen und sich den Berührungen des jungen Gelehrten hinzugeben. Doch weder Zeit noch Umstände waren günstig, um sich in Träumen zu verlieren. Brüsk befreite sie sich aus Bernardis Griff. »Allerdings habt Ihr Euch durch Eure Heimlichkeiten selbst in diese unglückliche Lage gebracht. Es sind einfach noch zu viele Fragen offen!«

»Welche Fragen?«

»Zum Beispiel die Frage, was Ihr am Abend des Gastmahls zu Ehren des Eidgrafen mit der Lepperin im Hof zu bereden hattet. Ich sah Euch zufällig vom Fenster der Schulstube aus.«

Bernardi richtete seinen Blick auf die in Blei gefaßten grünen Butzenscheiben, als vermute er hinter dem Fenster seiner Arrestkammer ebenfalls einen heimlichen Lauscher. »Erinnert Ihr Euch an das Faß, das an jenem Abend für Euren Onkel auf den Hof gefahren wurde?« fragte er nach einer ganzen Weile, ohne den Blick von den Fenstern abzuwenden.

»Der Malvasierwein? Das Geschenk des Landgrafen von Hessen? Melanchthon hat mir bestätigt, daß die Geschichte über Graf Philipps Doppelehe wahr ist. Aber ...«

»Eure Gehilfin wollte von mir wissen, ob eine Frau, deren Ehemann zur selben Zeit weitere Ehen unterhalte, das Recht habe, sich in Ehren von ihm zu trennen«, unterbrach sie Bernardi. »Ihr dürft mir glauben, daß Doktor Luthers

Gutachten die Lepperin ebenso verärgert hat wie Euch. Als ich ihr davon erzählte, wurde sie ganz bleich vor Zorn. Dann ließ sie mich stehen und rannte davon!«

»Daran kann ich glauben«, flüsterte Philippa nachdenklich, obschon sie nicht wußte, wie Bernardis Erklärung ihr weiterhelfen sollte. Eines schien jedoch unwiderruflich festzustehen: Der Unbekannte, vor dem Maria sich gefürchtet hatte, hatte Macht über sie besessen. Er hatte ihr nachgestellt, sie verletzt und ihr zuletzt befohlen, das Pamphlet über Luthers Ächtung an die Haustür zu heften. Doch irgendwann mußte Maria begonnen haben, sich zur Wehr zu setzen. War es ihr Einfall gewesen, ihren Verfolger zur Kreuzkapelle zu bestellen? Wollte sie ihm beibringen, daß sein Einfluß auf sie ein für allemal zu Ende war?

Philippa atmete tief durch, bevor sie sich erhob. »Ich danke Euch für Eure Offenheit, Bernardi. Ich fürchte nur, unsere Hebräischstunden werden einige Tage warten müssen. Tante Katharina braucht frische Sämereien für ihre Äcker, und ich konnte sie überreden, die Händler in diesem Jahr mit mir gemeinsam aufzusuchen. Nach den Aufregungen der vergangenen Wochen sollte ihr diese kleine Ablenkung guttun.« Sie ging zur Tür und klopfte dreimal gegen den Rahmen.

Bernardi legte die Stirn in Falten. »Ihr führt doch etwas im Schilde, Philippa! Was habt ihr vor?«

Philippa lächelte. »Nun, die besten Sämereien für Rettiche gibt's in den Dörfern um Erfurt und Magdeburg. Zufälligerweise stammte auch Maria Lepper aus dieser Gegend!«

Bereits am nächsten Morgen machten sie sich auf den Weg. Philippa verspürte leise Gewissensbisse, weil sie ihre Schülerinnen schon wieder der Aufsicht eines der Mädchen überließ, doch hatte sie den Kindern beim gemeinsamen morgendlichen Kirchgang erklärt, daß ihre Reise wichtig und unaufschiebbar war. Zumindest hatte sie den Mädchen genau erklärt, welche Schreibübungen und Rechenexempeln sie während ihrer Abwesenheit erledigen sollten.

Katharina hatte für sich und ihre Nichte zwei prächtige Pferde aus dem Stall führen und satteln lassen. Den Wagen für das Saatgut sollte Valentin Schuhbrügg lenken. Zuletzt schlossen sich einige Studenten, unter ihnen auch der junge Johannes Luther, dem Wagenzug an. Sie beabsichtigten, ihre Studien in Magdeburg fortzusetzen und freuten sich darüber, ein Stück des Wegs auf Valentins Fuhrwerk zurückzulegen. Philippa atmete erleichtert auf, als Katharina ihren Knecht wortkarg anwies, für vier weitere Sitzplätze zu sorgen. Insgeheim hatte sie befürchtet, ihrer Tante könnte die Begleitung der jungen Scholaren unangenehm sein. Während der Wintermonate, die ihr Sohn in Wittenberg verbracht hatte, waren sie und sein Vater strenger zu dem Jungen gewesen als zu irgendeinem anderen der Burschen. »Ich kann dem Jungen keine Bequemlichkeiten einräumen, die ich seinen Kameraden versagen muß«, war Katharinas einziger Kommentar gewesen, als Philippa sie einmal darauf angesprochen hatte. »Johannes ist Luthers Sohn, und er wird erwachsen. Die Steine, die seinen Weg behindern, werden von Tag zu Tag größer, und weder sein Vater noch ich können immer zur Stelle sein, um sie ihm fortzuräumen. Gewiß schmerzt es mich, meine Kinder in die Fremde zu schicken, aber wenn sie in ihrer Jugend nicht lernen, in Demut und Gottesfurcht ihr Leben in die eigene Hand zu nehmen, so werden sie in diesen unruhigen Zeiten kaum bestehen können!«

Die Lutherin führte ihr Pferd eigenhändig zum Tor, wo der Schreiber Lupian bereits mit Papier und Schreibfeder auf sie wartete, um ihre Anweisungen Haus und Hof betreffend aufzuschreiben. Als der kahlköpfige Mann Philippa erblickte, zwinkerte er ihr vergnügt zu. »Ihr tut gut daran, Eure verehrte Tante zu begleiten. Der Tod

Eurer unglückseligen Magd muß Euch sehr getroffen haben!«

»Ich sah in ihr mehr eine Freundin als eine Magd, Meister Lupian.«

Der Schreiber wurde plötzlich ernst. Gedankenverloren tätschelte er die Mähne von Philippas Stute. »Wenn ein guter Freund von uns geht, so verlieren wir auch immer einen Teil von uns selbst. Doch, glaubt mir, ein Verlust kann uns zuweilen unerwarteten Reichtum bescheren, denn wir lernen diejenigen zu schätzen, die uns auf unserem Pilgerzug durchs Leben erhalten bleiben.«

Hastig rollte Lupian sein Papier zusammen, nickte Philippa und seiner Herrin zu und kehrte mit schweren Schritten zum Haus zurück.

»Er wird wunderlich auf seine alten Tage«, bemerkte Katharina, während Valentin ihr beim Aufsteigen behilflich war. »Früher interessierten ihn nur Fakten, Verträge und Rechnungsprotokolle. Aber laßt uns endlich aufbrechen. Ich möchte nicht gleich die erstbeste Herberge ansteuern müssen, nur weil wir vorzeitig von der Dämmerung überrascht werden.«

Eine halbe Stunde später hatten sie die Stadtmauern hinter sich gelassen. Am Himmel waren wieder dunkle Wolken aufgezogen. Auf dem mit feuchtem Blattwerk bedeckten Waldboden sanken die Pferde so tief in den Morast ein, daß Katharina ihrem Knecht auf dem Fuhrwerk besorgte Blicke zuwarf. Sie selbst beherrschte ihr Reitpferd mit der ihr eigenen Souveränität, während Philippa Mühe hatte, das Temperament des Rappen, den ihre Tante ihr überlassen hatte, zu bändigen. Brackige Tümpel säumten ihren Weg. Im Unterholz knisterte es. Hier und da hatten die Stürme der zurückliegenden Wochen Bäume und Sträucher entwurzelt. Manche lagen nun mit verkrüppelten Ästen wie Gerippe quer über dem Weg; niemand hatte sich die Mühe gemacht, sie fortzuschaffen. Valentin erwies sich jedoch als äußerst umsichtig, und es gelang ihm, den Hindernissen auszuweichen.

Trotz der klirrenden Kälte schienen sich die vier Scholaren auf dem Wagen gut zu unterhalten. Einer der Jungen hatte ein Bündel bunter Spielkarten aus seinem Umhang gezogen und seine Kameraden zu einer Partie Kanöffel überredet. Bald klangen Gelächter und übermütige Scherze durch den Wald.

Katharinas Augen leuchteten beim Anblick der Scholaren belustigt auf. »Ich kann mich noch erinnern, wann ich das erste Mal Karten in der Hand hielt«, sagte sie an Philippa gewandt. »Der Bruder einer Postulantin hatte sie während eines Besuchs heimlich durch das Gitter geschoben.«

»War es für eine Ordensfrau nicht gefährlich, Spielkarten zu besitzen?«

»Ein Spiel, das den Heiligen Vater lächerlich macht? In welchem ein Bauer den König sticht?« Die Lutherin lächelte. »Mein ehemaliger Orden gehörte niemals zu jenen Ketzerjägern, die heutzutage unter jedem Stein hervorkriechen, um aus verirrten Beweggründen die Seelen ihrer Opfer mit Feuer zu läutern. Dennoch wäre eine Entdeckung nicht ohne Folgen geblieben.«

»Ihr habt mir nie erzählt, warum Ihr Euer Kloster verlassen habt«, sagte Philippa und lenkte ihr Pferd mühsam um einen entwurzelten Baum. »Immerhin wart Ihr seit früher Kindheit an das Leben in der Klausur gewöhnt!«

Katharina antwortete nicht sofort. Einige Augenblicke lang schienen sich ihre Glieder zu straffen, als kämpften sie gegen einen inneren Widerstand an. Dann sagte sie leise: »Manchmal, wenn ich frühmorgens durch die Gänge unseres Hauses laufe, kommt es mir so vor, als wäre ich noch immer in Marienthron. Dann verspüre ich den Drang, unter meinen Ärmeln die Hände zu falten, und höre die Glocke in meinen Ohren, die mich zur Frühmesse in den Chorraum ruft. Vielleicht ist dir aufgefallen, daß ich nicht in der Mitte eines Korridors gehen kann. Ich brauche den Schutz einer Wand. Gewisse Angewohnheiten lassen sich nun einmal nicht ablegen, sondern gehen in Fleisch und Blut über, und du trägst sie mit dir herum, bis zu dem Tag, an dem man dich zur letzten Ruhe bettet. Doch genug davon! Dein Onkel mag es nicht, wenn ich die alten Zeiten heraufbeschwöre. Ich habe ihm erzählt, daß ich aus dem Kloster geflohen bin, weil mich seine Schriften über das Ideal der christlichen Ehe überzeugt hatten.«

»Was sind das für Schriften?« Philippa hob fragend den Kopf.

»Nach dem biblischen Bericht legte der Herr Adam als Strafe für seinen Sündenfall auf, sein Brot im Schweiße seines Angesichts zu verdienen. Die Frau verpflichtete er dazu, neues Leben hervorzubringen, um die Erde zu bevölkern. Klösterliche Askese widerspricht folglich der Schöpfungsordnung, indem sie uns daran hindert, zu heiraten und Kinder zu gebären! Wie du an dem jungen Herrn auf dem Wagen erkennst, habe ich mich letztendlich dafür entschieden, meinem Leben einen neuen Sinn zu geben! Wenn man bedenkt, daß die einzigen Männer, die ich in meiner Jugend kannte, mein Vater, meine Brüder und ein kugelrunder Fischhändler mit Schnauzbart waren, ist mir dies gelungen, oder etwa nicht?«

Die beiden Frauen brachen in schallendes Gelächter aus und konnten sich erst beruhigen, als Valentin plötzlich das Fuhrwerk zum Stehen brachte. Mit einem Stecken deutete der Knecht auf eine Weggabelung. »Hier geht's nach Magdeburg, Herrin«, sagte er. »Wir müssen in die andere Richtung abbiegen!«

Als Katharina und Philippa sich von Johannes und seinen Kameraden verabschiedeten, hingen noch immer Tränen in ihren Augenwinkeln. Es waren Tränen der Freude, nicht der Trauer, aber Philippa war froh, daß Johannes sie bemerkte, als er seine Mutter umarmte. Die beiden würden einander über Monate, vielleicht sogar ein ganzes Jahr lang nicht sehen. Philippa ahnte, daß Katharina insgeheim darunter litt. Doch warum gelang es ihr niemals, ihre Gefühle und Wünsche zu zeigen? Gewisse Angewohnheiten lassen sich nicht ablegen, hatte Katharina gesagt und damit auch auf ihre eigene Hilflosigkeit im Umgang mit ihren Kindern angespielt.

»Wir sollten weiterfahren, Herrin«, rief Valentin vom Wagen herunter. »Über den Baumgipfeln wird's schon langsam dämmrig.«

»Du hast recht!« Katharina schwang sich ohne Hilfe zurück in den Sattel. Ihr kostbarer, mit Goldfäden durchwirkter Mantel flatterte im Wind. »Wie sagtest du, Philippa, heißt das Dorf, aus dem dein Vater seine Sämereien bezog?«

Philippa holte tief Luft. Sie hatte Katharina einen Bären aufgebunden, hatte von Rettichen fabuliert, die angeblich groß wie Hakenbüchsen wurden und deren Samen die Lippendorfer aus einem Ort mit Namen Rauhfeld bezogen hatten. Katharina war ihrem Vorschlag gefolgt, ohne mißtrauisch zu werden.

»Es gibt noch einen weiteren Grund, Erfurt zu umfahren, Tante«, sagte Philippa. »Zufällig weiß ich, daß die Landgrafen von Thüringen kurz nach Epiphanias eine Holzbrücke über den Sumpf von Marktkirchheim haben bauen lassen.«

»Und?« Katharina blickte erstaunt auf.

»Der Brückenzoll richtet sich nach dem Gewicht der Fuhre. Aber als Mindestabgabe werden nicht weniger als vier Gulden und fünfzig Weißpfennige erhoben!« Erleichtert lockerte Philippa den Griff um ihre Zügel. Diesmal hatte sie weder gelogen noch übertrieben. Bartholomäus, der Buchhändler, hatte ihr bei einem seiner letzten Besuche in Lippendorf von der neuen Brücke berichtet und gleichzeitig seinem Unmut über den horrenden Brückenzoll Luft gemacht.

»Ich bin froh, daß du mich begleitest, Philippa«, bemerkte Katharina anerkennend. »Es ist wichtig, sein Geld auf Handelsfahrten nicht unnötig zu vergeuden. Würde es dir Freude machen, wenn ich dich nach unserer Rückkehr in die Bewirtschaftung unserer Güter einführte? Natürlich nur soweit es deine Pflichten als Schulmeisterin zulassen?«

Sie wartete Philippas Antwort nicht ab, sondern galoppierte ungewohnt ausgelassen dem Sonnenuntergang entgegen.

Das Dorf lag am Fuße eines bewaldeten Hügels. Es bestand lediglich aus einer Handvoll strohgedeckter Hütten, einem festgestampften Platz zum Dreschen des Getreides sowie Scheunen und Kornspeichern, die von einem Zaun aus Flechtwerk, Bäumen, Hecken und Dornengestrüpp umgeben waren. An drei Einfahrtswegen deuteten hohe Palisaden Lücken im Bannzaun an, und tatsächlich erkannte Philippa beim Näherkommen ein paar mit Stricken befestigte Falltore. Eines davon war geöffnet und unbewacht. Lediglich zwei brennende Pechfackeln beleuchteten das Gatter. Auf der Dorfstraße begegnete ihnen keine Menschenseele. Ein paar Ratten huschten um die Ecke des Dreschplatzes, der mit seinem kunstvoll geschnitzten Pfahl offensichtlich auch dazu diente, Bekanntmachungen zu verlesen.

Aus dem größten Haus am Platz, einem Gebäude aus roten Backsteinen, das ein verrostetes Schild als Schenke und Herberge auswies, drangen Kindergeschrei, Geschirrgeklapper und die gedämpften Töne einer Sackpfeife. Valentin lenkte das Fuhrwerk in die breite Einfahrt des Anwesens. Katharina und Philippa folgten dem Wagen in einigem Abstand.

Die Musik wurde lauter. Zudem rief Philippa ein deftiger Geruch nach Räucherfisch, Zwiebeln und frischem Brot in Erinnerung, daß ihre letzte Mahlzeit schon mehrere Stunden zurücklag. Als sie jedoch die wenigen Stufen zum Eingang hinaufsteigen wollte, hielt Katharina sie zurück. »Ehe ich es vergesse: Ich pflege mich auf Reisen Frau Winter zu nennen. Glaub mir, es ist besser, wenn die Leute hier nicht erfahren, *wer* in ihrer Herberge absteigt. Valentin ist gewiß ein tüchtiger Knecht, aber er kann nicht in jedem Augenblick für unsere Sicherheit sorgen. In diesen wirren Zeiten darf die Ehefrau des Doktor Luther kein Risiko eingehen!«

Philippa nickte verständnisvoll. »Wie Ihr wünscht, Tante. Laßt uns nun nach einem Schlafplatz und dem nächsten Gutshof fragen, damit wir gleich morgen das Geschäftliche erledigen können!«

Die Wirtin, eine weißhaarige Frau in Witwenkleidung, überließ ihnen zwei Zimmer für die Nacht und kümmerte sich auch um das Gepäck und die Pferde ihrer unerwarteten Gäste. Die Kammern lagen unmittelbar über dem Schankraum und enthielten Kastenbetten aus stabilem Holz. Der Fußboden war mit frischem Stroh ausgelegt, das kleine Fenster führte auf den einsamen Dreschplatz hinaus. Auf Katharinas Frage nach einem Gutshof, welcher Sämereien verkaufe, antwortete die Wirtin, daß sie selber mit ihrem verstorbenen Ehemann in Rauhfeld einen Hof betrieben habe. Sie versprach, die fremden Krämerinnen gleich am nächsten Morgen über ihr Anwesen zu führen.

Während Katharina sich nach einer bescheidenen, aber sättigenden Mahlzeit auf die Nacht vorbereitete, schlich Philippa sich heimlich die schmale Stiege zum Schankraum hinunter. In Anwesenheit ihrer Tante hatte sie die Wirtin nicht auf den Dorfvorsteher und schon gar nicht auf die Lepperin ansprechen wollen. Doch nun war die Gelegenheit günstig. Valentin hatte sich bereits davongemacht, um sich vor dem Schlafengehen noch einen Humpen Bier zu gönnen. Er würde sie bei ihrem Vorhaben nicht stören.

Schummriges Dämmerlicht, das von einigen Kerzen gespeist wurde, fiel aus dem Dachgeschoß herab. Philippa hielt inne und blickte sich um. Außer der Stiege zum Schankraum gab es noch eine weitere Treppe, die ihr bei ihrer Ankunft im Haus entgangen war. Vermutlich befanden sich die Kammern der Hausknechte oder der Schankmägde in einem zugigen Geschoß unter dem Dach. Philippa ging zu einer der kleinen Fensternischen hinüber, um sich eine Kerze zu holen. Es fehlte noch, daß sie sich auf den schrägen Stufen den Hals brach. Als ihr Blick jedoch durch die schmale Öffnung ins Freie fiel, hielt sie erstarrt inne.

Jenseits des Dreschplatzes wand sich ein Zug aus Männern und Frauen, Knaben, Mägden und Greisen den nahegelegenen Hügel empor. Die Kienspäne, die sie in Händen hielten, brannten so hell, daß sie die Nacht zum Tage machten. Die Flammen schienen sich sogar über den Köpfen der Menschen zu einem einzigen Feuerball zu vereinigen. Philippa kniff die Augen zusammen. Was sie sah, jagte ihr Angst ein, doch sie war außerstande, ihren Beobachtungsposten aufzugeben. Die Arme schützend vor der Brust verschränkt, verfolgte sie, wie weitere Bauern sich den gespenstischen Fackelträgern anschlossen. Sie strömten von einem mit einfachen Feldsteinen eingefriedeten Ort am Rande des Dorfes, der mit seinen Erdaufschüttungen und spitz aufragenden Holzkreuzen unschwer als Gottesacker auszumachen war. Auf einer Trage schleppten zwei der Männer einen länglichen Gegenstand mit sich, doch Philippa konnte in der Dunkelheit nicht erkennen, um was es sich dabei handelte. Was um alles in der Welt hatten die Leute um diese Zeit auf der Anhöhe zu tun? Philippa entsann sich plötzlich, daß sie weder am Falltor noch auf der Dorfstraße auch nur eine Menschenseele angetroffen hatten. Selbst die Schenke war nicht übermäßig gut besucht gewesen. Sollten die Menschen hier …

Plötzlich hatte sie das merkwürdige Gefühl, beobachtet zu werden. In panischer Angst drehte sie sich herum und starrte in die Züge eines fremden Mannes, der sie von oben bis unten musterte.

»Hoffentlich habe ich Euch nicht erschreckt, Jungfer«, sagte der Fremde und deutete eine Verbeugung an. Der feine Spott, der aus seiner Gestik sprach, erinnerte Philippa einen Atemzug lang an Felix Bernardi. Der Fremde war groß und hielt sich aufrecht wie ein Edelmann. Seine Haare waren bis auf einige graue Strähnen blond und fielen ihm in widerspenstigen, jedoch gepflegten Locken über die Schultern. Lediglich die Kleider, die der Unbekannte trug, wirkten abgetragen und ließen mit ihren farbenfrohen Schlaufen am Gürtel und an den Nieten sowie den Glöckchen an seinen spitzen Schuhen an das Kostüm eines Gauklers denken. In der Hand hielt er seltsamerweise eine Sackpfeife.

»Seid Ihr der Musikant, der bei unserer Ankunft in der Schankstube aufgespielt hat?« fragte Philippa, als sie sich ein wenig gefaßt hatte. In ihrer Stimme schwang noch immer der Schrecken mit, den sie vor ein paar Momenten ausgestanden hatte. Gleichzeitig straffte sie ihre Schultern. Um nichts in der Welt wollte sie vor diesem Dorfpfeifer zugeben, daß er ihr einen gehörigen Schrecken eingejagt hatte. »Was habt Ihr hier oben zu suchen? Solltet Ihr nicht die Gäste Eurer Herrin unterhalten?«

»Nicht im geringsten, Jungfer«, antwortete der Mann und machte einen Schritt auf das Fenster zu. Wie ein Signal meldeten sich die Glöckchen am Schaft seines Schnürschuhs. Philippa fragte sich ärgerlich, wie sie dieses Geräusch auf der Treppe hatte überhören können. »Erstens gibt es heute abend keine Gäste im Schankraum, die unterhalten werden könnten, und zweitens ist die Gastwirtin nicht meine Herrin. Über dem Haupt des alten Gabriel Prinz schwebt einzig der Himmel!«

»Ach wirklich?« Philippa dachte nach. Möglicherweise war es keine schlechte Idee, mit dem Musikanten ins Gespräch zu kommen. Immerhin erfuhren Gaukler eine ganze Menge.

»Wenn Ihr so gute Verbindungen zum Himmel habt, wißt Ihr vielleicht auch, was die Bauern dort draußen am Hügel treiben. Was soll dieser merkwürdige Pilgerzug bedeuten?«

Der Unbekannte ließ seine Sackpfeife zur Erde gleiten und spähte hinaus. Seine Miene verfinsterte sich, als er antwortete: »Vor ein paar Tagen entdeckten Holzfäller im Dickicht nahe der Straße nach Magdeburg den Leichnam eines Mannes. Er war schon halb verwest, kein hübscher Anblick. Sie nahmen an, daß er von Straßenräubern beraubt und erschlagen worden war. Deshalb schleppten sie ihn auf einer Bahre nach Rauhfeld und brachten ihn zum Gottesacker, um ihn zu beerdigen.«

»Auf einer … Bahre!« Philippa starrte den Musikanten fassungslos an. »Die Dorfbewohner tragen doch etwas den Hügel hinauf. Ist das etwa …?«

»… der Tote aus dem Wald? Ich fürchte, er ist es wirklich!« bestätigte Gabriel Prinz schulterzuckend. »Sie haben ihn wieder ausgegraben!«

17. KAPITEL

Felix Bernardi kaute an einem harten Kanten Brot. Seit die Lutherin das Schwarze Kloster verlassen hatte, fielen die Mahlzeiten, die ihre Hausmägde nach wie vor dreimal am Tag in seine Kammer trugen, weitaus karger aus. Doch er durfte sich nicht beklagen. Melchior Lupian behandelte ihn so freundlich und zuvorkommend wie immer. Er hatte sich, auf Bernardis Bitte hin, sogar überreden lassen, dem jungen Magister einige Bücher, Schreibzeug und eine zusätzliche Laterne zu bewilligen.

Seit acht Stunden saß Bernardi bereits in völliger Isolation über das Papier gebeugt da, rechnete, zeichnete Diagramme und Schaubilder. Doch nichts davon gelang ihm zu seiner Zufriedenheit. Es paßte einfach nichts zusammen. Wer konnte ein Interesse daran haben, eine Magd zu ermorden und ihm die Tat in die Schuhe zu schieben? Der Unbekannte mußte nicht nur sein Opfer gekannt haben, nein, er mußte auch über Bernardis Vergangenheit im Bilde gewesen sein. Der Magister zermarterte sich das Hirn, wo er sein Medaillon verloren haben konnte, aber es mochte ihm einfach nicht einfallen. Und dann die letzte Botschaft der Lepperin. Bernardi hatte die Worte des Sinnspruches ein Dutzendmal niedergeschrieben, übersetzt und umgestellt, um ihnen eine verschlüsselte Nachricht zu entnehmen – ohne Erfolg. Der Spruch schien sich lediglich ganz allgemein gegen Graf Wolfger zu richten. Schließlich stand der Vertraute des hessischen Landgrafen überall in dem

Ruf, daß er jedem Rock hinterherstieg, der seinen Weg kreuzte. Vermutlich hatte er die Lepperin in einer einsamen Stunde bedrängt, und sie hatte ihn abgewiesen. Doch dieser Umstand erklärte noch nicht das Pamphlet, das Luther die Reichsacht und damit den Tod androhte.

Niedergeschlagen schritt Bernardi zu dem Alkoven hinüber und ließ sich auf den Heusack fallen. Ein würziger Duft nach getrockneten Blüten und Gräsern empfing ihn, und als er seine Augen schloß, tauchte Philippa von Boras Gestalt vor ihm auf. Sie steckte in einer eng geschnürten Robe aus purpurnem Damast, in ihrem Kopfputz glitzerten aufgestickte Perlen, Edelsteine sowie Gold- und Silberfäden. Lediglich die verstaubten Codices, die sie verkrampft unter beide Arme klemmte, störten das Bild ein wenig. Aber sosehr Bernardi sich bemühte, nicht einmal in seinen Gedanken konnte er sich Philippa ohne ihre Bücher vorstellen. Sie gehörten zu ihr wie ein Wasserrad zur Mühle, wie ein … Gegen seinen Willen hatte er sich in das eigensinnige Mädchen verliebt. Der Beginn ihrer Bekanntschaft war, beschönigend umschrieben, nicht frei von Konflikten gewesen, und zu guter Letzt blieb die Tatsache bestehen, daß sie die Angehörige eines alten sächsischen Adelsgeschlechts und er selber ein mittelloser, zum Christentum bekehrter Jude war, dessen Vater entweder tot war oder in einem spanischen Kerker saß.

Ruhelos wälzte er sich von einer Seite auf die andere – und fuhr plötzlich in die Höhe. Auf dem Gang vor seiner Tür war ein knarrendes Geräusch zu hören. Jemand schlich den Korridor entlang und bemühte sich offensichtlich, möglichst kein Geräusch zu verursachen. Der Magister hielt den Atem an. Plötzlich war das Klirren eines Schlüsselbundes zu vernehmen und ein dumpfes Gepolter, als wenn ein schwerer Gegenstand zu Boden gefallen sei, und dann ein schriller Schrei, der in ein kurzes, hohles Stöhnen überging.

Bernardi stützte sich auf den Ellenbogen und richtete seinen Blick in gespannter Erwartung auf die Klinke. Es war nichts mehr zu hören, doch ein beklemmendes Gefühl verriet ihm, daß sich jemand an der Tür zu seiner Kammer zu schaffen machte.

Bewegte sich die Klinke? Bernardi sog scharf die Luft ein. Wo zum Teufel steckte die Wache des Stadthauptmanns? Das Gepolter konnte doch niemand überhört haben. Es sei denn ... Bernardi verbot sich, den Gedanken zu Ende zu spinnen. Hier in der Kammer war er wenigstens vor Angriffen sicher. Wer auch immer gegen ihn intrigierte, hatte nicht mehr zu tun, als bis zur Rückkehr des Kurfürsten und der Stadtoberen zu warten. Welcher Mörder war schon so töricht, den Hauptverdächtigen seiner eigenen Tat aus dem Weg zu räumen?

Bernardi hielt es nicht länger auf seinem Heusack. Er erhob sich leise, durchquerte die Kammer und löschte das Licht seiner Lampe auf dem kleinen Tisch. Dann drückte er sein Ohr gegen das Holz der schweren Eichentür. Bald glaubte er, ein Raunen wahrzunehmen, auf das ein heiseres Zischen folgte. Vorsichtig legte er seine Hand auf die Klinke. Sie gab nach, Stück um Stück. Die Anspannung trieb ihm den Schweiß auf die Stirn. Seine Vermutung erwies sich als richtig. Die Tür war unverschlossen. Das Knirschen, das er gehört hatte, war das Geräusch eines Schlüssels gewesen.

Als Bernardi den Kopf durch den Türspalt steckte, fiel sein Blick sogleich auf die Gestalt des Wachsoldaten. Der Mann saß nicht auf seiner Bank rechts neben dem Türpfosten, sondern lag reglos in der Mitte des Korridors, beide Arme weit vom Körper abgewinkelt. Seine linke Hand war blutüberströmt und umklammerte den Griff einer wuchtigen Zinnkanne, aus der noch immer einige dünne Fäden dunkelroten Weins über die Dielen rannen, ehe sie zwischen den Ritzen der Bretter versickerten. Bernardi sah sich nach allen Seiten um, dann ging er neben dem Wachmann in die Hocke, um nach seinem Puls zu suchen. Der Soldat lebte noch. Sein Atem ging regelmäßig und roch schwach nach Wein. Als Bernardi an der verbeulten Kanne roch, stieg ihm ein säuerlicher Geruch in die Nase. Gift, das für ihn bestimmt war? Wer um alles in der Welt mochte den Wachposten außer Gefecht gesetzt haben, nur um seine Tür zu öffnen? Philippa traute er eine solche Tat ohne weiteres zu, doch sie befand sich mit ihrer Tante eine Tagesreise von Wittenberg entfernt. Und Roswitha? Die alte Amme war auf Philippas Wunsch im Schwarzen Kloster geblieben, um die Tante der Herrin zu pflegen, doch sie wäre zu solch einer Tat nicht fähig gewesen.

Der Magister schlich den düsteren Korridor entlang. Feine Geräusche von rieselndem Kalk begleiteten seine Schritte, hin und wieder kreuzte eine Ratte seinen Weg. Angespannt hielt er seine Kerze höher. Katharina Luther beschäftigte zwar ganze Legionen von Handwerkern, um das alte Gemäuer zu erhalten, doch in diesen Trakt verirrte sich offensichtlich nur selten eine Menschenseele. Endlich erreichte Bernardi die Wendeltreppe, die sich durch die bläuliche Finsternis schlängelte. Ein leiser Fluch entwich seinen Lippen, als er gleich auf der ersten Stufe über einen in Tücher gehüllten, harten Gegenstand stolperte. Im letzten Augenblick schaffte er es, sich am Treppengeländer festzuhalten. Allem Anschein nach legte es jemand darauf an, daß er sich auf seiner Flucht aus dem Lutherhaus den Hals brach.

Argwöhnisch in die Dunkelheit spähend setzte er seinen Weg fort, bis er die Tür zum Hof erreichte. Alles blieb still. Die Fenster auf der anderen Seite des ehemaligen Klostergebäudes, wo die Scholaren der Universität und andere Kostgänger ihre Quartiere hatten, starrten ihm wie die leeren Augenhöhlen eines nach Aas gierenden Vogels entgegen. Wieder zögerte er. Es war eine Torheit, sein Leben aufs Spiel zu setzen. Griff man ihn bei einem Fluchtversuch auf, würde nicht einmal Katharina Luther länger an seine Unschuld glauben. Außerdem würde er Philippa möglicherweise nie wiedersehen, ein Gedanke, der schwerlich zu ertragen war, wie er sich eingestehen mußte. Andererseits lag offen auf der Hand, daß der Stadthauptmann und Graf Wolfger ihren Stab längst über ihn gebrochen hatten. Sie hielten ihn, den konvertierten Juden, für einen gedungenen Mörder, der für die Kaiserlichen arbeitete, und würden nicht ruhen, bis er das Schafott bestiegen hatte.

Bernardi drückte sich an die Hauswand. Er verwünschte seinen eigenen Schatten, der sich im Mondlicht auf der weißen Mauer ihm gegenüber gespenstisch abzeichnete. Das Tor zur Straße war längst fest verschlossen, ebenso die kleinere Pforte. Aber wenn er das Badehaus umrundete, war es ihm vielleicht möglich, in den Kräutergarten und von dort durch eine der vielen Breschen in der Mauer zu entkommen. Er setzte sich in Bewegung, geduckt, den Blick starr auf das rote Schindeldach des Badehauses gerichtet. Seine Füße traten auf Schotter, den die Bauhandwerker unterhalb der Gerüste ausgestreut hatten. Das knirschende Geräusch schmerzte in seinen Ohren, und er zitterte bei dem Gedanken, in den nahen Gesindestuben könnte man die verräterischen Laute hören und auf ihn aufmerksam werden. Als er die grauen Mauern des Badehauses in seinem Rücken spürte, verharrte er erleichtert. Von hier aus würde die Flucht ein leichtes sein. Vielleicht konnte er sich ein Stück flußabwärts von einem Lastkahn mitnehmen lassen.

Doch dann, völlig unerwartet bemerkte er, wie sich der gleißende Schein zahlreicher Lampen und Pechfackeln in den dünnen Glasscheiben des Badehauses spiegelten. Im nächsten Augenblick brandete eine Flut von Stimmen über den Hof. In den blendenden Lichtkegel drängten sich die Umrisse von Männern in kalt aufblitzenden, blanken Harnischen. Und sie trugen Waffen: Hakenbüchsen, Armbrüste und Spieße. Wütendes Hundegebell begleitete ihr Rufen.

Eine Falle, durchzuckte es Bernardi in äußerster Panik. Die Pforte in die Freiheit war tatsächlich nichts weiter als eine gemeine Falle gewesen. Er warf sich zu Boden. Die Schergen wußten, wohin er gegangen war, doch noch war es ihnen in der Finsternis unmöglich, ihn auszumachen.

»Felix Bernardi, bleibt stehen!« rief eine tiefe Stimme. »Ihr werdet uns nicht entkommen, Mörder!«

»Zeigt euch, oder wir lassen die Hunde los!« brüllte ein anderer. Wie zur Bestätigung heulte die Hundemeute auf. Bernardi schlug sich durch das wilde Gestrüpp, das sich schmerzhaft in seine Hände und sein Gesicht grub. Wenn er den wilden Bestien des Stadthauptmanns entkommen wollte, mußte er dafür sorgen, daß sie seine Spur verloren. Als er sich umwandte, sah er, daß die Männer näher kamen. Ihre Fackeln leuchteten den Boden ab.

Schweißgebadet rappelte der Magister sich auf und stolperte vorwärts, der Umfassungsmauer entgegen. Das Gebell der Hunde und die Rufe seiner Verfolger schwollen zu einem ungeheuren Getöse an. Blindlings stürzte er auf die Mauer zu und hoffte, daß er sich nicht irrte und der Durchlaß sich genau an dieser Stelle befand. Ein heißer Schmerz jagte durch seine linke Hand, als er das Dornengestrüpp zur Seite schob. Hier existierte tatsächlich ein Loch, doch es war viel kleiner, als er es in Erinnerung hatte. Gleichgültig, es gab keinen Weg mehr zurück. Der Stadthauptmann würde kurzen Prozeß mit ihm machen, falls er ihm in die Hände fiel. Bernardi konnte nur beten, daß die Männer des Hauptmanns ihn nicht jenseits der Mauer in Empfang nahmen. Im selben Augenblick betraten die ersten Stadtwachen den Kräutergarten und legten auf den Flüchtigen an. Wenig später peitschten fünf

Schüsse wie bläulich glimmende Kugelblitze durch die Nacht.

Die ersten Männer der geheimnisvollen Prozession hatten soeben den Hügel erreicht und verschwanden, sich verstohlen umblickend, zwischen den Bäumen.

Philippa stellte sich auf die Zehenspitzen, um zu sehen, wen die Bauern auf ihrer Trage mit sich schleppten, aber sie konnte nichts erkennen. Die Entfernung war schlichtweg zu groß.

»Ich kann nicht glauben, daß diese Leute einen erschlagenen Christenmenschen bei Nacht und Nebel von ihrem Friedhof holen, um ihn dann auf einen Hügel zu entführen. Haben sie etwa den Verstand verloren? Wenn die Kirche davon Wind bekommt …«

»Oh, macht Euch um den Segen der Kirche keine Sorgen, Jungfer«, erwiderte Gabriel Prinz spöttisch. »Seht Ihr den kleinen, feisten Mann, der direkt hinter der Bahre schreitet?«

»Ihr meint den Kerl mit den Wacholderruten?«

»Das ist Diakonus Leuthold, der Geistliche aus dem Nachbarort. Wann immer die Bauern aus Rauhfeld und Umgebung einen Wahnbrauch durchführen, um aus Naturerscheinungen die Zukunft herauszulesen, ist er sogleich zur Stelle!« Mit einem Satz schwang sich der Musikant auf den steinernen Fenstervorsprung, schlug die langen Beine übereinander und begutachtete das Mundstück seiner Sackpfeife. Mit wachsendem Ärger sah Philippa ihm dabei zu. Der Kerl führte sich auf, als wäre das, was da draußen vor sich ging, so normal wie das Credo während der Messe.

»Eure Mutter hat Euch doch gewiß erklärt, was es heißt, einen Wahnbrauch zu beachten?« fragte Gabriel und ließ einen pfeifenden Ton erschallen.

»Die Frau, mit der ich gekommen bin, ist nicht meine Mutter, sondern meine Tante«, antwortete Philippa mürrisch. »Im übrigen halte ich nichts von abergläubischen Ammenmärchen. Mich interessieren die Wissenschaften!«

»Die Menschen hier denken darüber anders! Sie leben in enger Gemeinschaft mit der Natur und ihren Nachbarn. Wendet sich auch nur einer gegen sie, so könnte das heißen, daß die braven Bauern den Winter nicht überleben.«

»Ihr werdet es nicht glauben, aber ich bin auch auf dem Land groß geworden. Ich habe die Zeichen der neuen Zeit am eigenen Leib zu spüren bekommen!«

»Dann müßtet Ihr verstehen, daß die Leute sich nur schützen wollen!« Gabriel legte sein Instrument behutsam neben sich und maß Philippa mit einem prüfenden Blick.

»Schützen? Wovor?«

Gabriel seufzte. »Der Dorfvorsteher starb vor einigen Monaten an einer unbekannten Krankheit. Das mag noch nichts Ungewöhnliches sein. Doch wenige Tage nach seinem Tod verschwand plötzlich die Amme seines Kindes, ein blutjunges Ding, von einem Tag auf den anderen spurlos aus dem Dorf.«

»Sie verschwand?«

»Fragt Eure Wirtin, wenn Ihr mir nicht glaubt. Sie ist doch die Witwe unseres Vorstehers und muß ihr Balg nun allein durchbringen. Seit Mariä Himmelfahrt betritt kaum eine Magd freiwillig die Schankstube. Angeblich haben mehrere Bauern im Ort den verstorbenen Dorfvorsteher nach seinem Tod im Wald von Rauhfeld gesehen. Und als man dann auch noch diese Leiche aus dem Dickicht zog …«

Philippa warf den Kopf zurück. Sie war an Nachrichten über Maria interessiert, nicht an Spukgeschichten. Sollten die Rauhfelder doch ihre Gevattern beim Strohfeuer damit unterhalten. Sie selbst war aus einem ganz anderen Grund in dieses Nest gekommen. Behutsam tastete sie ihren Kopf ab. In ihren Schläfen pochte es schmerzhaft.

»Fühlt Ihr Euch nicht wohl, Herrin?« Gabriel sprang vom Fensterbrett und beugte sich besorgt zu Philippa hinunter.

»Ich fürchte, ich rede zu viel. Mein wunder Punkt. Ein Komödiant und versfußkranker Dichter findet nur schwerlich ein Ende, bevor nicht der letzte Vorhang gefallen ist.«

»Sagt mir nur noch eines«, entgegnete Philippa. »Was geschieht nun mit dem Leichnam des Erschlagenen da oben auf dem Hügel?«

»Sie haben Angst, ihn in geweihter Erde zu bestatten, aber auf dem Hügel steht die Ruine einer Abtei, die zur Zeit der Bauernkriege gebrandschatzt wurde. Nur ein paar Mauern, ein verfallener Turm und die Gewölbe sind übriggeblieben. Ich schätze, sie werden den Kerl mit der Kreuznarbe im ehemaligen Chorraum aufbahren. Im Angesicht des Kreuzes, versteht Ihr? Danach leiert der Pfarrer seine Litanei herunter, räuchert das Gewölbe mit Wacholderfeuer aus, und falls der Leichnam des Fremden in den kommenden Wochen keine widernatürliche Veränderung aufweist ...«

Philippa wandte sich ab. Während Gabriels anschaulicher Schilderung war ein Wort gefallen, das sie nicht mehr losließ. Konnte es sein, daß sie ihn falsch verstanden hatte? Mit bebender Stimme fragte sie: »Was habt Ihr soeben über den Toten gesagt? Bitte wiederholt es noch einmal!«

Der Musikant zuckte verständnislos die Achseln. »Der Mann mit der Kreuznarbe?«

»An welcher Stelle trägt der Tote eine Narbe in Form eines Kreuzes? Wo genau?«

»Ich war leider nicht dabei, als die Holzfäller ihn aus dem Wald holten. Aber man erzählte mir, er habe eine feuerrote Brandnarbe auf dem rechten Handrücken. Vor allem diese Narbe bestärkte die Bauern in ihrem Argwohn, *er* könnte der Wiedergänger sein, der seit Mariä Himmelfahrt die Sümpfe um Magdeburg unsicher macht.«

Philippa nickte stumm. Das Pochen in den Schläfen war von einem rasenden Schwindelgefühl verdrängt worden, das so stark wurde, daß es sie beinahe in die Knie zwang.

Golfried, dachte sie erschüttert. Golfrieds Narbe. Der Tote aus dem Wald war niemand anderes als ihr entlaufener Verwalter aus Lippendorf.

Am nächsten Morgen führte die Wirtin der Schenke ihre Gäste durch das Anwesen. Philippa hielt sich nur mühsam auf den Beinen. Bleich, die Augen tief in den Höhlen, lief sie hinter Katharina und der Frau in Witwentracht her, die über Weißkraut und Huflattich sprach. Sie gab sich keine Mühe, den Erklärungen der Witwe zu folgen, und wich Katharinas erstaunten Blicken aus.

Wie sollte sie sich auch auf Rettichsamen, Heilkräuter und Pflanzen für die Schönfärberei konzentrieren, wenn der ehemalige Verwalter ihres Vaters tot auf einem Hügel lag? Bis zum gestrigen Tag hatte sie fest daran geglaubt, Golfried bald wieder ausfindig zu machen und von ihm die Bestätigung ihrer Erbansprüche in Lippendorf zu erhalten. Doch nun war ihr Traum zerplatzt.

»Hast du gesehen, in welcher Dichte hier der Färberwaid sprießt, Nichte?« Katharinas Augen leuchteten vor Freude. »Ich schätze, wir werden weniger Sämereien für den Kräutergarten, dafür jedoch reichlich Färberpflanzen einkaufen.«

Philippa ließ ihre Blicke über die winterfesten Gärten schweifen, als erwache sie soeben aus einem tiefen Schlaf. Die Kräuterbeete auf dem Landstück hinter der Schenke waren ordentlich abgesteckt und mit Feldsteinen eingefriedet. Schmale, rote Hölzer zeigten an, für welche Gewächse der Erdgrund vorbereitet worden war: Basilikum, Beifuß, Melisse, Rosmarin, Liebstöckel und Lavendel. Kostproben sämtlicher Heil- und Würzkräuter hingen getrocknet und sorgfältig gebündelt unter einem Rauchfang, dessen Kamin aus Ziegelsteinen eine wohlige Wärme verströmte.

Den größten Teil des Anbaus schienen indessen Pflanzen jener Art auszufüllen, deren Substanzen zum Einfärben von Linnen, Seide und Damast gebraucht wurden. Einige junge Männer beschnitten mit langen Scheren vier Granatapfelbäume, deren Früchte im Sommer die begehrten Schwarztöne lieferten. Neben den Apfelbäumen standen in einer ordentlichen Reihe Dutzende von Walnußbäumen, auf deren verkrüppelten Ästen Raben saßen und in den grauen Winterhimmel krächzten. Der Februar, so erklärte die Wirtin, sei der geeignete Monat, um den Bäumen eine gesunde Form zu verleihen. Im hinteren Teil der Anlage hatte man mehrere runde Beete angelegt, die mit Tüchern fein säuberlich abgedeckt waren. In ihnen sollten Krappwurzeln gedeihen, aus deren Saft man rote Farbe gewann.

Hocherfreut darüber, was sie sah, schritt Katharina durch den Kräutergarten, deutete bald auf dieses, bald auf jenes Hölzchen und entschied sich zum Schluß dafür, Proben sämtlicher Sämereien einzukaufen. Sie winkte Valentin zu, der gelangweilt auf dem Gatter saß, und forderte ihn auf, die Binsenkörbe vom Wagen zu laden.

»Dein Rat war tausend Taler wert, meine Liebe«, sagte die Lutherin an Philippa gewandt. »Ich verstehe gar nicht, wie das Gut deines Vaters bei solchen Lieferanten jemals in Schwierigkeiten kommen konnte!«

Philippa zwang sich ein Lächeln ab, um ihrer Tante nicht die gute Laune zu nehmen. Die Schwierigkeiten hatten gewiß nicht damit begonnen, daß Abekke von Medewitz ihren Fuß auf Lippendorfer Boden gesetzt hatte, doch letzten Endes hatte ihre Ankunft Philippas Schicksal besiegelt. Es war müßig darüber nachzudenken, ob eine bessere Qualität von Rettichsamen und Wurzeln die Nachbarn von ihrem Raubzug ins Grenzgebiet abgehalten hätte.

Am Zaun ließ Philippa ihre Tante ein Stück des Wegs allein vorausgehen, um auf die Gastwirtin zu warten. Ungeduldig beobachtete sie, wie die Frau ihren Baumschneidern mit fester Stimme Anweisungen erteilte.

»Euer Dorfpfeifer hat mir von einer jungen Amme berichtet, die in Eurem Hause diente, bevor sie plötzlich aus Rauhfeld verschwand«, wandte sie sich unvermittelt an die Frau, als sie das Gatter zum Kräutergarten verriegelte. »Kann es sein, daß dieses Mädchen Maria Lepper hieß?«

Mit einem lauten Gepolter schlug die Frau das Gattertor zu und starrte Philippa überrascht an. Dann wandte sie ihr abrupt den Rücken zu und beeilte sich, Katharina und Valentin einzuholen. Doch so einfach wollte Philippa sie nicht davonkommen lassen. Ohne zu zögern, setzte sie der Flüchtenden nach.

»Laßt mich bitte in Frieden!« herrschte die Wirtin sie an, verlangsamte dabei jedoch ihren Schritt. »Habe ich nicht bereits genug ertragen? Muß ich nun auch noch zum Gegenstand der Neugierde in Stadt und Land werden?«

Philippa spähte zu dem kleinen Platz vor dem Fachwerkhaus hinüber. Ihre Tante war im Gasthaus verschwunden, und der Knecht hievte eine Anzahl von Körben vom Wagen. »Ihr habt mich mißverstanden, gute Frau«, sagte sie beschwichtigend. »Ich bin Magistra in Wittenberg. Maria Lepper war meine Gehilfin. Sie starb vor wenigen Tagen, und als ich erfuhr, daß die Arme aus Rauhfeld stammte …«

»Maria ist tot?« Die Wirtin senkte den Blick. »Ja, sie muß wohl tot sein. Mein verstorbener Gatte ahnte schon, daß es einmal böse mit ihr enden würde. Sie weigerte sich, im Garten oder auf den Feldern zu arbeiten. Wenn eine Tür ins Schloß fiel, zuckte sie zusammen, als wäre der Leibhaftige hinter ihr her. Es war schrecklich mit anzusehen. Aber sie war eine tüchtige, fromme Amme, ich hatte keine Bedenken, ihr mein Kind anzuvertrauen. Zumal mein Gatte für sie bürgte.«

»Dann hat Euer Gatte Maria geholfen, Rauhfeld zu verlassen?«

»Aber nein!« Die Frau schüttelte den Kopf. »Eines

Morgens lag er kalt und steif neben mir. Niemals werde ich den Ausdruck von Entsetzen in seinen Augen vergessen. Maria verließ das Dorf noch vor dem Begräbnis. Wenig später tauchten die ersten Gerüchte auf, mein Mann sei an der Straße nach Magdeburg gesehen worden. Natürlich tat ich sie als bloßes Gerede ab.«

»Bis Eure Nachbarn die Leiche zwischen den Dornbüschen entdeckten«, flüsterte Philippa geistesabwesend. Sie hatte plötzlich das Gefühl, mit ihrer Suche nach den Hintergründen des Mordes an Maria Lepper auf der richtigen Spur zu sein.

»Pfarrer Leuthold ist heute gleich nach Tagesanbruch in die Stadt geritten, um einen Magenstein zu besorgen«, flüsterte die Wirtin wie eine Verschwörerin. »Mit dessen Hilfe will er nun überprüfen, ob der Mann oben in der alten Abtei ein Dämon oder Wiedergänger ist. Ich kann nur hoffen, daß Leuthold in seinem Wahn die Grabstätte meines armen Gatten in Frieden läßt. Die Bauern hier hören auf ihn. Kaum einer traut sich noch in meine Schankstube.«

Die beiden Frauen betraten gemeinsam das Haus. In der Schankstube kniete ein junger Bursche von kaum sechzehn Jahren auf dem Fußboden und untersuchte das Spundloch eines Bierfasses. Als er seine Herrin eintreten sah, sprang er eilends auf die Füße, schleppte das Faß an seinen Platz zwischen die rußgeschwärzten Stützbalken zurück und verschwand schließlich hinter einem Vorhang, der mit Vogelmotiven bestickt war. Auf der blankgescheuerten Tafel neben dem Ausschank stand ein mit Wasser gefüllter Bottich, in dem Holzschüsseln, Schaumlöffel, Hackmesser und Kannen einweichten. Mit einem Seufzer krempelte die Wirtin ihre Ärmel hoch und griff mit beiden Händen in den Bottich.

»Wie gut kanntet Ihr die Lepperin?« fragte Philippa. »Hat sie lange in Rauhfeld gelebt?«

»Eigentlich kannte sie keiner richtig, und wenn es nach mir gegangen wäre, so hätte sie mein Haus niemals betreten. Der Dorfvorsteher hingegen hatte einen Narren an dem Mädchen gefressen, er glaubte, die Kleine beschützen zu müssen, weil sie doch mutterseelenallein aus Straßburg zu uns gekommen war. Er war mir ein guter, treuer Ehemann, und doch glaubte ich zuweilen, daß er mit der Lepperin ein Geheimnis teilte, das er nicht einmal mir, seinem eigenen Weib, anvertrauen wollte.«

Philippa spürte plötzlich ein Rauschen in ihren Ohren. Erschöpft ließ sie sich auf einer der flachen Bänke nieder und fuhr mit der Hand durch ihr widerspenstiges Haar. Wenn sie der Gastwirtin Glauben schenkte, so hatte Maria Leppers Weg nach Wittenberg gar nicht in Rauhfeld begonnen. Sie war aus der Reichsstadt Straßburg zugewandert, um sich bei den Bauern dieses kleinen Dorfes niederzulassen. Oder um sich in ihren Hütten zu verstecken. Ihr gefährliches Geheimnis hatte sie allerdings auch in dieser Einöde nicht zur Ruhe kommen lassen. Es hatte sie eingeholt – kurz nach Mariä Himmelfahrt mußte dies geschehen sein – und weiter getrieben, über die staubigen Landstraßen bis Wittenberg. Und noch eine weitere Unstimmigkeit beschäftigte Philippa. Ihre ehemalige Gehilfin hatte im Haus des Dorfvorstehers als Amme gedient. Hieß das nicht, daß sie selbst ein Kind geboren haben mußte? Was aber war aus diesem Kind geworden?

Philippa fragte die Wirtin nach dem Kind, doch die Frau schüttelte nur müde den Kopf, während sie noch immer mit dem Geschirr im Wasserbottich hantierte. Sie wußte nichts von einem Kind der Lepperin. Ihr Mann hatte ihr lediglich erzählt, das Mädchen sei in Straßburg mit einem Kriegsknecht verheiratet gewesen, der sein junges Leben bei einem Scharmützel vor den Stadtmauern eingebüßt habe.

»Ich hatte doch keinen Grund an den Worten meines

Gatten zu zweifeln«, klagte die Wirtin. »Außerdem brauchten wir sie für den Kleinen. Ich bin zu alt für ein Kind, und mein Schwager, der einzige Bruder meines Mannes, hat keinen Finger gekrümmt, um uns zu helfen. Dabei gehört er dem geistlichen Stand an!«

Irritiert folgte Philippa dem Geräusch von klirrenden Humpen, das aus der Küche herausdrang. Dann fragte sie: »Habt Ihr zufällig ein Bild Eures verstorbenen Gatten im Haus? Ein Portrait oder eine Zeichnung?«

Die Wirtin starrte sie mürrisch an. »Ölgemälde sind etwas für reiche Leute. Einmal hat ein Gast meinen Mann mit einem Kohlestück gezeichnet, weil er seine Zeche nicht zahlen konnte. Mein Mann hat den Fetzen genommen und kein Wort mehr über die Schuld verloren. So war er eben!«

»Und wo ist die Zeichnung?«

»Die hing über dem Türrahmen zur Gaststube. Doch eines Tages hat mein Mann sie genommen und ins Feuer geworfen.«

Mit diesen Worten ergriff sie ein Tuch vom Schanktisch, trocknete sich die Hände und verließ dann die Stube. Philippa blickte ihr verwirrt hinterher. Sie konnte nur hoffen, daß die Frau sich nicht bei Katharina über die Neugierde ihrer Begleiterin beschwerte.

»Eine junge Dame Eures Standes sollte keinesfalls ohne männliche Begleitung diesen Hügel besteigen, Herrin!«

Überrascht wandte Philippa sich um und erblickte Gabriel Prinz. Der Musikant mußte ihr lautlos durchs Dikkicht gefolgt sein. Er trug ein leuchtend rotes Wams, einen Schlauch aus Ziegenleder am Gürtel sowie ein Paar Stiefel aus Kaninchenfell, die ihm bis zu den Kniekehlen reichten. Über der Schulter baumelte seine Sackpfeife. Als er bemerkte, daß Philippas Staunen sich in Ärger zu verwandeln drohte, zog er seine Kappe und schenkte ihr ein fröhliches Lächeln.

Sie standen auf halber Höhe des Weges, den die Prozession der Bauern in der vergangenen Nacht zurückgelegt hatte. Philippa war überzeugt gewesen, daß keine Menschenseele von ihr Notiz genommen hatte, als sie die Schenke verlassen und den schmalen Pfad am Dreschplatz vorbei zum Gottesacker eingeschlagen hatte. Die Bauern arbeiteten außerhalb des Bannzauns, wahrscheinlich hatten sie ihren wöchentlichen Frontag zu leisten, und ihre Tante hatte sich für eine Stunde hingelegt, um den Strapazen der Rückreise ausgeruht zu begegnen.

Aus einem Bretterverschlag vor den Pferde- und Schweineställen, auf dessen Außenwand mit Farbe ein Amboß, das Zunftzeichen der Schmiede, aufgemalt war, quoll schwarzer Rauch. Dumpfe Hammerschläge dröhnten über den Platz. In der Hütte daneben sangen zwei Mädchen eine altertümliche Weise, bis sie, von einer Greisenstimme gescholten, jäh verstummten.

»Ihr habt Eure Augen wohl überall?« rief Philippa, unschlüssig, ob sie lachen oder sich ärgern sollte. Zum ersten Mal fand sie die Gelegenheit, die Gestalt des Musikanten bei Tageslicht zu sehen. Das dichte Haar des Mannes war bereits von Silberfäden durchzogen. Im Licht der Sonne schien er bedeutend älter als bei nächtlichem Kerzenschein, und doch bewegte er sich so wendig und verspielt wie ein Jüngling. »Im Ernst, Spielmann, Ihr müßt mich nicht begleiten, ich hatte lediglich beabsichtigt ...«

»... die Leiche des Erschlagenen anzusehen«, unterbrach Gabriel sie. Mit einem Schlag wich die gute Laune aus seinem Gesicht. »Ihr habt den Kerl gekannt, nicht wahr? Das habe ich bereits gestern abend in Euren Augen gelesen.« Er machte einen Schritt auf sie zu. »Ihr seid keine Krämerin? Wer seid Ihr wirklich?«

Philippa wich dem Musikanten aus. Der Boden war feucht und schimmerte grünlich wie ein Waldsee. Hier und da lagen verkohlte Holzscheite, Reste der Brandfackeln, welche die Bauern achtlos zurückgelassen hatten. In den Gräben zu beiden Seiten des Pfades ragten Schilfhalme aus dem Sumpfwasser. Philippas Atem beschleunigte sich. Als sie Gabriel in die Augen sah, ging ihr unversehens ein Schauer durch Arme und Beine. Irgend etwas stimmte nicht mit seinen Pupillen. Sie waren zu groß und zu tief und besaßen Linien, die sich zu funkelnden Kreisen schlossen. Die Magistra versuchte, die Augen zu schließen, um sich den tänzelnden Kreisen zu entziehen, die sie in ihren Bann zogen, doch es war vergeblich.

»Ich bin keine Krämerin«, flüsterte sie schließlich, wobei sie ihre eigene Stimme nicht wiedererkannte, »sondern Philippa, eine Nichte der Katharina von Bora, der Ehefrau Doktor Luthers aus Wittenberg!«

»Und der Tote, der oben im alten Chorraum liegt?« wehte ihr die melodiöse Stimme des Musikanten entgegen. »Ist er Euch bekannt?«

Philippa wollte der lockenden Stimme nicht antworten, spürte jedoch in jeder Faser ihres Leibes, daß es zwecklos war, sich zu widersetzen. Ihr Körper schien förmlich über dem Waldboden zu schweben, und ihre Zunge hatte ein Eigenleben entdeckt, dem ihre Verstandeskraft nichts entgegenzusetzen hatte. »Er war ... Verwalter auf dem Gut meines Vaters. Golfried wollte nach ... Magdeburg. Seine Papiere ...«

»Ich verstehe.« Der Musikant ergriff Philippas Hand. Mit einem Schlag fiel alle Anspannung von ihr ab. Sie fühlte sich erleichtert, frisch und ausgeruht, wie nach einem langen Schlaf. Auch die Augen des Gauklers wirkten nun nicht mehr, als besäßen sie einen besonderen Zauber. Philippa atmete tief ein und fuhr sich mit den Fingern über ihr rechtes Handgelenk. Sie brauchte einige Momente, um sich zu sammeln, dann fuhr sie den Musikanten zornig an: »Was zum Teufel habt Ihr mit mir gemacht? Ihr habt mir Euren verdammten Willen aufgezwungen. Ihr seid ein Drudner, ein Hexenmeister!«

Gabriel Prinz lachte amüsiert auf. Dabei sah er aus wie ein Scholar, der von seinem Magister bei einem Streich ertappt worden war. »Seid mir nicht böse, Jungfer von Bora. Ich konnte der Versuchung nicht widerstehen, Euch auf den Zahn zu fühlen. Zu Eurer und meiner eigenen Sicherheit, wie ich betonen möchte. Was glaubt Ihr, werden die Dorfbewohner mit Euch, einer Fremden, anstellen, wenn sie Euch auch nur in der Nähe des vermeintlichen Teufelsbuhlen aufgreifen?«

Wütend funkelte Philippa den Musikanten an, doch sie mußte zugeben, daß er die Wahrheit sprach. Sie war viel zu unüberlegt an ihr Vorhaben herangegangen. Außerdem blieb ihr nur noch wenig Zeit, um sich davon zu überzeugen, daß es tatsächlich der Diener ihres Vaters war, der dort oben auf dem Hügel lag. Das Geschäft in Rauhfeld war getätigt, der Wagen mit Sämereien und getrockneten Heilkräutern beladen. In Kürze würde Katharina erwachen und die Pferde anspannen lassen.

»Nun gut«, sagte sie schließlich, »so kommt eben mit!«

Gemeinsam erklommen sie den Hügel und hielten sich dabei auf dem immer steiler werdenden Trampelpfad, bis der Wald auf einmal lichter wurde und die Umrisse eines verfallenen Gebäudes vor ihnen auftauchten. Philippa zog die Kapuze ihres Umhangs tief in ihr Gesicht. Die Atmosphäre war düster, beinahe bedrückend. Der mächtige Glockenturm der ehemaligen Abtei war bis auf die Grundmauern heruntergebrannt. Vom Kreuzgang standen nur noch einige gotische Rundbögen, zwischen denen Vögel ihre Nester bauten, und durch die hohlen Fensteröffnungen der ehemaligen Sakristei wucherten dürre Brombeersträucher.

»Noch vor wenigen Jahren pilgerten die Rauhfelder zur Abtei, um dem Bruder *Cellarius* ihren Zehnten abzuliefern«, erklärte Gabriel Prinz leise. »Heute glauben die meisten von ihnen, daß der Leibhaftige selbst hier hofhält. Seht Ihr die Mauernische neben dem zerfallenen Tor?«

Philippa sträubten sich die Haare, als sie die kleine Vertiefung entdeckte. Eingesponnen in einen Kokon aus Schmutz, Strauchwerk und Spinnweben erkannte sie die Überreste einer männlichen Figur aus Stein, deren leblose, kalte Augen über den ehemaligen Klostervorhof starrten. Die aufrührerischen Rotten hatten mit dem Schutzpatron der Abtei, mit dem sie offensichtlich ihr eigenes Leid in Verbindung brachten, kurzen Prozeß gemacht. Anstelle von Armen ragten nur noch zersplitterte Stümpfe aus dem Leib. Nase und Ohren waren in blinder Wut aus dem Stein gehauen worden. Allein die walnußgroßen Augen des Heiligen hatte keiner der Wütenden angerührt.

»Es wird erzählt, als der Anführer der Rotte seinen Hammer erhob, um den Steinkopf zu zerschmettern, fiel das Eisen vom Stiel und brachte ihm eine schwere Wunde bei. Ich weiß allerdings nicht, ob diese Geschichte der Wahrheit entspricht oder nur ein Märchen ist.« Gabriel maß sie mit einem Blick, aus dem Verwirrung sprach. »Seid Ihr sicher, daß Ihr das Gebäude betreten wollt?«

»Hierzulande scheinen sich die Leute nur zu gern ihre eigenen Märchen zu schaffen«, erwiderte Philippa. Mit einer raschen Handbewegung hob sie den Saum ihres Kleides an und stieg über einen Haufen aus Schutt und Scherben, um sich einen Weg in den offenliegenden Chorraum zu bahnen.

Golfried, oder vielmehr das, was von seinem geschundenen Körper übriggeblieben war, lag aufgebahrt auf einem rechteckigen Sockel in der Mitte des Raumes. Der Leichnam war völlig bekleidet. Seine blutigen Arme und Beine hatte man mit Hanfseilen an vier in den Boden gerammten Pflöcken befestigt. Vor der Bahre erhob sich ein gewaltiges Holzkreuz aus einem Kreis von heruntergebrannten

Wachskerzen und Talglichtern. Die wenigen noch aufrecht stehenden Säulen und Mauern des Raumes trugen lateinische Inschriften: Psalmen oder Fürbitten, die das Böse an diesem entweihten Ort festhalten und es nicht über das nahe Dorf hereinbrechen lassen sollten.

Während Philippa noch unschlüssig am Eingang verharrte, wehte ihr ein Geruch in die Nase, der ihr sogleich Übelkeit verursachte. Philippa krümmte sich, riß die Hand vor Mund und Nase, doch es war zu spät. Von Krämpfen geschüttelt, wankte sie zurück und erbrach sich über der steinernen Schwelle. Sie hatte geglaubt, den Anblick ertragen zu können. Schließlich hatte der stets mürrische Verwalter sie ebensowenig gemocht wie sie ihn. Doch sie täuschte sich. Ein tiefes Schluchzen entwich ihrer Kehle. Golfrieds Tod war kein Zufall gewesen. Sie wußte, daß Abekke ihre Hand im Spiel hatte, aber wie sollte sie dies jemals beweisen?

»Ich habe euch gewarnt, Jungfer von Bora! Dies ist kein Anblick für eine Frau«, hörte sie Gabriel Prinz ohne jede Häme sagen. Er machte sich Sorgen um sie, und plötzlich war sie ihm dankbar, daß er sie nicht allein zur Abtei hatte gehen lassen. Fürsorglich half Gabriel ihr auf die Beine. Dann knüpfte er seinen Lederschlauch von der Hüfte, zog den Stopfen heraus und führte den Schlauch an Philippas Lippen. Das Wasser war eiskalt, und Philippa spürte jeden einzelnen Tropfen, der ihre Kehle herunterrann.

»Ich kann nicht anders«, gab sie keuchend zurück. »Und wenn es mich … umbringt …« Sie nahm ihre Haube vom Kopf und verhüllte mit dem steifen, weißen Tuch ihre Nase.

»Darf man wenigstens fragen, *was* Ihr sucht? Das rote Wundmal auf seiner Hand sollte Euch eigentlich genügen!«

»Als unser Verwalter das Gut verließ, trug er Dokumente bei sich, die mein Vater ihm anvertraut hatte. Gewöhnliche Straßenräuber durchsuchen ihre Opfer nach Gold und

Wertgegenständen! Von Papieren haben sie keinen Nutzen!« Langsam näherte sie sich der Gestalt auf der Bahre. »Vielleicht stecken sie noch in seinem Wams.«

Gabriel Prinz öffnete verblüfft den Mund, und der spöttische Zug, der für gewöhnlich seine vollen Lippen umspielte, verlor sich. »Was tut Ihr da?« stöhnte er. »Ihr könnt den Toten unmöglich entkleiden!«

Philippa wandte den Kopf. »Keine Angst, das habe ich auch nicht vor. Diese Aufgabe überlasse ich der Geschicklichkeit eines ausgewiesenen Komödianten und versfußkranken Dichters!«

Es war das Tollkühnste, was Gabriel Prinz eine Frau jemals hatte sagen hören. Das Mädchen schien keine Ahnung zu haben, was geschehen konnte, wenn Pfarrer Leuthold und die Dorfbewohner in dieser Nacht auch nur die geringste Veränderung am Körper oder der Kleidung des vermeintlichen Widergängers wahrnehmen sollten.

Gabriel Prinz rang nach Luft. Er fragte sich, ob er in einem Alptraum gefangen war, und wie es sein konnte, daß eine Fremde plötzlich Macht über *ihn* gewonnen hatte. Dabei hatte sie ihm nicht einmal in die Augen geblickt. Es lag vielmehr etwas in ihrer Stimme, ein unergründliches Verlangen nach Widerstand, das ihm beschied, wie ernst es ihr mit dieser Sache war. Diese Nichte Luthers konnte rücksichtslos sein, soviel stand fest. Aber vielleicht war es gerade dieser Umstand, der sie so unerhört anziehend erscheinen ließ. Gabriel hustete und spuckte mehrmals aus, bevor er seine Sackpfeife ablegte und an die Bahre trat. Mit einer Hand hielt er sich die Nase zu, während die andere sich ihren Weg bahnte, das zerschlissene Wams des Toten entlang.

»Warum haltet Ihr ein?« rief Philippa, als seine Finger zurückschreckten. »Habt Ihr etwas entdeckt?«

»Wenn Ihr's so nennen wollt? Euer Verwalter ist jedenfalls nicht erschlagen worden. Die Prellungen an seinem

Schädel haben nicht zum Tode geführt. Die Stichverletzung an seiner Brust schon eher. Der Wundkanal ist sehr dünn, zu dünn für ein Schwert. Ich vermute, es war eine spanische Klinge, die ihn durchbohrte.«

»Eine spanische Klinge«, wiederholte Philippa in Gedanken. Sie konnte sich denken, wer Golfried auf dem Gewissen hatte, aber es würde schwer werden, einen Beweis zu finden.

»Mir scheint, daß dieser Mann einem Ritter oder Kriegsknecht in die Quere kam. Klingen dieser Machart finden selten ihren Weg in die Hände eines einfachen Straßenräubers«, sagte Gabriel Prinz. Geschickt wie ein Taschendieb ließ er seine schlanken Finger unter die Innenseite des Rockes gleiten. In Windeseile tasteten sie das mit dünnem Pelz gefütterte Tuch ab. »Ihr hattet recht, Jungfer. Hier ist eine Tasche im Stoff, aber sie ist aufgetrennt und ... leer. Keine Papiere, kein Gold, gar nichts! Dürfte ich nun ...«

Der Musikant sprach nicht weiter. Als Philippa etwas entgegnen wollte, hieß er sie mit einer energischen Geste zu schweigen. Er kniff die Augen zusammen und wandte sich dem Eingang zu. Im nächsten Moment hörte Philippa ganz deutlich Pferdehufe auf dem verschlungenen Pfad, der zur Ruine hinaufführte.

»Das habe ich befürchtet«, preßte Gabriel zwischen den Zähnen hindurch. »Pfarrer Leuthold kommt zurück. Mit ihm reiten zwei ... nein, drei Männer. Na fabelhaft! Sie reiten direkt auf die Abtei zu.«

»Gibt es denn keine Möglichkeit, hier herauszukommen?« flüsterte Philippa. Sie blickte sich in dem kahlen Raum mit seinen Kreuzbögen und Säulen um, ohne jedoch nur das kleinste Schlupfloch zu entdecken.

»Die Kleiderkammer«, gab der Musikant zurück. »Hinter der letzten Säule ist der Zugang zu einem fensterlosen Raum. Die Mönche bewahrten dort ihre liturgischen Geräte und die Meßgewänder auf. Ihr müßt ein paar Steine aus dem Weg räumen, dann könnt ihr über das Geröll hinüberklettern!«

»Und Ihr?« entgegnete Philippa angsterfüllt.

»Ich werde versuchen, unseren Freund wieder so herzurichten, wie wir ihn vorgefunden haben. Danach folge ich Euch. Beeilt Euch! Sie werden gleich hier sein!«

Philippa hastete zur Rückwand des Chores. Wie Gabriel gesagt hatte, wurde der Zugang zu der kleinen Apsis von riesigen Steinquadern, Holzbalken und reichlich Geröll versperrt. Philippa war ratlos. Es war unmöglich, in die Kleiderkammer zu gelangen, ohne über diesen Berg aus Steinen und Scherben zu steigen, doch der Lärm, den sie bei einem Versuch auslöste, würde sie unweigerlich verraten.

Hallende Geräusche sagten ihr, daß Gabriel den Chorraum entlangeilte. Der Gaukler hatte die Situation auf der Stelle erfaßt. »Uns bleibt wenig Zeit, die Männer sind bereits an der Biegung. Kommt, steigt hinauf, ich stütze Euch!«

»Aber die Quader«, hielt Philippa ihm verzweifelt entgegen. »Wenn sie zu Boden fallen, wird es einen Schlag geben, als stürzten die Mauern von Jericho zusammen!«

»Nicht, wenn Ihr sie nach vorne schiebt und sie in die Kleiderkammer fallen. Die Mauer wird das Geräusch dämpfen!«

Ohne weiteren Widerspruch kletterte Philippa über Schutt und Geröll. Die angesengten Balken knirschten bedrohlich unter ihren Füßen, Sand und Staub reizten ihre Kehle. Doch zuletzt gelang es ihr, den Spalt vor der Apsis zu vergrößern. Als die größten Steinbrocken nach innen fielen, hielt sie, in Erwartung eines dumpfen Lautes, den Atem an. Doch der vermeintliche Lärm blieb aus. Die Steine waren auf weichen Grund geschlagen. So schnell sie konnte, schlüpfte Philippa durch den Spalt. Gabriel Prinz folgte ihr kopfüber.

Im nächsten Augenblick betraten drei Gestalten, angeführt von einem kräftigen Mann in der Soutane eines Priesters, den Chorraum. Mißtrauisch blickten sie sich um, ehe sie an die Bahre mit dem Toten traten.

Philippa und Gabriel wagten nicht, sich zu rühren. Mit klopfendem Herzen starrte Philippa in die Finsternis. Die Kammer war winzig, die Luft unangenehm trocken. Sie konnte nur beten, daß die Männer im Chorraum verschwanden, ehe ihnen in dieser Gruft buchstäblich die Luft ausging. Plötzlich bemerkte sie, wie Gabriel vor Schreck die Augen aufriß. Fragend stieß sie ihn an.

»Meine Sackpfeife«, flüsterte er, ohne die Lippen zu bewegen. »Ich habe sie hinter der Bahre liegen lassen!« Vorsichtig erhob er sich und spähte durch die Ritzen der Steinbrocken nach draußen. Alles, was er im Zwielicht erkennen konnte, war die der Kleiderkammer gegenüberliegende Mauer, doch wenigstens waren die Stimmen der Männer deutlicher zu verstehen.

»Was sagen sie?« zischte Philippa. »Haben sie Verdacht geschöpft?«

Gabriel winkte ab.

Einer der Ankömmlinge, vermutlich der Priester, begann, mit hoher Stimme zu singen. Lateinische Klänge hallten durch den Chor und verbanden sich mit dem Rauschen der Bäume, deren Äste durch die hohlen Fensteröffnungen ins Innere ragten. Philippa überlegte, wann sie zum letzten Mal klösterliche Gesänge gehört hatte. Es mußte viele Jahre her sein. Sie war noch ein Kind gewesen, und ihre Mutter hatte sie an der Hand gehalten, während der Priester vom Hochaltar an das Tabernakel getreten war. Doch diese Zeremonie war keine Messe. Die Abtei war zerstört, der alte Glaube mit Feuer und Schwert aus ihren Mauern getrieben. Zurück blieb das Gefühl von Enge, Kälte und Angst. Plötzlich waberte ein sonderbarer Geruch durch die Kapelle. Philippa erinnerte sich an den Duft von Weihrauch, spürte jedoch instinktiv, daß dieser Geruch von etwas anderem herrührte. Die Männer mußten irgendwelche stark riechenden Kräuter verbrennen. Sie legte den Kopf auf ihre Arme, um die Dünste nicht einatmen zu müssen. Deshalb bemerkte sie zunächst nicht, daß die Stimmen schließlich verhallten und Gabriel sich vorsichtig durch die Spalte in den Chorraum zwängte.

»Paßt auf Eure Knie auf«, warnte er Philippa, als sie sich anschickte, ihr Versteck ebenfalls zu verlassen. Sie begaben sich in den Chorraum zurück, wo Golfrieds Leichnam in unveränderter Pose auf dem Sockel lag. Vor dem Holzkreuz stand eine Schale mit Räucherwerk auf der Erde, von der feiner Rauch aufstieg.

»Ich kann kaum glauben, daß die Männer meine Sackpfeife übersehen haben«, sagte Gabriel Prinz erleichtert. Er bückte sich und untersuchte sein Instrument mit prüfenden Blicken. »Mein Glück, daß der Pfarrer ebenso schlecht sieht, wie er singt!«

»Er hat etwas auf Golfrieds Leib gelegt. Sieht aus wie eine Kugel aus Wolle.« Ohne zu überlegen, streckte Philippa ihre Hand nach dem sonderbaren Gegenstand aus, als Gabriel entsetzt aufschrie: »Nicht anfassen, Jungfer!«

Philippa schrak zurück. »Ich wollte nur ...«

»Das ist ein *Bezoar*, ein Magenstein aus Haaren und Pflanzenresten, den man zwischen den Innereien einer Ziege findet. Ich habe ähnliche Exemplare gesehen, als ich vor einigen Jahren mit einer Gruppe von Schaustellern durch Persien gereist bin. Dort schwört man darauf als wirksames Mittel gegen alle Arten von dämonischem Zauber.«

Philippa erbleichte. Mit fahrigen Bewegungen strich sie sich den Staub aus den Haaren und setzte ihre Haube wieder auf. »Laßt mich raten: Die Kugel ist vergiftet!«

Gabriel Prinz zuckte mit den Schultern. »Wir finden es am besten niemals heraus!«

Schweigend verließen sie die Abtei. Erst an der Biegung,

die zum Gottesacker führte, räusperte sich Philippa und fragte: »Wo habt Ihr gelernt, die Gedanken fremder Menschen zu kontrollieren? In Persien?«

»Man schnappt so einiges auf«, antwortete der Musikant wortkarg. Noch immer hielt er seine Sackpfeife umklammert, als wäre sie ein wiedergefundenes Kind. »Vermutlich fragt Ihr Euch nun, warum ich mich vor Leuthold und seinen Männern verkrochen habe, anstatt, wie Ihr Euch ausdrückt, ihre Gedanken zu kontrollieren?«

Philippa empfand Erleichterung, daß Gabriels Blicke starr auf den Pfad und nicht auf sie gerichtet waren, denn sie fühlte, wie ihr vor Verlegenheit die Röte ins Gesicht stieg. »Nun ja, so direkt gefragt ...«

»Ihr könnt erst in einem Buch lesen, sobald seine Seiten beschrieben sind, Jungfer«, sagte er mit einer Stimme, als wäre er tief in Gedanken versunken. »Eure Augen spiegeln wider, was Ihr fühlt, was Ihr denkt. Die Freude, die Euer Herz zum Rasen bringt, das Leid, das Euch begleitet, wo auch immer Ihr seid. Versteht Ihr? Solcher Art sind die Seiten Eures Lebensbuches. Ich kann sie aufschlagen, und das verwirrt Euch. Bei Leuthold ist das etwas völlig anderes. Ich möchte nicht sagen, daß ihm Gefühle fremd sind, aber sie werden bei ihm von einem stumpfen Zwang gelenkt. Diesen Zwang hält er für Glauben. In Wahrheit klammert er sich an einen Notnagel und folgt, statt sich mit den Veränderungen unserer Zeit auseinanderzusetzen, der einfachsten Lösung, die sein erstarrter Geist begreift.«

»Und wie sieht diese Lösung aus?«

»Er ist der Ansicht, daß der Antichrist bereits erschienen ist und überall lauert, uns zu verschlingen. Das Tier der Apokalypse wird in Kürze gebunden sein, und da es weiß, daß seine Zeit gekommen ist, sendet es seine Kreaturen aus, um die Rechtgläubigen in die Irre zu führen. Die Leute von Rauhfeld sind empfänglich für solche Visionen, die das Ende der Welt verkünden. Kaum ein Tag vergeht, an dem nicht wenigstens einer in den Lüften Psalmengesänge, Waffengeklirr oder eine unsichtbare Trompete vernommen haben will. Was habt Ihr, Jungfer? Ihr zittert plötzlich am ganzen Leib.« Unvermittelt nahm er sie in die Arme, bis das verräterische Beben in ihrer Brust langsam schwächer wurde.

»Es ist nichts«, wiegelte Philippa leise ab. »Nur ein wenig Kopfschmerzen. Ich sollte bei der Pumpe haltmachen und meine Kleider in Ordnung bringen.«

Es war eine Ausrede, um ihn loszuwerden. Und Philippa spürte, daß er es wußte, ohne ihre Augen befragt zu haben. Schuldbewußt senkte sie den Blick und löste sich aus seiner Umarmung.

»Ich verstehe«, sagte Gabriel. »Ihr müßt nach Wittenberg zurück, weil dort jemand auf Euch wartet! Solltet Ihr dennoch jemals die Hilfe eines Gauklers brauchen, so fragt den Jungwirt in der Magdeburger Schenke *Zum Goldenen Kessel* nach mir. Er wird wissen, wo ich zu finden bin!«

Mit einer raschen Bewegung schulterte er seine Sackpfeife, zog seine Filzkappe tiefer in die Stirn, und noch ehe Philippa ein Wort entgegnen konnte, war er auch schon im Dickicht verschwunden.

18. KAPITEL

Wenn Katharina Luther etwas beherrschte, so, in schwierigen Situationen ihre Haltung nicht zu verlieren. Es war schwer auszumachen, welche Nachricht ihr mehr zusetzte: die von der fortschreitenden Krankheit ihres Mannes, von der ihr kurz nach ihrer Rückkehr nach Wittenberg ein Bote berichtete, oder jene von der Flucht des Magisters Bernardi.

»Ich trage die volle Verantwortung«, war ihr einziger Kommentar, als der Stadthauptmann sie mit einem seiner Soldaten im Schwarzen Kloster aufsuchte, um sich zu beschweren. Im übrigen gab sie dem jungen Mann zu verstehen, daß sie ihm keine Rechenschaft schuldete, und verließ ihn schließlich, um einen Brief an ihren Gemahl zu diktieren.

Das Bundestreffen neigte sich seinem Ende entgegen. Letztlich hatten die Argumente des sächsischen Kurfürsten und seines Schützlings Luther die Herren offensichtlich doch noch überzeugt, ihre Gegensätze zu überwinden und die vorbereitete Bündnisformel gegen Papst und Kaiser zu unterzeichnen. Wie man hörte, rüsteten sich die Fürsten und Vertreter der Reichsstädte bereits zur Heimkehr.

»Seit Ihr aus diesem Nest zurückgekehrt seid, hat die Herrin kein Auge mehr zugemacht«, wußte Roswitha zu berichten, als Philippa und sie einige Tage später in der Küche zusammensaßen und die aus Rauhfeld mitgebrachten

Kräuterbüschel mit Fäden zusammenbanden. Später sollten sie an die Deckenbalken neben der Feuerstelle gehängt werden. Durch das kleine Fenster der Kammer, in der die beiden Frauen an ihrem ersten Abend im Schwarzen Kloster gesessen und heiße Suppe gegessen hatten, schaute der Winterhimmel herein. Es dämmerte. Feiner Sprühregen bedeckte die dünnen Scheiben.

Roswitha seufzte. Ihr sonst so rotes Gesicht hatte eine Blässe angenommen, die Philippa erschreckte. Es tat ihr leid, daß sie Roswitha in den vergangenen Wochen vernachlässigt hatte, und sie nahm sich vor, ihre Amme künftig stärker ins Vertrauen zu ziehen. Immerhin verfügte die Alte über einen wachen Verstand und vermochte, auf ihre ruppige Art manche Dinge erstaunlich rasch und vernünftig zu betrachten.

»Eure Augen sind schon wieder rot, mein Herz. Habt Ihr geweint?«

Philippa schüttelte den Kopf. Es war nicht ihre Art, Gefühlen freien Lauf zu lassen. Nicht einmal als ihr Vater gestorben war und man sie auf einen Karren gesetzt und zum Tor hinausgefahren hatte, hatte sie weinen können. In dieser Beziehung ähnelte sie ihrer Tante, die sich mit Lupian in ihre Gemächer eingeschlossen hatte, ohne ein weiteres Wort über Bernardi und den Zorn des Stadthauptmanns zu verlieren.

»Ist es wegen der Flucht Eures Magisters?« fragte Roswitha hartnäckig. Sie stand auf, lief um den Tisch herum und nahm ein Gefäß mit grünem Deckel von einem der Borde neben der Feuerstelle.

»Er ist nicht *mein* Magister«, rief Philippa erbost. »Ich wäre dir dankbar, wenn du Felix Bernardi in meiner Gegenwart nicht mehr erwähnen würdest!«

»Aber für unschuldig haltet Ihr ihn nach wie vor, habe ich recht?«

Philippa mußte nicht antworten, denn im selben Augenblick wurde die Tür zum ehemaligen Refektorium aufgerissen, und eine Schar von Kindern fegte schreiend vor Übermut durch die Küche. Der Windzug, den sie mit sich trugen, brachte beinahe Roswithas Lampe zum Erlöschen.

»Base Philippa«, krähte der kleine Paul, als er seine Cousine erkannte, »Mama sagt, die Mädchen, denen du Unterricht gibst, sind gekommen. Sie warten schon oben in der Schulstube. Du mußt die Glocke läuten!«

Philippa wischte sich hastig über die Augen und lächelte den Jungen freundlich an. Die anderen Kinder waren längst vor Roswithas Schelte aus der Küche geflohen und hatten die Tür hinter sich zugeworfen, doch der Junge blieb stehen, ohne seinen Geschwistern und Freunden nach draußen zu folgen.

»Danke, Paul. Ich werde gleich nach oben gehen!«

»Nimmst du mich mit in die Schulstube? Ich möchte auch lesen und schreiben lernen wie mein Bruder Johannes.«

Philippa stand auf und strich ihrem jüngsten Cousin liebevoll über den blonden Haarschopf. Dann nahm sie ein Stück Holzkohle aus dem Feuerspalt unter dem gemauerten Herd und malte ihm damit ein großes P in die Handfläche. »Präge dir diesen Buchstaben gut ein, bis du dir vor dem Abendbrot die Hände wäschst«, sagte sie. »Er sieht aus wie ein Mast, an dem ein Fähnchen flattert. Mit ihm beginnt dein Name, den auch ein Apostel unseres Herrn trug! Wenn du ihn bis morgen nicht vergessen hast, schenke ich dir den nächsten Buchstaben aus Kuchenteig, und kannst du erst einmal deinen Namen schreiben, wird es nicht mehr lange dauern, bis du alt genug bist, um von einem richtigen Schulmeister unterrichtet zu werden!«

Als Philippa die Küche verlassen wollte, bemerkte sie, wie Roswitha sich abmühte, eine streng riechende Kräutersalbe auf ihrem geschwollenen linken Handrücken zu verteilen. Das Zeug war hart wie Stein und zerbröckelte, kaum daß die Amme es aus dem Gefäß gekratzt hatte. Roswithas Gesicht verzerrte sich vor Anstrengung. Sie schien Schmerzen zu haben.

»Was fehlt dir denn?« fragte Philippa verwundert.

»Kein Grund zur Sorge.« Die Amme verbarg ihre Hand unter einer Falte ihres Kleides. »Nur ein läppischer Hautausschlag. Vermutlich bin ich bei der Pflege Eurer Muhme mit einer Arznei in Berührung gekommen, die mir die Haut gereizt hat! Kümmert Euch lieber um Eure Schülerinnen. Der Rat soll bereits bei Meister Lupian angefragt haben, ob es Euch denn noch ernst wäre mit der Mädchenschule!« Sie erhob sich schwerfällig, wankte zum Herdfeuer hinüber und schichtete die halb verkohlten Scheite wieder auf.

»Der Rat?« Philippa legte ungläubig die Stirn in Falten. »Was haben die Ratsherren mit meinem Unterricht zu tun? Ich berichte Melanchthon. Er wird verstehen, daß ich …«

»Nun, eigentlich waren es nicht die Ratsherren, die sich nach Euch erkundigt haben, mein Herz.«

»Sondern wer?«

»Es war dieser Eidgraf«, stieß Roswitha hervor und spuckte in die Aschenglut. Sie gab sich keine Mühe, ihren Abscheu zu verbergen. »Wolfger von … was weiß ich. Dieser schreckliche Mensch ist vorzeitig aus Schmalkalden zurückgekehrt, um uns allen das Leben schwerzumachen. Ihr solltet Euch vorsehen!«

Im Ofen der Schulstube knisterten die Holzscheite. Obwohl an diesem Nachmittag nur elf Mädchen im Schwarzen Kloster erschienen waren und folglich auch die Brandspende dürftiger ausgefallen war als gewöhnlich, schlug Philippa wohlige Wärme entgegen, als sie ihren Platz vor dem blanken Katheder bestieg.

Noch aufgewühlt von Roswithas Erzählung blickte sie in die erwartungsvollen Gesichter ihrer Schülerinnen. Die jüngeren Mädchen hatten wie immer Rechenbretter und Fibeln mit Schnörkelschrift vor sich liegen, die älteren Wachstafeln und angespitzte Griffel.

»Habt Ihr bereits die Neuigkeit gehört, Schulmeisterin?« rief das Mädchen namens Barbara lauthals. »Der Mörder Eurer Gehilfin ist entflohen. Man sagt, er sei auf einem Boot die Elbe abwärts getrieben!«

»Das stimmt aber nicht«, widersprach ein rundliches Mädchen, das vor kurzem erst mit dem Addieren begonnen hatte. »Mein Vater hat gesehen, wie er sich hinter der Eisenwaage in Luft aufgelöst hat. Er war doch ein Zauberer wie die alte Barle und ...«

Philippa ertrug es nicht länger. Energisch klopfte sie mit der flachen Hand auf den Katheder, daß ihre Bücher nur so hüpften. Augenblicklich verstummten die Mädchen und senkten die Köpfe. »In dieser Schulstube wird kein Klatsch verbreitet, habt ihr verstanden?« Sie erhob sich und stützte sich mit beiden Armen auf die Tischplatte. »Ihr seid hier, um etwas zu lernen, was euren Verstand schärfen soll. Nicht, um euch gegenseitig mit Marktgeschwätz zu unterhalten. Barbara, nimm bitte deine Tafel zur Hand. Ich werde dir einen Satz aus der Epistel des Jakobus diktieren. Danach werden die Älteren versuchen, ihn vom Lateinischen ins Deutsche zu übersetzen. Die Jüngeren schlagen ihre Fibel auf und suchen die Seite, auf der die Werkzeuge der Handwerkszünfte zu sehen sind.«

Folgsam kamen die Kinder Philippas Aufforderungen nach. Lediglich Barbara machte keine Anstalten, ihre Wachstafel aus der Tasche zu nehmen. »Bei unserer früheren Schulmeisterin mußten wir kein Latein lernen«, behauptete sie verstockt. »Sie erklärte uns, daß der Schädel einer Frau sich verformt, wenn sie sich mit solchen Dingen beschäftigt.«

Widerwillig mußte Philippa lachen. »Danke, daß du mich darüber in Kenntnis setzt, Barbara. Als ich begonnen habe, die lateinische und griechische Sprache zu erlernen, war ich kaum älter als du. Ich hoffe, mein Schädel ist nicht gar zu schief gewachsen.«

Die Kinder steckten die Köpfe zusammen und kicherten. Barbara errötete. Als sie sich jedoch umwandte, verebbte das Gelächter schlagartig. Mit grimmiger Miene sagte das Mädchen: »Ich verstehe trotzdem nicht, wie mir Euer Latein durchs Leben helfen soll. Nach *Misericordia Domini* werde ich vierzehn Jahre alt. Mein Vater hat bereits angedeutet, daß es sein Wunsch ist, mich mit dem Sohn eines befreundeten Kürschners aus Meißen zu verloben. Dabei kenne ich den Mann nicht einmal. Meine Brüder ziehen mich schon heute damit auf. Sie behaupten, er sei fett und humpele. Als Kürschnersfrau werde ich gewiß nicht die Freiheit haben, Bücher zu lesen oder mich mit diesen alten Griechen zu beschäftigen!«

Philippa ließ sich auf ihren Stuhl zurücksinken. Das Mädchen hat vielleicht nicht unrecht, mußte sie sich eingestehen. Sie war Schulmeisterin und kannte nicht einmal die dringlichsten Nöte der ihr anvertrauten Seelen. Machte sie sich und ihren Schülerinnen nicht etwas vor, indem sie glaubte, die Welt mit einer Schreibfeder und der Kenntnis der Reden Ciceros verändern zu können? Zähmte man ein Rudel Wölfe mit einem Tintenfaß? Maria Lepper hatten weder Fleiß noch Wissensdurst retten können. Sie war tot und begraben, Magister Bernardi befand sich auf der Flucht, und die aufgeweckte Barbara würde nach *Misericordia Domini* in der Werkstatt eines fetten, humpelnden Kürschners Pelze bürsten und Häute fetten. Was also, wenn der Weg, den sie sich erträumte, nur zu weiterem, mannigfaltigerem Elend führte? War es dann nicht besser, die Bücher zu schließen und sich in sein Schicksal zu fügen? Ihr Blick fiel auf eine kleine Druckschrift, die Hans Lufft vor wenigen Wochen eigens für den Unterricht der Wittenberger Mädchen aufgelegt hatte.

»Du möchtest wissen, warum die Gelehrten, die sich Humanisten nennen, das Altertum mitsamt seinen Sprachen verehren?« fragte Philippa schließlich an Barbara gewandt. »Warum es nicht umsonst ist, sich mit den Wissenschaften zu befassen, auch wenn der eigene Lebensweg anders verlaufen mag, als wir ihn uns vorstellen?« Sie öffnete ihre Schreibmappe mit den unvollendeten Übersetzungen von Sallusts *Verschwörung des Catilina.* Das Papier wellte sich bereits unter ihren Fingerspitzen. Vermutlich hatte sie es zu lange in seinem feuchten Kasten liegenlassen. »Die Humanisten verdanken dem Römer Cicero ihre Erkenntnis, daß es sowohl äußere als auch innere Freiheiten gibt. Mein Onkel, Doktor Luther, hat diese Lehre aufgegriffen, indem er von zwei Reichen predigt. Das eine ist ein Reich der Gnade, in dem kein anderes Gesetz wirkt, als Gottes Barmherzigkeit, während im anderen Reich die weltliche Obrigkeit über uns regiert.«

»Aber müssen wir nicht in beiden Reichen gehorsam sein?« meldete sich eine Schülerin, die neben Barbara saß, zu Wort.

»Geistige Freiheit ist keine Frage von Gehorsam, verstehst du? Gehorsam ist lediglich der Unterbau einer jeden äußeren Ordnung, der man sich als treuer Untertan zu fügen hat. Nur versteht der Humanismus diese Ordnung nicht als Zwang oder Nötigung, sondern als eine Möglichkeit für jeden Menschen, seine Persönlichkeit harmonisch zu entwickeln. Allein diese Entwicklung verhilft dem Menschen, sich geistig zu öffnen, dort Schönheit zu entdecken, wo sie schon beinahe abhanden gekommen ist.«

»Wollt Ihr damit sagen, wenn ich diesen Humanisten und ihren Ideen folge und Latein lerne, kann ich selbst an einem schielenden Kürschner Schönheit entdecken?« fragte Barbara mit skeptischer Miene.

Philippa lächelte. Die Schulstunde begann ihr Spaß zu

machen. Zum ersten Mal seit Stunden schien der Alpdruck, der sie seit Rauhfeld begleitet hatte, zu weichen. »Zumindest verschaffst du dir Möglichkeiten«, erklärte sie aufgeräumt, »welche Mädchen und Jungen wie du in früheren Zeiten nicht hatten. Und diese Möglichkeiten werden zum Gradmesser deiner Entwicklung. Was dein Verstand aufnimmt, verformt nicht den Schädel. Es wird dir vielmehr zeigen, innerlich unabhängig zu sein, durch Geist und Witz zu überzeugen. Wenn auch womöglich nur dich selbst!«

»Verstanden denn die Heiden im Altertum nach diesen Grundsätzen zu leben? Ihre Reiche sind doch letztendlich zerfallen!«

»Nicht alle«, gab Philippa zu. »Der Weg der Wissenschaften war dem einfachen Bürger selten zugänglich. Doch immerhin hatte er einen Vorteil, den Angehörige späterer Generationen bis heute verloren haben: Die Welt der alten Griechen kannte keine verbindlichen Dogmen, kein geistiges Übergewicht einer wahren Lehre, welche andere Erkenntnisse, und somit die harmonische Entfaltung der Seele, unterdrückte. Allerdings dürfen wir nicht vergessen, daß auch unsere Kirche dem Menschen Willensfreiheit zugesteht. Das Erdenleben schafft Engel und Teufel gleichermaßen!«

Ein heftiges Getöse ließ Philippa verstummen. Im Hof erscholl Pferdegetrampel, dem ein energisches Ziehen am Glockenstrang sowie aufgebrachte Stimmen folgten. Philippa ging zum Fenster und öffnete einen Flügel. Ihr schwante Böses. Auf dem Weg, der zu den Pferdeställen führte, lieferten sich Graf Wolfger, Valentin Schuhbrügg und Magdalena, die Verwalterin des kleinen Freihofes, ein erbittertes Wortgefecht. Die Freihöferin trug in jeder Hand eine Milchkanne. Während sie redete, schwappte die weiße Flüssigkeit über den Rand und benetzte den Saum ihres gestreiften Winterkleides. Wolfger trug einen

Waffenrock aus braunem Wollstoff. Mit einer herrischen Bewegung schwang er sich aus dem Sattel und drückte dem verunsicherten Knecht mit drohenden Blicken die Zügel seines Rappen in die Hand. Daraufhin stapfte er, ohne Magdalena und Valentin eines weiteren Blickes zu würdigen, auf den Universitätstrakt des Anwesens zu.

Entsetzt wich Philippa vom Fenster zurück. Es war nicht schwer zu erraten, hinter wem der Eidgraf her war. Die vor Zorn glänzenden Augen des Mannes ließen den Schluß zu, daß er soeben von ihrer Fahrt über Land und Bernardis Flucht aus dem Schwarzen Kloster erfahren hatte. Sie stürzte zum Katheder und raffte in panischer Hast ihre Bücher und die Schreibmappe zusammen, wobei die Hälfte der gelblichen Bögen zu Boden fiel. Philippa ließ die Schriften liegen. Sie mußte fort von hier. Auf der Stelle. Nur in Katharinas Gemächern war sie sicher. Wolfger würde es nicht wagen, sie in den Räumen ihrer Tante anzugreifen. Doch was geschah mit ihren Schülerinnen? Sie trug doch die Verantwortung für die Schulstube. Entgeistert beobachteten die Kinder, wie Philippa die Tür öffnete und vorsichtig auf den Korridor spähte.

»Ist etwas nicht in Ordnung?« Barbara hielt es nicht länger auf ihrer Bank.

»Laßt die Rechenbretter liegen und stellt Euch in zwei Reihen auf!« befahl Philippa mit fester Stimme. »Barbara, du führst die Mädchen ohne Umschweife den Gang hinunter zu den Räumen der Universität. Dort bleibt ihr bei Meister Hans und seinen Scholaren, bis ich euch abhole! Hast du verstanden?«

Das Mädchen nickte eifrig.

Philippa sah Barbara und den anderen Kindern nach, bis das letzte im Zwielicht des Korridors verschwunden war. Dann lief sie in die Schulstube zurück, löschte mit einem Krug Wasser das Feuer im Ofen und machte sich schließlich auf den Weg zur Treppe. Schritte nahten. Einen Herzschlag lang überlegte Philippa, ob sie ihren Schülerinnen in die Hörsäle der Studenten folgen sollte, entschied sich jedoch dagegen. Sie durfte die Kinder nicht in ihre Auseinandersetzung mit dem hessischen Diplomaten verwickeln. Eilig lief sie ein Stück zurück und rüttelte an der Pforte, die den Universitätstrakt mit den Wohngemächern der Luthers verband und zumeist bis spät in die Nacht geöffnet blieb. Doch diesmal hatte sie kein Glück. Die Durchgangstür war verriegelt.

»Gebt Euch keine Mühe, Jungfer von Bora«, hörte sie plötzlich die schneidende Stimme des Eidgrafen. Breitbeinig verstellte er ihr den Weg, die Hände in die Hüften gestemmt. Sein eleganter Rock war schmutzig und zerrissen, der Lederbesatz voller Schweißflecken. »Ihr hattet doch nicht vor, meinem Besuch auszuweichen, oder?« rief er voller Zorn. Philippas Schultern strafften sich abwehrend, doch sie konnte nicht verhindern, daß der Eidgraf sie am Arm packte und hinter sich her zerrte.

»Was wollt Ihr schon wieder von mir, Wolfger?« schrie sie. »Ihr tut mir weh, verdammt. Laßt mich auf der Stelle los, sonst werde ich meine Tante benachrichtigen!«

Wolfger entwich ein höhnisches Schnauben. »Eure verehrte Tante wird froh sein, wenn Seine Durchlaucht, der Kurfürst, nicht ihren Kopf für den Eures sauberen Liebhabers fordern wird.«

Ohne den harten Griff um ihren Oberarm zu lockern, zwang er sie die Treppen hinunter. Er störte sich nicht daran, daß sie auf den schmalen Steinkanten mehrmals ausglitt und gegen die Wand prallte. Im Hof angekommen, wartete neben Wolfgers schweißgebadetem Rappen ein weiteres gesatteltes Pferd, das anscheinend aus den Stallungen der Luthers stammte, jedoch von unbekannten Waffenknechten gehalten wurde. Von Valentin und der Freihöferin war weit und breit nichts zu sehen. Philippa konnte nur hoffen, daß die beiden ins Turmhaus gelaufen waren, um Katharina oder den Schreiber Lupian zu verständigen.

»Ihr kennt das Spiel bereits, Philippa: Steigt auf den Gaul!« befahl der Eidgraf finster. Er ließ ihren Arm los, zog sich den Stulpenhandschuh aus und klaubte ein paar Kupfermünzen aus seinem Beutel, um die Waffenknechte zu entlohnen. Die Männer steckten das Geld ein, salutierten ergeben und traten dann mit anzüglichem Grinsen zurück. Auf der Brust ihrer Waffenröcke erkannte Philippa das Wappen der Stadt Wittenberg.

Dieser Schuft von Stadthauptmann, dachte Philippa empört. Er hatte dem Grafen tatsächlich seine Soldaten ausgeliehen, um sie aus dem Haus ihrer Verwandten zu entführen.

»Warum macht Ihr Euch heute selbst die Hände schmutzig, Wolfger?« rief sie, während sie in den Steigbügel trat. »Ihr hättet es einfacher haben können. Euer Geld lockt sämtliche Ratten der Stadt aus ihren Löchern, die Euch zu Diensten sein wollen!«

Kein Gefühl sprach aus Wolfgers Zügen, als er sich vom Rücken seines Pferdes zu ihr hinüberbeugte und ihr ins Ohr flüsterte: »Ich habe Euch schon einmal gesagt, daß mich weder der Tod Euer Magd noch die Angst Eures Onkels vor gedungenen Mördern interessiert. Allerdings habe ich etwas dagegen, daß Ihr nicht aufhören wollt, meine Kreise zu stören. Wir reiten zum Schloß, dort werdet Ihr mir erzählen, was Ihr über den entflohenen Magister und seine Verbindungen zu Kaiser Karl wißt!«

Der Raum, in den Wolfger sie führen ließ, war kleiner als ihre Kammer im Schwarzen Kloster; darüber vermochten auch die elegante Täfelung der hohen Wände und die roten, mit Goldborten verzierten Polster im Alkoven nicht hinweg zu täuschen. Philippa verschmähte das weiche Polster und ließ sich statt dessen auf einem dreibeinigen

Hocker nieder. Feindselig funkelte sie Wolfger und den Wächter an, der ihn begleitete. Sie hatte gewiß nicht vor, mit dem Eidgrafen zusammenzuarbeiten, mochte er anstellen, was er wollte.

Prüfend ließ der Eidgraf seine Blicke über die spitz zulaufenden Fenster in den Nischen der Kemenate wandern. Als er bemerkte, daß sie alle Gitter trugen, umspielte ein zufriedenes Lächeln seine Lippen. »Glaubt nicht, daß die Kurfürstin Euch diesmal zur Seite stehen wird«, sagte er. »Die edle Dame ist erkrankt und hat momentan gewiß andere Sorgen, als sich um eine aufsässige sächsische Landadelige zu kümmern, die sich immer tiefer in eine Verschwörung gegen den Fürstenbund verstricken läßt!«

»Dies ist eine infame Verleumdung!« spie Philippa dem Grafen entgegen. »Sobald Kurfürst Johann Friedrich und mein Onkel zurück sind, werdet Ihr es bereuen, mich gewaltsam entführt zu haben.«

»An Eurer Stelle würde ich nicht damit rechnen, Jungfer.« Wolfger gab dem Wächter einen Wink, seinen Kandelaber abzustellen und sich zu entfernen. Dann klopfte er sich ungerührt den Schmutz von seinem Waffenrock. »Der Kurfürst ist bereits zur zwölften Stunde in Wittenberg eingetroffen, doch er hat sich in seine Gemächer zurückgezogen und möchte nicht gestört werden. Was Euren ehrenwerten Onkel angeht, so kommt sein Wagenzug nur langsam voran. Ich hörte, die Krankheit habe Doktor Luther dermaßen geschwächt, daß er in Altenburg eine Herberge beziehen und nach dem nächsten Steinschneider schicken mußte.«

Philippa erschrak bis in die Knochen. Katharina hatte sie zwar davon in Kenntnis gesetzt, wie es um ihren Gemahl bestellt war, doch sie hatte nicht damit gerechnet, daß dessen Zustand derart ernst war. Wolfger hingegen hatte die letzten Wochen im kursächsischen Lager zugebracht. Er war über Luthers Leiden im Bilde und benutzte die

Ohnmacht seiner Familie, um Philippa unter Druck zu setzen.

»Meine Tante wird die Stadt verlassen, um ihrem Ehemann in Altenburg beizustehen, habe ich recht?« flüsterte sie mit tonloser Stimme. »Wieder einmal habt Ihr gespielt und gewonnen, Wolfger.«

»Dann werdet Ihr Euch also nicht länger weigern, mit mir zusammenzuarbeiten?«

Philippa seufzte. Benommen lauschte sie auf die Geräusche vor der Tür – auf das Klirren der Waffen, das Schlagen von Deckeln schwerer Truhen und das Husten und Pfeifen der Diener und Dienerinnen, die durch die Gänge der düsteren kurfürstlichen Residenz eilten.

»Ich war nicht in der Stadt, als Bernardi das Schwarze Kloster verließ!« sagte sie nach einer Weile. »Es gab keine gemeinsamen Pläne. Im Gegenteil, ich beschwor den Magister eindringlich, bis zu meiner Rückkehr im Gewahrsam zu bleiben und nichts zu riskieren!«

Der Eidgraf setzte sich auf einen Stuhl ihr gegenüber. Sein Schwert mit dem kostbaren Knauf legte er sich quer über beide Knie. »Warum habt Ihr und die Lutherin Wittenberg verlassen? Wo seid Ihr gewesen?«

Philippa strich sich die Haare aus der Stirn. Es gab also doch noch Dinge, die Wolfgers Spionen entgangen waren. Mit knappen Worten berichtete sie ihm von ihrer Handelsfahrt und vom Einkauf der Kräuter und Sämereien. Als sie den Namen des Dorfes erwähnte, blickte sie erwartungsvoll auf, doch die Miene ihres Gegenübers blieb völlig ausdruckslos. Offensichtlich verband er nichts mit dem Namen des Ortes, in dem die Lepperin einige Monate vor ihrer Abreise nach Wittenberg als Amme des Dorfvorstehers gewirkt hatte.

Dann, nach ihrem Bericht, schwieg sie für ein paar Momente. Schwerfällig stand sie auf und trat zum Alkoven. Der rote Samt des Polsters glänzte verlockend im Schein des Kandelabers. Während Wolfger noch immer wie eine Statue auf seinem Stuhl saß, spürte sie, wie eine tiefe Erschöpfung sich in ihr breitmachte. Sie dachte an Barbara und die Mädchen, die sie im Schwarzen Kloster zurückgelassen hatte. Ihre Schülerinnen hatten vergeblich bei Magister Hans auf die Rückkehr ihrer Schulmeisterin gewartet.

»Ihr habt die Lepperin nicht getötet«, sagte sie plötzlich, ohne zu wissen, was sie dazu trieb. »Euch ging es immer nur um die Entwicklung Eurer Beziehung zu Herzog Georg. Folglich ist es Euch gleichgültig, ob der Magister dafür hängen muß oder nicht. Bernardi war für Euch zu keiner Zeit mehr als ein Druckmittel, um mich und die Familie meines Onkels gefügig zu machen, nicht wahr?«

»Ihr seid ein kluges Mädchen, Philippa von Bora. Dies läßt mich hoffen, daß Ihr den Vorschlag, den ich Euch machen will, aufmerksam bedenken werdet. Euer Freund, dieser jüdische Konvertit, versteckt sich irgendwo in der Stadt. Ergreift ihn die Scharwache, so wird er der hochnotpeinlichen Befragung schwerlich entgehen. Der Stadthauptmann spuckt seinetwegen seit Tagen Gift und Galle. Er hat auch bereits die Streckbank im Karzer herrichten lassen.« Der Graf zögerte einen Moment, um die Wirkung seiner Worte zu verstärken. »Ich dagegen werde Euch helfen, den Magister in Sicherheit zu bringen, bis der wahre Schuldige am Tod Eurer kleinen Magd entlarvt ist. Den Preis, den ich dafür verlange, kennt Ihr bereits: Ihr werdet zum Hof Georgs des Bärtigen reisen und ihm meine Papiere überbringen!«

»So plant Ihr also tatsächlich, Euren Herrn, Landgraf Philipp, an den Sachsenherzog zu verraten?« stieß Philippa hervor. »Bei allen Heiligen, Ihr seid schlimmer als jede Krämerseele.«

»Dankt mir, sobald Eure Mission erfolgreich hinter Euch liegt«, spottete Wolfger. »Habt Ihr überhaupt eine Ahnung, wo sich der Magister verkrochen haben könnte?«

Philippa holte tief Luft und legte die Stirn in Falten. Der Eidgraf hatte in aller Offenheit mit ihr gesprochen und seine Karten auf den Tisch gelegt. In gewisser Weise schien er ihr zu vertrauen. Doch seine Ränkespiele waren nicht dazu angetan, die tiefe Abneigung, die sie für ihn hegte, sowie ihren Argwohn auch nur um einen Fingerbreit zu schmälern. Der Kontrakt, den er ihr aufzwang, hatte nichts mit freier Entscheidung zu tun. Er war lediglich das Angebot einer vorübergehenden Waffenruhe!

Wolfger schien ihre Gedanken erraten zu haben, denn er sagte belustigt: »Ihr braucht mir nicht zu verraten, wo Bernardi steckt. Schickt einfach einen Eurer Knechte morgen zur Mittagsstunde in mein Kabinett, damit er die Geleitbriefe in Empfang nehmen kann. Sagt mir nur, wohin die Reise gehen soll.«

»Nach Straßburg«, erklärte Philippa, ohne zu überlegen. »Bernardi wird nach Straßburg gehen, und ich erwarte, daß Ihr Euren Teil des Vertrags einhaltet!«

Wolfger stieß eine Tür auf, die in einen größeren, mit blanken Marmorsteinen ausgelegten Empfangsraum führte, und winkte Philippa mit einer unerwartet höflichen Geste, die Kemenate zu verlassen.

»Wenn Ihr es nicht wart, die Bernardi zur Flucht verholfen hat«, rief er ihr unvermittelt nach, »so wüßte ich gerne, wem wir sie zu verdanken haben und welche Absichten dieser Jemand damit verfolgte!« Mit einem Augenzwinkern befahl er seinen Pagen, der vor der Kemenate auf einer Truhe saß, zu sich und warf dann die Tür ins Schloß.

19. KAPITEL

Zu Hause angekommen, traf Philippa auf eine völlig aufgelöste Katharina. Tränen liefen der Frau über die hohen Wangen, als sie ihre Nichte in die Arme schloß. Mit atemloser Stimme berichtete sie, wie sie, sofort nachdem sie die Nachricht von Philippas Verschwinden erfahren hatte, zu Fuß zum Schloß geeilt war, um deren Freilassung zu erwirken. Dort hatte man die Lutherin jedoch bereits am Tor abgewiesen. Der Stadthauptmann, der sich vermutlich freute, eine alte Scharte auswetzen zu können, hatte sich ebenfalls verleugnen lassen. Zuletzt blieb auch der Bittgang zum Haus des einflußreichen Patriziers Krapp ergebnislos. Wie Katharina von einem Diener erfahren hatte, befand sich der Gewandschneider mehrere Tagesmärsche weit von Wittenberg entfernt, um seine Vorbereitungen für die Leipziger Messe zu treffen.

»Du mußt wirklich nach Altenburg?« fragte Philippa ihre Tante, nachdem sie ihr mit wenigen Worten von ihren Erlebnissen im Schloß erzählt hatte. »Ich habe zwei Packpferde im Hof gesehen.«

Die Lutherin nickte. Mit fahrigen Bewegungen strich sie ihr braunes Haar über dem Scheitel glatt und stülpte ein Netz aus flandrischer Spitze über den aufgesteckten Knoten. Innerhalb weniger Augenblicke waren die Tränen auf ihrem Gesicht getrocknet, und die Herrin des Schwarzen Klosters gewann ihre selbstsichere Haltung zurück. »Es wird Zeit, daß dein Onkel wieder nach Hause kommt. Ich schwöre dir, er wird die Demütigungen, die der Eidgraf und seine Schergen dir zugefügt haben, nicht unbeantwortet lassen!«

»Gebe Gott, daß Euer Gemahl das Steinschneiden überlebt«, ließ sich Roswithas Stimme hinter dem Spinnrocken vernehmen. »Der Blechschlägerin Ute aus Zwenkau wurde zu Mariä Empfängnis ein Stein aus dem Leib geschnitten, der größer war als eine Walnuß. Sie ist beinahe daran verblutet.«

»Roswitha!« Philippa hätte die Amme erwürgen mögen.

»Was wollt Ihr?« schnarrte die Alte beleidigt. »Die Zwenkauerin war ein Rotschopf, und man weiß, daß die Roten von Geburt an das Schicksal herausfordern! Mit dem Herrn Doktor hat dies nicht das Geringste zu tun.«

Katharinas Augen blitzten gefährlich auf, doch sie erwiderte nichts. Stumm drückte sie ihrer Nichte die Hand und verließ dann die Wohnstube, um nach dem Reiseproviant zu sehen.

Philippa ließ sich von ihrer Amme eine Schale mit in Eigelb und Safran gebackenem Hammelfleisch, Brot und getrockneten Tomaten servieren. Gierig schlang sie die Speisen hinunter und spülte mit frischer Milch nach. Die Aufregungen der vergangenen Stunden hatten sie vergessen lassen, wie lange sie keine warme Mahlzeit mehr eingenommen hatte. Erst als Roswitha sich zum dritten Mal mit ihrer Zinnkanne über ihren Becher beugte, lehnte sie ab. Dankbar tätschelte sie ihrer Amme die Hand, doch die alte Frau stöhnte vor Schmerzen auf und zuckte zurück.

»Tut mir leid«, sagte Philippa voller Bedauern. »Wenn die Entzündung bis morgen nicht zurückgegangen ist, werde ich den Medicus rufen lassen!«

»Spart Euer Geld! Mir wäre es weitaus lieber, wenn Ihr das Haus bis zur Rückkehr der Luthers nicht mehr verlassen würdet! Wahrhaftig, Philippa, Eure widerborstige Art, sich in alles einzumischen, hat nur Unglück über dieses Haus gebracht!«

Düstere Gedanken suchten Philippa heim, als sie die Treppe zur Schulstube hinaufstieg. Auf dem Flur begegnete ihr keine Menschenseele. Die Scholaren, deren munteres Plaudern und Pfeifen für gewöhnlich von den hohen Decken widerhallte, befanden sich zu dieser Stunde in der Marienkirche beim Gottesdienst, und eigentlich hätte Philippa ihre Schülerinnen ebenfalls zur Andacht begleiten müssen. Sie nahm sich vor, am nächsten Tag die junge Barbara zu besuchen, um ihr für ihre Hilfe zu danken.

In der Schulstube war es stockdunkel. Da auf dem Korridor keine Kienspäne brannten und Philippa auch nicht an eine Laterne gedacht hatte, ließ sie die Tür offenstehen, damit wenigstens etwas Licht von draußen auf die Bankreihen fiel. Vorsichtig tastete sie sich zu ihrem Katheder aufs Podium. Ihre Bücher lagen ordentlich auf dem Pult gestapelt, dabei war Philippa sicher, daß sie ihr während der Rangelei mit Wolfger aus der Hand geglitten und auf den Flur gefallen waren, aber wahrscheinlich hatte eines der Mädchen die Schriften entdeckt und zurück in die Schulstube getragen. Sie klemmte sich die Bücher sowie ihre Schreibmappe unter die Achseln und ging in ihre Kammer. Noch während sie das schwere Eichenholz des Truhendeckels in die Höhe stemmte, überkam sie das untrügliche Gefühl, daß ihre Sachen durchsucht worden waren. Die wenigen Roben, Gürtel und Hauben, die ihre Tante für sie hatte anfertigen lassen, lagen zwar an ihrem Platz, ebenso die Schatulle, in der sie ein silbernes Armband mit Saphiren, ein paar goldene Ohrringe und eine Anzahl von Ringen, Gemmen und Elfenbeinnadeln ihrer Mutter aufbewahrte, und doch bemerkte Philippa, daß ein Fremder an ihren Sachen gewesen sein mußte, denn sie selbst hatte ihre Kleider noch niemals so ordentlich gefaltet. In Lippendorf hatte Roswitha sie deswegen mehr als einmal gescholten. Mit wachsender Beunruhigung tastete die Magistra die Seitenränder der Truhe ab. Alles von Wert befand sich noch an seinem Platz, sogar der Brief, in dem Sebastian von Bora seiner Schwester die Heirat mit Abekke von Medewitz angezeigt hatte.

Aber das in Öl getränkte Bündel war verschwunden. Jemand hatte die Figur der heiligen Katharina gestohlen.

Lautlos ließ Philippa sich neben der Truhe auf die Holzdielen sinken und starrte wie gebannt auf den mächtigen Deckel, als wäre er der Rachen eines Ungetüms, das nur darauf wartete, sie zu verschlingen.

Am nächsten Morgen besuchte Philippa trotz ihrer Erschöpfung den Frühgottesdienst in der Schloßkirche. Müde lehnte sie sich gegen einen Pfeiler weit hinten im Kirchenschiff, faltete die Hände und gab sich den Gesängen der Antiphon hin, die nach Doktor Luthers Regel jeden Morgen eine halbe Stunde vor der Predigt angestimmt wurden. Auf drei lateinische Psalmen und zwei in deutscher Sprache folgte das *Te deum laudamus*. Den Abschluß bildete das *Benedictus*, das wiederum auf deutsch vorgetragen wurde. Einige Reihen vor ihr stand die Eidgräfin von Hoechterstedt in Begleitung eines Pagen. Sie hatte die Hände gefaltet und den Kopf geneigt. Vermutlich betet sie für das Seelenheil ihres Gemahls, dachte Philippa, bereute ihren Sarkasmus jedoch schon im nächsten Augenblick. Die Französin hatte an Wolfgers Seite gewiß alles andere als ein angenehmes Leben.

Philippa schloß die Augen und ließ die sanften Melodien des Kantors sowie die Töne der Orgel auf sich wirken, welche die Welt um sie herum für einige Augenblicke in Sorglosigkeit und Harmonie versetzten. Was sie hörte, gefiel ihr und sie erwog, in ihrer Schulstube künftig vor jeder Katechismusstunde ebenfalls einen deutschen Psalm anstimmen zu lassen. Immerhin sollte die Gemeinde nach der neuen Ordnung an den Metten, Messen und Vespern stärker als bisher beteiligt werden. Den Schulmeistern und deren Gehilfen, so erklärte der Pastor nach dem Gesang, kam es hierbei zu, mit gutem Beispiel voranzugehen.

Nach der Messe warf Philippa ein paar Münzen in den schwarzen Kasten, der im Mittelgang der Kirche aufgestellt worden war. Während der Fastenzeit sollte die Mildtätigkeit der Bürger durch fromme Schenkungen und Kollekten angeregt werden. Philippas Weißpfennige stießen indessen deutlich auf dumpfes Holz statt auf klirrendes Metall. Die Zeiten waren schlecht, der lange Winter hatte auch den Städtern hart zugesetzt.

Es gab nur einen Mann, der etwas über den Verbleib Felix Bernardis wissen konnte. Das war der Drucker Hans Lufft, bei dem die Gelehrten der Wittenberger Universität ein und aus gingen, um Bücher und Flugschriften in Auftrag zu geben.

Ein eisiger Windstoß fuhr Philippa ins Gesicht, als sie vom Kirchplatz in die Mauergasse bog. Den Marktplatz mied sie. Sie sah nicht auf die spielenden Kinder, die auf der Gasse durch Pfützen sprangen und einander mit jauchzenden Stimmen Reimworte zuriefen. Aus den Augenwinkeln bekam sie jedoch mit, wie eine Frau aus einem Hausflur eilte und zwei der Kinder mit barschen Worten ins Haus rief. Die wenigen Passanten, die Philippa begegneten, wichen ihr aus. Von weitem erkannte sie die Freihöferin mit einer Milchkanne in der Hand. Raschen Schrittes zog sie stadteinwärts. Zwei Krämerinnen, deren Buckelkörben ein traniger Geruch entstieg, steckten die Köpfe zusammen und flüsterten verstohlen. Philippa konnte sich denken, was die Weiber über sie, die pflichtvergessene Schulmeisterin, tratschten. Doch es war ihr gleichgültig. Sie zog die Kapuze ihres Mantels tiefer in die Stirn und lief weiter, bis sie das schmiedeeiserne Schild der Buchdruckerei vor sich sah.

Der Drucker begrüßte sie höflich, wischte seine von Firnis und Ruß geschwärzten Finger an der Schürze ab und lud sie ein, ihm in seine hinter der Werkstatt gelegene Schreibstube zu folgen.

»Tretet näher«, erklärte Hans Lufft leutselig.

Philippa sah sich interessiert um. Die Schreibstube glich mit dem schachbrettartigen Marmorboden, den mit Goldfäden durchwirkten Vorhängen und Tischdecken aus Brokat sowie der von der Decke herabhängenden Messinglampe in Form eines Fisches mehr dem Empfangszimmer eines Patriziers oder Ratsherrn. Über die Hälfte des Raumes wurde von einem Bücherschrank beherrscht, den an beiden Flanken geschnitzte Löwenhäupter zierten. Beeindruckt trat Philippa an die Regale und ließ ihre Blicke über die in schweres Leder oder versilbertes Spanholz gebundenen Folianten des Druckers gleiten. Was sie sah, ließ ihr Herz höher schlagen. Lufft besaß nicht nur die *Colloquia* des Erasmus von Rotterdam, sondern auch verschiedene Ausgaben der plautischen Komödien, die *Metamorphosen* des Ovid, Melanchthons griechische Grammatik in verschiedenartigen Ausgaben sowie die Werke der Kirchenhistoriker von Nazianz und großer Lehrer wie Augustinus und Thomas von Aquin. Auf dem Schreibtisch lag aufgeschlagen zwischen angespitzten Griffeln und einem Tintenfaß ein Teil der Germanengeschichte des Conrad Celtis.

»Ich vermutete schon, daß Ihr mich früher oder später aufsuchen würdet, Schulmeisterin«, begann der Drucker mit rauher Stimme. »Schon damals, als Ihr mit Bernardi in meiner Werkstatt wart und über die hebräische Grammatik diskutiert habt!«

»Dann wißt Ihr wohl auch, was Eurem Freund und Schützling vorgeworfen wird«, entgegnete Philippa. »Die

Anklagen häufen sich von Tag zu Tag, und in ganz Wittenberg gibt es kaum noch einen Menschen, der sich an einem des Mordes verdächtigen Magister die Finger verbrennen möchte!«

Der Drucker verzog das Gesicht. »Und wie kommt Ihr darauf, daß ich Euch weiterhelfen kann, Jungfer? Ich bin bloß ein einfacher Drucker, der die Ansichten der gelehrten Herren in die Presse schiebt.«

»Glaubt Ihr wirklich, *ich* würde ihn verraten?«

»Ihr seid Martin Luthers Nichte«, antwortete Lufft ausweichend. Aus der Werkstatt ertönten knarrende Geräusche, die darauf hinwiesen, daß die Gesellen des Druckers die Preßschraube bedienten. »Der gnädige Herr hat mir und meinem Haus immer großes Vertrauen entgegengebracht. Ich habe seine Bibelübersetzung gedruckt ...«

»Das weiß ich alles!« Philippa blickte dem Drucker tief in die Augen. »Ebenso weiß ich, daß Bernardi die Stadt ohne meine Hilfe nicht als freier Mann verlassen kann!«

»Der Magister ist ziemlich dickköpfig! Deshalb geriet er auch immer mit Doktor Luther aneinander. Der gnädige Herr hätte ihm die Flausen schon vor Jahren austreiben sollen. Wer seinen Sohn liebt, sucht ihn sicher heim mit Züchtigung, heißt es in der Bibel. Was widerfuhr denn Salomon mit Rehabeam, seinem Sohn, den er doch ohne Zweifel gut unterrichtet hatte und der doch hinterher verdarb? Was geschah Abraham, der seinen Knaben auf den Opferaltar binden mußte, oder dem Priester Eli, der seinen Kindern gegenüber zu nachgiebig gewesen war und deshalb sich und das Volk Israel in Jammer und Not gebracht hat?«

»Verzeiht mir, Meister, aber die Predigt liegt bereits hinter mir. Ich bitte Euch noch einmal, sagt mir, wo ich Bernardi finden kann!«

Der Drucker antwortete nicht sofort. Mit zusammengekniffenen Lippen trat er an seinen Bücherschrank, öffnete ihn und holte einen geflochtenen Weidenkorb heraus. Wortlos drückte er ihn Philippa in die Hand.

»Ich verpflege den törichten Kerl seit Tagen mit Lebensmitteln und Arzneien. Ich kann nur hoffen, daß Ihr nicht gleich zur Stadtwache lauft.« Verschwörerisch drehte er sich nach allen Seiten um, ehe er Philippa erklärte: »Am Pulverturm, gleich hinter der Kuhpforte, steht ein verfallenes Haus, in das sich seit Anfang des Monats weder Mann noch Frau mehr traut. Der Magistrat ließ es versiegeln, weil eine der Teufelsbuhlschaft verdächtige Wehmutter darin ihrem finsteren Tagwerk nachging. Nun aber ist das Weib tot und ihr Haus verlassen.«

Philippa mußte unwillkürlich schlucken. Die alte Barle, schoß es ihr durch den Kopf. Bernardi versteckte sich in der Hütte der Barle.

Das verfallene Gemäuer der toten Hebamme wirkte selbst im Tageslicht düster und gespenstisch. Philippa sah sich verstohlen um. Die Finger ihrer rechten Hand, mit denen sie den Henkel des Weidenkorbes umklammerte, waren vor Kälte gefühllos geworden. Warum hatte sie auch ihre Handschuhe zu Hause liegenlassen?

Mit klopfendem Herzen schlich sie an der Mauer des Pulverturms entlang. Dürres Gras und ein paar ausgetrocknete Pflanzensamen rieselten aus den schwarzen Schießscharten auf sie herab. Vermutlich hatten Krähen oder anderes Getier in den zugigen Ritzen ihre Nester gebaut, die nun vom Winde zerpflückt wurden.

Die beiden Fenster der Behausung waren zur Gasse hinaus mit Brettern vernagelt. Philippa versuchte sich zu erinnern, ob die Hütte auch bei ihrem ersten Besuch bereits so schäbig ausgesehen hatte, doch es gelang ihr nicht. Das einzige, dessen sie sich entsann, war der üble Geruch nach verfaultem Unrat, der nun auch auf sie eindrang, als sie den ungepflasterten Innenhof betrat. Rechts und links von ihr ragten turmhohe Ziegelmauern auf, an deren Enden hölzerne Geländerstäbe Balkons und Balustraden andeuteten. Zerknitterte Wäschestücke wehten wie Fahnen im Wind.

An der Tür der Kate prangte ein rotes Siegel mit dem städtischen Wappen. Das Bienenwachs war fast bis zur Unkenntlichkeit verbogen, was bei den herrschenden Temperaturen mehr als eigenartig war. Merkwürdiger jedoch erschien Philippa, daß das Siegel zwischen Tür und Rahmen keine Bruchstelle aufwies. Wie aber war der Drucker in die Hütte gelangt, ohne es zu zerstören?

Philippa ging in den schmutzigen Innenhof zurück. Aus einer der Wohnungen über ihr ertönte Kindergeschrei. Eine weinerliche Stimme verlangte nach einer Person, deren Namen Philippa nicht verstehen konnte. Mit prüfenden Blicken maß sie die windschiefe Kate. Ihre rechte Außenmauer teilte sie sich mit dem Pulverturm, möglicherweise gab es durch diesen einen Zugang zum Haus der Hebamme.

Der Turm war unverschlossen. In seinem Inneren stank es noch erbärmlicher als auf der Gasse. Philippa mußte über zerbrochene Möbel, Säcke mit unbrauchbar gewordenem Pulver und verbeulte Brustpanzer steigen, für die weder Trödler noch Blechschläger Verwendung gefunden hatten. Schließlich entdeckte sie zwischen zwei Kisten eine Pforte. Zaghaft drückte sie die Klinke herunter und trat in die dämmrige Stube der alten Barle.

Unmittelbar hinter der Feuerstelle befand sich ein Lager aus Matratzen, Kissen und Wolldecken. Dort lag Bernardi. Sein hagerer Körper lehnte gegen einen der massiven Stützbalken, die das Giebeldach des Hauses trugen. Zwischen dem Gebälk hingen Spinnweben in langen Fäden herab.

Vorsichtig trat Philippa näher. Die brüchigen Dielen knarrten unter ihren Füßen, doch Bernardis Augen waren geschlossen, allein seine Lider zitterten nervös.

Schlief er oder war er ohnmächtig? Unschlüssig beugte

sich Philippa über den reglosen Körper und suchte seine Stirn. Sie war heiß, dennoch schien Bernardi unter seinen Decken zu frieren.

Sie wußte, daß sie kein Feuer machen durfte. Ein rauchender Kamin hätte jedem in der Stadt sofort verraten, daß das Haus der vermeintlichen Hexe nicht länger unbewohnt war. »Bernardi, hört Ihr mich?« flüsterte sie und berührte den Magister an der Schulter. Ein Stöhnen antwortete ihr. Der Magister schlug die Augen auf und bedachte sie mit einem glasigen Blick.

»Wie ... kommt Ihr hierher?« Er schaute verwirrt auf den Weidenkorb in ihrer Hand, dann sank er seufzend in die Kissen zurück. »Eurer Beharrlichkeit kann wohl *kein* Mann widerstehen!«

»Womöglich bin ich eine mächtigere Zauberin, als die alte Barle es jemals gewesen ist«, antwortete Philippa sanft und stellte den Korb des Druckers auf einen flachen Ziegelstein. »Oder ein größerer Dummkopf als ein gewisser Magister, der mir hoch und heilig versprach, keinen Fluchtversuch zu unternehmen!« Mit ihren letzten Worten verflog die Zärtlichkeit, die beide einen Herzschlag lang in ihren Bann gezogen hatte. Argwöhnisch betrachtete Philippa den Mann auf dem Matratzenlager. Seine Augen lagen tief in den Höhlen. Kinn und Wangen waren unrasiert.

»Ich ... konnte nicht anders, Philippa. Es war ... eine Falle. Ich sollte fliehen und sofort danach gefaßt werden. Das begriff ich aber erst, als ich den Wächter ohnmächtig vor meiner Kammer fand! Im Hof warteten bereits die Männer des Stadthauptmanns auf mich. Meint Ihr, sie hätten mir noch geglaubt, daß nicht ich es war, der den Mann niederstreckte?«

»Ich verstehe«, erwiderte Philippa nachdenklich. »Unserem geheimnisvollen Freund scheint eine Menge daran zu liegen, Euch vor der Obrigkeit in ein schlechtes Licht zu rücken. Was ist mit Eurer Schulter?«

Bernardi zog sich die Decke vom Oberkörper und streckte den Arm, eine ungeschickte Bewegung, die ihm augenblicklich Schmerzen bereitete. Er verzog das Gesicht. »Es geht schon«, sagte er. »Meister Lufft hat die Wunde mit heißem Öl ausgegossen und mich drei Tage lang mit einer von Cranachs übelriechenden Salben traktiert. Wenn mich nicht alles täuscht, tragt Ihr in diesem Korb schmerzstillende Kräuter bei Euch!«

»Blauer Eisenhut, Campher und Stechapfel«, bestätigte Philippa und erhob sich, um die Stube nach einem Mörser abzusuchen. »Der Drucker hat mir auch gezeigt, wie ich sie zerkleinern muß.«

Als sie den langen Tisch wiedererkannte, auf dem die Barle wenige Wochen zuvor ihre Geburtsinstrumente ausgebreitet hatte, fühlte sie unwillkürlich, wie Tränen in ihr aufstiegen. Heftig kniff sie sich in die Wangen. Sie durfte vor Bernardi nicht die Fassung verlieren. Rasch wandte sie sich einem Schrank zu, dessen Türen nur noch lose in den Angeln hingen. Während sie sich bemühte, in der Finsternis die einzelnen Fächer abzutasten, berichtete sie Bernardi von ihren Erlebnissen in Rauhfeld, der Krankheit ihres Onkels und zuletzt von Wolfgers sonderbarem Angebot.

»Ich hoffe, Ihr wart diesmal nicht so töricht, Euch von dem Eidgrafen einwickeln zu lassen«, bemerkte der Magister von seinem Matratzenlager. »Der Mann ist ein durchtriebener Lügner und sein Ehrenwort so wertlos wie ein eitriges Furunkel!«

»Mag sein. Doch seine Geleitbriefe werden Euch nach Straßburg bringen. Die Lepperin stammte nicht aus dem kleinen Weiler bei Magdeburg. Viel früher hätte mir auffallen müssen, daß ihr Erscheinungsbild und ihr vornehmes Gebaren nicht zu einer Dienstmagd paßten. Erinnert Euch nur an das unselige Gastmahl im Haus meines Onkels.«

»Wie könnte ich das vergessen!«

»Das Mädchen konnte nicht einmal aus einem Krug einschenken, ohne die Hälfte zu verschütten. Vermutlich ist sie selbst mit Bediensteten aufgewachsen. Sie hat früh geheiratet und in Straßburg ein Kind zur Welt gebracht, ehe sie aus mir noch unbekannten Gründen ins Sächsische zog.«

Philippa hockte sich auf einen Schemel und schlang ihren staubigen Mantel enger um die Beine. Sie mußte den törichten Bernardi versorgen, bis er kräftig genug war, um die Strapazen einer Reise in die freie Reichsstadt Straßburg durchzustehen. Solange Wolfger sich ihrer Verschwiegenheit gewiß war, hatte er keinen Grund, ihr weitere Steine in den Weg zu legen, denn er wußte, daß sie zurückkehren würde. Die Reformatoren und ihre Familien betrachtete er nur als Figuren auf dem Schachbrett seiner ehrgeizigen Pläne. Es gab allerdings noch eine andere Figur in diesem Spiel, und plötzlich verstand Philippa, daß dessen Pläne auf dem Wunsch nach Rache und Vergeltung gründeten. Dieser Jemand lebte scheinbar unbescholten in Wittenberg, doch sein Haß trieb ihn gegen diejenigen, die eine neue Ordnung der Kirche anstrebten. Die am Tor angenagelte Reichsacht. Maria Leppers Frage nach der Rechtmäßigkeit alttestamentarischer Doppelehen. Ein Kind, das zweifelsohne geboren wurde, jedoch nie wieder auftauchte und der Diebstahl einer Heiligenfigur aus ihrer Kammer – in Philippas Kopf verband sich alles auf einmal zu einem Bild.

»So muß es sein«, flüsterte sie vor sich hin, während der Magister sie mit ratloser Miene beobachtete. »Ich glaube, ich beginne zu verstehen, was unser Freund tatsächlich im Schilde führt und warum die Lepperin ihm dabei in die Quere kam!«

20. KAPITEL

In den folgenden Tagen blieb Philippa von größeren Aufregungen verschont. Ihre Tante reiste nach Altenburg, um die Pflege ihres Gemahls persönlich zu überwachen. Sie traute den fremden Ärzten nicht und war davon überzeugt, daß der Kranke unter ihren fürsorglichen Händen rascher genesen und die Heimreise nach Wittenberg würde antreten können. Voller Tatendrang hatte sie Philippa die Aufsicht über den Hof sowie die Rechnungsbücher übergeben, wohl auch in der Hoffnung, die Nichte werde keine Dummheiten begehen, solange sie ans Haus und an die Schulstube gebunden war.

Philippa fügte sich in das Unvermeidbare. Sie stand im Morgengrauen auf und wies den Knechten und Mägden ihr Tagwerk zu. Dann versammelte sie ihre Schülerinnen am Tor um sich und führte sie zur Morgenandacht, bevor der Unterricht in der Schulstube begann. Erst nachdem die Glocken der Marienkirche die sechste Stunde eingeläutet hatten, gönnte sie sich einige Minuten der Ruhe. Nach Einbruch der Dunkelheit begab sie sich auf Schleichwegen ins Pulverturmviertel, versorgte Bernardi mit frischen Verbänden, Kleidern und Lebensmitteln. Cranachs übelriechende Salbe schien allmählich Wirkung zu zeigen, denn die Wunde an der Schulter begann zu heilen.

Einen Gutshof zu verwalten, auf dem an manchen Tagen zwischen dreißig und fünfzig Personen verköstigt werden mußten, bereitete Philippa zunächst großes Kopfzerbrechen.

Lustlos hockte sie anfangs in ihrer Kammer und blätterte in den Schadenslisten, den Rechnungs- und Auftragsbüchern. Doch je länger sie sich mit den Zahlen beschäftigte, desto mehr begann die Bewirtschaftung ihr Interesse zu wecken. Mit wachsender Begeisterung studierte sie die Inventarlisten des Brauhauses und stellte fest, daß Katharina pro Jahr nicht weniger als 4500 Liter Dünnbier braute. Die mit gepökeltem Fleisch von Schweinen und Ochsen, Gänsen und Enten, Weizen, Nüssen und Wein gefüllten Speicher und Keller der Luthers zeugten davon, wie umsichtig Katharina hauszuhalten verstand. Ihrer Küche fehlte es wahrhaftig an nichts. Die ordentliche Niederschrift des Inventars gab Aufschluß über die Menge an Salz, die jährlich im Hause ihren Absatz fand, außerdem über den Einkauf von Getreide und Mehl, Erbsen und Graupen, Safran, Kümmel, Kraut, Kohl, Möhren und Zwiebeln. Ganz zuunterst waren die Kräuter und Samen aufgeführt, die Katharina in Rauhfeld gekauft hatte.

Lediglich die Renovierung des Hauses und der Bau zusätzlicher Gewölbe hatten ein empfindliches Loch in ihre Kasse geschlagen. Die Hausrechnung wies keinen geringeren Betrag als 1500 Gulden an. Auch mit dem Badehaus und der Anschaffung von neuen Wannen und Wasserfässern aus Kupfer hatte sich Katharina ein wenig übernommen. Darüber hinaus gab sie hohe Summen für Pferde und deren Geschirr, für feines Leintuch und Flachs sowie für den Erwerb diverser Obstgärten und Hufen samt Scheunen, Ställen, Brunnen und Zäunen aus, von denen Philippa nicht einmal wußte, wo sie sich befanden. Dem Inventar folgte eine Auflistung der Handwerker, Bader und Barbiere, Sauschneider, Glaser, Sattler, Drucker, Tuchscherer, Tischler, Schreiber, Ärzte und Apotheker, die alle auf die eine oder andere Weise mit dem Schwarzen Kloster verbunden waren und für dessen Bewohner ihre Dienste verrichteten.

Während Philippa die Rechnungen zuerst sortierte und danach in feiner Kanzleischrift in das große Wirtschaftsbuch übertrug, mußte sie an ihr eigenes Elternhaus denken. In Lippendorf war die Bewirtschaftung des Rittersitzes Sache ihres Vaters und dessen Verwalter, also der Männer gewesen. Ihre Mutter hätte es niemals gewagt, sich in deren Angelegenheiten einzumischen. Hier im Schwarzen Kloster schien die Lutherin die Verantwortung für den gesamten Besitz auf ihren Schultern zu tragen. Gewiß besprach sie den Ankauf eines Gutes sowie Ausgaben, die sich auf handwerkliche Arbeiten bezogen, mit ihrem Ehemann. Auch die Kasse ließ sie offiziell von ihm verwalten, da Doktor Luther als Hausherr das Anwesen nach außen hin vertrat. Doch dies alles mochte nicht darüber hinwegtäuschen, daß Philippas Onkel die Verwaltung der alltäglichen Dinge nur zu gerne den Händen seiner Ehefrau überließ, um den Kopf für seine theologischen Studien freizuhaben.

Eine Stunde später klappte Philippa das dicke Buch zu und löschte die Kerze. Ihre Tante hatte ihren Platz im Leben gefunden. Sie war glücklich, wenn sie Knechte und Mägde befehligen und über die Äcker ihrer eigenen Höfe laufen konnte. In ihr lebte der frische Geist der Lippendorfer und deren Liebe zum flachen sächsischen Land weiter. Doch wie stand es um sie selber? In welche Bahnen lenkte sie ihr eigenes Leben? Die Träume von Lippendorf wurden von Tag zu Tag blasser und verschwommener. Und sosehr Philippa in den ersten Wochen nach ihrer Ankunft im Schwarzen Kloster auch bemüht gewesen war, sich jede Einzelheit am Haus ihrer Eltern einzuprägen, sie mußte zugeben, daß ihr an Sebastian von Boras Gut nicht mehr lag als an dem ihrer Tante oder irgendeines fremden Menschen. Doch wenn es nicht die Liebe zum Ackerboden ihrer Vorfahren war, die sie umtrieb, warum dann dieser Wunsch nach Vergeltung? Warum konnte sie die Dinge nicht auf sich beruhen lassen und fühlte nach wie vor den Drang in sich, Sebastian und Abekke ihr Erbteil zu entreißen? War es wirklich der höchst unfromme Wunsch nach Rache, nach Begleichung einer offenen Rechnung, oder ging es um Gerechtigkeit? Wie wichtig war es ihr überhaupt noch, etwas Eigenes zu besitzen?

Sorgenvoll blickte sie sich in ihrer Kammer um. Roswitha hatte unlängst für neue Bettvorhänge, einen Teppich und einen bequemen Lehnstuhl gesorgt. Vermutlich glaubte sie, er müßte Philippa gefallen, weil sie selbst sich seit Jahren einen ähnlichen Stuhl wünschte, um sich nach getaner Arbeit vor dem prasselnden Feuer darin auszustrecken und die schmerzenden Gelenke für einige Stunden zu vergessen. Wenn jemand einen Sessel verdient, so ist es Roswitha, dachte Philippa und nahm sich vor, das ausladende Möbelstück gleich am nächsten Morgen in die Kammer bringen zu lassen, die ihre Amme sich noch immer mit Muhme Lene teilte.

Am nächsten Morgen traf sie in den Stallungen auf die Freihöferin. Philippa hatte soeben die Glocke geläutet und wollte nun Valentin ausrichten, daß sie bis Mittag in der Schulstube zubringen würde, um Rechenaufgaben zu korrigieren. Als die Frau sie erkannte, trat sie verlegen einen Schritt zurück in den Schatten.

»Ich wollte Euch schon lange einmal aufsuchen«, begann Philippa ein Gespräch, ohne auf die sonderbare Verlegenheit der Frau einzugehen. »Schließlich habe ich Euch noch gar nicht für Eure Hilfe gedankt!«

»Gedankt? Ihr wart mir doch nichts schuldig, Schulmeisterin!« Magdalena Schönbeck schaute sie gleichmütig an. Wieder trug sie zwei Kannen mit frischer Milch in beiden Händen. Ein Knecht mußte sie ihr nach dem Melken gefüllt haben. In ihrer Schürze steckte ein zusammengeschnürtes Bündel Hafer.

»Da bin ich aber anderer Ansicht.« Philippa lächelte. »Wie ich hörte, habt Ihr und Freund Schuhbrügg meine Tante benachrichtigt, als der Eidgraf neulich im Hof war und mich aus dem Haus zerrte.«

»Ach das ...« Die Freihöferin winkte ab, wobei die Milch über den Rand der Kanne schwappte. »Ich hoffe, dieser schreckliche Kerl ist Euch nicht zu nahe getreten! Wäre kein Schaden für uns Frauen, wenn sich der Hesse endlich davonmachte. Sein Weib, diese Französin, kann einem wirklich leid tun!«

»In der Tat«, pflichtete Philippa bei. Sie begleitete die Verwalterin aus den Stallungen. Am Tor zur Schloßstraße blieb die Freihöferin plötzlich stehen und blickte Philippa mißtrauisch an. »Euer Knecht sagte mir, daß die Lutherin Euch die Wirtschaft anvertraut hat, bis sie und der Doktor aus Altenburg zurück sind?«

Philippa nickte. Sie spürte, daß die Freihöferin etwas auf dem Herzen hatte und sich schwer tat, es auszusprechen.

»Nun, Ihr braucht nicht zu denken, daß ich die Milch und den Hafer ohne Erlaubnis vom Klosterhof hole. Für den Freihof wurden jedoch noch keine Milchkühe angeschafft. Die kommen vermutlich erst im Sommer, und ...«

»Ihr braucht Euch vor mir nicht zu rechtfertigen«, fiel Philippa ihr ins Wort. »Ganz im Gegenteil, Eure Sorgfalt ehrt Euch, Freihöferin. Nehmt Euch alles, was Ihr braucht. Meiner Tante wird's schon recht sein.«

Erleichtert lief Magdalena auf die Gasse hinaus und eilte mit großen Schritten dem Marktplatz zu. Philippa sah der Frau kopfschüttelnd nach und verriegelte dann das Tor hinter ihr. Als sie den Bolzen einschlug, spürte sie, daß jemand hinter ihr stand. Erschrocken wandte sie sich um.

»Die Lutherin wird sehr zufrieden sein, wenn sie erfährt, wie sehr Ihr Euch für das Schwarze Kloster ins Zeug legt!« Vor ihr stand Meister Lupian und lächelte sie an. »Leider muß ich Euch bitten, das Tor noch einmal zu öffnen. Seine Hoheit, der Kurfürst, wünscht mich zu sprechen!«

Philippa fand keine Zeit, um über Magdalenas sonderbares Verhalten nachzudenken. Als sie das Haus betrat und die Treppe zum Schultrakt nehmen wollte, kam ihr Roswitha entgegen. Eine Magd folgte ihr händeringend. Ihr weißer Leinenkittel und ebenso ihre Hände waren blutverschmiert.

Philippa blieb beinahe das Herz stehen. Nur mit Mühe schaffte sie es, die beiden aufgeregten Frauen zu beruhigen. Erst nach einer Weile gelang es ihr, Roswithas Gestammel zu entnehmen, daß in der Küche etwas geschehen sein mußte.

Philippa stieß die Tür auf – und hielt den Atem an. Der ganze Dielenboden der Küche war mit Blut besudelt, ebenso die Steinplatten des Refektoriums. Vom Rahmen der Tür, welche den Raum mit den angrenzenden Kammern verband, rann eine Blutspur. Selbst die Möbel, Tische, Schemel und Wandborde waren mit Blut beschmiert.

»Wer kann das getan haben?« stöhnte die alte Amme und schüttelte sich vor Ekel.

»Die Schweinehälfte ist verschwunden, Herrin!« Die junge Küchenmagd schaute sich suchend im Raum um. »Der Fleischhauer hat sie heute früh ins Haus gebracht, damit wir sie zerteilen und in Salzlake einlegen können. Die Wanne mit dem Salz ist noch da, seht Ihr?« In ihren Pantinen stakste sie zur Feuerstelle und zog einen schweren Zuber aus dem Winkel mit dem gestapelten Klafter Feuerholz. Mit Roswithas Hilfe wuchtete sie ihn auf den Tisch und verließ danach die Küche, um am Ziehbrunnen Wasser zu schöpfen.

»Ich möchte wissen, welcher Unhold uns diesen Streich gespielt hat!« keuchte Roswitha empört. »Wir müssen die Böden aufwischen, ehe die übrigen Hausbewohner etwas von dieser Schweinerei mitbekommen! Gott sei Dank, daß die Herrin nicht im Hause ist!«

»Das hältst du für einen Streich?« Philippa runzelte die Stirn. »Vielleicht ist es ein Streich, doch diesmal gilt er weder Katharina noch dem Doktor.«

»Bei allen Heiligen, wem gilt er dann?«

Philippa griff in den Bottich und rieb nachdenklich eine Prise Salz zwischen Daumen und Zeigefinger. »Glaubst du, du könntest die Verwaltung des Hofes eine Zeitlang allein übernehmen? Wenigstens solange, bis Tante Katharina zurück ist?« fragte sie die Amme.

»Ihr könnt doch nicht schon wieder davonlaufen, Philippa! Eure Tante hat *Euch* die Bücher und Schlüssel des Schwarzen Klosters übergeben. Damit setzt sie ihr ganzes Vertrauen in Eure Arbeit. Wenn Ihr nun das Haus verlaßt, werden die Schöffen Eure Absetzung als Magistra durchsetzen. Und die Lutherin wird Euch des Hofes verweisen.« Resigniert ließ sich die Alte auf einen Schemel sinken und stützte ihre Arme auf den Tisch. Die junge Magd kam wieder in die Küche gelaufen. Sie trug einen Eimer voll Wasser, Scheuersand und mehrere Lumpen bei sich, die sie sogleich auf den mit Blut beschmierten Dielen auszubreiten begann.

»Die rätselhaften Anschläge auf das Haus und dessen Bewohner werden aufhören, sobald ich die Stadt verlassen habe«, sagte Philippa mit leiser Stimme. »Vorerst zumindest!«

»Dann wißt Ihr also, wer dahintersteckt? Ist es ... Bernardi? Ihr müßt auf der Stelle ...«

Philippa bedeutete der Amme mit einer entschlossenen Geste zu schweigen. Dann sagte sie: »Zumindest ahne ich, die Person zu kennen! Aber um es zu beweisen und größeren Schaden von Katharina und dem Onkel abzuwehren, muß ich unbedingt nach Straßburg reisen, um etwas zu überprüfen. Wenn ich mich nicht irre, wird Marias Mörder bald seine Maske fallen lassen!« Dann forderte sie die verblüffte Amme auf, zu Valentin in den Stall zu gehen und ihn zu bitten, den kleinen Reisewagen bereitzustellen.

»Wie Ihr befehlt«, seufzte Roswitha und strich ihrem Ziehkind mit einer liebevollen Geste eine widerborstige Haarsträhne unter das Tuch ihrer Haube. »Und was werdet Ihr in der Zwischenzeit tun?«

Philippa lächelte versonnen. Es fiel ihr schwer, sich den gütigen Händen der alten Frau zu entziehen. Doch sie wußte auch, daß sie den Gang, der nun vor ihr lag, nicht länger aufschieben durfte. Sie mußte in die Schulstube hinaufsteigen, um sich dieses Mal endgültig von ihren Schülerinnen zu verabschieden.

21. KAPITEL

Zart schimmerten die ersten Strahlen der Frühlingssonne durch die Zweige der Bäume und Sträucher, welche die Landstraße säumten. Noch wenige Tage zuvor hatten die Wiesen und Felder wie erstarrt dagelegen, braun verkrustet oder mit Frost überzogen. Nun glänzten Tautröpfchen zwischen den Grashalmen, die, von der Sonne beschienen, wie Diamantsplitter aussahen.

Obwohl Philippa die Fähigkeit besaß, einer jeden Jahreszeit etwas abzugewinnen, verspürte sie doch eine große Erleichterung, daß der lähmende Winter endlich hinter ihnen lag. In wenigen Tagen würden auf den Dorfplätzen die Reisigfeuer entzündet werden, um die strohgefüllten Puppen, die den kalten Feind darstellten, zu verbrennen und den Frühling willkommen zu heißen. In freudiger Erwartung der wärmeren Jahreszeit streifte Philippa sich die wollenen Fäustlinge von den Händen und legte sie zwischen sich und Bernardi auf das Polster des Bockes. Besorgt ließ sie ihre Blicke über die Schulter des Magisters schweifen. Sie wußte, daß dessen Wunde trotz sorgfältiger Behandlung noch nicht vollständig verheilt war. Doch Bernardi hielt sich aufrecht und trieb die beiden Pferde im Gespann zur Eile an. Seit sie die Türme und Zinnen Wittenbergs hinter sich gelassen hatten, war nicht ein einziger Laut der Klage über seine Lippen gekommen. Im Grunde redete er fast gar nicht mit ihr. Wohl erkundigte er sich in regelmäßigen Abständen nach ihrem Befinden, fragte fürsorglich nach, wann sie gerne rasten wollte und ob die Herbergen, die er des Abends ansteuerte, ihren Ansprüchen genügte. Doch zu weiteren Gesprächen war er nicht zu bewegen. Vermutlich ärgert er sich noch immer über Wolfgers Geleitbriefe, ging es Philippa durch den Kopf, während sie eine Schar Stare beobachtete, die hoch über ihren Köpfen kreiste. Am Stadttor, als der Wächter die Dokumente geprüft hatte, hatte Bernardi gute Miene zum bösen Spiel gemacht, doch Philippa war nicht entgangen, daß er die beiden Papiere mit dem Siegel des Eidgrafen von Hoechterstedt zwischen den Fingerspitzen gehalten hatte, als befürchtete er, sich an ihnen zu verbrennen.

So verlief die lange Reise quer durch Deutschland schweigsam und ohne größere Aufregung. Bis Bernardi eines Nachmittags unversehens die Zügel strammzog. Es war ein milder Tag, ein sanftes Lüftchen fuhr durch die Wipfel der Bäume.

»Hinter dem Berg könnt Ihr bei gutem Wetter das Straßburger Münster sehen«, rief Bernardi und sprang vom Bock des Karrens. »Die Burg dort drüben«, er deutete auf ein graues Gemäuer mit Schießscharten, »gehört bereits zu Barr. Ich schätze, heute abend haben wir die Stadt erreicht!«

Philippa nickte und kletterte, ohne Bernardis Hilfe abzuwarten, ebenfalls vom Wagen. Vorsichtig hob sie den Saum ihres blauen Umhanges, um ein schmales Rinnsal zu überqueren, das ihren Weg zum Gipfel des Hanges kreuzte. Obschon es noch immer recht kalt war, fühlte sie, wie sich ob der Anstrengung Schweißtröpfchen auf ihrer Stirn bildeten. Rasch zog sie ein Tüchlein aus ihrem Kleid und tauchte es ins Wasser.

»Wo beabsichtigt Ihr in Straßburg Quartier zu nehmen?« hörte sie Bernardis Stimme in ihrem Rücken. »Doch gewiß nicht in einem Gasthof?«

Philippa richtete sich auf und tupfte ihre Stirn mit dem

feuchten Tuch ab. »Meine Verwandten haben Freunde in der Stadt«, erklärte sie kurz angebunden. »Tante Katharina spricht stets mit Hochachtung von Wolfgang Capito und seiner Gemahlin Wibrandis. Capito ist Pfarrherr an der Kirche von Jung-St. Peter und einer der eifrigsten Reformer Straßburgs. Er wird uns seine Hilfe nicht verweigern!«

»Seit wann schlägt Euer Herz für Reformatoren?« Bernardi versuchte, sie von neuem herauszufordern. Doch Philippa ging nicht darauf ein. Erschöpft stieg sie den Hang weiter hinauf, bis sie nach einigen Biegungen ein Plateau erreichte. Ein herrlicher Ausblick über das ganze Land ließ sie die Schinderei und Bernardis spitze Bemerkungen rasch vergessen. Wälder, Berge mit winzigen Burgtürmen, breite Ebenen, die von Flüssen durchzogen wurden. Dort hinten, irgendwo im Dunst der Weite, mußten sich die Dächer Straßburgs erheben. Den Turm des Münsters konnte sie allerdings nicht ausmachen. Philippa spürte einen sonderbaren Stich in ihrem Herzen, als Bernardi sich neben sie stellte, so eng, daß ihre Arme einander berührten. Sie wich ihm nicht aus, sondern blieb, wo sie war. Tausend Empfindungen strömten durch ihren Körper, ließen ihren Geist vom Hügel schweben wie ein Adler, der seine Schwingen über dem Tal ausbreitete. Bernardi, überlegte sie, war nicht verpflichtet, nach Wittenberg zurückzukehren und sich den gegen ihn erhobenen Vorwürfen zu stellen. Er hatte die Möglichkeit in der freien Reichsstadt ein neues Leben zu beginnen. Vielleicht fand er eine Anstellung als Magister für alte Sprachen an der Universität und eine hübsche, vermögende Bürgerstochter, mit der er eine Familie gründen konnte. War es selbstsüchtig von ihr, darauf zu hoffen, daß er sich niemals für blaue Augen, Kirchweih und ausgelassene Tänze um den Maibaum interessieren würde?

Bernardi hatte sich nicht verschätzt, was die Entfernungen betraf. Sie erreichten das Stadttor Straßburgs mit der Dämmerung. Die Wittenberger Geleitbriefe, die Bernardi und Philippa als Angehörige der *Leucorea* auswiesen, wurden auch von den Stadtwachen nicht in Frage gestellt. Der wortgewandte Prediger Bucer hatte die reformierte Stadt und deren Rat gelehrt, es sich mit den Wittenbergern nicht zu verderben. So dauerte es keine zehn Minuten, bis Bernardi sein Gefährt über das holprige Pflaster des Burggrabens stadteinwärts lenken konnte.

»Ich war vor einigen Jahren schon einmal hier«, erklärte er. »Soweit ich mich erinnere, müssen wir den Graben überqueren, um zum Pfarrhaus von Jung-St. Peter zu gelangen.«

Philippa spähte neugierig unter der Plane hervor. Sie erkannte eine Fallbrücke. Ein breiter Wassergraben trennte das Tor, durch das sie gefahren waren, mit dem mächtigen Fallgitter von dem runden Wehr. Sie gelangten durch eine schmale, schlecht gepflasterte Straße, in der vermutlich Filzer und Hutmacher ihrem Gewerbe nachgingen. Einige Lehrbuben saßen noch auf der Gasse und kämmten scheckige Wolle aus, während ihre Meister bereits die Tische abräumten und das Werkzeug in die Häuser trugen.

Eine Glocke begann mit dem Abendgeläut, in das bald darauf ein Dutzend weiterer Glocken am anderen Ende der Stadt miteinstimmte. Das Geläut begleitete Philippa und Bernardi bis zu einem hohen Fachwerkhaus mit roten Fensterläden, hinter dem sich ein kleiner, ummauerter Kirchhof erstreckte. Vor der Pforte, welche über drei Stufen zu erreichen war, schaukelte an einem ins Mauerwerk getriebenen Eisenhaken eine brennende Laterne.

Fragend blickte sich Philippa nach ihrem Begleiter um, doch Bernardi hob lediglich die Schultern und tätschelte seinem Pferd beruhigend den Nacken. Philippa atmete tief aus, zog die Kapuze vom Kopf und schlug dreimal kräftig mit der Faust gegen die Tür des Pfarrhauses.

Wibrandis Capito, die Frau des Pfarrherrn von Jung-St. Peter, war eine ebenso tatkräftige wie warmherzige Frau, soviel ließ sich schon auf den ersten Blick erkennen. Sie empfing die unerwarteten Gäste in einem schmucklosen Hauskleid, das von oben bis unten mit Mehl bestäubt war. An ihren Händen klebten Teigreste. »Bitte, entschuldigt meinen Aufzug«, seufzte sie und versuchte, sich die Finger an ihrer Schürze sauberzuwischen. »Ich habe meine Magd zu Bett geschickt, weil sie den ganzen Tag fieberte. So mußte ich das Brotbacken heute wohl oder übel selbst übernehmen!«

Philippa schlug verständnisvoll die Augen nieder. Der rundlichen, kleinen Frau war trotz ihrer Verlegenheit durchaus anzusehen, daß die Aufgaben der Dienstmagd ihr großes Vergnügen bereitet hatten. Ihre flinken Hände verrieten, daß sie ähnlich wie die Lutherin schwerer Arbeit nicht aus dem Weg ging, und obgleich das Straßburger Pfarrhaus kein bewirtschaftetes Gut war, wie der Hof des Schwarzen Klosters, war leicht zu erahnen, daß ihr Haushalt die Pfarrersfrau von früh bis spät auf den Beinen hielt.

Als Wibrandis hörte, daß die junge Frau in dem staubigen Reisemantel die Nichte ihrer Wittenberger Freundin Katharina Lutherin war, begannen ihre Augen zu leuchten. Munter plappernd führte sie die Ankömmlinge durch eine Diele in einen behaglich eingerichteten Raum, in dem vor einem lodernden Kaminfeuer eine Runde älterer Herren beim Bier zusammensaß. Die Männer trugen feierliche schwarze Schauben mit Pelzbesätzen, goldene Ketten und gestärkte Rundkrägen. Neugierig blickten sie die Eintretenden an. Einige erhoben sich zögerlich von ihren Stühlen. Wibrandis steuerte indessen ohne Umschweife auf einen etwa fünfzig Jahre alten, bärtigen Mann zu und berührte ihn zärtlich an der Schulter. »Wolfgang, wir haben späte Gäste, über die du dich sehr freuen wirst. Die Jungfer ist Doktor Luthers Nichte, aus Katharinas Familie. Ihr Reisebegleiter heißt Bernardi, Magister der alten Sprachen aus Wittenberg!«

Der Pfarrherr stand nun ebenfalls auf und lud Philippa mit einer knappen Geste ein, ins Licht der Lampe zu treten. Er war ein großer Mann, der seine Frau um Hauptes-länge überragte; im Gegensatz zu ihr wirkte er jedoch abgespannt und zerfahren. Seine grauen Augen glommen im Schein der Kerzen melancholisch. Als sein Blick Bernardi streifte, zwinkerte er irritiert. Vermutlich wußte er den fremden Mann an Philippas Seite, der offensichtlich nicht mit ihr verwandt oder verheiratet war, nicht sogleich einzuordnen.

»Wir haben erst vor wenigen Tagen durch einen Boten von der Krankheit Eures Onkels erfahren, Jungfer«, sagte Capito schließlich mit schleppender Stimme, während Wibrandis ihren Gästen die Becher mit heißem Würzwein füllte. »Wie Ihr Euch denken könnt, sind wir dankbar für alle Nachrichten, die den Schmalkaldischen Bund betreffen!«

»Euer Bote hat Euch gewiß berichtet, daß die Bekenntnisformel unseres evangelischen Glaubens nach langem Zaudern von achtzehn Fürsten und achtundzwanzig Reichsstädten unterzeichnet wurde«, antwortete Bernardi höflich. »Zuletzt stimmten selbst Melanchthon und Seine Gnaden, der Landgraf von Hessen, Doktor Luthers Vorlagen zu!«

Capito schürzte die Lippen. Zweifelsohne kannte er das Temperament des Wittenberger Reformators besser als mancher andere. Mehr als einmal hatte er Luther zu Vorsicht und Mäßigung gemahnt. Er selbst, soviel wußte Philippa aus Gesprächen mit ihrer Tante, galt unter den

Theologen des Reichs als Mann des Ausgleichs. Er beschwichtigte die Prediger Straßburgs, die von ihren Kanzeln ohne Unterlaß gegen Juden, Papisten, Schwärmer und Täufer gleichermaßen wetterten, und verbrachte ganze Nächte damit, Gutachten zu verfassen, um Menschen beizustehen, die auch in reformierten Gegenden wegen ihrer Glaubensüberzeugung in Gefahr geraten waren. Diese gemäßigte Haltung teilte er mit Melanchthon, doch seine Freunde wußten hinter vorgehaltener Hand zu berichten, daß der gutmütige Pfarrherr an wachsender Schwermut litt und sich danach sehnte, dem Gezänk der streitenden Geister zu entkommen.

»Du fühlst dich nicht wohl«, stellte Wibrandis fest, als sie das sorgenvolle Gesicht ihres Mannes betrachtete. »Darf ich vorschlagen, den Pfarrat auf morgen zu verschieben? Du mußt dich ausruhen!«

Höflich erhoben sich die schwarzgekleideten Herren und verabschiedeten sich von ihren Gastgebern und deren Besuchern. Der Pfarrherr begleitete sie aus dem Raum.

»Die Arbeit zehrt ihn auf«, bemerkte Wibrandis und rollte vielsagend mit den Augen. »Feilt er nicht gerade an seinen Predigten, so besucht er Spitäler oder empfängt die Herren von Jung-St. Peter, um über die Armenfürsorge in der Gemeinde oder das Schulwesen zu diskutieren. Haben diese Unterredungen endlich ein Ende gefunden, rennen uns seine Schüler oder Bittgänger mit ihren Fragen und Nöten die Türe ein. Es ist jeden Tag dasselbe!« Erschrocken blickte sie auf und schlug sich die Hand vor den Mund. »Verzeiht, Jungfer von Bora. Damit wollte ich gewiß nicht sagen, daß *Ihr* uns eine Last seid. Manchmal ist mein Mundwerk einfach flinker als mein Verstand. Capito hat mich deswegen oft gescholten!«

»Ich vermute, der Herr Pfarrer weiß dennoch, welchen Schatz er an Euch hat, Frau Wibrandis«, sagte Bernardi lächelnd.

Die Frau strahlte erleichtert. »Habt Dank für Euer Verständnis, Herr! Es ist wahrhaftig nicht einfach, sich in diesem Haushalt zurechtzufinden. Zweimal trug ich bereits die Witwentracht, ehe ich Capitos Frau wurde. Damals steckte er in erheblichen Schwierigkeiten, da er in seiner Gutherzigkeit für einige Männer Bürgschaften übernommen hatte, die ihn letztendlich in erdrückende Schulden stürzten. Fragt nicht, wie oft ich mich damals um den roten Pfennigturm herumdrückte, ehe ich den Mut aufbrachte, die Zehntknechte um einen Kredit zu bitten. In jenen Jahren galt es für eine Pfarrersfrau, sparsam und erfinderisch sein, denn Capito wäre lieber hungrig zu Bett gegangen, als die Hilfesuchenden und Flüchtlinge von seiner Schwelle zu weisen. Gottlob liegen die mageren Jahre vorerst hinter uns!«

»Vorausgesetzt, daß es nicht zum Krieg gegen die Kaiserlichen kommt«, bemerkte Bernardi düster und nahm einen Schluck aus seinem dampfenden Becher. Philippa hörte kaum noch zu. Vor Müdigkeit fielen ihr die Augen zu. Nichts wünschte sie sich sehnlicher als eine Schüssel mit warmem Wasser und eine Bettstatt.

»Armes Kind«, hörte sie da auch schon die Pfarrersfrau rufen. »Da rede und rede ich, dabei schläft das Mädchen nach der weiten Reise bereits im Stehen. Bitte folgt mir, ich werde Euch sogleich zu Euren Zimmern führen!«

Nachdem Philippa das einfache Kastenbett bestiegen hatte, floh die Müdigkeit plötzlich mit einem Schlag von ihr. Verdrossen lauschte sie, wie sich die Schindeln auf dem Dach im Wind hin- und herschoben und wie das Gebälk des Fachwerks leise knarrte. Während sich ihre Blicke auf die Dachschräge richteten, gingen ihr die Worte des Hausherrn durch den Kopf. Der Pfarrherr hatte von einem Boten aus Schmalkalden gesprochen, die Gerüchte um den Mord im Lutherhaus schienen hingegen noch nicht bis Straßburg gedrungen zu sein. Irgendwann, die Turmuhr von St. Peter hatte längst die Mitternachtsstunde eingeläutet, entführten Philippa die Geräusche des fremden Hauses in einen unruhigen, traumlosen Schlaf.

Im Morgengrauen traf Philippa Capito und Wibrandis in deren kleinem, mit Reben besetzten Innenhof vor dem Backofen an.

Wibrandis hantierte mit einem ellenlangen Schieber und förderte eine stattliche Anzahl runder Weizenbrote und halbmondförmiger Gebäckstücke aus der rauchenden Öffnung. Offensichtlich war die Hausmagd noch zu schwach, um ihrer Herrin zur Hand zu gehen.

Der Pfarrherr saß auf einem Schemel, dem Backofen gegenüber, und genoß die Wärme, die von den heißen Ziegelsteinen ausging. Auf seinen Knien lag ein Buch, aus dem er seiner Frau mit gemessenem Tonfall Verse vortrug, während Wibrandis lächelnd zierliche Kreuze in die duftenden Laiber schnitt. Philippa verharrte einen Moment lang unter dem Torbogen, um die harmonische Atmosphäre nicht durch ihr Erscheinen zu stören. Im nächsten Augenblick trat jedoch Bernardi aus der Tür, die zu den Stallungen führte. In seiner Hand klapperte ein hölzerner Eimer.

»Warum habt Ihr mir nicht Euer Pferd überlassen?« rief Wibrandis dem Magister vorwurfsvoll zu. »Ihr seid doch unsere Gäste!«

Capito erhob sich, murmelte eine Entschuldigung und schnürte hastig seinen ausladenden Kragen über dem Wams zusammen. Geistesabwesend erklärte er, noch vor dem zweiten Morgenläuten zum Ufer des Rheins hinabzusteigen, um nachzusehen, wie stark der Fluß während des Tauwetters über die Ufer getreten war. Philippa sah ihm verwundert nach. Sie wurde den Verdacht nicht los, daß der wortkarge Reformator den Gästen seiner Ehefrau aus dem Weg ging, um nicht mit ihnen über Doktor Luther und den Schmalkaldischen Bund reden zu müssen.

»Ich wußte gar nicht, daß Ihr mit Hochwasser zu kämpfen habt«, sagte Philippa, nachdem der Pfarrherr die Tür ins Schloß geworfen hatte.

»So ist es leider!« Wibrandis blickte von ihrer Arbeit auf. Im oberen Stockwerk des Hauses wurde ein Fensterladen aufgestoßen, und verschlafene Kinderaugen blickten auf sie hinab. »Sobald die Schneeschmelze einsetzt, steigt das Wasser von Breusch und Rhein. Vor einigen Jahren drang die Flut gar durch das Spitaltor und das Elisabethen-Tor ein und riß alles mit, was sich ihr in den Weg stellte. Die Kalbsgasse stand völlig unter Wasser. Über hundert Häuser stürzten ein, weil das morsche Gebälk den Wassermassen nicht länger standhielt. Der Rat der Stadt hat daraufhin eine neue Bauordnung erlassen, die zweite nach der großen Pest von 1348, doch wie soll dies den Armen in den Vierteln um den Ferkelmarkt helfen? Die können sich sowieso nichts anderes als Holz- und Lehmkaten leisten.«

»Straßburg ist in dieser Beziehung beileibe kein Einzelfall, Herrin«, warf Bernardi ein. »Ich habe ähnliche Nöte in Köln, Mainz und in der Moselgegend gesehen.«

»Wenn es nur bei den zerstörten Häusern bliebe, ließe es sich womöglich verschmerzen. Doch die Flut verwüstet zudem die Felder vor den Toren der Stadt. Übrig bleiben Kadaver, Stechfliegen, Sand und Dreck. Ein rechter Nährboden für Seuchen!«

Philippa half der Pfarrersfrau, die Brote ins Haus zu tragen und trotz deren Widerspruch ein kleines Frühstück zuzubereiten. Die Capitos hatten in ihren bescheidenen Räumen nicht weniger Mäuler zu stopfen als die Lutherin im Schwarzen Kloster. Wibrandis war vor ihrer Ehe mit dem Straßburger bereits mit zwei Gelehrten verheiratet gewesen, die beide nach wenigen gemeinsamen Jahren an verschiedenen Krankheiten gestorben waren. Vier Mädchen und einen Knaben hatte die leidgeprüfte Frau zur Welt gebracht, und sie war froh, daß Wolfgang Capito, der trotz seines oft unzugänglichen und schwermütigen Wesens ein Herz für Kinder hatte, sie ohne Vorbehalte aufzog.

Nach einem Gebet und der gemeinsamen Mahlzeit zogen sich die beiden Frauen mit dem schmutzigen Geschirr zum Spülstein in die Küche zurück. Dort nahm Philippa ihren ganzen Mut zusammen und fragte Wibrandis nach einer Familie, die den Namen Lepper trug.

Überrascht blickte Capitos Gemahlin auf. Ihre Stirn umwölkte sich, als habe Philippa sich soeben nach dem Weg zum Straßburger Hurenhaus erkundigt. Dann flüsterte sie: »Gewiß habe ich von den Straßburger Leppers gehört. Ich wundere mich nur, was die Nichte Doktor Luthers ausgerechnet mit diesen Leuten verbindet!«

»Verzeiht mir, wenn meine Frage Euch unangenehm berührt, Frau Wibrandis«, sagte Philippa und verwünschte das leichte Zittern, das sich in ihre Stimme geschlichen hatte, »eine Straßburger Lepperin war bis vor wenigen Wochen Schulgehilfin in Wittenberg. Ich dachte nur, Ihr könntet mir etwas über ihre Familie sagen!«

Wibrandis nahm ein Spültuch vom Haken neben dem Stein und begutachtete es sorgfältig, ob es noch sauber war. Ihrer Miene war anzusehen, daß Philippas Erklärung sie nicht restlos überzeugt hatte, dennoch bemerkte sie: »Die Leppers hatten früher in Straßburg als Tuchmacher und Kaufleute einen guten Ruf. Das große Haus gegenüber der Hirsch-Apotheke am Münsterplatz war ihr Stammsitz. Doch im Zuge der Reformation kam es zu Auseinandersetzungen mit der Tuchmachergilde. Ich kann mich nicht erinnern, worum es ging, denn zu dieser Zeit lebte ich noch in Basel, und mein guter Capito verabscheut nichts so sehr wie Klatsch. Jedenfalls verschwand ein Teil der ehemals angesehenen Sippe aus Straßburg, weil ihr das Ketzergericht drohte. Mehr weiß ich von diesen Dingen nicht.«

»Und wer, verehrte Frau Wibrandis, *könnte* uns Auskunft erteilen?« Bernardi hatte die Küche unbemerkt betreten und die letzten Worte der Pfarrersfrau mit angehört. Er hatte die Arme über der Brust verschränkt und lehnte sich gegen einen der mächtigen Stützbalken, von dem Pfannenstiele und Reibeisen in verschiedener Größe herunterhingen.

Erschreckt schaute Wibrandis ihn an. »Nun, es gibt einen alten Mann, der mit den Leppers eng verbunden war. Sein Name ist Ulrich Hausbart, und er wohnt im *Haus zum Huben*, einem windschiefen Gemäuer direkt am Barfüßerplatz. Angeblich sitzt er jeden Tag von früh bis spät in seinem Erker und starrt über den Platz, als ob er jemanden erwartet.«

»Ein wahrhaft günstiger Ort, um dem Scharfrichter nahe zu sein.« Bernardi verzog das Gesicht. »Am Barfüßerplatz finden doch noch immer die Hinrichtungen statt, nicht wahr?«

»In der Tat, junger Mann!« Wibrandis Miene drückte Mißbilligung aus. »Aber der alte Hausbart dürfte davon ohnehin wenig haben. Er ist nämlich seit einigen Jahren blind.«

Philippa und Bernardi ließen den Kirchhof hinter sich und bahnten sich einen Weg durch die engen Gassen Straßburgs. Trotz der frühen Morgenstunde waren bereits viele Menschen auf den Beinen. Ladenverschläge wurden geöffnet. Handwerker trugen ihre Tische vor die Häuser. Frauen schöpften Wasser aus den Brunnen und eilten raschen Schrittes über das Pflaster. Ein paar halbwüchsige Sauhirten trieben ihre Herden dem Speyertor entgegen. Im letzten Moment wich Philippa den grunzenden Schweinen aus und drückte sich gegen eine Lade, aus der ein zahnloses Weib auf die Gasse blickte und Philippa fragte, ob sie Garn, Spangen oder Knöpfe aus Schildpatt brauche.

Von den Glockentürmen des riesenhaften Münsters her erklang das Morgenläuten, und wenig später stimmte eine Vielzahl weiterer Glocken, kleinerer und größerer, in das Dröhnen und Bimmeln ein.

»Die Turmwächter geben das Geläut weiter«, erklärte Bernardi, als Philippa sich erstaunt umwandte. »So weiß jeder, wann es Zeit wird, die Stadttore zu öffnen!«

Die Stadt machte einen friedlichen Eindruck auf Philippa; es gab wahrhaftig nichts, wovor sie sich am hellichten Tag hätte fürchten müssen. Und doch, je näher sie ihrem Ziel kam, desto stärker wurde auch ihr Unbehagen. Furcht überfiel sie. Furcht vor dem, was sie und Bernardi möglicherweise im Haus des Blinden erfahren würden. Vorsichtig spähte Philippa über die Schulter. Doch sie bemerkte nichts Verdächtiges und schalt sich, daß sie drauf und dran war, die Fassung zu verlieren.

Dann tat sich auch schon der Barfüßerplatz vor ihnen auf: ein von Fachwerkhäusern, Lagerschuppen und Waaghäuschen umgebenes Areal, wie es Dutzende in Straßburg geben mochte. Mitten auf dem schlammigen Kopfsteinpflaster stand ein verlassener Karren, dem zwei Räder und die Deichsel fehlten. An den Hausecken stapelte sich der Unrat. Nichts deutete darauf hin, daß an Rechtstagen hier das Blutgerüst errichtet wurde.

Bernardi erkannte das *Haus zum Huben* mit einem Blick. Wie Wibrandis angedeutet hatte, stand ein Mann am offenen Fenster eines winzigen Erkers, der die Form einer Muschel auswies und aussah, als wäre er irgendwann nachträglich an die Vorderfront angebaut worden. Der Mann hatte schlohweißes Haar, das ihm auf die Schultern fiel, und trug ein Barett aus blauem Samt. Philippa gab Bernardi ein Zeichen und näherte sich der Tür. Zaghaft ließ sie den Klopfer gegen das Holz schlagen.

»Er wird nicht öffnen, Jungfer«, hörte sie plötzlich eine schnarrende Stimme in ihrem Rücken. Erstaunt drehte sie sich um und erspähte eine etwa dreißig Jahre alte Frau mit aufgeschwemmten Gesichtszügen. Unter ihrer fleckigen Haube quoll dichtes blondes Haar hervor.

»Woher wißt Ihr das?«

»Weil der alte Ulrich niemals Fremden die Türe öffnet. Ich habe es ihm verboten! Treibt sich doch jede Menge Diebesgesindel auf den Gassen herum. Die würden dem Blinden den letzten Schemel unterm Hintern wegklauen, wenn ich kein Auge auf ihn hätte.«

Philippa sah zu Bernardi hinüber, der reglos vor der schweren Eichentür verharrte. Ihn zumindest schien die Fremde nicht mit dem Diebsgesindel gemeint zu haben, denn ihre Blicke maßen ihn in schamloser Weise von Kopf bis Fuß. Philippas Anwesenheit störte sie dabei nicht im geringsten.

»Dann sorgt Ihr wohl für den alten Mann?« Philippa schob sich zwischen das aufdringliche Weib und den Magister.

»Wie? Ja, ich gehe für ihn zum Markt und ... ich wohne gleich dort drüben, auf der anderen Seite des Platzes«, ergänzte sie an Bernardi gewandt und lächelte.

»Gut zu wissen, und nun führt uns zu Meister Ulrich. Wir haben nicht vor, ihn zu bestehlen, sondern brauchen lediglich eine Auskunft.«

Philippa hatte ihre Worte kaum ausgesprochen, als plötzlich die Tür aufgerissen wurde und die hagere Gestalt des Blinden im Türrahmen erschien. Einen Herzschlag lang fixierten seine leeren Augen Philippa, als versuchten sie, die schwarzen Schleier zu durchdringen und ein Bild zu formen. Dann sagte der Mann: »Kommt herein, ehe die ganze Stadt auf Euch und mein Haus aufmerksam wird!«

Ulrich Hausbart führte Philippa und Bernardi über eine ausgetretene Stiege in eine spärlich möblierte Kammer mit einem gewaltigen Bleiglasfenster, dessen beide Flügel weit geöffnet waren. In dem Erker, der auf den Platz hinausragte, stand ein reich verzierter Stuhl mit Armlehnen, dessen verwaschenes Leinenmuster einmal bunt bedruckt gewesen sein mußte. Nun waren keine Farben mehr zu erkennen. In seinen eigenen vier Wänden bewegte sich der Blinde sicher und erhaben. Geschickt wich er einem hohen Stapel verstaubter Bücher aus, der mitten im Raum auf dem Boden lag, rückte zwei weitere Stühle hinter einer Truhe hervor und bat seine Besucher, Platz zu nehmen. Er selbst setzte sich mit dem Rücken zum Fenster.

»Ihr müßt die gute Sybille entschuldigen«, erklärte der alte Mann nachsichtig. »Sie ist eine Nachbarin und für gewöhnlich sehr zuverlässig. Sobald jedoch ein gutaussehender, junger Mann die Gasse betritt, ist es um sie geschehen!«

»Woher wollt Ihr wissen, ob mein Begleiter Eurer Beschreibung entspricht?« wunderte sich Philippa.

Der Alte stieß ein meckerndes Gelächter aus und strich sich über das dünne, weiße Haar. »Er redet nicht viel, Jungfer! Die Häßlichen schnattern wie die Gänse, um auf sich aufmerksam zu machen oder durch eine spitze Zunge ihr geschundenes Selbstwertgefühl zu heben. Dies gilt im übrigen auch für das Weibervolk!«

Philippa errötete. Während sie den Blinden über den Grund ihres Besuchs in Kenntnis setzte, vermied sie es geflissentlich, Bernardi oder Meister Ulrich anzusehen. So bemerkte sie zunächst gar nicht, wie das Blut langsam aus dem Gesicht des Alten wich, wie seine faltigen Hände sich zitternd um die Lehne seines Stuhles legten, ehe er sich plötzlich erhob und seinen hageren Körper nach Atem ringend über die Brüstung des Erkers beugte. Es sah aus, als würde der Greis jeden Augenblick das Gleichgewicht verlieren und auf das Pflaster hinunterstürzen. Bernardi mußte Philippas Ahnung teilen, denn er sprang dem Alten hinterher und zog ihn an seinem Rock in die Stube zurück.

»Verzeiht mir«, keuchte Hausbart, nachdem ihn Bernardi zu seinem Stuhl geführt und ihm den Kragen geöffnet hatte. »Es sind ... meine Nerven! Ich hatte nicht damit gerechnet, in diesem Leben noch einmal mit diesen Dingen behelligt zu werden. Man hat mir mein Augenlicht genommen, mich gebrandmarkt und davongejagt. Doch der Rat von Straßburg hat mir verziehen und schließlich sogar gestattet, daß ich mein Vaterhaus am Barfüßerplatz zurückkaufte, um in diesen Mauern meinen Lebensabend zu verbringen! Die Leppers hatten dieses Glück nicht, aber sie haben ja auch niemals vor Gott und der Obrigkeit ihren Irrtümern abgeschworen!«

»Abgeschworen?« stieß Philippa entgeistert hervor. »Von welchen Irrtümern redet Ihr, und wo wurdet Ihr geblendet?«

Ulrich Hausbart griff sich an die Kehle und begann zu husten. Keuchend bat er dann Bernardi, ihm aus einem Krug, der gleich neben ihm auf dem Fußboden stand, seinen Becher zu füllen. Ohne Zögern kam der Magister der Bitte des alten Mannes nach und stützte ihn, während er trank. Nach einigen Zügen stöhnte Hausbart erleichtert auf und ließ das leere Gefäß in seinen Schoß rollen.

»Ihr wollt also wissen, warum ich mein Augenlicht einbüßte? Nun gut, Ihr sollt es erfahren. Als Bucer und seine Mitstreiter damals die Lehren Luthers in Straßburg durchzusetzen suchten, gab es im Rat und unter den Gilden viele, denen die Reformen nicht weit genug gingen. Sie sehnten sich danach, zu den Lehren der Urkirche zurückzukehren, in welcher Apostel und Propheten das Wort verbreiteten und nicht Pfaffen und Reichsfürsten. Damals erfuhren wir von heiligen Männern, die in den Niederlanden aufgetaucht waren und lehrten, man müsse den Messen, Metten, Vespern und Vigilien abschwören, weil diese Dinge vom Antichrist stammten. Alles Tun der Priester sei vergeblich, weil sie Reichtümer anhäuften und die Armen vergaßen. Meine Frau und ich begannen bald daran zu zweifeln, daß die Reformatoren wirklich die rechten Männer seien, die Kirche zu reinigen. Wir sehnten uns nach einer höheren Ordnung, nach himmlischer Erleuchtung!«

»Aber was hat dies mit den Leppers zu tun?« Philippa rückte ihren Stuhl näher zum Erker. Bernardi lehnte die Flügel des Fensters an. Er war sich nicht sicher, ob die brüchige Stimme des Alten bis hinunter auf den Markt reichte, doch man konnte nie wissen.

»Öffnet meine Truhe«, bat Hausbart leise, »und bringt mir ihren Inhalt. Dann werdet Ihr verstehen, wovon ich rede!«

Die Truhe klemmte ein wenig. Offensichtlich war sie seit langer Zeit nicht mehr in Gebrauch. Als Philippa mit Gewalt den Deckel in die Höhe stemmte, fand sie einige Kleidungsstücke, Prägestempel und zusammengerollte Bibelseiten. Die Kleider waren aus billiger blaugrauer Wolle und rochen vermodert. Die meisten trugen Brand- und Blutspuren. Als Philippa dem alten Mann eines der Kleidungsstücke, einen bodenlangen Überwurf, in die Arme legte, füllten sich dessen erloschene Augen mit Tränen. Behutsam berührte er den Stoff mit seiner hohen Stirn, als wollte er ihn liebkosen.

»Gewänder dieser Art«, sagte er mit erstickter Stimme, »trugen wir, nachdem wir Straßburg verlassen hatten und in Münster Zuflucht suchten. Anfangs legten wir sie nur an, wenn der Prophet Jan Matthys auf dem Prinzipalmarkt zu uns sprach, später mochten wir nichts anderes mehr in unseren Kleiderkammern dulden.«

»Heißt das, Ihr und die Leppers wart in Münster, während die Wiedertäufer die Stadt regierten?« unterbrach ihn Bernardi. »Ihr habt das Massaker der bischöflichen Truppen überlebt?«

»Die Leppers verließen die Stadt noch vor der Belagerung. Wie meine Frau und ich lehnten auch sie Eid und Kindertaufe ab, doch sie erkannten früher als wir, daß die

Herrschaft der angeblichen Propheten auf eine Katastrophe zusteuerte. Die Wiedertäufer, müßt Ihr wissen, sind im Grunde ihres Wesens einfache, stille Menschen, die den verlorenen Weg zum Ursprung der Christenheit suchen. Haben sie die Verfolgung der Katholiken und Lutheraner verdient, die seit einiger Zeit wieder im Reich aufflammt, nur weil sie dort fortfuhren, wo Luther und Calvin nicht weiterwußten? Gewiß nicht! Es war der Teufel, der unseren Führern in Münster eingab, das Schwert zu ergreifen und mit Gewalt nach dem Tausendjährigen Reich zu trachten, und es war der Teufel, der ihre Feinde aufstachelte, die Perle Westfalens dem Untergang zu weihen. Die Leppers waren schlauer als die meisten unserer Brüder. Eines Nachts, als der Alte zum Wachtdienst eingeteilt war, flohen sie über die Mauer auf das flache Land. Nur Maria weigerte sich, ihnen zu folgen, da sie ein Kind erwartete.«

»Sie war verheiratet, nicht wahr?« fragte Philippa mit tonloser Stimme.

»Was sollte sie tun? Nach dem Tod des Propheten Matthys ließ sein Nachfolger Bockelson sich vor dem Rathaus zu Münster zum König der Wiedertäufer krönen. Er prophezeite, der Herr würde Scharen vom Himmel senden, um die Belagerung seiner Stadt aufzuheben. Vorausgesetzt, man folgte seinen Worten. Tag und Nacht streiften Prediger, sogenannte Worthalter, durch die Stadt, um ihre Bewohner zu Umkehr und Ablieferung ihrer weltlichen Besitztümer aufzurufen. Einer der eifrigsten Worthalter Münsters war ein gewisser Rottmann, ehemals Kaplan an der Kirche von St. Mauritius. Mit ihm schloß die junge Lepperin den Bund der Ehe!« Voller Abscheu hatte er seine letzten Worte ausgesprochen und beugte sich nun über die Stuhllehne, um nach dem Wasserkrug zu tasten.

»Ganz so freiwillig ging die Sache wohl nicht vonstatten?« Bernardi ging zu dem Bücherstapel hinüber, nahm das oberste Buch auf und blies vorsichtig die Staubflocken von dessen Deckel. Ungläubig überflog er Titel und erste Seite. Es war ein verbotenes Buch.

»Gewiß nicht, junger Freund«, ließ sich die hohe Greisenstimme vernehmen. »Maria war weder Rottmanns erste noch seine einzige Frau. In jenen Tagen praktizierten viele Wiedertäufer die Vielweiberei des Alten Testaments. Schließlich sollten sie genügend Nachkommen in die Welt setzen, um die apokalyptischen Reiter und die Heerscharen des Jüngsten Gerichts zu unterstützen, sobald die Zeit gekommen war, Münster gegen die Ungläubigen zu verteidigen!«

»Ich vermute, diese Zeit kam rascher, als Rottmann erwartet hatte?« bemerkte Philippa und warf Bernardi einen nachdenklichen Blick zu. Sie erinnerte sich noch genau an den Tag, als der Buchhändler Bartholomäus ihr während einem seiner Besuche in Lippendorf vom Fall Münsters und dem grausamen Ende der Wiedertäufer berichtet hatte.

»Der Teufel mag sich noch so verstellen und sich anbiedern«, zitierte der alte Hausbart seufzend, »seine Füße wird er nie verbergen können!«

»Was geschah nun aber mit der Lepperin und ihrem ... Ehemann?« drängte Philippa ungeduldig.

»Natürlich waren die ausgehungerten Kriegsknechte des Jan Bockelson der Übermacht des Bischofs gänzlich unterlegen. Zwei Tage lang mordeten und plünderten die Landsknechte, ohne daß der Bischof ihnen Einhalt gebot. Sie drangen in die Häuser ein, schleppten unsere Brüder auf die Straße und töteten sie mit Spießen und Schwertern. Das Pflaster des Prinzipalmarkts färbte sich rot vom Blut der Erschlagenen. Wer überlebte, den erwartete ein unbarmherziges Gericht, selbst wenn er dem Glauben der Wiedertäufer entsagte. Ich wurde nahe dem Aegidiitor geblendet und danach auf ewig aus Münster verbannt. Mit den Frauen ging man ein wenig milder ins Gericht. Den meisten wurde nach Einziehung ihrer Habe gestattet, das Heil in der Flucht zu suchen. Was sollte der Fürstbischof auch mit einer Stadt voller Witwen und Leichen anfangen? Ihm ging es allein um den Besitz seines Sprengels. Außerdem brauchte er Geld, um seine zahlreichen Söldner zu entlohnen.«

»Wollt Ihr damit sagen, Ihr habt die Lepperin niemals wiedergesehen?« Bernardi legte forschend seinen Kopf auf die Seite. Auf der Straße unter dem Fenster herrschte mittlerweile ein buntes Treiben. Frauen riefen sich etwas zu, ein Hund kläffte wild.

»Das möchte ich nicht behaupten! Kurz nachdem mich meine Vaterstadt wieder in Gnaden aufgenommen hatte, stand sie eines Abends vor meiner Tür. Ich konnte sie nicht sehen, aber mein Herz erkannte sie, noch ehe sie ein Wort an mich richtete. Das Gewand aus der Truhe gehörte ihr. Sie trug es bis zu dem Augenblick, als meine Gemahlin die Wehmutter holte. Leider verlor sie ihr Kind. Ich wollte, daß sie bei mir blieb, aber Maria lehnte ab. Sie erklärte, ihr Mann sei nicht unter den Gefallenen und Hingerichteten gewesen. Rottmann hatte demnach überlebt, doch Maria wollte sich endgültig von ihm und seinem unheilvollen Einfluß befreien. Sie ahnte, daß er nicht lange stillhalten, sondern unter falschem Namen und mit neuer Identität weiter danach streben würde, das Werk von Münster an einem anderen Ort zu vollenden!«

Philippa hob den Kopf. »Ich kann mir schon denken, was dieser Rottmann im Schilde führt. Das Reich der Wiedertäufer zu Münster wurde zerstört, weil Lutheraner dem Fürstbischof Waffenhilfe leisteten. In Rottmanns Augen kann dies nichts anderes als Verrat an seinem Propheten bedeuten.« Unruhig lief sie in der Stube auf und ab, die Hände verzweifelt zu Fäusten geballt. Ich hätte früher darauf kommen müssen, überlegte sie. Marias Scheu, über ihre Vergangenheit zu reden. Die Erregung, die sie ergriffen hatte, als sie von der Doppelehe des Landgrafen Philipp erfuhr. Maria mußte doch geglaubt haben, selbst in Wittenberg für alle Zeiten an ihren rachsüchtigen Ehemann und seine Träume von einem neuen Täuferreich gebunden zu sein. Vermutlich hatte sie sich nur in den Dienst der Lutherin begeben, um Rottmann, oder wie er sich nun auch immer nennen mochte, aufzuhalten. Das bedeutete jedoch auch, daß sie seine Pläne gekannt oder zumindest erraten hatte.

»Angeblich soll bereits ein Nachfolger des hingerichteten Königs von Münster gefunden worden sein«, erklärte der Blinde in beinahe schwärmerischem Tonfall. »Rottmann wird ihm den Weg bahnen, wie er es einst als Worthalter in Münster getan hat. Zunächst wird er Wittenberg und Genf von den Lehren der Reformatoren reinigen, zuletzt jedoch an der Spitze der bekehrten kaiserlichen Heere nach Rom ziehen, um im Palast des Papstes die siebente Schale des Zorns ins Feuer zu gießen!« Er machte eine abwehrende Geste. »Und nun möchte ich Euch bitten, mir weitere Erinnerungen zu ersparen. Ich habe meinem früheren Leben entsagt, auch wenn mein Herz nicht anders schlägt als damals in Münster. Ob unsere Lehre falsch war oder nicht, wird dereinst eine höhere Macht entscheiden. Die dort draußen«, er machte eine schwache Kopfbewegung zum Richtplatz hin, »werden daran nichts ändern.«

»Damit dürfte wohl klar sein, wer Eure Lepperin ermordet hat«, sagte Bernardi, als er und Philippa das Haus am Barfüßerplatz verlassen hatten und sich durch das Durcheinander von Marktschreiern, Kaufleuten und Stadtsoldaten kämpften. »Rottmann muß unmittelbar nach der Eroberung Münsters in Wittenberg aufgetaucht sein. Dort traf er auf die Lepperin und versuchte noch einmal, sie für seine unseligen Zwecke zu gewinnen. Als sie sich ihm widersetzte, lockte er sie vor das Elstertor und brachte sie zum Schweigen. Ich ...« Er stockte.

»Ja?«

»Nun, ich bin nach wie vor der Ansicht, daß Wolfger von Hoechterstedt ein falsches Spiel mit uns treibt. Ihr habt den alten Ulrich doch reden hören. Nicht nur die Landsknechte des Waldeckers, auch Braunschweiger und Hessen zogen gegen die Wiedertäufer zu Felde. Wolfger steht noch immer im Dienste des Landgrafen. Wenn er bei der Einnahme Münsters zugegen war, könnte er unser Mann sein!«

Schweigend gingen sie weiter, bis sie den hohen Turm des Münsters vor sich aufragen sahen. Auf dem rechteckigen Platz herrschte ein munteres Treiben. Gaukler jonglierten vor einer staunenden Menge mit farbenfrohen Holzkegeln. Auf einer Bühne tanzte ein Mann im Bärenfell und gab vor, eine Jungfrau zu entführen. Zwischen den Buden und Marktständen der Krämer drängten sich die Menschen. Einige Frauen standen in einer Schlange vor dem großen Ziehbrunnen und beobachteten, wie eine junge Frau die Finger ihres Kindes in einem Wasserstrahl reinigte.

Als Philippa das Westportal der Kathedrale erreichte, legte Bernardi ihr plötzlich seine Hand auf den Arm und lenkte ihre Aufmerksamkeit auf eine Gruppe in Stein gemeißelter Figuren, die einen Mann mit verschlagenem Grinsen und drei Frauen darstellte. Die Figuren thronten erhaben auf einem Sockel seitlich des Tympanons.

»Schaut ihn Euch an, Philippa«, sagte Bernardi und deutete auf eine der Figuren. »Man nennt ihn den Verführer. Die drei törichten Jungfrauen hören auf seine Worte, die ihnen süß wie Honig in den Ohren klingen, und wissen nicht, daß sie sich auf ihren Untergang zubewegen!«

Philippa biß sich verärgert auf die Lippen. Das Lärmen der Gaukler brandete in ihren Ohren auf. »Maria Lepper war keine törichte Jungfrau, Bernardi. Sie war eine Ausgestoßene, die das Unglück hatte, erst in dem Augenblick Freunde zu finden, als es bereits zu spät für sie war. Wenn Ihr jedoch mich töricht nennen mögt, tut es!«

»Das habe ich nicht gesagt«, verteidigte sich der Magister. »Ich denke nur, daß es besser wäre, wenn Ihr von Eurer Fährte ablaßt. Wir wissen doch nun, wer hinter den Vorgängen in Wittenberg steckt. Ihr könntet einen Boten zu Eurem Onkel schicken und ihn bitten, die Angelegenheit zu untersuchen. Er und der Kurfürst werden schon Mittel und Wege finden, diesen Rottmann zu entlarven.«

Philippa schüttelte traurig den Kopf. »Selbst wenn dies möglich wäre, so habe ich mit Eidgraf Wolfger einen Vertrag geschlossen, dem ich mich nicht entziehen kann. Vergeßt nicht, daß er Euch aus Sachsen entfliehen ließ.«

Bernardi starrte sie wütend an. Einen Herzschlag lang schienen ihm die Worte im Halse steckenzubleiben, doch dann schimpfte er los: »Und dafür seid Ihr diesem hochmütigen Kerl zu ewigem Dank verpflichtet? Habt Ihr vergessen, wie sehr Ihr ihn verabscheutet, als er Euch gegen Euren Willen ins Schloß entführte?«

»Bernardi, mäßigt Euch!«

»Was werdet Ihr als nächstes für ihn tun, nur um Eurem Bruder und seiner Frau diesen verwahrlosten Weiler wieder abzujagen? Macht, was Ihr wollt, Philippa, aber glaubt nicht, ich würde mit Euch nach Wittenberg zurückkehren, um mit anzusehen, wie Ihr …«

Er beendete seinen Satz nicht. Statt dessen drehte er sich unvermittelt um und eilte quer über den Münsterplatz.

Philippa fühlte sich wie gelähmt. Unfähig, einen Fuß vor den anderen zu setzen, ließ sie sich auf die eiskalten Stufen des Kirchenportals sinken. Eine Weile saß sie so da, dachte an den steinernen Verführer, wie er hämisch vor sich hin grinste, und betrachtete das Spiel der Gaukler, die begonnen hatten, zwischen den rotierenden Speichen eines Wagenrades zu tanzen und den Mädchen in der Menge vielfarbige Bänder zuzuwerfen. Was Bernardi gesagt hatte, klang so schrecklich vernünftig. Möglicherweise hatte er recht, und sie zerstörte mit dieser sinnlosen Jagd ihre Zukunft. In der Tat konnte sie den Straßburger Reformator bitten, ein Schreiben an Luther und ihre Tante aufzusetzen, um sie vor den Ränkespielen eines aus Münster geflohenen Wiedertäuferpredigers zu warnen. Mit ein wenig Glück und viel Diplomatie würden ihre Verwandten ihren Erklärungen Glauben schenken und die Anschuldigungen gegen Bernardi widerrufen lassen. Ihr selbst blieb die Möglichkeit, sich in Straßburg niederzulassen. Wen kümmerten Wolfgers Nachstellungen in einer Stadt, die über einen starken Magistrat und eine selbstbewußte Bürgerschaft verfügte? Straßburg war eine lebendige Stadt, in der Humanisten und Künstler ebenso zu Hause waren wie Gaukler und Tänzer. Wibrandis hatte sie freundlich empfangen. Sie würde der Nichte ihrer Freundin aus Wittenberg gewiß unter die Arme greifen, wenn sie sich dafür entschied, hier zu bleiben.

Als Philippa sich Stunden später erhob, zitternd vor Kälte, die durch ihren Mantel gekrochen war, wußte sie, daß keines ihrer Argumente, so verlockend sie auch klangen, von ihrem Verstand bis zu ihrem Herzen vorgedrungen war. Sie durfte nicht wie ein Schemen aus dem Leben ihrer Tante und den übrigen Wittenbergern verschwinden. Sie durfte ihr Wort nicht brechen. Im Gegenteil: Nun mußte sie sogar auf schnellstem Wege nach Kursachsen zurückkehren.

22. KAPITEL

Im Pfarrhaus von Jung-St. Peter erwartete Philippa eine Überraschung. Capito und Wibrandis standen mit Bernardi und einem hochgewachsenen, älteren Mann im Flur und unterhielten sich angeregt. Der Fremde überreichte dem Hausherrn einen versiegelten Brief und bedankte sich, als Capito ihn ohne große Worte in sein Wams steckte, mit herzlichen Worten. Philippa verharrte. Sie war sich sicher, das asketische Gesicht mit den grauen Augen schon einmal gesehen zu haben.

»Jungfer von Bora, wir haben Euch bereits vermißt«, rief Wibrandis fröhlich und winkte sie herbei. »Es war nicht recht von dem Magister, Euch ohne Begleitung durch Straßburg irren zu lassen. Aber glaubt mir, ich habe dem jungen Herrn bereits den Kopf zurechtgerückt!« Sie lachte wie über einen gelungenen Scherz. Der Fremde drehte sich um und lächelte Philippa freundlich an. Er war teuer gekleidet. Sein samtener Mantel reichte bis zu den Stiefeln aus poliertem Hirschleder und trug goldene Knöpfe. An der linken Brustseite war ein Ring aus gelbem Stoff aufgenäht.

»Ihr seid also die Nichte der Katharina Lutherin«, sprach der hochgewachsene Mann sie mit bedächtigem Tonfall an. »Freund Capito hat mir viel von Euch erzählt, wenngleich ich ihm gestehen muß, daß heute abend nicht unsere erste Begegnung ist!«

Philippa nickte und reichte dem Mann die Hand, den sie nun endlich wiedererkannte. »Das ist richtig, Herr Josel von Rosheim. Ich sah Euch damals im Schloßhof seiner Durchlaucht in Wittenberg. Ihr bewarbt Euch um eine Audienz bei Kurfürst Johann Friedrich …«

»Ein Privileg, das Vetter Josel unglücklicherweise niemals gewährt wurde!« Bernardi machte eine müde Gebärde. »Im Gegenteil, hätte mein Vetter nicht so rasch die Stadt verlassen, wäre auch er der Mordtat bei der Kreuzkapelle verdächtigt worden.«

»Euer … Vetter?«

Josel von Rosheim blickte freundlich von Bernardi zu der jungen Frau, die bleich geworden war und augenscheinlich um Haltung rang. Sofort kam Wibrandis ihr zu Hilfe und drückte sie, ohne auf Proteste zu achten, auf einen Stuhl mit hoher Lehne, der unter dem Kruzifix stand und bereits ein wenig wackelig wirkte.

»Verzeiht mir, Jungfer«, sagte der grauhaarige Jude. »Bernardi hat die Wahrheit gesprochen. Wir sind Verwandte, die unterschiedliche Wege gewählt haben, um die Erfüllung ihres Lebenssinns zu finden. Er wählte die Taufe, weil die Schriften Eures Onkels und seiner Anhänger ihn in seiner jugendlichen Seele berührten, während ich selbst ein Wanderer zwischen den Welten geblieben bin. Den Bund meiner Väter kann und will ich nicht aufgeben, aber ich versuche diejenigen zu verstehen, die es tun. Meine Brüder vertrauen mir. Sie haben mich zu ihrem Befehlshaber ernannt, damit ich sie vor dem Kaiser vertreten kann.«

»Seit den Bauernkriegen eilt Freund Josel unermüdlich durch das Reich, bis hinab ins türkisch besetzte Ungarn«, pflichtete Capito ihm bei. »Wann immer Stimmen laut werden, welche die Juden ungeheurer Verbrechen beschuldigen, ist er zur Stelle, um sich die angeblichen Beweise ihrer Taten vorlegen zu lassen und den Gefangenen Mut zuzusprechen!«

Philippa hatte bereits von dem diplomatischen Geschick des elsässischen Juden gehört. Ebenso bekannt war ihr, daß ausgerechnet ihr Onkel sich weigerte, Josel zu empfangen. Nicht einmal in schriftlicher Form wollte der Wittenberger sich für des Juden Sache verwenden.

»Josel hat mir einen Brief anvertraut, den ich Doktor Luther persönlich übergeben werde, sobald ich im Frühling nach Kursachsen reise«, sagte Capito und klopfte entschlossen auf die Brusttasche seines mehrfach geflickten Wamses. »Doch nun entschuldigt mich, ich habe noch zu arbeiten!« Capito und Wibrandis nickten dem hageren Mann aufmunternd zu und traten durch die Bogentür in das Arbeitszimmer des Pfarrherrn.

Bernardi brachte seinen Vetter zum Ausgang. Leise wechselten die beiden Männer einige Worte in hebräischer Sprache. Philippa spitzte die Ohren, verstand jedoch nichts. Auf der Schwelle drehte Josel sich noch einmal nach ihr um.

»Mein Verwandter hat mir von Eurer Suche nach dem Mörder der jungen Wittenbergerin berichtet, Jungfer von Bora. Er macht sich Sorgen um Euer Wohlbefinden, das kann ich ihm nicht verübeln. Dennoch bin ich davon überzeugt, daß Ihr richtig handelt, wenn Ihr nicht kurz vor dem Ziel aufgebt. Eure Freundin würde es Euch danken!«

Ehe Philippa reagieren konnte, war der Mann auch schon in der Dunkelheit verschwunden. Sie starrte ihm fröstelnd nach und überlegte, ob er bislang der einzige Mensch gewesen war, der die Lepperin als ihre Freundin bezeichnet hatte. Für alle anderen war sie in der Tat lediglich eine Magd, eine Gehilfin und zuletzt eine Verführte und Wiedertäuferin gewesen. Und nun eine Freundin? Vielleicht, doch wenn Philippa ehrlich war, ging es ihr schon lange nicht mehr nur darum, einer Ermordeten Gerechtigkeit zu verschaffen. Der Kreis, an dessen Anfang eine scheinbar sinnlose Tat gestanden hatte, war daran, sich zu schließen.

»Capito wird in wenigen Wochen zu Religionsgesprächen nach Wittenberg reisen«, holte Bernardi sie jäh aus ihren Überlegungen. »Ich vermute jedoch, daß wir nicht solange warten können, nicht wahr?«

»*Wir*?« Philippa lachte freudlos auf. »Vor dem Münster hatte ich noch den Eindruck, Ihr könntet Euch nicht rasch genug von mir trennen! Und nun?«

Sie hatte noch mehr sagen, ihm noch mehr Vorwürfe machen wollen. Bernardi jedoch verschloß ihr die Lippen in einer Weise, die ihr fremd war, fremd und doch überaus aufregend. Sie fand, daß er wunderbar nach den herben Kräutern duftete, mit denen sie seine Schußverletzung behandelt hatte. Als er sie sanft vom Lehnstuhl hob und sie sein Herz durch den Stoff seines Rockes schlagen hörte, wußte sie, daß er sich nicht von ihr trennen wollte. Leise seufzend gab sie sich der Wärme seiner Umarmung hin.

Der Regen peitschte über die Dächer, als Philippa und Bernardi etliche Tage später durch die aufgeweichten Gassen Wittenbergs dem Schwarzen Kloster entgegeneilten.

Nach einem Achsenbruch am Vormittag war ihnen nichts weiter übriggeblieben, als ihren Reisewagen im Stall einer Herberge vor den Toren der Stadt zurückzulassen und zu Fuß weiterzuziehen. Bernardi hatte seinen Mantel ausgezogen und hielt ihn fürsorglich wie ein schützendes Tuch über Philippas Kopf. Die wohlmeinende Geste verhinderte indessen nicht, daß bald schon wahre Sturzbäche Philippas Schläfen hinunterrannen. Ihr Reisekleid klebte am Körper wie eine zweite Haut. Der Wolkenbruch hatte die groben Pflastersteine rutschig gemacht und den Boden zwischen den Fahrrinnen aufgeweicht.

»Dort drüben, hinter dem Haus des Armenarztes, muß es erst vor kurzem gebrannt haben!« rief Bernardi ihr durch den Regen zu. Entsetzt folgte ihr Blick seinem ausgestreckten Zeigefinger und tatsächlich: Vor ihr ragten die verkohlten Überreste eines hölzernen Schuppens auf. In der hereinbrechenden Dunkelheit wirkten die geschwärzten Balken wie das Gerippe eines riesigen Fisches mit toten Augen.

Philippa wischte sich über das Gesicht. Sie kannte das Haus, zu dem der abgebrannte Schuppen gehört hatte, auch wenn sie es niemals betreten hatte. Einige Wochen zuvor war in seinem Inneren die Mutter des verschollenen Kindes verschwunden.

»Ich bringe Euch bis ans Tor!« erklärte Bernardi mit einer Entschlossenheit, die keinen Widerspruch zuließ. »Dann kehre ich in die Stadt zurück, um Melanchthon zu benachrichtigen. Er sollte dabei sein, wenn wir Doktor Luther und Eure Tante von Rottmanns Absichten in Kenntnis setzen!«

Philippa beschleunigte ihren Schritt. Nach den Anstrengungen der Fahrt war sie zu abgespannt, um mit Bernardi zu diskutieren, doch die Erwartung eines Wiedersehens mit Katharina, Luther und ihrer alten Amme schien ungeahnte Kräfte freizusetzen.

Nachdem Bernardi sich verabschiedet und sie ermahnt hatte, in ihrer Kammer zu bleiben, zog sie sich müde die Treppe hinauf. Sie fühlte sich krank und fiebrig. Auf der Höhe der Gesindestuben hielt sie einen Moment inne. Sie vernahm Wortfetzen, Gelächter und die Töne einer Flöte. Ob die Dienerschaft des Hauses etwas zu feiern hatte?

Philippa erinnerte sich der Worte eines Scholaren, den sie und Bernardi erst gegen Mittag am Wegkreuz nach Dessau getroffen hatten. Doktor Luther, so wußte der Junge zu berichten, habe bereits auf dem Sterbebett gelegen. Seine Ärzte hätten ihn mit Knoblauchtinkturen und Pferdemist behandelt und schließlich aufgegeben. Doch dann sei die Lutherin angekommen und habe den Dienern befohlen, die Pferde anzuspannen und den Kranken nach Hause zu bringen. Diese Entscheidung, so mutmaßte man in der Stadt, habe ihm das Leben gerettet, denn auf der Fahrt über die unebenen Landstraßen Kursachsens lösten sich die Steine in den Nieren des Doktors, worauf die Beschwerden allmählich nachließen.

In Philippas Kammer hatte sich während ihrer Abwesenheit nichts verändert. Die Vorhänge des Alkovens waren zurückgezogen und ein wildes Durcheinander aus Kleidern, Hauben, Schleiern und verschiedenen Gürtelbändern verteilte sich unter dem Baldachin. Offensichtlich hatte niemand, nicht einmal Roswitha, die Kammer während ihrer Abwesenheit betreten.

Zitternd vor Fieber und Kälte streifte Philippa sich die feuchten Kleider vom Leib, rieb sich mit einer Decke trocken und schlüpfte schließlich in ein leicht zerknittertes Hauskleid aus karmesinrotem Leintuch. Den passenden Gürtel fand sie nicht. Während sie ihre Truhe nach einer Haarbürste absuchte, stand plötzlich Roswitha in der Kammer. Die Flamme der Lampe, die sie in der Hand trug, geriet ins Flackern, als die alte Frau die Tür hinter sich ins Schloß warf. In ihren Augen lag ein gefährliches Funkeln.

»Ihr habt wohl geglaubt, Euch unbemerkt ins Haus schleichen zu können!« stieß sie wütend hervor. »Ich habe Euch vom Fenster der Küche aus gesehen. Euch und den Magister!«

»Roswitha ...« Philippa richtete sich auf und klappte den Truhendeckel wieder zu. Reumütig blickte sie die Amme an. Es war schwer, die richtigen Worte zu finden.

»Hier, der Brief ist für Euch!« Roswitha reichte ihr mit einer abrupten Handbewegung ein mehrfach gefaltetes Kuvert. »Eure Tante wünscht Euch auf der Stelle in der Studierstube des Doktors zu sprechen!«

Philippa überflog die wenigen Zeilen, die Roswithas Aufforderung bestätigten. Während sie sich fragte, was Katharinas Förmlichkeit wohl zu bedeuten hatte, nahm ihre Amme die Decke und das nasse Kleid vom Boden auf und hängte beides zum Trocknen über die Lehne eines Stuhles.

»Ich kann ja verstehen, daß du wütend auf mich bist«, sagte Philippa leise und machte einen Schritt auf ihre Amme zu. »Schon als kleines Mädchen habe ich dir Ärger bereitet, nicht wahr?«

»Ihr wart ein schwieriges Kind«, seufzte die alte Frau. Mit einer unbeholfenen Geste strich sie ihrer Ziehtochter eine widerspenstige Haarsträhne aus der Stirn. »Wild und schwer zu bändigen! Aber wenn Ihr es niemandem weitersagt, werde ich Euch ein Geheimnis verraten: Gerade diese Stärke war es, die ich stets bewundert habe. Schließlich wurdet Ihr zur Edeldame erzogen, nicht zur Duckmäuserin. Was immer Ihr auch getan haben mögt: Ich danke dem Herrgott, daß Ihr wohlbehalten zu Eurer alten Roswitha zurückgekehrt seid!«

Philippa verzog den Mund. »Tante Katharina wird nicht so versöhnlicher Stimmung sein wie du!«

Unvermittelt wich die Alte von ihr zurück und erhob warnend die Hand. »Dann solltet Ihr keine Zeit mehr mit überflüssigem Geschwätz vergeuden, mein Herz! Die Lutherin ist in der Tat außer sich. Wenn Ihr wüßtet, was während Eurer Abwesenheit hier geschehen ist, würdet Ihr verstehen, was ich meine.«

Sie ergriff ihre Lampe und öffnete die Tür. »Die sonderbaren Hautausschläge und das Schweineblut in der Küche waren nur der Anfang. Vorgestern nach der Vesper ist am Marktplatz ein Haus abgebrannt!«

»Der Schuppen des Arztes, nicht wahr? Die Brandspuren sind noch deutlich zu sehen!«

»Heute früh, ehe der verfluchte Regen einsetzte, gruben zwei Stadtknechte die verkohlten Überreste einer Frau aus den Trümmern«, redete Roswitha weiter. »Eure Tante vermutet, daß es die ehemalige Schulmeisterin war, die in dem Feuer zu Tode kam. Das Weib war mit einem Handelsmann verheiratet, soll aber gleichzeitig eine Liebesbeziehung zum Armenarzt unterhalten haben. Und in der Stadt hatte sie verbreitet, sie sei von einer Mauer gefallen, um zu verbergen, daß sie ... nun, Ihr wißt schon!«

Philippa erschauerte, als die kalte Zugluft des Korridors ihre Wangen traf. Sie hatte mit einigem gerechnet, nicht aber mit dem, was sie soeben erfahren hatte. Die Frau vom Markt, die Verschworene der alten Barle, war einst Schulmeisterin in Wittenberg gewesen. Und sie, Philippa, hatte ihr Amt übernommen, ohne zu ahnen, wen sie da vertrat. Warum hatte sie es nur immer wieder versäumt, nach ihrer Vorgängerin im Amt zu fragen? Doch wer in dieser Stadt hätte ihr eine ehrliche Antwort gegeben?

»Magister Bernardi hat mich gebeten, auf ihn und Melanchthon zu warten!« erklärte Philippa, als Roswitha sie durch die hallenden Gänge zu den Wohngemächern der Familie Luther trieb. »Ich werde keinen Schritt weitergehen!«

Ein Gewitter war aufgezogen. Durch die hohen Bleiglasfenster, die auf den ehemaligen Kreuzgang wiesen, zuckten in regelmäßigen Abständen grelle Blitze auf, die von mächtigem Donnergrollen untermalt wurden.

Roswitha blieb stehen. »Seit wann hört Ihr darauf, was der Magister meint? Der Diener, der mir die Nachricht Eurer Tante aushändigte, hat nichts von morgen oder Karfreitag gesagt. Er sagte: auf der Stelle!«

»Wenn du wüßtest, wie gleichgültig ...«

»Ruhig Blut, mein Herz. Ich laufe rasch zum Tor und halte Ausschau, wo die Herren bleiben!« Laut stöhnend eilte die alte Frau den Weg zurück, den sie gekommen waren.

Philippa blieb allein vor dem Kreuzgang zurück. Durch die Fenster konnte sie erkennen, wie sich die Bäume im Wind bogen und Äste gegen das Glas drückten, als wollten sie ihr heimliche Worte zuraunen.

Entlang der Hauswand standen noch immer die Baugerüste der Dachdecker, Maurer und Zimmerleute. Besonders weit waren die Renovierungsarbeiten nicht gediehen.

Allein vor den Räumen, in denen der Reformator arbeitete, waren die Gerüste verschwunden. Die Handwerker mußten sie erst vor kurzer Zeit abgebaut haben.

Widerstrebend ging Philippa weiter. Die Tür zur Studierstube ihres Onkels war nur angelehnt. Durch einen schmalen Spalt fielen Schatten auf die Holzdielen des Vorraumes, in dem Besucher und Bittsteller auf Einlaß zu warten pflegten.

Philippa fragte sich, ob ihre Tante nicht bereits ungeduldig in der Stube auf sie wartete. Sie blickte über die Schulter und verharrte lauschend. Plötzlich fiel ihr auf, wie still es im Haus war. Es roch jedoch nach feuchtem Tuch, gebrannten Mandeln, Moschus und Bienenwachs. Vorsichtig öffnete sie die angelehnte Tür und fand sich unversehens in der Stube einem hell flackernden Kaminfeuer gegenüber. Auf dem Marmorsims brannten sieben schwere Wachskerzen. Welch eine Verschwendung, ging es Philippa durch den Kopf.

Hinter dem Schreibtisch ihres Onkels saß eine schattenhafte Gestalt. Sie hielt den Kopf tief über einen Bogen Papier gebeugt. Das Kratzen einer Feder war zu hören.

Als Philippa sich dem Tisch näherte, hob die Gestalt den Kopf und starrte irritiert in das Licht der flackernden Kerzen. Es war Luthers Schreiber, Melchior Lupian.

»Ich hatte nicht erwartet, Euch hier anzutreffen«, sagte Philippa. »Wenn ich störe, warte ich vor der Tür. Meine Tante wünscht mich zu sprechen!«

»Nicht doch, meine Liebe!« Der Schreiber steckte seine Feder in ein Tintenfaß und sprang höflich auf. Wie gewöhnlich steckte sein schwerer Leib in einer dunklen Schaube aus Brokat, und auf dem kahlen Schädel saß ein samtenes Barett mit einer gestutzten Pfauenfeder. »Ihr habt uns allen im Hause große Sorgen bereitet!« Lupian lief an der Staffelei des Malers Cranach vorbei, auf welcher ein unfertiges Portrait des Hausherrn auf seine Vollendung wartete. Mit fahrigen Bewegungen ergriff er einen Krug Wein von der Kommode und füllte zwei Becher. »Aber nun seid Ihr wieder hier, und alles wird gut!« Er reichte Philippa einen der Becher und ging dann zum Schreibtisch zurück.

»Glaubt Ihr wirklich daran, Meister Lupian?« Bedächtig ließ sie ihre Blicke durch den Raum schweifen. Lupians Mantel hing über einem Stuhl, seine Schreibmappe lag ausgebreitet auf den Dielenbrettern. Daneben erkannte sie die Reste eines Abendessens. Der Schreiber schien sich in der Stube ihres Onkels ohne Bedenken häuslich eingerichtet zu haben.

Wo, zum Teufel, steckten Katharina und Bernardi? Warum kamen sie nicht endlich?

»Während der Unpäßlichkeit Eures verehrten Onkels ist eine Menge Schreibkram liegengeblieben. Ich muß noch einige Dokumente unterzeichnen, doch dann können wir uns unterhalten!«

Philippa betrachtete den Wein in ihrem Becher. Im Licht des Kaminfeuers funkelten die dunkelroten Tropfen wie Blut. Ein Gefühl von Panik drohte sie zu übermannen. Dennoch fragte sie: »Darf ich fragen, mit welchem Namen Ihr die Schriftstücke unterzeichnet, Herr? Mit Lupian oder mit … *Rottmann*?«

Lupians Gesicht versteinerte. Ein paar Momente starrte er Philippa an, so daß ihr Herz vor Aufregung wie rasend gegen die Rippen zu hämmern begann. Dann schritt er plötzlich an ihr vorüber zur Tür und stemmte den Riegel ins Eisen.

»Was tut Ihr da, Lupian? Entriegelt auf der Stelle die Tür!«

»Ich hatte damit gerechnet, daß Ihr eines Tages die Wahrheit herausfinden würdet, Jungfer von Bora«, erklärte der Schreiber betont höflich. »Allerdings hoffte ich, es würde mir noch ein wenig mehr Zeit bleiben, um Euch von der Notwendigkeit meines Auftrags zu überzeugen!«

»Von welchem Auftrag sprecht Ihr? Dem Mord an der Lepperin oder Euren aberwitzigen Plänen, aus Wittenberg ein zweites Münster zu machen, nachdem Ihr Luther, Melanchthon und Bugenhagen ermordet habt?« Und euren eigenen Bruder, fügte Philippa in Gedanken hinzu, als ihr der tote Rauhfelder Dorfvorsteher einfiel. Die Lepperin hatte sich nicht zufällig in dem weltabgewandten Nest verkrochen. Nein, sie hatte bei ihrem eigenen Schwager Unterschlupf gesucht, dem Bruder eines gewissen geistlichen Herren, der nach dem Tod des Dorfvorstehers in Rauhfeld aufgetaucht und von den abergläubischen Bauern aufgrund seiner Ähnlichkeit mit dem Verstorbenen für einen Wiedergänger gehalten worden war.

Philippa biß sich auf die Lippen. Warum waren ihr alle diese Zusammenhänge nicht früher klargeworden? Viel zu spät hatte sie das Mosaik zusammengesetzt und ein Bild von den schrecklichen Ereignissen gewonnen.

Lupian lachte höhnisch auf. Er nahm ein Stilett vom Schreibtisch und prüfte mit der Kuppe seines Daumens die Schärfe der zierlichen Schneide. »Was versteht Ihr schon von göttlichen Zeichen? Oder von biblischer Prophetie? Ihr haltet Euch für klug, weil Ihr des Lateinischen und Griechischen kundig seid, und unnützen kleinen Mädchen Lesen und Rechnen beibringt. Doch im Grunde seid Ihr auch nur eine Krämerin wie Eure Tante, diese entlaufene Mönchshure!«

Philippa wich in Richtung Tür zurück. Mit einer Mischung aus Faszination und Grauen verfolgte sie den Weg der messerscharfen Klinge in Lupians Hand. Sie mußte Zeit gewinnen, indem sie den Schreiber zum Reden brachte. »Wenn ich Euch richtig verstehe, seid Ihr also der Meinung, daß ein zweites Täuferreich ... nicht untergehen würde?« fragte sie leise. Sie bemerkte, wie seine Augen triumphierend aufblitzten. Meine Angst macht ihn stärker, ging es ihr durch den Kopf. Schützend legte sie beide

Arme vor die Brust. Sie fühlte sich elend und gedemütigt, doch sie durfte Lupian nicht zeigen, daß sie um den letzten Rest ihrer Selbstbeherrschung rang.

»So wahr ich vor Euch stehe, Jungfer! Habt Ihr Euch jemals mit Zahlen und deren Mystik befaßt? Nein? Das dachte ich mir. Nachdem Gott den Menschen aus dem Paradies vertrieben hatte, sorgte er dafür, daß das Wissen um zukünftige Dinge von einer kleinen Schar Auserwählter weitergetragen und zur von ihm benannten Zeit verkündet wurde. Um das verborgene Wissen, die *Gnosis,* zu bewahren, verschlüsselte er es in Form von Zahlen, deren Bedeutung Spöttern und Ungläubigen fremd bleiben mußte. Die Juden kennen diese Art von Mystik seit Jahrhunderten, ihre Kabbala beruht auf nichts anderem. Das kommende Jahr wird die Errichtung eines neuen Jerusalems und die Vernichtung all derer sehen, die sich uns in den Weg stellen!«

Philippa zuckte verständnislos die Achseln. »In einigen Monaten schreiben wir das Jahr 1538. Welche großartigen Geheimnisse mag Euch diese Zahl schon verraten?«

Lupian stieß einen ärgerlichen Laut aus. Seine Hand mit dem Stilett zuckte. Eine dünne Blutspur rann seinen Daumen hinab und besudelte seinen weißen Ärmelaufschlag.

»Bildet die Quersumme, und Ihr erhaltet eine neue Zahl aus der alten«, sagte Lupian, während er gleichmütig seinen blutenden Daumen betrachtete.

»Siebzehn«, bestätigte Philippa. Allmählich dämmerte es ihr, worauf der vermeintliche Schreiber hinauswollte. Die Mystik, der sich Lupians Freunde bedienten, um ihre geheimen Ziele zu verschleiern, bestand aus der Kunst, Zahlen so lange zu zerlegen, bis sie für Eingeweihte eine gewisse Bedeutung erlangten.

»Die *Eins* steht vor der *Sieben.*« Philippa atmete kräftig durch, um das flaue Gefühl aus ihrer Brust zu vertreiben.

»Beide Zahlen sind heilig. Gott ist einzig, und er herrscht über die Vollkommenheit der Schöpfung!«

»Nicht schlecht, Jungfer von Bora!« Lupian deutete eine spöttische Verbeugung an. »Ich sagte ja bereits, daß ich es bedaure, Euch nicht mehr in alle unsere Geheimnisse einweihen zu können. Eines habt Ihr bei Eurer Deutung jedoch übersehen. So wie der *Eine* in sieben Tagen die Welt ins Dasein rief, so ist auch *Einer* berufen, die sieben Schalen des Zorns über die Erde und ihre Bewohner auszugießen: Aussatz, Blut, Feuer ... Studiert das letzte Buch der Heiligen Schrift, die Johannes-Apokalypse, wenn Ihr mir nicht glaubt!«

»*Ihr* habt das Feuer im Schuppen des Arztes gelegt? Seid Ihr etwa auch für das Verschwinden des Kindes aus dem Spital verantwortlich?«

»Warum auch nicht?« gab der kahlköpfige Mann zu. »Euch schien einiges an dem kleinen Bastard zu liegen. Ich glaubte, daß die Verwechslung Euch ein wenig vom Geschwätz der Lepperin ablenken würde. Ihr wurdet mir ein wenig zu vertraut mit dem törichten Frauenzimmer. Schaut nicht so grimmig drein, Philippa! Ich habe den Kleinen in gute Hände gegeben, wo es ihm besser gehen wird als bei einer Person, die ihn ans fahrende Volk verschachert, nur um ihren peinlichen Fehltritt mit dem Medicus zu verschleiern.«

Im nächsten Augenblick hörte Philippa auf dem Gang das Gepolter schwerer Stiefel sowie Möbel, die auf den Dielen herumgeschoben wurden, und Waffengeklirr. Aufgebrachte Stimmen drangen an ihr Ohr; Fäuste schlugen gegen die Tür. Philippa stürzte zum Eingang, um den Riegel zurückzuschieben. Doch kaum hatte sie ihre Hand auf das Eisen gelegt, als Lupian sie auch schon von der Tür zerrte.

»Wollt Ihr Euch ebenso dumm aufführen wie mein Weib?« zischte er haßerfüllt. »Ins Gesicht hat sie mir gesagt, daß sie mir nicht länger gehorchen würde! Sie hatte vor, Doktor Luther aufzusuchen, um mich zu verraten! Und nun … seid *Ihr* an der Reihe!«

Philippa wollte schreien, doch ihre Stimme versagte vor Aufregung. Mit letzter Kraft machte sie sich von dem zornigen Mann los, stolperte und riß in einem verzweifelten Versuch, nicht zu stürzen, die Staffelei des Hofmalers Cranach zu Boden. Ein scharfer Schmerz jagte durch ihren Rücken und ihre Knie. Als sie ihren Kopf hob, sah sie in Lupians Hand kalten Stahl aufblitzen.

Keuchend winkelte Philippa ihre Arme an, um sich von den Dielenbrettern abzustützen, doch ihre Ellbogen knickten vor Angst zusammen wie dünne Holzspäne. Ihre Finger tasteten den Boden nach einer Waffe ab. Vergeblich. In ihrer unmittelbarer Nähe lagen nur Lucas Cranachs Malutensilien: Farben, Pinsel und verschmierte Leintücher, deren scharfer Geruch ihre Sinne zu betäuben drohten.

»Geht weg von der Tür, Philippa«, brüllte auf einmal eine dunkle Stimme jenseits der verschlossenen Pforte. Momente später zerfetzte ein ohrenbetäubender Knall die Stille der Nacht. Der eiserne Riegel zersprang in tausend Stücke.

Auf Lupians Stirn bildeten sich dicke Schweißtropfen. Zweifellos erkannte er, daß die Eichentür seinen Feinden nicht länger standhalten würde. Mit einer Behendigkeit, die Philippa dem Schreiber niemals zugetraut hatte, sprang er auf das Gesims unter dem Fenster und stieß beide Flügel weit auf.

»Ich werde Euch vermissen, werte Magistra« rief er Philippa zu, die noch immer am Boden lag. Die Männer, die mit Hakenbüchsen und Schwertern über die Trümmer der geborstenen Tür stiegen, schien er überhaupt nicht zu registrieren. »Aber wir werden uns wiedersehen, sobald die siebente Schale des gerechten Zorns ausgegossen ist!«

Seinen Worten folgte eine blitzschnelle Bewegung, Philippa nahm ein surrendes Geräusch wahr, das die Luft zerschnitt, und sah fassungslos, wie sich die Spitze der Klinge, mit der Lupian sie bedroht hatte, keine Handbreit neben ihr in die Dielen bohrte.

Sie sprang auf die Füße, ratlos, ob sie den Mann aufhalten, ob sie schreien oder zum Fenster laufen sollte. Der einstige Worthalter der Wiedertäufer schwang sich unbeirrt über den Kastensitz. Im nächsten Augenblick verschmolz seine Silhouette lautlos mit der Dunkelheit des Hofes. Dann erklang ein schriller, panischer Schrei, der vielmehr Überraschung als Angst oder Schmerz ausdrückte.

Philippa rührte sich nicht mehr von der Stelle. Zusammengekauert verharrte sie auf dem Boden neben der umgestürzten Staffelei. Wie in Trance spürte sie, daß Bernardi und Roswitha auf sie zu eilten, sie umarmten und ihr zärtlich über Wangen und Haare strichen.

Es dauerte eine Ewigkeit, bis Philippa die vielen Menschen wahrnahm, die sich um das offene Fenster scharten und betreten auf einen schwarzen Fleck tief unten auf dem Pflaster starrten. Ihr Onkel Martin Luther und Katharina waren unter ihnen, außerdem eine Handvoll Bewaffneter der Stadtwache und – Graf Wolfger, der mit grimmiger Miene und ausgebreiteten Armen die Höhe des Dachvorsprungs maß.

»Das Baugerüst«, flüsterte Philippa so leise, daß selbst Bernardi sie kaum verstehen konnte. »An alles hat Lupian gedacht, nur nicht daran, daß es bereits in der Frühe abgebaut worden war!«

Ihre Lider wurden bleischwer. Zu Tode erschöpft lehnte sie ihren Kopf gegen Bernardis Brust.

Am nächsten Morgen baten Martin und Katharina Luther ihre Nichte und Felix Bernardi zu einem Gespräch. Die

Familie versammelte sich nicht in der Wohnstube, sondern in der Küche, wo es behaglich warm war. Ein Schaukelpferd stand in einer Ecke. Die beiden jüngsten Kinder der Luthers, Paul und Margarethe, klammerten sich an die Mähne des hölzernen Tieres und stritten verhalten darüber, wer es als erster besteigen durfte. Philippa zwinkerte ihnen zu, obgleich sie unter starken Kopfschmerzen litt und sich sehnlichst zurück in ihre Kammer wünschte. Vorsichtig streckte sie ihre Hände nach dem schwelenden Herdfeuer aus, während eine Magd den breiten Tisch mit einer Zinnkanne umrundete und dampfenden Wacholdersaft in langstielige Gläser goß.

Auf ein Zeichen der Hausherrin stellte das Mädchen die Kanne zurück auf den Herd und zog sich zurück, um Roswitha bei der Zubereitung einer Kräutersalbe für die Muhme Lene zur Hand zu gehen. Die Nachrichten von den Ereignissen der letzten Nacht hatten der alten Frau schwer zugesetzt. Roswitha hatte sich deshalb erboten, in ihrer Kammer zu bleiben. Sie mochte es nicht zugeben, aber die alte Dame war ihr ans Herz gewachsen.

»Wir sind Euch zu Dank verpflichtet, Nichte«, sagte Luther schließlich, während seine Augen unstet dem Spiel seiner Kinder auf dem hölzernen Schaukelpferd folgten. Sein Gesicht wirkte ebenso grau wie der Mantel, in den er sich wegen der Kälte gehüllt hatte. »Meine Knechte haben den Verräter auf einem Karren mit Stroh vom Hof geschafft. Ihr werdet seinen Anblick also nicht länger ertragen müssen. Wie seid Ihr nur darauf gekommen, daß es Lupian war, der unser Haus bedrohte?«

Philippa wechselte einen flüchtigen Blick mit Bernardi. Die Frage ihres Onkels kam gewiß nicht von ungefähr, dennoch verspürte sie eine tiefe Traurigkeit, als sie an Maria Lepper und ihren schicksalhaften Weg dachte. Ein Weg, der ausgerechnet im Schwarzen Kloster zur Sackgasse geworden war. Angestrengt legte sie die Stirn in Falten. Sie hätte ihren Verwandten von den vielen kleinen Hinweisen berichten können, welche die Frau des einstigen Worthalters Rottmann gegeben hatte, um auf dessen doppeltes Spiel aufmerksam zu machen. Da war zum Beispiel das Papier, das Philippa in der Schulstube gefunden hatte. Die Geschichte des Wolfes, dessen Opfer bei seinem Anblick erstarrten. Es war eine Legende aus römischer Zeit gewesen, doch nicht der Eidgraf sollte durch sie bloßgestellt werden, sondern ein Mann, der nicht nur die Mystik der Zahlen, sondern offensichtlich auch geheimnisvolle Wortspiele beherrscht hatte. Der Name, den der falsche Schreiber sich in Wittenberg zugelegt hatte, war genaugenommen nichts weiter als eine Abwandlung des lateinischen Wortes für Wolf. Weder Philippa noch Bernardi war dies in ihrer Aufregung um die Vorgänge im Lutherhaus aufgefallen, dabei hätten sie die Worte jenes Fragments lediglich in die Sprache zurückübersetzen müssen, aus der sie entnommen worden waren. Die Sprache, in der Philippa selbst die Lepperin einige Wochen lang unterrichtet hatte. Doch statt die ganze Geschichte zu erzählen und damit viele ungute Erinnerungen heraufzubeschwören, erwiderte sie lediglich: »Es war Zufall. Der Schreiber ist mir die ganze Zeit seltsam vorgekommen, so daß ich ihn ein wenig aufmerksamer beobachtet habe.»

Katharina bemerkte die umwölkte Stirn ihrer Nichte und ging nicht auf ihre ausweichenden Worte ein, statt dessen sagte sie: »Als wir heute früh die Kammer des Schreibers durchsuchten, entdeckten wir etwas, das gewiß nicht zu seinen Habseligkeiten gehört. Es stammt aus unserer Heimat, aus Lippendorf!« Sie erhob sich, schritt zu einer der beiden Anrichten hinüber und kehrte mit einem in Tücher gehüllten Gegenstand zurück. »Du weißt, worum es sich handelt, nicht wahr? Warum hast du mir oder deinem Onkel niemals von der Heiligenfigur erzählt?«

Verblüfft starrte Philippa die Lutherin an. Dann löste sie

die Schnüre und streifte die Tücher vom Leib der Heiligen. Die starren, hölzernen Augen starrten sie vorwurfsvoll an.

»Ich fürchte, dies habe ich zu verantworten!« Bernardi postierte sich demonstrativ hinter Philippas Stuhl. »Ich habe Eurer Nichte unlängst erklärt, was die Evangelien über Gebrauch und Verehrung von Heiligenbildnissen zu sagen haben, Doktor Luther.«

»All diese Mißverständnisse!« Luther stöhnte auf. Erschöpft ließ er sich auf einen Schemel sinken und massierte mit ungelenken Bewegungen seinen Nacken. »So war es schon damals, als du hier studiert hast. Erinnerst du dich, mein Junge? Du hast mich stets zu wörtlich genommen oder warst meinen Worten um drei Gedanken voraus!« Wie gewöhnlich, wenn er erregt war, beschleunigte sich seine Atmung. Besorgt sprang Katharina auf und ergriff sein Handgelenk.

»Martin, vielleicht solltest du dich ...«

»Nein!« Unwillig brachte der Reformator seine Frau zum Schweigen, indem er ihren Arm abschüttelte. Eine Weile musterte er seine Nichte und den Magister. Dann sagte er bedächtig: »Bilder sind weder gut noch böse. Man kann sie haben oder nicht haben. Wichtig ist allein, ob wir ihnen unser Seelenheil anvertrauen oder mit Gottes Hilfe selbständig für unsere Verfehlungen einstehen. Es tut mir leid, daß du, Philippa, dich in meinem Hause nicht frei genug fühlen konntest, deine Vergangenheit und die deiner seligen Mutter zu ehren, wie es einer hingebungsvollen Tochter möglich sein sollte!«

»Die Vergangenheit meiner ... Mutter?« Philippa horchte auf. »Heißt das, Ihr wißt, was es mit dieser Skulptur auf sich hat?«

»Wenn ich gewußt hätte, daß mein armer Bruder Nikolaus sie dir statt deinem Bruder vermacht hat ...«, murmelte Katharina und atmete schwer aus. »Ich hatte ja keine Ahnung!«

Bernardi legte seine Hand sanft auf Philippas Schulter. Er mußte sehr irritiert sein, denn sie konnte spüren, wie er von einem Fuß auf den anderen trat. »Was ist mit Jungfer von Boras Mutter geschehen?« fragte er leise. »Ich denke, Eure Nichte hat ein Recht darauf, es endlich zu erfahren!«

Es war Katharina, die stockend zu erzählen begann, nachdem sie Luther einen flehentlichen Blick zugeworfen hatte. »Als mein Bruder seine Braut aus Italien nach Lippendorf brachte, war ich noch im Kloster. Doch ich freute mich sehr, daß Nikolaus eine Frau gefunden hatte, die dem stillen Haus etwas Leben verlieh. Daß Francesca vor Temperament geradezu sprühte, bemerkte ich jedesmal, wenn sie mich in Marienthron besuchte. Sie spielte Laute, sang wie ein Engel und stickte herrliche Wandbehänge. Der große Teppich im Saal des Herrenhauses stammt auch von ihrer Hand, weißt du?«

Philippa nickte, verzichtete aber auf eine Erwiderung. Katharina konnte nicht wissen, daß an derselben Stelle heute ein Gobelin ihrer Schwägerin Abekke hing, der das Medewitzer Wappen zeigte.

»Deine Mutter hat Nikolaus sehr geliebt, aber in Fragen des Glaubens haben sie oft gestritten. Gleich nach deiner Geburt vertraute sie mir dies an, obschon sie ahnen mußte, daß ich des Klosterlebens überdrüssig war und den Lehren der römischen Kirche längst nicht mehr mit der gleichen Ehrfurcht gegenüberstand wie sie.«

»Hat sie sich meinem Vater denn widersetzt?« fragte Philippa.

»Nein, das nicht! Als Nikolaus das Septembertestament in deutscher Sprache erhielt, war sie die erste, die es las. Sie kannte die Schriften der Kirchenväter fast auswendig. Augustinus, Chrysostomus, selbst Thomas von Aquin. Wahrscheinlich hast du deine Liebe zu Büchern von ihr geerbt. Nikolaus hatte nie viel für das gedruckte Wort übrig.

Er war froh, daß unser Vater mich und nicht ihn für den Orden ausgewählt hatte. Nicht ein einziges Jahr hätte er hinter Klostermauern überlebt!«

»Mag sein, doch was hat das mit dem Tod meiner Mutter zu tun?«

Katharina zögerte einen Augenblick. Nachdenklich blickte sie auf die hölzerne Figur auf dem Tisch. »Ich hätte das alles nicht so lange für mich behalten sollen. Diese Heilige Katharina stammt aus Francescas Heimat und war viele Generationen im Besitz ihrer Familie in Triest. Deine Mutter schwor, daß sie Wunder wirken könne und daß ihre Familie nicht untergehen würde, solange die Figur in Ehren gehalten würde. Eines Tages stiftete sie die Figur der Lippendorfer Bruderschaft für die Kapelle. Damit begann das Verhängnis. Hätte sie es nicht getan …« Seufzend verschränkte Katharina die Arme und suchte in der Miene ihres Mannes nach einem Hinweis, um nicht weiterreden zu müssen. Doch Luther tat ihr nicht den Gefallen, für sie zu sprechen. Stumm nippte er an seinem heißen Wacholdersaft und beobachtete, wie die Holzscheite im Ofen prasselnd in sich zusammenfielen.

»Der Tod der Frau von Bora hat mit dem Brand der Kapelle vor einigen Jahren zu tun, habe ich recht?« ertönte Bernardis Stimme. »Es ging um den Bauernaufstand!«

»Unsere Lippendorfer Hörigen haben niemals die Waffen gegen das Gut und seine Bewohner erhoben«, widersprach Katharina. »Es waren auswärtige Schwärmer, die das Dorf heimsuchten. Fanatiker. Unruhestifter. Ihre Anführer wußten um die heimliche Sympathie meines Bruders für die neuen Lehren. Sie wollten ihn zwingen, gegen den Herzog von Sachsen Stellung zu beziehen. Eines Abends, als dein Vater nicht auf dem Gut war, zog ein bewaffneter Haufen in die Katharinenkapelle und vertrieb den Priester vom Altar. In ihrer Wut zerschmetterten diese Fanatiker die Weihwasserbecken, rissen Bilder und Kruzifixe von den

Wänden und traten auf den wertvollen Gemälden herum, die mein Vater und dessen Vater einst gestiftet hatten, bis die Leinwand in Fetzen hing. Dann legten sie Feuer. Das trockene Gebälk muß sogleich wie Zunder gebrannt haben. Als deine Mutter den Aufruhr vom Fenster ihrer Gemächer beobachtete, warf sie sich einen Mantel über und befahl Roswitha, bis zu ihrer Rückkehr bei dir und deinem Bruder zu bleiben.«

»Doch sie kehrte nicht zurück«, sagte Philippa und fuhr sich mit der Hand über die Stirn. Plötzlich schienen aus den Tiefen ihres Gedächtnisses längst verdrängte Bilder, Laute und Gerüche aufzusteigen, um sich zu einem einzigen Moment zusammenzufügen. Sie glaubte gar eine Glocke wahrzunehmen, Stimmen, die einander anbrüllten, und das Getrampel schwerer Stiefel auf den Treppenstufen vor der Kammer, in der sie in Roswithas Armen lag und kaum wagte, sich zu bewegen.

»Francesca trieb die Bilderstürmer mit einer Weidenrute aus der Kapelle wie einst unser Herr die Geldwechsler aus dem Tempel«, fuhr Katharina fort. »So hat man es mir jedenfalls berichtet, nachdem ich das Kloster verlassen hatte. Danach stürzte sie zur Empore zurück und nahm die Heiligenfigur, das Vermächtnis ihrer Familie, von ihrem Sockel. Sie schaffte es noch, sich einen Weg durch den Qualm zu bahnen. Doch ehe sie das Tor erreichte, brach über ihr das Dachgebälk zusammen. Ein Stützpfeiler löste sich und …« Katharina verstummte. Sie legte den Kopf auf ihre Hände, als würde sie beten.

»Als Nikolaus sie fand, lag die Heilige unter ihrem Körper«, ergänzte Luther mit ungewohnt leiser Stimme. »Die Figur war weitgehend unbeschädigt geblieben. Ein Wunder, wie viele glaubten. Aber Euer Vater ließ sie nie wieder an ihrem Platz aufstellen. Vermutlich versuchte er zu vergessen, weil er sich schuldig fühlte.«

»Schuldig? Warum?«

»Soweit mir bekannt ist, weigerte sich Nikolaus von Bora hartnäckig, Klage vor dem landesherrlichen Gericht zu erheben. Er ließ zwei der Bilderstürmer, die ihm in die Hände gefallen waren, im Wald aufhängen, doch mehr geschah nicht. Eigentlich hätte er dem Herzog Bericht erstatten müssen, wie seine Gemahlin zu Tode kam. Doch damit hätte er auch indirekt eingestanden, daß er und die Bauern der Umgebung bereits dem evangelischen Glauben anhingen. Glaubt mir, Herzog Georg von Sachsen ist kein besonders verständnisvoller Mann. Hätte Nikolaus sich ihm anvertraut, um den Tod Eurer Mutter rächen zu lassen, wäre viel unschuldiges Blut geflossen.«

»Meine Mutter hätte das niemals gewollt!« rief Philippa aus. »Wenn ich mich an eines erinnere, dann an ihren Sinn für Verantwortung!«

Katharina nickte. »Mein Bruder war derselben Ansicht, und doch hat es ihn all die Jahre gequält, daß er die wahren Umstände ihres Todes selbst vor seinen Kindern geheimhalten mußte.«

Philippa nahm die Figur vom Tisch und drehte sie nach allen Seiten, ohne darauf zu achten, daß ihre Fingerspitzen bald ölig glänzten.

»Eine überaus kunstvolle Arbeit«, sagte Katharina mit anerkennendem Blick. »Die Italiener verstehen nicht nur die Kunst der Bildhauerei. Francesca hat einmal gesagt, sie habe das Antlitz der Heiligen als Vorlage für eine der Damen auf ihrem Wandbehang benutzt. Sie bezeichnete diesen Teppich und besonders das Gesicht der abgebildeten Frauengestalt als Schlüssel zum Glück. Keine Ahnung, was sie damit gemeint hat, aber so war sie nun mal: verträumt und tatkräftig zugleich.«

»Und somit das genaue Gegenteil von deinem Bruder, Gott sei ihm gnädig«, murmelte Luther und stapfte zur Tür. Er schien mit seinen Gedanken längst wieder in seiner Schreibstube zu weilen.

23. KAPITEL

»Und du willst es dir wirklich nicht noch einmal überlegen, mein Kind? Hoffentlich weißt du, daß du in unserem Hause immer willkommen sein wirst!«

Katharina Luther lief um den Wagen herum, der von Valentin Schuhbrügg und Magister Bernardi mit Kisten und Bündeln aus grobem Stoff beladen worden war und nun zur Abfahrt bereitstand. Philippa beobachtete, wie die beiden Männer die Plane des Verdecks mit vier starken Seilen am Aufsatz befestigten. Roswitha trat mit zwei bis zum Rand gefüllten Körben aus dem Vorratshaus. Ihre Augen tränten vom Qualm des Räucherfeuers.

»Es war sehr aufmerksam von Frau Wibrandis, dich und deine Amme nach Straßburg einzuladen«, nahm die Lutherin einen erneuten Anlauf, ihre Nichte aus ihren Gedanken zu holen. Mit argwöhnischem Blick verfolgte sie, wie Roswitha mit dem Proviant über das faulige Stroh zum Wagen lief. »Für uns wird dein Weggang allerdings ein herber Verlust sein. Ich habe mich erkundigt. Die Mädchen waren mit dem Unterricht ihrer Schulmeisterin sehr zufrieden, auch wenn du aus bestimmten Gründen oft fort warst. Und die Bücher, die ich dir vor meiner Reise nach Altenburg anvertraut habe, verraten mir, daß du dich auf ordentliches Wirtschaften verstehst!«

Philippa schüttelte lächelnd den Kopf. Sie trug den kostbaren gelben Mantel mit dem Pelzfutter, den die Lutherin ihr geschenkt hatte, und eine ausladende Haube mit

Kinnband und hauchdünnem Schleier, der nach Meinung ihrer Tante eher für den Sommer taugte. In ihren Augenwinkeln schimmerten mühsam unterdrückte Tränen, die wie Eiskristalle aussahen. Katharina war versucht, sie der Kälte zuzuschreiben, die nach den wenigen heiteren Frühlingstagen der vergangenen Woche plötzlich wieder über Wittenberg hereingebrochen war. Es konnte sich jedoch auch um Tränen des Abschiedsschmerzes handeln. Auf einmal wurde ihr deutlich, wie wenig sie doch von ihrer Nichte wußte, die vor nicht allzu langer Zeit Schutz in ihrem Hause gesucht hatte und es nun vielleicht für immer wieder verließ.

»Ich bin Eurem Gatten und Herrn Melanchthon von Herzen dankbar, daß sie nicht darauf bestanden, mich gegen meinen Willen in Wittenberg festzuhalten. Obgleich ich nach geltendem Recht nach wie vor ihr Mündel bin. Doch versteht mich bitte: Es ist einfach soviel geschehen, Tante …« Sie ließ ihre Blicke über die vertrauten Mauern und Dächer wandern.

»Wir wollen nicht mehr davon reden, mein Kind«, wiegelte Katharina ab. Sie räusperte sich. »Straßburg wird dir guttun. Du kannst das Stadtleben genießen, und die Capitos werden ein Auge auf dich haben. Wenn es Gottes Wille ist, dann auch auf *ihn*!« Sie deutete mit dem Kinn in Bernardis Richtung, der sich mit einem freundschaftlichen Klaps auf die Schulter bei Valentin für dessen Hilfe bedankte.

Philippa blickte sich nachdenklich um. Es war ihr nicht leichtgefallen, ihren Onkel um Erlaubnis für Felix Bernardis Begleitung zu bitten. Dennoch hatte sie es getan, weil sie daran glaubte, daß Groll und Mißverständnisse nicht für ewig bestehen bleiben durften. Weder zwischen Doktor Luther und seinem ehemaligen Schüler noch zwischen zwei Menschen, denen trotz ihrer Geistesgaben die Worte fehlten, um sich einzugestehen, was sie einander bedeuteten.

»Dein Onkel hat übrigens gestern mit dem Kurfürsten

gesprochen!« Ein Lächeln erhellte Katharinas Gesicht. »Graf Wolfger muß Wittenberg binnen drei Tagen verlassen und zu seinem Herrn nach Kassel zurückkehren!«

Philippa hoffte inständig, den Eidgrafen nie wiedersehen zu müssen. Vorsichtig raffte sie den Saum ihres langen Rockes, um sich von ihrer Tante endgültig zu verabschieden, als die Lutherin zögernd einen mehrfach zusammengefalteten Briefbogen aus ihrer Schürze hervorholte. »Wolfger hinterließ einen Brief für dich. Er hing heute morgen am Haupttor. Aber wenn du ihn nicht lesen möchtest, so werfe ich ihn eigenhändig ins Feuer. Dieser Mensch hat mit seinem krankhaften Ehrgeiz genug Unfrieden in unserem Haus gestiftet.«

Philippa schüttelte den Kopf, nahm das zerknitterte Papier an sich und brach ohne jede Regung das prunkvolle Siegel.

Gegeben zu Wittenberg, Reminiscere 1537

Unaufschiebbare Amtsgeschäfte zwingen mich, Wittenberg und Kursachsen einstweilen zu verlassen. Da Ihr, verehrte Schulmeisterin, Euren Magister ohne mein Zutun entlasten konntet, verzichte ich für dieses Mal auf die Erfüllung unseres Vertrages und zolle Euch meinen Respekt.

Vergeßt nicht, was ich Euch über die Verbundenheit von Krämern und Schulmeistern gesagt habe.

Bereits heute sehne ich den Tag herbei, an dem wir einander wiederbegegnen werden. Bis dahin
verbleibe ich Euer
Wolfger Eidgraf von Hoechterstedt

Philippa zerknüllte das Schreiben in der Faust. Ein paar Momente stand sie bewegungslos da, den Blick gen Himmel gerichtet, und beobachtete einen Schwarm weißgefiederter Vögel, der kreischend über die Türme zog und den

Menschen damit seine Rückkehr aus den Ländern des Südens ankündigte. Dann öffnete sie ihre Faust, glättete das Papier mit einigen hastigen Bewegungen und stopfte es ohne jede Erklärung in ihr gefüttertes Wams. Es wurde Zeit, das Lutherhaus zu verlassen.

Wenige Schritte hinter dem Baumgarten bat Philippa Bernardi, den Wagen anzuhalten, und sprang herab.

»Was wollt Ihr denn auf dem Freihof?« fragte Bernardi verwundert und schnalzte mit der Zunge, um die beiden Pferde im Gespann zu beruhigen. »Magdalena hält nicht viel von Besuch, das wißt Ihr doch!«

»Einen letzten Besuch wird sie wohl ertragen müssen!« Entschlossen schob Philippa das Gatter auf und lief auf das Häuschen zu, aus dessen Kamin eine dünne Rauchsäule in den Himmel stieg. Von weitem erkannte sie die Malereien an der Vorderfront des Gebäudes. Die Gesichter der Figuren schienen sie spöttisch anzugrinsen.

Philippa hatte kaum die Fischweiher umschritten, als auch schon die Freihöferin auf die Veranda trat und dem Ankömmling mit unverhohlener Abneigung entgegen starrte. Das Gesicht der Frau war erhitzt, ihr fleischiger Hals gerötet. Rasch zog sie eine Schnur aus ihrer Schürze und band sich das lange rote Haar zurück.

»Womit kann ich Euch dienen, Jungfer?« Die Stimme der Freihöferin klang eisig.

Philippa drehte sich unsicher um. Sie sah, wie Bernardi ebenfalls vom Wagen stieg, noch unschlüssig, ob er ihr folgen sollte. Roswitha blickte gelangweilt unter der Plane hervor, rührte sich aber nicht.

»Vermutlich hat meine Tante Euch bereits mitgeteilt, daß ich die Stadt verlasse!«

»Ja, Ihr geht nach Straßburg«, erwiderte Magdalena. Die Nervosität, die sie unter dem prüfenden Blick der Luthernichte empfand, schien stärker zu werden.

Philippa atmete tief durch. Sie zwang sich zu einem Lächeln. »Doch vorher möchte ich mich davon überzeugen, daß mit Euch und dem Hof alles in Ordnung ist. Laßt mich bitte eintreten!« Resolut schob sie die verdutzte Frau zur Seite und verschaffte sich Zutritt zu deren Kammer, ohne auf das Gezeter in ihrem Rücken zu hören. Wohlige Wärme schlug ihr entgegen, Wärme und ein angenehmer Duft von Rosenwasser, gekochten Äpfeln und Zimt.

»Ihr habt kein Recht, hier einzudringen, Schulmeisterin!« rief Magdalena zornig. Sie versuchte, Philippa aus der Stube zu drängen. »Hinaus ...«

»Ich bin nicht gekommen, ihn Euch wegzunehmen, Freihöferin!« Philippa packte die Frau am Handgelenk. »Tatsächlich gibt es wohl kaum einen Ort auf der Welt, der mir geeigneter für ein heimatloses Kind erscheint als Euer Hof!« Sie schob Magdalena von sich. »Und ich kann mir keine hingebungsvollere Mutter vorstellen als Euch, Freihöferin. Ich lese in Euren Augen, wie sehr Euch der Junge am Herzen liegt!«

Die Gesichtszüge der Freihöferin verloren ihre Anspannung. Ohne etwas zu sagen, durchquerte sie die Stube und schlug einen schweren Vorhang zurück, der ihre Bettstatt verhüllte. In einer wunderschön bemalten Wiege lag ein pausbackiger Säugling auf einem Ziegenfell und spielte vergnügt mit seinen Zehen. Als das flackernde Licht der Feuerstelle seine Augen traf, blinzelte er irritiert und suchte Blickkontakt zu der Frau, die ihn aufgenommen hatte. Sofort beugte sich die Freihöferin über den Kleinen und streichelte zärtlich seine rosigen Wangen.

»Wie habt Ihr erraten, daß der Kleine bei mir ist, Schulmeisterin?« fragte die Verwalterin mit gesenkter Stimme, während sie den Vorhang wieder zuzog. »Meister Lupian hat mir doch verboten, mit irgend jemandem über den

Kleinen zu sprechen. Er sagte, sonst würde er ihn mir wieder wegnehmen und mich vom Hof jagen!«

Philippa ging lächelnd zur Tür und legte ihre Hand auf die Klinke. »Vielleicht erinnert Ihr Euch noch, daß ich die Wirtschaftsbücher führte, solange meine Tante und Doktor Luther nicht im Hause waren? Mir fiel recht bald auf, daß Ihr niemals zuvor soviel Milch für Euch selbst verbraucht habt wie in den vergangenen Wochen!«

Am Gatter erwartete Bernardi sie schon voller Ungeduld. Als er beobachtete, wie die Freihöferin ihnen zum Abschied winkte, lächelte er. »Wie mir scheint, konntet Ihr Euer kleines Frauenproblem lösen, Philippa. Wohin soll's nun also gehen? Nach Straßburg oder nach Lippendorf?«

Philippa blickte ihn erstaunt an. »Manchmal seid Ihr mir direkt unheimlich, Magister Bernardi, aber Ihr liegt richtig! Bevor wir Kursachsen verlassen, möchte ich den Gobelin haben, der früher im Saal des Gutshauses hing. Nennt es weibliche Einfalt, aber mein Gefühl sagt mir, daß der Wandbehang mit dem Wappen der von Boras für meine Mutter ebenso wichtig war wie die Heiligenfigur in meiner Truhe.«

»Und wie wollt Ihr es anstellen, ihn zu holen?« Bernardi hauchte fröstelnd in die Hände. »Eure Schwägerin Abekke wird Euch nicht gerade mit offenen Armen empfangen. Und sobald sie merkt, daß Euch an dem Erinnerungsstück etwas liegt …«

»Ich werde Abekke und Sebastian gewiß keine Gelegenheit geben, mich noch einmal vom Gut zu verjagen«, erklärte Philippa mit fester Stimme. »Und *Ihr* solltet Euch vor ihnen auch nicht mehr blicken lassen!«

»Was habt Ihr statt dessen vor?«

Philippa überlegte einen Moment. Dann schenkte sie Bernardi ein entwaffnendes Lächeln. »Nun, ich denke, wir überlassen Abekke einem Mann, der nichts so gut versteht, wie anderen seinen Willen aufzuzwingen!«

Einem Musikus, Komödianten und versfußkranken Dichter, setzte sie in Gedanken hinzu.

Die Katen des Dorfes sahen hinter dem Anger noch ärmlicher aus, als Philippa sie in Erinnerung behalten hatte.

Es gab keine Herberge im Ort, wohl aber ein verlassenes Steinhaus, das von Mitgliedern der Familie von Bora seit Generationen als Unterkunft bei Jagdausflügen benutzt wurde. Hier lagerten die Felle erlegter Tiere, die im Gutshaus keinen Platz gefunden hatten, außerdem Hörner von Wildebern, Hirschgeweihe, Werkzeuge und jede Menge Gerümpel.

Bernardi hatte den Karren in einer Senke nahe des Sumpfes zurückgelassen und sich mit Philippa und Roswitha zu Fuß zum Jagdhaus hinter dem Anger aufgemacht. Dort blieb ihnen nichts anderes übrig, als zu warten.

»Und wenn dieser Kerl, Euer ... Freund gar nicht kommt?« Bernardi stellte diese Frage gewiß schon zum zehnten Mal.

Philippa, die vor dem halb geschlossenen Laden Stellung bezogen hatte, warf ihm einen mißbilligenden Blick zu. Der Magister trug seine Gefühle recht offen zur Schau, stellte sie fest. Aus seinen nervösen Worten und Gesten sprach glühende Eifersucht. Dabei hatte sie es in weiser Voraussicht vorgezogen, Bernardi nur das Nötigste über den Musikanten und seine faszinierenden Gaben zu berichten. Seufzend ließ sie sich auf das Lager aus alten Kissen sinken und stützte den Kopf auf beide Arme. Sie konnte sich noch gut an die letzte Beizjagd erinnern, zu der man sie eingeladen hatte. Stundenlang war sie Seite an Seite mit ihrem Vater über die Felder gestreift. Sie hatten gelacht und gescherzt. Der Vater hatte wegen ihres übermütigen Geplappers schließlich gar vergessen, seine Armbrust in Anschlag zu bringen. Als sie am Abend zur

Jagdgesellschaft zurückgekehrt waren, bestand die Beute des Gutsherren lediglich aus zwei Rebhühnern. Philippa hatte dies nicht leid getan, und ihr Vater hatte gelacht und gutmütig gedroht, er würde sie nicht mehr mitnehmen.

Plötzlich ging die Tür auf, und ein hochgewachsener Mann erschien im Rahmen. Er schien nicht überrascht zu sein, jemanden in der Hütte vorzufinden. Beide Daumen in den breiten Gürtel gesteckt, der sein grünes Wams zusammenhielt, machte er einen Schritt auf die kleine Gruppe zu. Seine Augen funkelten durch das Zwielicht. Einen Herzschlag lang herrschte angespannte Stille, die nur von Roswithas Keuchen durchzogen wurde. Dann sprang Bernardi auf die Füße und ergriff eines der zugeschliffenen Eberhörner. Drohend wiegte er das Horn in seiner Hand. Philippa stand ebenfalls auf.

»Ihr kommt reichlich spät, Gabriel Prinz«, stellte sie fest. »Darf ich dennoch hoffen, daß Eure Mission erfolgreich war?«

Der Mann in dem grünen Wams lachte auf. Ohne sofort auf Philippas Frage einzugehen, wandte er sich an Bernardi, der noch immer reglos neben ihr stand, und streckte die Hand aus. »Als mich vor ein paar Tagen in Magdeburg die Nachricht der Jungfer erreichte, wußte ich sofort, daß wir einander eines Tages begegnen würden.« Er zog sein Barett. »Es ist mir ein Vergnügen, Herr Bernardi!«

»Prinz!« zischte Philippa ungnädig. Sie begann plötzlich vor Anspannung zu schwitzen. Die Luft in der Jagdhütte war bedrückend geworden, die Stille rund um den nächtlichen Anger so intensiv, daß sie in ihrem Kopf zu rauschen schien. Als sie sich nach ihrer Amme umwandte, die auf dem Polster verharrte, spürte sie, daß sie nicht länger an diesem Ort bleiben durften.

»Es war nicht leicht, Euren Gobelin aus dem Gutshaus zu schmuggeln, Herrin«, sagte der Gaukler, nachdem er und Bernardi einander ein paar Momente wie mißtrauische Kampfhähne angestiert hatten. »Der Verwalter wollte mich zunächst nicht einlassen, doch schließlich lud mich die junge Herrin von Lippendorf ein, sie und ihre Tischgesellschaft mit einigen Liedern zu unterhalten.«

»Ich kann nur beten, daß sie nicht mißtrauisch wurde!« Philippa holte tief Luft. »Abekke ist mit allen Wassern gewaschen.«

»Es ist nicht meine Art, hübschen jungen Damen einen Herzenswunsch zu verweigern, meine Liebe«, sagte Gabriel Prinz und lächelte wieder.

Bernardi entfuhr ein geringschätziges Zischen, doch er kam nicht umhin, den Mut zu bewundern, mit dem der Gaukler sich Zutritt zum Haus der von Boras verschafft hatte. Falls er seinen Auftrag tatsächlich ausgeführt hatte, würde Philippa ihm Dank schulden.

»Frau Abekke wies mir einen Schlafplatz in der Bodenkammer zu, wie Ihr vermutet hattet, Jungfer«, fuhr der Gaukler mit melodiöser Stimme fort. »Ich brauchte ein paar Stunden, um den alten Behang in einem Korb voller Plunder zu finden. Dafür war es ein leichtes, noch in dieser Nacht über den Steg zu entkommen. Von zwei versoffenen Waffenknechten abgesehen, scheinen die Gutsherren keinen besonderen Wert auf Wachen zu legen.« Mit großen Schritten ging er zur Tür hinüber, öffnete sie und schob mit dem Fuß ein zusammengerolltes Bündel über den Lehmboden.

Es war die Handarbeit ihrer Mutter, soviel konnte Philippa selbst im schwachen Schein der einzigen Lampe feststellen. Jahrelang hatte der Gobelin sich an einer Wand des Saales befunden, so lange, bis Teile von ihm in Fetzen heruntergehangen hatten. Wie oft hatten Roswitha und ihr Vater sie aufgefordert, das Tuch auszubessern. Das bestürzte Gesicht des alten Vaters tauchte plötzlich vor ihr auf. Abekke hatte den Gobelin durch einen anderen, zweifellos ebenso prächtigen ersetzt, der unverkennbar das Medewitzer Wappen trug.

Beschämt senkte Philippa den Kopf, während ihre Finger über den Gobelin strichen. Sie betrachtete die Gesichter der einzelnen Figuren. Eines davon sah dem Antlitz der Heiligenfigur in der Tat zum Verwechseln ähnlich.

»Laßt mich einmal sehen«, bat Roswitha und rieb den schweren Brokat vom Saum aufwärts zwischen Daumen und Zeigefinger. Ihre Miene drückte Anerkennung aus, und Philippa dachte mit einer Woge der Zuneigung daran, wie stolz ihre Amme wohl gewesen wäre, wenn ihre Ziehtochter den Behang unter ihren Händen gestickt hätte.

»Da steckt etwas im Tuch!« rief die alte Frau plötzlich. Ihre plumpen Finger fuhren über eine der seidig glänzenden Figuren. »In Herzhöhe der Reiterin, die so aussieht, wie Eure Skulptur, mein Herz! Wartet, ich trenne es auf!«

Philippa starrte gebannt auf das Tuch. Bernardi kniete neben ihr, und selbst der sonderbare Gabriel Prinz legte in gespannter Erwartung die Stirn in Falten.

»Was um alles in der Welt …?«

»Ein Schlüssel«, sagte Roswitha. »Wahrscheinlich gehört er zu einem Tor, denn für alles andere dürfte er zu groß sein. Darunter fühle ich noch etwas, ein Stück Pergament!« Sie reichte beide Gegenstände an Philippa und Bernardi weiter. Philippas Hände zitterten so stark, daß ihr der fein verzierte Schlüssel beinahe entglitten wäre. Kühl und schwer fühlte er sich an. Ein ordentliches Stück Schmiedehandwerk. Doch zu welchem Tor mochte er gehören? Aufgewühlt gab sie den Schlüssel Roswitha zurück und bat sie, ihn an ihr Gürtelband zu binden.

»Wie es scheint, hat Eure Mutter Euch doch weitaus mehr hinterlassen als nur die Figur der heiligen Katharina«, sagte Bernardi und berührte Philippa liebevoll an der Schulter. »Das Dokument, das Eure Amme aus dem Gobelin zog, ist in italienischer Sprache aufgesetzt worden. Leider verstehe ich nicht alles, aber ...«

»Erlaubt Ihr?« Mit einer eleganten Bewegung nahm Gabriel Prinz ihm das vergilbte Papier aus der Hand und überflog, während Bernardi empört nach Luft schnappte, lächelnd dessen Inhalt. »Francesca Cuza stammte aus Triest«, erklärte er, während seine Blicke über das Pergament huschten. »Sie war die Tochter eines Kaufmanns, der mehrere Palazzi in der italienischen Stadt besaß. In dieser Urkunde überträgt ein Advokat namens Signor Raffaele eines dieser Anwesen auf den Namen besagter Francesca.«

Philippa verschränkte die Arme über der Brust und öffnete die Tür, damit ein wenig frische Luft eindringen konnte. Versonnen starrte sie in die Nacht hinaus und dachte nach. Es war wie ein Traum. Ein Haus aus weißem Marmor tat sich vor ihr auf, Zypressen und Orangenbäume, duftender Jasmin und ein langer Strand, auf dem ihre nackten Füße feine Spuren hinterließen.

Der Morgen graute bereits, als Philippa von Stiefeltritten in die Seite unsanft geweckt wurde. Benommen öffnete sie die Augen und hob den Kopf. Ihr war, als eröffnete sich vor ihr ein weiterer böser Traum.

Bernardi und Gabriel standen mit erhobenen Händen an der kargen Bretterwand. Zwei Landsknechte hielten sie mit gezückten Schwertern in Schach: ein Mann mit rotem Bart und ein vierschrötiger Kerl, der nach Branntwein roch. Roswitha lag zusammengekrümmt mitten in der Hütte. Ihre Augen waren geschlossen. Philippa sah entsetzt, daß sie aus einer Wunde am Kopf blutete. Der rote Fleck hinterließ ein bizarres Muster auf dem steifen Leintuch ihres Schleiers.

»Willst du uns nicht willkommen heißen, werte Schwägerin?« hörte sie auf einmal eine Stimme in ihrem Rücken. Abekke von Bora hatte beinahe lautlos die Jagdhütte betreten und lächelte Philippa geringschätzig an. »Gute Manieren hattest du allerdings selbst zu deinen besten Zeiten nicht!«

Hinter Abekke stolperte ein Mann über die Schwelle. Sein Kinn war mit Bartstoppeln übersät, der dunkle Haarschopf vom Wind zerzaust. Die Weinflecken auf seinem groben Wollhemd zeigten an, daß er noch vor kurzer Zeit getrunken haben mußte. In der rechten Hand hielt er eine Armbrust. Philippa erkannte die Waffe sofort und unterdrückte einen Aufschrei der Verzweiflung. Es war die Armbrust ihres Vaters, und Sebastian, ihr Bruder, zielte direkt auf ihr Herz. Ihn allerdings hätte sie nicht auf Anhieb wiedererkannt.

»Du hast dich nicht geirrt, Abekke«, erklärte Sebastian, ohne die Armbrust zu senken. »Es war tatsächlich meine Schwester, die den Gaukler zu uns schickte!« Sein Blick wanderte zum Fußboden. Als er Roswitha erblickte, schien er einen Atemzug lang Betroffenheit zu verspüren. Seine Gesten wurden unsicherer.

»Ich irre mich niemals«, gab Abekke kühl zurück. Sie trug ihr Haar offen. In ihrem eng geschnürten Gewand aus violettem Damast blitzten Edelsteine. Forschend lief sie um ihre Schwägerin herum. Roswitha stöhnte leise. Endlich schlug sie die Augen auf.

»Die Alte hat unsere Pferde gehört und wollte Krach schlagen, diese Närrin«, erklärte Abekke seelenruhig. »Dabei haben wir das Recht, unser Eigentum vor Dieben zu schützen, nicht wahr, Junker Armin?«

Der rothaarige Landsknecht warf Philippa einen lüsternen Blick zu und verzog sein Gesicht zu einer häßlichen Grimasse der Vorfreude.

»Sebastian«, sprach Philippa ihren Bruder an. Heiser und rauh klang ihre Stimme. »*Du* bist der Herr von Lippendorf! Nicht Abekke, und schon gar nicht die Medewitzer!«

»Schweig!«

»Sieh dir doch einmal an, was aus dir geworden ist! Ein Schwächling. Ein armseliger Säufer. Du läßt dich von den Medewitzern herumkommandieren. Ich wette, diese beiden Kerle«, Philippa deutete auf die geharnischten Landsknechte, »gehorchen keinem deiner Befehle mehr!«

»Wozu auch?« Abekkes Augen verengten sich zu Schlitzen. »Als euer Großvater das Gut bewirtschaftete, war Lippendorf nicht mehr als ein heruntergekommenes Nest. Der Alte war kaum in der Lage, seine Kinder zu ernähren. Deshalb schickte er sie ja auch zu Verwandten oder ins Kloster. Seit Medewitz die Geschicke eurer Ländereien lenkt, füllen sich die Speicher wieder. Die Schuldenlast hat abgenommen, und was das Wichtigste ist: Im Herrenhaus ziehen langsam aber sicher Eleganz und höfischer Komfort ein. Falls du verstehst, was ich damit meine!«

Philippa schenkte der blonden jungen Frau keine weitere Beachtung. Sie trat auf Sebastian zu und faltete flehend die Hände. »Wenn in Lippendorf alles zum besten steht, Bruder, warum dann diese Totenstille im Dorf? Warum dreht sich das Mühlrad nicht mehr? Wir sind unterwegs keinem einzigen Händler begegnet, der es nicht vorzog, Lippendorf auf seinem Weg zu meiden.«

»Was willst du damit sagen?« Sebastian von Bora starrte seine Schwester düster an. Seine Finger am Anschlag zuckten nervös.

»Ich will dir sagen, daß deine Bauern die Herrschaft der Medewitzer fürchten! Daß gefüllte Speicher kein Ersatz für verlorene Würde und Selbstachtung sind!« Hocherhobenen Hauptes lief sie an ihrem Bruder und dessen Frau vorbei, bückte sich und zog den Wandbehang ihrer Mutter unter den Polstern hervor. Zusammen mit der italienischen Urkunde legte sie ihn Sebastian vor die Füße.

»Philippa, was ... tut Ihr?« keuchte Bernardi. Die Schwertspitze an seinem Hals ruckte drohend höher.

»Wenn du den Medewitzern mit deinem Besitz auch

gleichzeitig deinen Stolz verpfändet hast, so behalte meinen Erbteil und löse ihn damit aus!«

»Daher weht also der Wind!« Abekke ging in die Knie und hob den Gobelin vom Boden auf. Ihr seidiges blondes Haar fiel ihr rauschend über die schmalen Schultern. »In diesem Fetzen war also etwas verborgen, das der Gaukler für dich stehlen sollte.« Sie stand auf und stellte sich in gebieterischer Pose neben ihren Ehemann. »Es wird Zeit, daß wir uns deine diebische Schwester ein für allemal vom Halse schaffen. Wenn ihr Wittenberg nicht gefiel, so findet sie vielleicht die Sümpfe vor unserem Haus angenehmer. Junker …«

Der Knecht straffte seine Schultern. Seine Augen wanderten von Philippa zu seinem Herrn. Dann gab er seinem Kameraden ein Zeichen, Sebastians Armbrust an sich zu nehmen. Philippa traten vor Angst die Tränen in die Augen. War dies wirklich ihr Ende? Nun, sie würde Haltung bewahren.

»Einen Moment!« Sebastian holte tief Luft. Er nahm seine Waffe in Anschlag und befahl Abekkes Knecht mit einem überraschend strengen Blick, sich zurückzuziehen. »Du gibst deinem Diener den Befehl, *mich* zu entwaffnen, Abekke?«

Alle Augen richteten sich auf ihn, da er verwirrt und fragend dastand.

Bernardi nutzte den Moment der Unachtsamkeit. Er stürzte vor und versetzte dem überraschten Junker vor ihm einen heftigen Tritt in den Magen. Stöhnend taumelte Abekkes Dienstmann zurück und hob die Schwerthand zum Angriff. Doch da traf ihn auch schon Gabriels Faust. Klirrend fiel die Waffe zu Boden. Begleitet von Abekkes wütendem Aufschrei sank der Mann in die Knie.

»Was zur Hölle ist bloß in dich gefahren?« Abekke erbleichte. Sie ging auf ihren Mann los, der noch immer drohend die Armbrust hochhielt. Mit beiden Fäusten trommelte sie gegen seine Brust. »Bist du völlig wahnsinnig geworden? Sie entwischen uns!«

Philippa stellte sich neben Bernardi und tastete nach dessen Hand. Den glasigen Augen ihres Bruders mochte sie ebensowenig trauen wie dem Toben Abekkes.

Sebastian packte seine Frau grob am Handgelenk. Sie schrie auf, diesmal weniger vor Enttäuschung als vor Schmerz. »Du nennst mich also wahnsinnig, teure Gattin? Weil ich deinen Lakaien gemaßregelt habe oder weil ich es ablehne, meine eigene Schwester in die Sümpfe treiben zu lassen?«

»Sebastian ...«, rief die Medewitzerin ungläubig. Nie zuvor hatte sie ihren Gemahl so entschlossen erlebt.

»Über diese Frage werden wir noch reden müssen, Abekke! Doch nicht hier und nicht zu dieser Stunde!« Er entließ sie aus seinem Griff und bedeutete ihr mit einem eisigen Blick, die Hütte zu verlassen. Erst als sie die Tür hinter sich ins Schloß zog, wandte er sich an seine Schwester. »Ich hätte nicht zugelassen, daß sie dir etwas antut, Philippa. Aber du weißt hoffentlich, daß du keine Ansprüche auf das Gut mehr geltend machen kannst, nicht wahr?« Er blickte ihr tief in die Augen. Für einen Moment glaubte Philippa, in seinem Gesicht einen Hauch von Trauer zu erkennen, von der Angst eines kleinen Jungen, der sich im Dunkeln fürchtet, und von lange unterdrückter Sehnsucht nach Zärtlichkeit.

»Wie ich dich kenne, würdest du ohnehin keine Abfindung annehmen, die aus dem Beutel der Medewitzer stammt«, fügte er hinzu. »Behalte, was unsere Mutter dir hinterließ, und laß mir das Gut!«

Gemächlich wanderten sie den einsamen Weg entlang, der den Dorfanger mit der endlosen Weite der Lippendorfer Felder verband.

Gabriel stützte Roswitha, und die alte Frau ließ es zu,

ohne sich gegen den Musikanten zu sträuben. Bernardi und Philippa blieben ein wenig abseits, jeder von ihnen eingesponnen in seine eigenen Gedanken. Bernardi hatte den Wandbehang der Francesca von Bora zusammengerollt und sich über die Schultern geworfen. Philippa dachte an Sebastian, der längst wieder zum Gutshaus zurückgekehrt war. Vermutlich würden sie einander niemals wiedersehen.

»Triest soll eine wunderschöne Stadt sein«, brach Bernardi nach einiger Zeit das Schweigen. Er blieb stehen, ließ Philippas zusammengerollten Gobelin vorsichtig zu Boden gleiten und maß sie mit einem Blick, der noch durchdringender als der des Gauklers war. »Man sagt, daß die Sonne über Italien auch Herzen wärmt!«

»Dagegen hätte ich gewiß nichts einzuwenden,« seufzte Philippa und lächelte.

NACHWORT DES AUTORS

Das 16. Jahrhundert, Zeitalter der Entdeckungsreisen, der Renaissance und des Humanismus, gilt der Geschichtsschreibung gemeinhin als Schwelle vom Mittelalter zur frühen Neuzeit.

Tatsächlich kennzeichnen einschneidende Umbrüche die sozialen, wirtschaftlichen und politischen Vorgänge dieser Jahre. Feste Traditionen gingen gegen Ende des Mittelalters in die Brüche. Innerhalb der Bevölkerung wuchsen Unsicherheit und Zweifel. Der Ruf nach Reformen traf indessen nicht nur eine verweltlichte, bürokratische Kirche, sondern auch die politischen Verhältnisse im zusehends zersplitterten Heiligen Römischen Reich Deutscher Nation.

Mit dem Niedergang der mittelalterlichen Ritterschaft und des städtischen Zunftwesens vollzogen sich auch gesellschaftliche Veränderungen. Die Klöster, ehemals Zentren von Wissenschaft und Bildung, verloren mehr und mehr an Bedeutung. In den Städten wurden vermehrt Schulen für Knaben und Mädchen eingerichtet, an die Stelle der erstarrten Scholastik des Spätmittelalters traten die Erkenntnisse des Humanismus, welche den Menschen und sein Los in den Mittelpunkt des Weltgeschehens rückten.

Im Zuge dieser Neuerungen begannen auch Frauen, ihren Platz in der sich wandelnden Gesellschaft neu zu definieren.

Katharina von Bora, im Roman die Tante der Titelheldin, ist ein außergewöhnliches Beispiel für eine gebildete und tatkräftige Frau des frühen 16. Jahrhunderts, auch wenn sie in der Öffentlichkeit nur selten in Erscheinung trat und deshalb im Schatten ihres berühmten Ehemanns von der Geschichtsschreibung vergangener Jahrhunderte oft schlichtweg ignoriert wurde.

Über Herkunft und Bedeutung des Hauses von Bora wissen wir aufgrund der dürftigen Quellenlage recht wenig. Katharina von Bora, geboren 1499 in Lippendorf, einem kleinen Flecken südlich von Leipzig, entstammte einem verarmten sächsischen Adelsgeschlecht. Sie hatte mindestens drei Brüder und verbrachte den Großteil ihrer Jugend hinter Klostermauern, ehe sie sich zur Flucht und später zur Heirat mit Martin Luther in Wittenberg entschloß. An der Seite des Reformators machte sie aus dessen ehemaliger Abtei, dem Schwarzen Kloster, ein herrschaftliches Anwesen mit einem florierenden landwirtschaftlichem Betrieb.

Mit den Jahren fanden zahlreiche Freunde und Verwandte der Familien Luther und von Bora Aufnahme unter ihrem Dach. Manche dieser Verwandten wohnten nur vorübergehend im Schwarzen Kloster, andere wie die Muhme Lene blieben Wittenberg bis zu ihrem Tode verbunden. Was aus den elternlosen Nichten der Lutherin wurde, ob und mit wem sie sich verheirateten und wo sie sich niederließen, ist dagegen in vielen Fällen ungeklärt geblieben, da Katharina von Bora im Gegensatz zu ihrem Mann der Nachwelt nur wenige schriftliche Zeugnisse hinterlassen hat.

Mein Roman erzählt die Geschichte einer dieser verwaisten Luthernichten, der ebenso gelehrsamen wie eigenwilligen Magistra Philippa von Bora, die als mittellose Tochter eines früh verstorbenen Gutsherrn in den Annalen der Geschichtsforschung freilich nur schattenhafte Spuren hinterlassen hat. Zugleich beleuchtet der Roman aber auch die letzten Lebensjahre Martin Luthers sowie seiner Mitstreiter und Gegner vor dem Hintergrund des Schmalkaldischen Bundestreffens und des geplanten Konzils von Mantua im Jahre 1537.

Was die Charaktere der im Roman auftretenden historischen Persönlichkeiten wie Luther, Katharina von Bora, Melanchthon, Capito, Josel von Rosheim und anderer betrifft, so habe ich mich bemüht, diese so wiederzugeben, wie sie mir durch ihre eigenen Schriften oder die Beschreibungen von Zeitgenossen in Quellentexten begegnet sind.

Philippas Freund und Weggefährte Felix Bernardi ist eine erdachte Figur, doch konnte ich der Versuchung nicht widerstehen, ihn, den vorsichtigen Zweifler und leisen Kritiker Martin Luthers, als jüdischen Konvertiten und Sohn des historischen »Messias« Reubeni auftreten zu lassen. Dessen Geschichte ist jedoch ebenso verbürgt wie die zahlreichen Gerüchte, Kaiser Karl V. habe Spione gedungen, um den alternden Luther ermorden zu lassen.

Bis heute suchen Historiker und Theologen nach Antworten auf die Frage, warum sich der Reformator gegen Ende seines Lebens, von Verbitterung und fortschreitender Krankheit wohl gezeichnet, derart verfolgt und mißverstanden wähnte, daß er sich gar zu judenfeindlichen Schmähschriften und Ausfällen gegen andere religiöse Gruppierungen hinreißen ließ.

Die Angst vor Mordanschlägen, Zauberei und dem drohenden Jüngsten Gericht mögen hier bei Luther eine ebenso große Rolle gespielt haben wie seine Unduldsamkeit gegenüber weltanschaulichen Überzeugungen, die den seinen widersprachen. In dieser Hinsicht blieb er ein Kind seiner Zeit.

Ein besonderer Dorn im Auge waren Luther seit den zwanziger Jahren des 16. Jahrhunderts insbesondere die Wiedertäufer, deren Bewegung zwar im Zuge der Reformation entstanden war, die jedoch auch Glaubensansichten vertraten, die den Wittenberger Reformatoren fremd und unverständlich waren.

Eine radikale Gruppe von Wiedertäufern hatte 1534 unter dem Einfluß des Mystizismus ihrer Führer, den Stadtrat von Münster in Westfalen übernommen und begonnen, dort eine Art Gottesstaat zu errichten. Nach der Einnahme Münsters durch katholische und protestantische Truppen wurden die meisten Anführer der Wiedertäufer gefangengenommen und später hingerichtet, wovon noch heute die Eisenkäfige am Turm der Münsteraner Lambertikirche Zeugnis ablegen.

Der maßgebliche Prediger der Wiedertäufer von Münster, Bernhard Rottmann, wurde indessen niemals aufgegriffen. Obwohl auf seinen Kopf eine hohe Belohnung ausgesetzt war und im ganzen Reich nach ihm gefahndet wurde, gelang dem ehemaligen Kaplan allem Anschein nach die Flucht nach Osten. Verschiedene Quellen behaupten, Rottmann habe, wie im Roman beschrieben, für das Jahr 1538 das Ende des Papsttums und der Reformation angekündigt, um hernach ein zweites apokalyptisches Königreich auszurufen. Ob er hingegen jemals unerkannt in Wittenberg auftauchte, sich Luthers Vertrauen erschlich und auf seine ebenfalls aus Münster geflohene Ehefrau traf, verliert sich hinter dem Schleier von Geschichte und Dichtung.

Das Waffenbündnis von Schmalkalden sollte nach den Verhandlungen um Luthers Bekenntnisformel noch genau zehn Jahre halten. 1547 unterlagen die Fürsten und Reichsstädte dem kaiserlichen Heer in der Schlacht bei Mühlberg. Kurfürst Johann Friedrich von Sachsen geriet in Gefangenschaft und mußte nicht nur die Kurwürde, sondern auch erhebliche Teile seines Landes an seinen alten Rivalen, den sächsischen Herzog Moritz, abtreten.

Im Verlauf meiner Recherchen über Leben und Denken im 16. Jahrhundert sowie über die politischen Ereignisse im Reiche Kaiser Karls V. und der Kurfürsten von Sachsen hat mich eine Vielzahl von Quellen und wissenschaftlichen Darstellungen begleitet. Besonders hervorheben möchte ich das Werk *Im Morgenrot der Reformation* von Julius v. Pflugk-Harttung, die Biographie der *Katharina von Bora* von Ernst Kroker und Gerhard Brendlers Buch *Das Täuferreich zu Münster 1534–1535.*

Guido Dieckmann